「柘园文录」

胡从经 著

出版统筹：虞劲松　梁鑫磊
责任编辑：虞劲松
助理编辑：尤晓澍
装帧设计：姜寻工作室
责任技编：伍先林

ZHEYUAN WENLU
柘园文录

图书在版编目（CIP）数据

柘园文录 / 胡从经著. --桂林：广西师范大学出版社，2020.7
（煮雨文丛．Ⅳ）
ISBN 978-7-5598-2895-8

Ⅰ．①柘… Ⅱ．①胡… Ⅲ．①杂文集－中国－当代 Ⅳ．①I267.1

中国版本图书馆CIP数据核字（2020）第093013号

广西师范大学出版社出版发行
（广西桂林市五里店路9号　邮政编码：541004）
　网址：http://www.bbtpress.com
出版人：黄轩庄
全国新华书店经销
广西广大印务有限责任公司印刷
（桂林市临桂区秧塘工业园西城大道北侧广西师范大学出版社集团
　有限公司创意产业园内　邮政编码：541199）
开本：635 mm × 965 mm　1/16
印张：31　　　字数：385千
2020年7月第1版　2020年7月第1次印刷
印数：0 001～4 000册　定价：128.00元
如发现印装质量问题，影响阅读，请与出版社发行部门联系调换。

作者小传

胡从经，安徽徽州人，祖籍寿州凤台。学者，作家，藏书家。华东师范大学中文系毕业，香港大学哲学（文学）博士。历任上海社会科学院研究生院教授（1987年晋升），华东师范大学顾问教授，厦门大学文学院客座教授，日本东京大学外国人研究员，香港大学亚洲研究中心荣誉研究员，香港中文大学中国文学研究所客座教授，香港演艺学院客座教授等。中国文化研究院创院执行院长，大型文化网站《灿烂的中国文明》总监兼总编辑（该网站荣获联合国颁授的"世界最佳文化网站"大奖）。现任中国大文化研究院院长。

主要著作有《中国小说史学史长编》《榛莽集——中国现代文学管窥录》《爝火集——中国左翼文学论丛》《芃草集——中国儿童文学史漫笔》《鲁迅与中国新文化》《柘园草》《晚清儿童文学钩沉》《胡从经书话》《创造的欢愉》《拓荒者·垦殖者·刈获者——许地山与香港新文化的萌蘖与勃兴》《香港诗话》《柘园书话》《柘园小品》《柘园琐忆》《柘园文录》《香港文化散札》等，编纂有《简素情殷——胡从经师友鱼雁录》《历史的跫音——历代诗人咏香港》《香港近现代文学书目》等。

小　引

鲁迅在致赖少其的书简中曾说:"巨大的建筑,总是一木一石叠起来的,我们何妨做做这一木一石呢?"少其先生是我尊敬的前辈,他将我的陋室额曰"柘园",诚如其所注明的取"柘"的"一木一石之意",其中当然也寄寓了前辈对后学者的勖勉与希冀。我在1982年出版第一本书《柘园草》,于今已30多年了。

我是一个读书人,夸张一点说即所谓学者,然而愧对师长期冀的是,由于资质鲁钝,加之生性怠惰,学术成果是异常瘠薄的,却也未忘做"一木一石"的初心,努力尝试填补若干领域的空白。但这并非易事,只能奋力为之。譬如说,中国小说史学经梁启超、黄人、鲁迅、胡适等的倡导,在20世纪上半叶即云蒸霞蔚,遂成显学,然而直至世纪末仍未有关于此学科的学术史的出现,不佞不揣谫陋,历20年的资料积累,写成《中国小说史学史长编》,被前辈与侪辈学人誉为"开山之作",虽然自觉汗颜,却也心安理得。又如鲁迅研究更是大热门,著作之多汗牛充栋也不足以形容,炒冷饭也没意思,我切入的角度是想探究鲁迅与中国新文化的关系,题目得到了鲁迅的学生和战友——多位前辈学者的认可,茅盾先生亲自题署:"鲁迅与中国新文化"。我从理论概括与实证研究两方面入手,历时多年方才交卷。再如中国左翼文学研究,我曾主持国家重点资助项目——"中国三十年代文学研究",在这方面我不敢夸口有多大的成就,但绝对是用力最勤者之一,编集有《爝火集:中国左翼文学论丛》。还有早年也曾致力于中国儿童文学史的研究,第一篇有关论文就是经阿英、唐弢二位推荐给《文学评论》发表的;还用一本20万言的《晚清儿童文学钩沉》驳诘了中国儿童文学起源于"五四"的错误论断,雄辩地证明了早在晚清儿童文学已蔚为大观。

上世纪90年代，我的生活轨迹发生了很大的变化。当时我在上海社会科学院研究生院任教授，担任外国高级进修生和本国研究生导师，有一个安定的、充裕的研究环境。衔命赴港从事文化回归工作，学术生涯基本上中断了。感谢金庸先生"查良镛基金"的资助，使我有条件在港大图书馆读了两年的书，为拟写的《香港文学史》搜集了不少资料。在汪道涵、周南、董建华诸先生的关注、支持下，倡议成立了中国文化研究院，饶宗颐、方心让、李业广等先生对创院出力尤多。在香港这么多年，我就主要干了一件事，就是策划和创建了一个大型文化网站《灿烂的中国文明》。当然，这个网站之所以能建立主要是依靠香港特区政府，仰赖董建华暨李业广、方心让等理事会诸先生的无私参与，以及李兆基、邵逸夫、胡应湘等社会贤达的慷慨捐输。我这个总编辑就是一个干活的，但我是殚精竭虑想把这事干好，仍葆有"徽骆驼"那股犟劲。我为网站设计了18个系列、300个专题，几乎囊括了中国传统文化的所有范畴，企图为受众提供一个中国五千年文明的全息图景。动员与组织了海内外数百名第一流学者投身斯役，保证了网站知识的准确性和学术的权威性，说句不客气的话，她的专家团队非国内任何一项文化工程所可比拟。网站甫建成当年，就在联合国首届世界信息峰会（有60多位国家与政府首脑与会）获颁"世界最佳文化网站"大奖。我在日内瓦打越洋电话给汪老报喜，他老人家连说："好呀！好呀！从经，好好干！"

我之所以絮聒这些往事，是自己心头郁结日久，因为赴港虽然仍从事文化工作，但已与自己的专业绝缘，基本上中断了自幼痴迷的学术生涯。人非草木，岂能忘情，如果留在上海，至少可以再写十本专著，多年累积的资料足够我挥洒。但古语诲导：忠孝难全，鱼与熊掌岂能兼得?！谨记乡前贤胡适先生所言："做了过河卒子，只能拼命向前！"放弃学术研究，致力文化弘扬，也算做出了一些成绩，没有辜负恩师"为国家做点有益之事"的叮咛。

虽然书写的少了，但对已逝的岁月并不特别惋惜，因为我做了该做的事，了却了难抑的家国情怀。袁行霈教授认为我做了别人做不了的事，我问为什么？他说你本分、善良、有亲和力，加之你比较超脱，无门户、派系、畛域之分，所以能感召、团结那么多不同领域的学人为一个共同的目标努力。也许是吧，对那么多前辈与侪辈的耆宿硕儒热诚关注与支持我的工作，在此表示由衷的感激！对已经作古的季羡林、饶宗颐、查良镛、冯其庸、罗哲文、陈原、王元化、金维诺、汤一介、徐中玉、钱谷融、章培恒、林非、王树村、金秋鹏、梁披云、姜彬（天鹰）、陆耀东、陆谷孙诸先生寄以无限的哀思。

居港期间，忙迫的工作不允许你有时间、精力从事系统、完整的课题研究，但积习难改，忙里偷闲也间或写点文章，或应朋友邀请作点命题的论文，如东京的亚洲鲁迅研讨会、韩国的汉学会议、中国台湾的中国古典小说国际研讨会、许嘉璐先生主持的历届海峡两岸文化交流研讨会等；或应报刊之邀写专栏文字，过去曾为倪子明先生主持的《读书》写过《禁书经眼录》（连载），为董桥、黄俊东先生主编的《明报月刊》写过《东瀛访稗录》（连载），当时曾给香港多家报告写专栏，诸如《星岛日报》《明报》《文汇报》《大公报》《新晚报》《天天日报》等，栏目则有《大千一芥》《视野纵横》《柘园蔓草》《平山堂札记》《书鱼絮语》等，每日一篇，风雨无阻，倒也是练笔的好机会，每个专栏的篇幅有规定，有的是千字文，有的则是三四百的"豆腐干"（指在报纸上所占版面），专栏的文体很自由，抒情叙事，嬉笑怒骂，皆无不可，但我这人做事顶真，即使"报屁股"文学，也尽量精心结构，或缘事而发，或即景抒怀，总想不要糟蹋那方寸之地。

这本集子收的大多是南迁海隅后所写文字，厘为四辑，试述如下：

"学人印象"乃是对硕儒、师长乃至前贤的印象式速写，也有对侪辈友朋所作的简约素描，纸短情长，撷取的仅是吉光片羽，然而源自白心，并无矫饰。

"香岛文踪"皆为有关香港文学史的札记，曾编纂《香港近现代文学书目》，并拟写《香港近现代文学史》，后者唯有待于时日了。

"夜读偶记"亦文如其题，全系灯下所作的一些读书笔记。我尝言喜读九流三教之书、荒诞不经之典，就中文章也反映了我的读书范围是很驳杂的。

"海隅随笔"系南迁海隅后所作杂文与散文，以及兴之所至的小考证之类。后附有一组有关《灿烂的中国文明》网站的文字，为我付出如许心血的文化工程留一些记录。

集中文字芜杂谫陋，无甚可观，但或可反映一个"衣带渐宽终不悔"的读书人的求索轨迹，倘若有蒙青睐，则幸甚。

胡从经

2018年3月25日

芃儿生日，于京华

目录

学人印象

001　炙人的热力　慈爱的胸怀
　　　——追怀恩师汪道涵先生

007　金庸先生访谈录

011　华章不灭　恩泽长存
　　　——追怀金庸先生

020　创造的欢愉
　　　——饶宗颐教授一夕谈

022　悲怆与感恩
　　　——悼饶宗颐教授

031　大写的人
　　　——悼方心让教授

035　荒漠甘泉

037　之死靡他

040　白杨萧萧

043　余音袅袅

046　不灭的繁星

049	忆新波师（一）
051	忆新波师（二）
053	白金台与赤泥坪
057	中国出版界的寿星陨落
	——追思赵家璧先生
059	伟哉顾老
061	读者的悲悼
064	萧乾遗爱在人间
067	"五四"老人的瞩望
069	红花与绿野
071	永远的林徽因
073	书衣大师
077	东吴畸人
079	不灭的薪火
	——悼季羡林教授
082	郁郁盛会
086	小褚与《读书周报》
088	温流六十周年祭
090	诗人征军
092	无尽的温馨
094	藤野先生
096	嘤其鸣矣
098	王蒙一夕谈

101	作家身影
103	老柯新葩
105	妇孺之仆
107	陈子褒倡国语
109	记朴宰雨教授
112	袅然的追思
114	鲁迅的回响
119	日本"中国卅年代文学研究会"
122	淡墨素描

香岛文踪

136	鲁迅·胡适·许地山 ——1930年代香港新文化的萌发与勃兴
162	第一本香港文学选集 ——《时谐新集》（一九〇六）
182	拓荒者　耕耘者　收获者 ——许地山与香港的中国语文教育
189	香港新语文教育的开山祖——陈子褒
197	为霞尚满天 ——蔡元培晚年居港期间对中国文化的贡献
206	新文化运动在香港回响与勃兴的实录 ——读《陈君葆日记》
225	历史的跫音 ——历代诗人咏香港

233	《香港文学大系》缘起与拟想
237	《香港文学史料丛书》拟目

夜读偶记

244	贺《文采》创刊
246	汉学新猷
	——饶宗颐《符号·初文与字母——汉字树》
248	世纪箴言
250	书梦温馨
252	读《我所认识的汉学家》
254	《古典精华》编竣志庆
256	桃李不言　下自成蹊
	——读《马鉴传》
258	《丽白楼遗集》
260	十年磨一剑
	——《中国现代文学大辞典》
262	皇然巨著
264	"五四"的回响
266	怂恿编印《胡适及其友人》
268	诗怪笔下的香港
270	默默耕耘者的劳作
272	读《戴望舒全集》

274	闲话杨家将
276	童年恩物
278	赤子之心
280	乡情如醉
282	素颜可亲
284	《与巴金闲谈》
287	色笼墨染写沧桑
289	学苑英华
291	功德无量
293	《林非散文》
296	喜读《海上学人漫记》
298	撒旦的礼物
300	心泉淙淙 ——读《今夜星光灿烂》
302	《五四新文化的源流》 ——近代思想文化研究的新收获
305	揭开雍正的面纱
307	一位爱国船王的心路历程 ——读《董浩云日记》有感

海隅随笔

321	童年珠玑

- 5 -

335	几代文化人的夙愿
337	东京鲁迅学术会议一瞥
340	与秋雨一夕谈
342	不灭的历史铭篆
344	文化沙龙
346	叹为观止的"东洋文库"
349	四十华诞
352	私书不私
354	月是故乡明
356	手的遐思
358	笑傲江湖
360	师恩湛湛
363	无题
365	说"国语"
367	"两文三语"必须坚持
369	有朋自远方来
372	在山西平遥民间中医发展研讨会上的讲话
375	旭日砚考
379	"青溪道人"砚考
381	延寿寺遗址感怀
382	为"推动中华文化走向世界"奉献心力 ——《灿烂的中国文明》网站编辑札记
400	《灿烂的中国文明》大型文化网站简介

410	联合国电台采访的专题报道
413	答 TVB 电视记者问
419	中国文化研究院建院十五周年感言
422	读书・藏书・教书・编书・写书 ——我的读书生活，兼谈猎书与治学的关系
479	跋

炙人的热力　慈爱的胸怀
——追怀恩师汪道涵先生

鲁迅说过凡有名人弃世，总有若干闲人争相攀附，谬托知己，这是足以令逝者不安、生者侧目的。鉴于此，不佞很少写类此悼念文章，将感恩之情与萦思之痛深埋心底，未尝不是很好的纪念。

然而汪老不同，就我所身受的温煦、所承接的雨露，非写出点东西来，不然难以排遣那袅袅的哀思。

汪老堪称当代举世尊崇的长者与伟人，本轮不到我瞎三话四。不佞既非他的下属，也非他的学生，连私淑弟子都谈不上，没什么瓜葛可攀的，但正因为我是一个微不足道的知识分子吧，所以才格外感受到他那炙人的热力与慈爱的胸怀。

"踏踏实实做学问"

1999年顷，我在香港中华书局和上海文艺出版社同时出版了繁、简体字版的《中国小说史学史长编》，该书《跋》中有一段话："乡前辈汪道涵先生时予教诲、关切与勖勉，拳拳之意，铭感无已。"此绝非客套之语，实乃肺腑之言。

事缘20世纪80年代初，上海市政府召集了一群所谓知识界的精英组成了上海市中青年知识分子联谊会，不佞忝为理事，同为理事的尚有我的师姊戴厚英（作家，已故），以及惠永正（后任中国科技部副部长）、张祥（后任中国外经贸部副部长）、厉无畏（后任全国政协副主席）等，而汪老与王元化教授皆为顾问，故时有亲炙与承教的机会。加之汪老祖籍徽州歙县，寄籍嘉山，说起来还是徽州小同乡，故尊称为"乡前辈"。当时他的寓所在康平路32号楼上，雅洁修整，窗明几净，弥漫着书香氛围。汪老间中命我去他那里聊天，或陪他去书店淘书。我曾陪过两位长者去上海旧书店、古籍书店的书库"觅宝"，一位是汪老，另一位是马飞海先生，中国钱币史的专家，曾任上海市出版局长，同样也是一位儒雅博学之士。

时值"评职称"（因评审、晋升职称的活动在"文革"中中断已久，故20世纪80年代各科研机构、大学会集中一段时间来开展评审职称的活动），我被上海社会科学院列为晋升正教授的候选人，由王瑶、王元化、许杰、钱谷融、贾植芳诸师长做审评推荐人，经由三十多位知名学者组成的上海社会科学高级职称评审委员会审核通过。可是因为刚恢复"评职称"不久，各级职称都有名额限制，常有粥少僧多之叹，而上海社会科学院有一千多名研究人员，资历高的人多的是，可能在于"论资排辈"方面的原因，相对年轻者的晋升有所阻滞，于是我的晋升也搁浅了。当时东京大学已以A级待遇邀请我去访问研究（日本文部省学术振兴会资助的邀请外国学者待遇分四等：A.专家；B.教授；C.副教授；D.助手［讲师或助教］），故我对晋升与否也不大措意，但汪老与王元化老师说了话（具体说什么我也不清楚，是事后风闻的，大约是说评职称主要看学问与能力，不要光考虑资历之类），随即晋升问题解决了，于是我成了上海社会科学院最年轻的正教授。心情是颇为惶恐的，赴日前去汪老处辞行也心中惴惴，汪老说了些勉励的话，然而正色说："不要斤斤于浮名，最要紧的踏踏实实做学问！"这两句箴言我一直横亘在心，谨记笃行，未敢或忘！自忖天分不高，要想做点学问，唯有谨记汪老"踏踏实实做学问"的诲导。回顾自己治学历程中，孜孜于第一手资料的占有，不囿于旧说，在《榛莽集——中国现代文学管窥录》《柘园草》《鲁学蠡测——鲁迅与中国新文化》《文辙初揆——中国近现代文学散策》《中国小说史学史长编》《拓荒者·垦殖者·刈获者——许地山与香港新文化的萌蘖与勃兴》《晚清儿童文学钩沉》等著作中，于学术史、近现代文学史、儿童文学史领域，如果说能不因袭陈言，在所掌控的丰富史料中发掘、引申结论，填补了或一方面的学术空白，那就是在汪老箴言指导下的结果。

"为国家做点有益的事"

20世纪90年代初，移居香港之后，我又在香港大学修读了博士学位，加上原本持有内地的正教授资格，本想找一份教学或研究的工作，可是我的求职申请连续几年都四处碰壁，有一位相熟的某大学中文系主任C教授对我说："你怎么申请都是没有用的，所有招聘名额早已内定好了。"原来如此，我终于明白了为什么我持有香港大学博士学位、上海社会科学院研究生院正教授的资格，却申请一个大学讲师职位而不得的原因了。

沮丧之余，回沪时难免到师长处发发牢骚，汪老安慰我说："无论顺境、逆境，能为国家做点有益的事就好。"并叮咛我无论如何不要放弃自己的专业。稍后，我想申请澳门大学的教职请他帮忙时，他老人家在百忙中亲笔写了短笺给我，兹录如下：

从经先生：
　　关于请王今翔转马万祺先生的申请函，连同履历及其他推荐函件已全部寄出，据王今翔答要待了解情况后告知。特奉闻并建议如方便可直接与王今翔连（联）系，我有消息即转告。

汪道涵
1997年12月5日晨

马万祺先生是居于澳门的全国政协副主席，兼澳门大学的校董，是汪老的老朋友；王今翔先生则是汪老的老部下，时任澳门新华社副社长。

现在回想起来，自己连求职这样的鸡毛蒜皮小事都要去麻烦他老人家，实在于心不安。但汪老却是出于对一个后辈的关爱与期冀,他希望我能从事本职工作而发挥才智吧。汪老爱才、怜才之心是广袤无垠的,许多知识分子都受过他光热的照拂。早在20世纪80年代初,我居于一仅12平方米的斗室,而且满屋都是书,人连插足都难。汪老不知是听元化师或是别人说起,即特批给我一套二居室的住房,位于万人体育馆对面的上海第一批的高层建筑中。当我安坐在带有阳台的小书房中读书写作的时候,感激的心情是不言而喻的。

"弘扬中国文化是读书人责无旁贷的本分"

九七回归不久后,饶宗颐教授、李业广律师、方心让教授等发起成立中国文化研究院,不佞也忝陪末座。该院以研究与弘扬中国文化为宗旨,得到首任行政长官董建华先生的大力支持。研究院成立之后,理事会决定邀请汪老出任名誉院长。我致电汪老时,他老人家爽快地答应了,并对我说:"弘扬中国文化是读书人责无旁贷的本分,这在香港尤其重要,我相信你们会大有作为!"并应我的请求题写了院名,当我打开寄来的邮件时,顿时感动得热泪盈眶,原来他老人家为了便于我们处理,竟然超越我们的请求,一横一竖写了两张大字,字体遒劲丰盈,不同凡响。如今汪老的题额就挂在研究院的大门口,并印在研究院同仁的名片及有关印刷品上,仿佛时刻惕励我们牢记汪老的遗训,将弘扬中国文化的工作持之以恒,做到最好。

《灿烂的中国文明》网站www.chiculture.net是中国文化研究院的第一项大型文化工程,拟采用信息科技手段来形象地再现中国文化的基本轮廓与发展规律。为了确保网站内容学术的权威性、知识的准确性和资料的丰富性,必须拥有一支高水平的学术顾问队伍。为此我商请汪老担任网站的首席学术顾问,他老人家一口就答应,并建议我应该请哪些学者出任学术顾问。正因为汪老的号召力,许多全国第一流学者都参加到《灿烂的中国文明》学

中國文化研究院

汪道涵

术顾问的行列,其中有季羡林、王元化、许嘉璐、潘吉星、罗哲文、冯其庸、金维诺、汤一介、袁行霈诸教授。

网站建成之后受到香港、内地乃至国际上的赞赏与好评,作为首席学术顾问的汪老也甚为欣慰。尤其是在联合国首届世界信息峰会上,《灿烂的中国文明》荣获"世界最佳文化网站"大奖,在一百三十多国的八百零三个优秀网站中脱颖而出,得票最高,一举夺得桂冠。当我赶赴日内瓦从"世界信息峰会大奖"董事会主席PETER BRUCK教授和奥地利国务卿手中接过奖状后,第一时间打越洋电话给汪老报喜,他老人家连声说:"好呀!好呀!从经,好好干!"

汪老犹如一棵参天的大树,我所知见的不过是一枝一叶,但仅就此也足可窥见汪老对知识分子的关切、爱护和尊重。这种关爱是出自内心的,既非官样文章,亦非虚文客套;而且无分尊卑、长幼、畛域皆一视同仁。对于像我这样名不见经传的普通知识分子如此,对于名闻遐迩的大学者更是如此。如他对饶宗颐教授十分推崇,我亲耳听他说:"饶教授是国宝级的大师,他那样的修养和境界,今天的学者想达到,难了!"饶公要在上海开书画展,命我请汪老莅临主礼,他即欣然前往,而且与饶公一见如故;饶公写了一对楹联要我赴沪奉呈汪老,他收到摩挲半日,非常高兴。尊重知识,理解与体谅知识分子,应是执政为官者的固有品德,汪老树立了值得仿效的圭臬。

哲人其萎,我在给汪雨的唁电中写道:"痛失恩师,衷心如捣,哀痛莫名!二十余年雨露之恩,点点滴滴在心头,他的温煦,他的垂爱,他的海导,他对一个普通知识分子的关切与扶植,使我深切领受到他仁心的宽厚与人格的魅力。"其实文字也难以表达我心中的悲恸,作为曾亲炙汪老伟人风范与慈爱胸怀,以及亲聆过他教诲的后辈,唯有终生谨记他的训示,踏踏实实做好自己的"本分",以慰他老人家在天之灵。

载中国新闻社《中国新闻网》2006年1月9日首版

金庸先生访谈录

2007年1月15日，拜访了金庸先生，请教了若干问题。以下是访谈记录。

胡从经：许多读者都希望在网上一睹金庸先生的风采，先生有什么话想向全球的华人读者说的呢？

金庸：我想向全球华人讲，我写武侠小说，什么主题，希望达到什么目标，我自己讲得很简单，我在中国内地很多大学演讲，主要的小说主题就是叫人要学做好人，不要做坏人。所以你看我的小说，其他的学不到不要紧，好的、坏的应该分得出。有些中国传统，中国人叫"行侠仗义"，这侠客的定义，不是为了自己的利益，而去帮助人家的。这种侠自汉朝以来，在春秋

战国以来，我们有很多大侠，并不是拿刀乱杀人、强行霸道靠武力解决问题，也不是为了自己利益，而去帮助人的就是侠。这种行为，这种精神，还是值得提倡的。实际上，讲得简单一点，就跟"雷锋"差不多意思了。这种"雷锋精神"就是无私地帮助人家。所以武侠小说宣扬这种精神。你看我的小说，十几本小说中，每一本都宣扬这种精神：要主持正义，坏事情不做，做好事。遇到人家做坏事时，就干预他，希望提倡做好事。

胡从经：金庸先生，您对我所主持的《灿烂的中国文明》网站甚多欣赏与推重，题词道："了解唐虞夏商，中国灿烂文明，如何缔造；研习大汉盛唐，东南西北民族，融合贯通。"我们非常感谢。期待您对网站的建设给予建议和希冀。

金庸：现在全世界"中国热"很厉害，全世界到处如英国、美国都来学中文。好像韩国般，学外语的差不多80%都学中文，所以全世界学中文的学生多得不得了。好像你们这个网站，是他们学中文的很好的一个辅助工具。很多网民、很多学中文的人也希望看你们的网站。对中国有什么问题不懂的，就找出一个专题来点击，在你们的网站上面，看到中国文明的情况。所以，我希望你们的网站在细节内容上再丰富，让全世界学中文的人，对中国的情况，大家都了解更多。

胡从经：金庸先生，您的小说风靡了全球的华人社会，也引起了国际文学界的高度关注。小说最新的修订版已推出了一段时日，读者的反应也各有不同，请问您对这些意思及反应有何看法呢？您对自己以往的修订及现在的新修订版又有何看法呢？

金庸：新的修订版改得比较多，最主要的就是《天龙八部》。主要改了是因为以前篇幅太长了，我写了差不多有4年多5年了。那么写到后面，前面的就有些忘记了，不太接头了，所以要把它前后都要统一起来做。

我的好朋友、作家倪匡前几天给我讲：有些人不喜欢新的修订。我说这是什么道理？他讲了一个笑话，他说："作者进步了，读者不进步。"

现在，后来慢慢读历史读得多了，就想到：中华民族、各个民族应该大家互相平等，不应该种族之见太深了。所以把《书剑恩仇录》《天龙八部》这些都修改了一下，就是以民族融合、团结为主题，不是以前那样以民族斗争为主题。

《天龙八部》的武功没有改动，不过后期就解释艺术是容许夸张的。这武功按道理是不可能的。好像"六脉神剑"，把内力从手指里逼出来，这种是不可能的。但在艺术方面，全世界的艺术都会夸张的，都有不可能的。好像毕加索画女人，他画得同一幅画里，一个女人有两个头，这是不可能的。他这样画却变成名画了。他想表现这女人三心二意，这边看看，那边又看看。

胡从经：2006年的《神雕侠侣》，张纪中拍的，您有看吗？

金庸：《神雕侠侣》，我觉得还是刘德华和陈玉莲拍得比较好。但他宣称这一出是最贴近原著的，又是实景拍摄……

实际上他完全没有跟随原著呀！他选刘亦菲扮演小龙女，刘小姐样子蛮漂亮的，但她怕难看，不敢做表情，一做表情就破坏了她原来的相貌，就改动了！她要哭的话，她不肯哭，流滴眼泪就算了。

那扮演杨过的男演员，杨过跟他师傅在古墓里，应该非常庄重、非常敬重师傅的，但他好像在演一个很浮夸的小青年，我不喜欢。是现代化了，好像在勾引他师傅一般，那我就不喜欢了。

胡从经：好像听金庸先生说过觉得刘德华主演的杨过最好？

金庸：对，刘德华演得比较好，应该庄重、正经的比较好。是刘德华和陈玉莲演的。最近好像有一个网上的选举，选最喜欢会拍戏的哪个演员，票数最多的也是刘德华和陈玉莲。所以这些读者还是比较懂的。

《鹿鼎记》不是讲学习的。它和其他的小说不同，《鹿鼎记》主要是描写较现实主义的，描写清朝康熙时候的一些社会现象。

《鹿鼎记》的韦小宝在描写一种个性、精神，其实是一种不好的社会现象。所以，我本来想把《鹿鼎记》修改一下，例如有些教育意义，如韦小宝有老婆，后来这七位走掉了；或者他跟人家赌钱，最后他输掉了。但是有很多读者说：这是描写清朝社会，现代与清朝社会不同，你不是叫我们学韦小宝，所以还是不要改好。我觉得他们的意见也很对，所以我没有修改。因此《鹿鼎记》新的版本没有修改。

胡从经：所以您就说《鹿鼎记》是历史小说了，是说清朝的历史。

金庸：《鹿鼎记》不是武侠小说，武侠小说要提倡帮助人家，韦小宝不是去帮助人家，他占便宜、贿赂、贪污，什么东西都做，可以说是讽刺小说。对，是有讽刺意味，而且描写一个不好的社会中种种不正当的风气。

胡从经：那么，会不会反映了武侠小说的一些局限？

金庸：也不全是，那是性质不同的。武侠小说应该是写善恶，好坏是非也应该是清清楚楚的。但《鹿鼎记》不是武侠小说了。

胡从经：金庸先生还正在进修，令我们这些晚辈很钦佩！想请教一下，金庸先生在英国剑桥大学读书的时候，有什么感受与体会与大家分享？

金庸：我现在在剑桥大学刚刚读完硕士，博士还没开始念。我比较不懂老师的要求，问我："你怎么写这个题目？"我已指定了、讨论了，要念唐代的历史，而唐代历史的题目很多，他们有一个教授委员会，要我提出来写哪些题目，我一个一个提出题目，他们却说："这个题目某位英国人已写过了，德国也写过这些内容，你看过没有？"我说："法国、德国的我看不懂，也没有看过。"他们说："没看过，人家已写过了，你不要写了。"

那后来我提了一个题目，是有关最近发掘西安的考古，所发掘出的皇宫和东宫。我认为中国传统的历史说的李世民"玄武门之变"是不对的，我有自己的新发现。这些教授说好，认为这个题目很好，欧洲人从来没写过。他们这些教授学问很好啦！有的英国书也读、法国书也读、意大利的也读……他们说已写过的问题不用写了，冇用。不能超出他们的范围，所以我在英国念书，印象最深刻的就是，要求你一定要有创见，没有创见的、人家写过的，你文章写得再好也没有用。

华章不灭　恩泽长存
——追怀金庸先生

丁酉、戊戌两载，真是一个群星陨落、硕果凋零的年代，饶宗颐、冯其庸、金维诺等大师先后弃世，又惊悉查良镛先生仙逝，心中郁结，茫然若失，伫立窗前，寒气逼人，横竖睡不着，遂伏案撰写几段追怀先生的片断文字。

一

1989年顷，受小思（卢玮銮）、伊凡（孔慧怡）两位香港才女的推荐，由陈方正博士主持的香港中文大学中国文化研究所聘请我作为期半年的访问

金庸先生（左）与作者

学者。抵埠不久，虽有通信而未谋面的查先生招饮于海鲜舫，甫见面就伸手紧握，并开玩笑说："名字古板，人倒挺靓仔。"安排我坐在他的座右，向席间诸人介绍："这是上海来的胡教授，请大家多多关照。"由于第一次见到自幼心仪的大家，心中不免兴奋和忐忑；加上素来口讷，又见满桌都是陌生人，更加显得局促。先生见状立现大侠风范予以"搭救"，气氛顷时喜乐多多，我亦立即放松了。

先生说的是"沪普"（带有浙江口音的上海普通话），因我是"新人"，席间频频嘘寒问暖，并询及将在港大读博的情况，叮嘱我在港生活应注意的若干细节。言谈中时闪幽默，他向席间人说："我读过胡教授在我们《明报月刊》上连载的《东瀛访稗录》和其他一些文章，就想象他是个什么样的人。姓名有点酸，文字颇老辣，恐怕是个正儿八经的老头子吧，想不到比他的师兄漂亮（先生指指席间的黄霑先生，他毕业于港大中文系），而且还有点怕丑（沪语：害羞）。"引起哄堂大笑。最后对我说："我有个基金，你到港大读博后，每月资助你两万港币，直到学位拿到为止。"对此我当然十分感谢。香港米珠薪桂，有先生慷慨资助，当然有裨于我专心问学，免于冻馁。后来，我在港、沪两地以繁简两种字体出版的博士论文《中国小说史学史长编》的《跋》中都郑重申谢："撰述本书稿期间，曾得到'查良镛博士文化基金'为期两年的资助，谨对素所心仪的金庸先生致谢。"

先生对后辈的垂爱和哺育，我将永铭心底，终身毋忘。他曾经郑重其事地对我说："做学问，一定要竭尽全力地拿点新东西出来，不然就是浪费了纸墨。"这句叮咛和饶公的"勿要炒冷饭"的告诫一样，成为自己治学遵循的规箴，只可惜天资鲁愚，又复怠惰成性，实在拿不出像样的成果以报先生的厚望，深以为憾。不过，自己还是努力以赴的，无论鲁迅研究、近现代文学研究、学术史研究，都力求不因袭陈言而有所创获。仅就先生资助完成的40万言的《中国小说史学史长编》来说，当时得到权威学者"诚足导人以入德之门"的"开山之作"的评价，先生闻之十分欣慰，带我到中环的上海会所尝鱼翅火瞳，以资奖励。

二

先生对我所从事的弘扬中国文化的工作也十分关注，当时中国文化研究院设置有主管导向的督导委员会，主席是董建华先生，查先生也欣然就任督导委员。我们院址原在特区政府提供的启德机场政府大楼的贵宾厅（港英时代历届总督在机场迎送贵宾的地方），后因拆迁搬到北角的嘉华国际中心（吕志和先生产业），先生的明河出版社也设于此，彼此只隔几个楼层，更有了就近请益的机会。先生对我主编的《灿烂的中国文明》网站时予指导，诸如对网站的内容和形式都有建议和匡正。网站中"中国文学精华"系列里涵有"金庸的小说世界"专题，从提纲到细则都得到先生的指导，他还提议请北京大学中文系终身教授严家炎担任专题主笔。严先生是我认识多年的朋友，我们都参与发起组织中国现代文学研究会，他是会长，我是理事，故而沟通起来比较方便。网站共有18个系列300个专题，每个专题的规格文字稿3万字，其他尚有视频、动漫、图片等多媒体因素。严家炎、陈墨先生写的《金庸的小说世界》文字稿长达9万字（比统一规格多出两倍），我思忖再三还是签发了，因为金庸毕竟与众不同（另一作特别处理的还有史金波教授的《西夏王朝》，也是9万字）。定稿后送呈先生审阅，他一个晚上就看完了，还提出了增删修订的意见，条分缕析，洋洋洒洒，前辈学者的严谨、认真劲儿令我折服。专题中需糅入大量根据先生小说改编的影视作品片断，他都专门与有关机构打了招呼，给予优惠，从而节省了一笔不菲的版权费。因为先生觉得这是公益事业，所以呼吁大家尽可能给予支持。

《灿烂的中国文明》网站历时三年建成，在建成的当年就荣膺联合国首届世界信息峰会颁授的"世界最佳文化网站"大奖。先生也非常高兴，他在我们出版的纪念画册中题词道：

了解唐虞夏商，中国灿烂文明，如何缔造；
研习大汉盛唐，东南西北民族，融合贯通。
恭贺"灿烂的中国文明"出版
金庸敬题　丁亥年春于香港

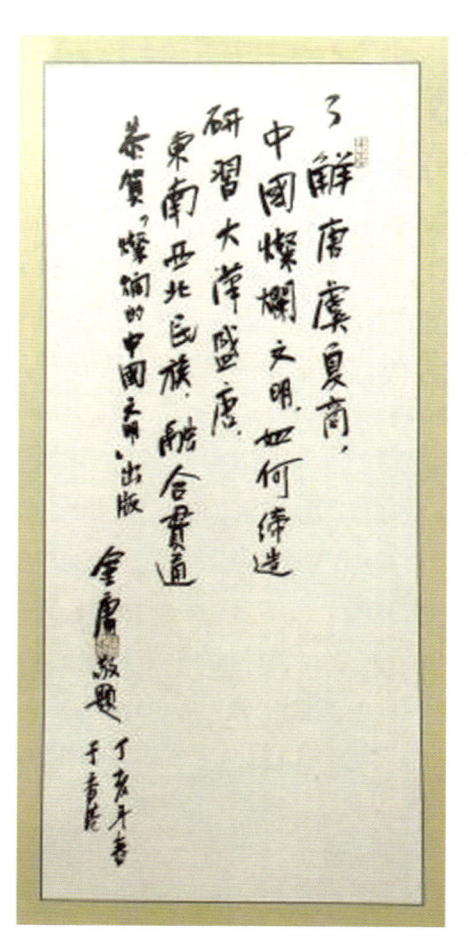

金庸先生为《灿烂的中国文明》网站纪念画册题词

先生的题词是对我们旨在弘扬中国传统文化的网站内容的高度概括和精辟表述，同时也是对我们工作的鼓励与期冀，全院人员当时为之振奋。

我们还专程拜访了金庸先生，请他就中国文化研究院以及《灿烂的中国文明》网站的建设和发展给予指导和希冀，并做了视频记录。先生说："现在全世界'中国热'很厉害，全世界到处如英国、美国都来学中文。好像韩国般，学外语的差不多80%都学中文，所以全世界学中文的学生多得不得了。好像你们这个网站，是他们学中文的很好的一个辅助工具。很多网民、很多学中文的人也希望看你们的网站。对中国有什么问题不懂的，就找出一个专题来点击，在你们网站上面，看到中国文明的情况。所以，我希望你们的网站在细节内容上再丰富，让全世界学中文的人，对中国的情况，大家都了解更多。"先生的期望就是我们的动力，同仁们随即为网站学术的精确性、知识的丰富性和形式的趣味性，投入更多的努力。

先生执掌浙江大学文学院时，举办了一场有关中国文化的国际研讨会。他命我与会，并命题作文：在会上谈谈编纂《灿烂的中国文明》网站的经验。其实也没有什么经验好谈，然长者之命，焉得不遵？遂草就急就章，自港飞杭在会上做了《推动中华文化走向世界——创建〈灿烂的中国文明〉网站的经验》的发言。谈了网站在传播中国文化中的几点经验：一、香港是基地，祖国是后盾；二、凝聚专家智慧，传承民族遗产；三、获高层奖掖，有各界支持。先生表示认可，将发言稿收入了会议的论文集，并推荐给香港中联办主办的《新紫荆论坛》发表。

先生对中国文化研究院的关切和鼎助，证明先生服膺国家"推动中华文化走向世界"的战略目标，赞同并推进"增强中华文化在世界的感召力和影响力"，其浓郁的家国情怀，务实的实干精神，对我们都是鼓舞和策励。

三

  2007年元旦，我们在《灿烂的中国文明》网站中创建了一个子网站——《文化新闻》，宗旨在于为海内外读者提供一些健康的、新颖的文化信息。应众多读者要求，我们准备对金庸先生做一次访谈。当时先生已经八十高龄，一般不接受采访之类了；但当我致电提出请求时，他爽快地答应了。

  1月15日，我率同事们拜访了先生，访谈记录与视频就发表在当月的《文化新闻》中。今撮要介绍其中若干内容——

  当我问到：先生有什么话想向全球的华人读者说的呢？先生说："我想向全球华人讲，我主要的小说主题就是叫人学做好的人，不要做坏人。"接着阐述了"侠"的本义："有些中国传统，中国叫'行侠仗义'，不是为了自己的利益，而去帮助别人家的……这种行为，这种精神，还是值得提倡的。"

作者访谈金庸先生现场

进而宣示："所以武侠小说宣扬这种精神，你看我的小说，十几本小说中，每一本都宣扬这种精神：要主持正义，坏事情不做，做好事情。遇到人家做坏事时，就干预他，希望提倡做好事。"

我还问了一个大家比较关注的问题，小说最新的修订版推出之后，受众的反应各有不同，甚至大相径庭，先生对这些意见及反应有何看法？您对自己以往的修订及现在的新修订版又有何看法？先生的回答比较重要，就不再节选而照原话迻录了：

新的修订版改得比较多，最主要的就是《天龙八部》。主要改了是因为以前篇幅太长了，我写了差不多四年多五年了。那么写到后面，前面的就有些忘记了，不太接头了，所以要把它前后都要统一起来。

我的好朋友、作家倪匡前几天给我讲：有些人不喜欢新的修订。我说这是什么道理？他讲了一个笑话，他说："作者进步了，读者不进步。"

现在，后来慢慢读历史读得多了，就想到：中华民族、各个民族应该大家互相平等，不应该种族之见太深了。所以把《书剑恩仇录》《天龙八部》这些都修改了一下，就是以民族融合、团结为主题，不是以前那样以民族斗争为主题。

《天龙八部》的武功没有改动，不过后期就解释艺术是容许夸张的。这武功按道理是不可能的。好像"六脉神剑"，把内力从手指里逼出来，这种是不可能的。但在艺术方面，全世界的艺术都会夸张的，都有不可能的。好像毕加索画女人，他画得同一幅画里，一个女人有两个头，这是不可能的。他这样画却变成名画了。他想表现这女人三心二意，这边看看，那边又看看。

我不清楚先生在别的地方讲过同类的话没有，以上可能对金学界的研究有所裨益。

先生还谈了对根据他小说改编的影视作品的评判，肯定地说："《神雕侠侣》，我觉得还是刘德华和陈玉莲拍得比较好。"强调指出："对，刘德华演得比较好，应该庄重、正经比较好。"也批评了某些演员为了维护形象怯于表演的现象："小龙女……样子蛮漂亮的，但她怕难看，不敢做表情，一做表情就怕破坏了她原来的相貌，就改动了！她要哭的话，她不肯哭，流滴眼泪就算了。"这当然不足取。不过这位女演员的演技后来有所进步，也许是听取了先生的批评吧。

最后我请求先生谈谈在英国剑桥大学深造时的感受和体悟，先生说："我在英国念书，印象最深刻的就是，要求你一定有创见，没有创见的、人家写过的，你文章写得再好也没有用。"其实这与先生以前私下叮咛我的"一定要竭尽全力地拿点新东西出来"的话异曲同工、如出一辙，够我受用终身。

金庸先生的作品脍炙人口，不胫而走，自不必我絮聒。诚如有宋一代凡有水井处皆唱柳词，而今凡有华人之处无不读金庸，我当然也是先生万千拥趸之一，搜集他的作品各种版本都有，然而最珍贵的还是先生赠予的一套竖排繁体字本。先生在每一部作品的首卷扉页都亲笔题署："从经先生　请指教　金庸"，而且特别在《书剑恩仇录》的首卷扉页上写下了：

　　从经先生　请指教
　　从经不纵权
　　事事守规矩
　　金庸

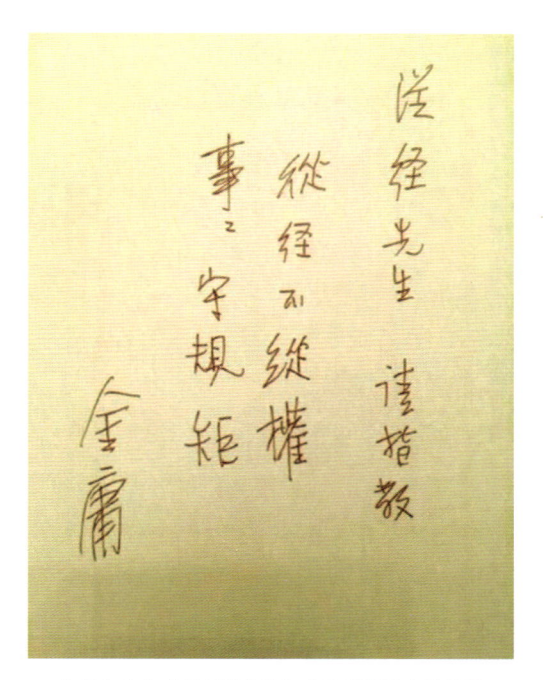

金庸先生在《书剑恩仇录》首卷扉页的亲笔题署

这是十分宝贵的前辈训导，应作为做人的南针，视之为终身遵守的圭臬。

  先生如今走进了历史，中国历史和中国文化史均须用金字镌刻他的名字。我在标题中用了"不灭"二字，当然也是不朽的意思。先生的心血结晶已经置于中华民族的精神宝库，他自己曾预言一二百年后还有人读他的书，但这个估计太保守，我相信会传之久远。衡估先生在中国文学史上的地位与作用，非我所能，这是金学家们的事。我在这里仅仅表达一个读者，一个曾蒙先生垂爱承其恩泽的普通读书人的感恩之情。据闻襄阳城当晚全城点亮了蜡烛，寄托对远去的先生的哀思，我也添一支吧！

载《人民日报》海外版官网《海外网》2018年11月2日首版

创造的欢愉
——饶宗颐教授一夕谈

年初某日有机会向饶宗颐教授请益，午后在骏景酒店咖啡座昏黄的灯光下，听这位睿智的长者侃侃而谈三个多小时，悠然神往，如坐春风，"望崦嵫而勿迫"，走到街上已是万家灯火了。

半日聆教，获益匪浅，就中甚多绝非从书本中所能撷取。譬如，饶公曾纵谈半个多世纪以来的香港学坛轶事，举凡叶恭绰、顾颉刚、简又文、卫聚贤、陈君葆、易君左、罗香林、赵尊岳等学人的嘉言懿行，在他庄谐并出的言谈中立即显得鲜活而凸现。过往我仅是以上诸公的读者，印象是平面的；饶公娓娓述来，使无从亲炙这些已故前辈学者的我，对他们的精神风貌与治学方法有了更感性而具象的了解。

话题不知为何关涉到学者的长寿问题，饶公认为许多学者之所以在清苦寂寥的生活环境中，虽为探求学问而殚精竭力、摩顶放踵，然却往往年至耄耋仍耳聪目明、思维敏捷，依旧手不释卷、笔不停挥，保持着旺盛的学术活力，究其原因主要在于学者享有一般人无法体验的创造的欢愉！

好一个"创造的欢愉"，这一促使学者肉体与精神的生命力齐齐勃兴的神秘酵素，其实也是古已有之的，不然就很难解释在既无稿费，又无版税，甚至往往要自己掏腰包刻书的古代中国，会有那么多的典籍留下来，汗牛充栋也不足以形容之。当然，"创造的欢愉"不是唯一的因素，但毫无疑问是重要的因素。不过中国古代学者因受"文以载道"的古训所囿，往往讳言这一点。在古书中查了半天，方在明代王世贞《艺苑卮言》中找到这么一句："遇有操觚，一师心匠，气从意畅，神与境合，分途策驭，默受指挥，台阁山林，绝迹大漠，岂不快哉！"也只能庶几近之。

何必从尘封的故纸堆中去寻觅例证呢?！饶公自己就是范例,他老人家年逾耄耋仍葆学术青春,近日又完成了两部厚积薄发的专著:一为《符号、初文与字母——汉字树》,一为《西南文化创世纪——殷代陇蜀部族地理与三星堆文化》。我有幸拜读了以上两部手稿,不得不为其中鼎沸的求真精神所震慑,为其中卓异的史识诗心所折服,更为老人矢志为弘扬中国文化而奋斗不息的赤诚所感动。可以预言:饶公以上两部新作的问世,将对整个汉学界产生深巨的影响。前者探索中国文字的起源问题,后者则论证中国文化多方位起源问题。作者凭借其有关历史地理的深湛学养,甲骨学的长期积累,再结合崭新的考古发现,超越前辈学者创立"三重证据说",重开中国文化起源研究的新生面。饶公轻抚这两部手稿对我说:"我写它们时,真正体验到创造的欢愉!"

握别时,我送给饶公一枝从四川带来的楠竹手杖,他说:"谢谢,等我老了再用吧。"是的,饶公并未老,祈愿创造欢愉之火在他胸中长明不熄!

1995年秋

悲怆与感恩
——悼饶宗颐教授

遽闻饶公仙逝，悲悒不能自已，为之不豫累日。怅望南天，泣血拜祭。吾尝言：非亲聆教诲者，难以体味这位旷代学人学问的淹博渊深和心灵的慈爱悲悯。

一

上世纪90年代初，我在上海社会科学院研究生院教授任上，衔命赴港从事文化回归工作。当时海隅一角尚处于港英治下，受殖民式文化浸润甚至豢养的人对我投之以白眼，受到嫉视与排斥，飞石流矢，纷至沓来，颇令我感到孤立与无助（当然，这其中也有上海一小丑的跳踉、挑拨、谣诼之功）。正当处此寒峭的氛围中，饶宗颐教授向我伸出了温暖的手，原来他受我师长委托照拂我，从始有了常到府上请益的机会。

饶公寓居跑马地凤辉台，这是一个文化情愫非常浓郁的地方：三四十年代，内地许多知名文化人都聚居于此；香港本地的文化人，如与许地山、马鉴共同营建与拓展香港大学中文学院的陈君葆教授也长期卜居于此。每次应召赴饶寓都有一种朝圣的感觉，因为饶公是我心仪已久的大学问家，以往从师长王元化、徐中玉、王蘧常等先生的言谈中，从我所读的饶公著作里，就早已有高山仰止之感；如今亲承謦欬，如沐春风，给我孤寂的海隅生活平添了温馨和喜悦。

饶公研究视野广阔，很多领域非浅学如我所敢问津；但凡我有所请益，从不惮烦悉心诲导。他反复向我强调：做学问不要怕坐冷板凳，没有玄奘般

香港文化界纪念饶公85寿辰。左二为饶公，左三刘以鬯先生，左四曾敏之先生，左一为作者

偕黄嫣梨教授(右二，香港浸会大学)在凤辉台饶寓拜谒饶公

的苦行僧精神绝对深入不了学术的殿堂；做学问不能炒冷饭，加上开洋瑶柱还是冷饭，一定要独辟蹊径，有所独创；不要以为做学问就是苦差事，应该从中体认"创造的欢愉"！我曾将历次聆教的收获属笔为文，以《创造的欢愉》为题刊发1998年2月15日香港《文汇报》，后来又以此题作为我为中国社会科学院出版社写的学术随笔集的书名。还是抄一段旧文吧："饶公认为许多学者之所以在清苦寂寥的生活环境中，虽为探求学问而殚精竭力、摩顶放踵，然却往往年至耄耋仍耳聪目明、思维敏捷，依旧手不释卷、笔不停挥，保持着旺盛的学术活力，究其原因主要在于学者享有一般人无法体验的创造的欢愉！"其实这一促使学者肉体与精神的生命力齐齐勃兴的神秘酵素，不仅古已有之，譬如明代文学家王世贞云："遇有操觚，一师心匠，气从意畅，神与境合，分途策驭，默受指挥，台阁山林，绝迹大漠，岂不快哉！"应庶几近之；而今，饶公自己就是范例，他年逾耄耋仍葆学术青春，晚年连续完成了两部厚积薄发的专著：一为《符号、初文与字母——汉字树》，一为《西南文化创世纪——殷代陇蜀部族地理与三星堆文化》。我有幸读过以上两部手稿，当时不得不为其中鼎沸的求真精神所震撼，为其中卓异的史识诗心所折服，更为长者矢志为弘扬中国文化而奋斗不息的赤诚所感动。这两部著作对中国学术界将产生深巨的影响，前者探索中国文字的起源问题，后者则论证中国文化多方位起源问题，作者凭借其有关历史地理的深湛学养，甲骨学的长期累积，再结合崭新的考古发现，超越前辈学者创立"三重证据说"，重开了中国文化起源研究的新生面。

二

对我这样在学术荆途蹒跚而行的学步者而言，饶公是活生生的探索与研究学问的圭臬。实际上也是受饶公耳提面命的指导，不佞方有些许长进。例如中国小说史学是中国20世纪的显学，尽管有关于中国小说史的著作与论述汗牛充栋,但却没有有关中国小说史的学术史著作出现,不免令人遗憾;为了填补这一学术空白,我不自量力地选取了撰述中国小说史学史的研究课题,得到了饶公的首肯与支持,并获得悉心的点拨与指教。书稿完成后,他不仅在百忙中拨冗审阅,而且亲笔题签,主动为拙著《中国小说史学史长编》写了三千言的《序》,中谓:"胡君此书名曰小说史学史,综理过去研究成果,作一总检讨,胪举大纲,有条不紊,读者阅其大体,诚足导人以入德之门。"奖掖有加,令吾惶愧无地。

饶公对后生辈的学术追求,他认为有裨于中国文化的廓大与弘扬,无不鼎力扶植,于我也不例外。当时我从千余种古代诗文集(包括刊本与稿本),搜集、甄选了纵贯1200多年的历朝130余家的600多首吟咏香港的诗词,汇为《历史的跫音——历代诗人咏香港》于1997年6月出版,以献给香港回归这一彪炳千秋的民族盛典,在《跋》中有:"饶宗颐教授垂注甚殷,不仅为我提供了珍罕的资料,指示了编选的门径,而且赐以题签与词稿,使诗集生色多多。"铭记了饶公心系神州的家国情怀和汲引后进的拳拳之心。还有,我还拟定了香港近现代文学史的研究课题,饶公亦认可与关注,并亲笔题写了"香港近现代文学史""香港近现代文学书目"的书签,后者是为文学史作的资料准备,业已出版,《跋》也有:"饶宗颐教授题签令拙编素面生辉,谨此致谢。"前者规模稍为宏大,仍在撰述中。此外,饶公给我写的题签尚有《香港诗话》《开卷有益》等,提携扶植,在在可见。

三

作为饶公的弟子,有幸作成他的著作手稿的第一读者,那真是醍醐灌顶般的幸福之感。前已述及,我有幸拜读他的《汉字树》和《西南文化创世纪》两部著作的手稿,并荣幸地成为《汉字树》一书的责任编辑。其时,我在香港商务印书馆任助理总编辑,竭力争取到该书在商务出版,初版于1998年7

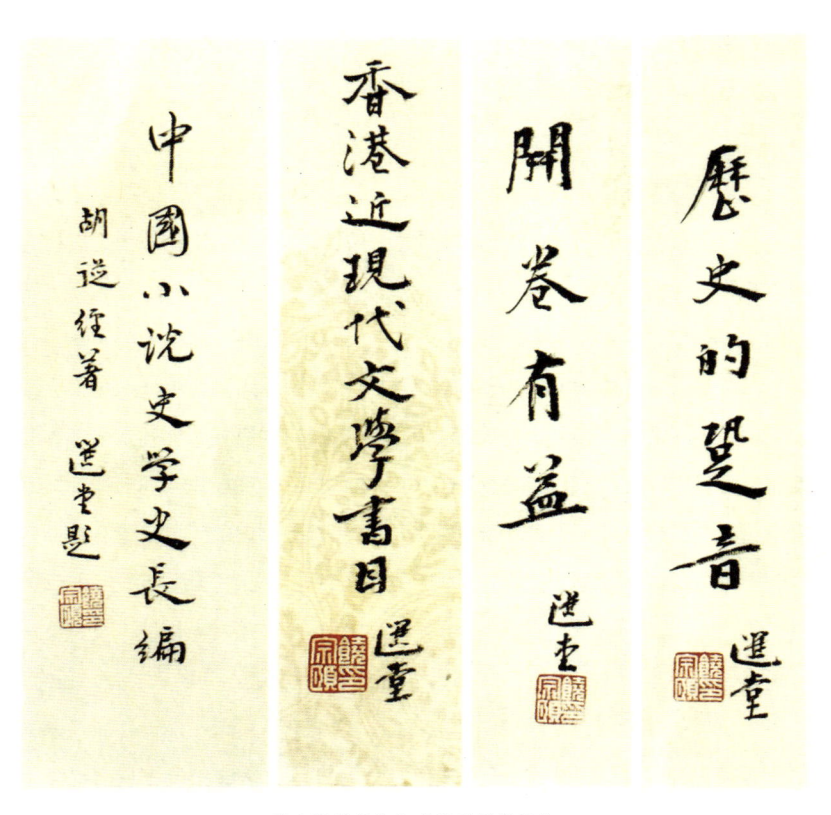

饶宗颐教授为作者著述所书题签

月。兹将我为该书所写的提要撮抄如下：

饶宗颐教授在本书中，审视与利用了海内外有关陶符、图形文的考古发现，采撷与融会了最新的考古学和民族学的若干资料，从世界观点出发，对汉字的成就作了总的考察，探索原始时代汉字的结构和演进的历程，说明文字起源的多元性及地区分布的交互关系。本书的重要论点之一：指出了中国历来统治者施行以文字控制语言的政策——"书同文"，致使语、文分离，文字不随语言而变化；而且汉字结合着书、画艺术与文字上的形文、声文的高度美，造成汉字这一枝叶葱茏、风华绝代的大树，卓然兀立于世界文化之林。文字、文学、书法艺术的连锁关系，构成汉文化的最大特色。其次揭示汉字未形成初期，陶器上大量的线形符号多与腓尼基字母相似，类似于西亚早期的线性图文，认为反映了古代闪族人使用字母并尝试选择彩陶上的符号，以代替借用楔形文的雏形字母之特殊现象，从而提出了具有原创性的字母出自古陶文的"字母学假说"。饶教授更指出了汉字不走上使用字母的道路，在古代早已做了明智的选择。

本书多方面地追溯汉字演化的道路，并与腓尼基字母、苏美尔线形文等古文字做比较研究，从全新角度探索汉字起源问题，不仅丰富与拓展了中国的学术文化，而且也有裨于提高读者的中国文化素养。

之所以不惮冗烦地引录了这段原刊初版封底的提要，主要是因为曾经饶公的审阅与修订，有助于大家了解这部重要学术著作的精蕴。

有关饶公的书，我还责编过《论饶宗颐》（香港三联版），其中搜集中外学者关于饶公学术成就的论述，硕儒如林，内容宏富。我还函请启功先生为之题签。再作一次文抄公，将我所撰写的提要移录如下：

饶宗颐教授"业精六学，才备九能"，是国际汉学界公认的大师，无愧乎"当今汉学界导夫先路的学者"的尊冕。

"博古通今，中西融贯"庶几可以形容饶教授的渊博，既赋有中国传统文化的深厚根柢，又旁通西方的治学门径，故而在被称为世界显学的敦煌学、甲骨学、秦简学，以及中外交通史方面都有独创性的贡献，其他如史学、词学、楚辞学、考古学、艺术史诸方面亦皆成果卓著，开拓了许多新的研究领域，填补了中国学术史上不少空白。本书汇集了近百名中外学者对饶教授学术成就与创作成果的评论，大致可以显现饶教授50余年在学术荆途上艰辛跋涉、勇猛精进的丰姿。

读者不仅可以从中窥见一代宗师的学术历程，而且也会增进对中国文化精蕴和国际汉学进程的了解与体认。

这篇20多年前写的小文，可能有助于年轻人从宏观上认识饶公的问学范畴和深巨影响。

不佞还有主编饶公学术著作的宏愿，事缘当时中国社会科学院出版社总编辑王俊义教授（知名清史专家）邀约我主编六卷本的《饶宗颐学术菁华录》，还郑重其事地签了约。此事当然须得到饶公的首肯与支持，他首先为我提供了在内地、港、澳、台乃至海外所出版的几乎全部著作，其中有绝版已久的两巨册《殷代贞卜人物通考》、1940年代出版的《楚辞地理考》、1970年代问世的《香港大学冯平山图书馆藏善本书录》等；其次，细致地审阅、匡正我所提出的框架、体例、纲目、类别，甚至对具体选目的取舍都给予指导。可惜计划因为各种原因（主要是版权问题）而流产，为此忙活了大半年当然非常沮丧。此事成为我终身的遗憾，而饶公却表现得非常豁达，反来开导我说："逼你读了许多书，不是件好事嘛！"

四

大约上世纪90年代末，具体年月记不清了，饶公在上海举办书画展。展前他跟我说：希望汪道涵先生出席并主持书画展剪彩仪式。为此我专程回了一趟上海，捎去饶公赠予汪老的一副手书楹联。汪老慨然应允了出席饶公书画展的邀请，并语重心长地对我说："饶公是世不代出的大学问家，你有问学的机会应该珍惜，好好的问，好好的学！"汪老的教诲我铭刻于心，返港后向饶公追述汪老的话时，他颔首微笑连说："不敢当！不敢当！"喜悦之情溢于言表。汪老为国事宵衣旰食，饶公为国学夙兴夜寐，这两位热望民族复兴的老人的心是相通的。

在汪老、周南先生、董建华先生的指导鼎助下，在李广业先生、方心让教授、谭尚渭校长等积极参与下，我们在回归不久的香港倡议、发起并筹建了中国文化研究院，宗旨就是弘扬中国文化、激励民族精神，拟为香港的文化回归略尽绵力。在这块殖民式文化荼毒已久的中国土地上弘扬传统文化，本来就是饶公的夙愿，自然得到了他的热情参与鼎力支撑，他不仅亲自审阅、校正我起草的《中国文化研究院倡立刍议》，还第一个在其上签名。中国文化研究院在特区政府的关注下成立之后，饶公担任了创院院长，汪老担任了名誉院长，汪老逝世后，继任的是许嘉璐教授。得到特区政府"优质教育基金"的大力资助和李兆基、邵逸夫等社会贤达的慷慨捐输，我们又创建了超大型的文化网站《灿烂的中国文明》，下隶十八个系列、三百个专题，涵盖了中国传统文化的所有范畴。饶公对网站的总体规划、架构、体例、篇幅乃至文风，都作了具体而细致的指示。正是由于汪老、饶公的威望和影响力、感召力，我们的工作进行得特别顺利，得到了全国文化学术界的热烈响应和全力支持，季羡林、冯其庸、袁行霈、陈原、王元化、罗哲文、汤一介、张岂之、查良镛（金庸）、金维诺、潘吉星、李学勤、张磊、林非、江蓝生等权威学者、作家担任了系列主编或顾问，每个专题作者亦大多为该学科的领军人物，如安平秋、王树村、王克芬、耿云志、严家炎、史金波、路秉杰、杨伯达、叶佩兰、陈大康等。网站建成后在海内外产生了广泛而深远的影响，季羡林教授和许嘉璐教授异口同声地盛赞其"功德无量""厥功钜哉"，并得到了党和国家领导人李长春、陈至立、许嘉璐、董建华等的首肯与好评。获得了联合国颁授的"世界最佳文化网站"大奖。当时饶公已辞去了院长的职务，但仍然很高兴，谆谆诲导我说："文化普及与学术专精都同样重要,不要因为少写几本书懊恼,这工作同样有益、有用。"

中国文化研究院及《灿烂的中国文明》网络十余年来应对香港的文化回归有所裨益,饶公孕育、哺养、扶植之功不可没。

哲人其萎,但他的关爱,他的诲导,他的耳提面命,他的言教身教,已在我的生命中留下深深的印痕。这是一种永在的温煦,这是一种不灭的策励。我将永远感恩他老人家的训导与恩泽,努力做好自己应该做的事。

载中国新闻社《中国新闻网》2018年2月12日首版

大写的人
——悼方心让教授

中国文化研究院院长方心让教授不幸逝世了，作为下属与后辈，感到锥心的哀痛。

方心让教授作为世界知名的骨科专家，世界卫生组织的顾问，其影响早已超越了国界；方教授作为一位坚定的爱国者，秉承其令尊方振武将军的家教，对国家的一腔热忱毋庸置疑；方教授作为香港的社会活动家、慈善家，他对民众的无私奉献，赢得了全社会的尊敬，香港特区政府颁予他最高荣誉——大紫荆勋章实在是实至名归。

以上有目共睹的事，无需我在此喋喋。在排遣悲戚哀思、追怀先哲遗爱的时刻，我觉得应该怀念与揄扬方院长鲜为人知的另一面，即他对肯定中国传统价值观的执着和对弘扬中国传统文化的热忱。

方院长是抗日名将方振武将军的哲嗣，其血管中流淌着其先辈遗传的爱国赤诚，一生为香港、为中国、为世界都无私奉献。他自称一生做了三件大事：其一为参与兴建矗立于北京东城的"港澳中心"，使其成为香港与内地交流、合作的平台；其二为在沙头角建立一座科学的、规范的老人康复中心，为日趋老龄化的社会树立一个样板；其三就是创建中国文化研究院，让香港在主权回归的同时实现文化回归，并利用香港的地缘优势促进海峡两岸的文化交流，致力将中国文化推向世界。

方院长是中国文化研究院的缔造者之一，他与董建华、李业广二先生一同创建了这一旨在弘扬中国文化、激励民族精神的学术机构。他们鼎足而三地为孕育、抚养、维护这一新生的机构竭尽心力，正是方院长所倾洒的心血、所耗废的精力，方使得中国文化研究院在10年间从一株稚弱的幼芽成

中坐戴花者为中国文化研究院院长方心让教授（方振武将军哲嗣、大紫荆勋衔获得者、国际著名骨科专家、联合国卫生组织顾问）。后排右二为作者

长为茁壮的幼树，在她每一片婆娑而舞的叶片上，都铭刻着方院长的热诚与奉献。

孕育期的催生者

在经历了150多年殖民式统治的香港，实现文化回归至关重要，必须让民众认知与认同中国和中国文化，才不致数典忘祖乃至认贼作父。故而回归不久，一群有识之士即将筹建一所弘扬与研究中国文化机构之事付诸行动。中国文化研究院筹备期间，方院长与李业广律师是筹委会的中坚，联同饶宗颐教授、谭尚渭校长、区永熙先生、孙大伦博士等群策群力为之奋斗。

方院长作为中国文化研究院筹委会的负责人之一，他在繁剧的社会活动和业务工作之余，事必躬亲地参与了各项筹备工作。

仅举选取院址为例，当时特区政府准许我们选择一座公有建筑作院址，方院长开车带我跑遍了香港的四面八方，从有百余年历史的阴森修道院到废置的兵营，从矗立半山的独立洋楼到远离市区的乡间别墅……最后落实到启德政府大楼的占地万尺的贵宾厅，他方露出宽慰的笑容。

父亲般的期盼，母亲般的慈爱，中国文化研究院这一新生的婴儿，在他与同道的催生下呱呱坠地了。

成长期的呵护者

中国文化研究院成立之后，李业广律师和方心让教授分别担任院理事会正、副主席，方教授还兼任了执行院长。

研究院创建伊始，一切从零起步，困难可以想见。方院长凭借他丰富的行政经验，广泛的人脉关系，为研究院在荆丛中打开了一条出路。

在方院长与李业广主席的决策下，研究院确立以创建《灿烂的中国文明》网站为第一项文化工程，准备以资讯科技手段全面介绍中国的传统文化。

正是在理事会与方院长的正确领导下，网站经过三年奋战快速建成，目前已成为全球范围最大的中文知识网站。在香港，在全国，在世界，都产生了深巨的影响。

网站取得了成功，不仅在国内外屡屡获奖，而且在联合国首届世界信息峰会（有六十多位国家元首和政府首脑与会）上获取了"世界最佳文化网站大奖"。

在成功的背后蕴含了无计的辛劳与艰难，其中方院长倾洒的心血最多，筹措经费，交涉人事，管理行政，处理业务等等，无不亲自过问，甚至在第一次中风之后，行动已甚为不便，但他在坚持水疗的同时，仍然每周坐着轮椅来院里听取汇报，检查进度，仍将工作处理得井井有条。有时我们将院务会议移到他治疗时所住的麦理浩康复中心，以免他舟车劳顿，可是一两次后，他说："不行，我得到院里去看看，和同事们聊聊！"他总不能忘怀院里的工作和员工的士气。

直至他第二次中风的前夕，方院长还带我出席在沙田的香港文化馆的一次集会，将我介绍给与会的文化界闻人，并对我说："我们多认识一些人，就多一些争取支持的机缘。"

方院长竭尽心力地关爱、扶植研究院，可能也因此损害了他的健康，为此我们感到深深的歉疚。

发展期的鼓舞者

方院长后来虽然长期卧病，但他弘扬中国文化的热忱，他热爱民族传统的赤诚，他的敬业精神，他的悲悯胸怀，他如沐春风的笑脸，他语重情长的叮咛……都已成为本院同仁的精神财富，成为激励我们前行的动力。

研究院在以李业广律师为首的理事会的领导下继续前进：为了让更多内地同胞分享我们的成果，在"李兆基基金"资助下将网站全部内容编制成系列多媒体光碟，奉赠全国学校与社区；中央十二部委主办的"寻找美丽的中华"社会教育活动，也将我们的网站与光碟列为活动的辅佐与平台；中央文明办的领导也十分赞赏我们网站，拟与我们全面合作；本院主办的"寻找美丽的中华——当代中国画名家邀请展"得到了全国逾百名著名画家的参与，中央统战部也予以关注与支持；在国家领导人的直接关怀下，本院北京代表处破例注册成功……

我们的事业正在发展，而方院长的精神不死，风范长存，将永远成为我们心中的一面永不褪色的旌旗。

高尔基将对社会有特殊贡献的仁人志士称为"大写的人"，方心让院长就是这样一位"大写的人"，他永远活在我们心中。

荒漠甘泉

赵景深教授是我的恩师，虽未及门，实同私淑，自60年代至80年代，悠悠30年，一直受他的吹拂与沾润。如今，景深师仙逝已十数寒暑，然而他面团团宛如菩萨的音容，却长驻在我心间。

大半生来，关爱我的师长甚众，但景深师却与我有特殊的因缘。有谁身历过肉体乃至精神饥渴的吗？尤其是后者，常常使读书人因得不到慰藉与共鸣而陷于绝望的境地。在"文革"十年文化灭绝、图籍禁锢的饥渴年代里，景深师向我敞开了他琳琅满目、皮盈架满的藏书，使我有幸得睹了数以千计的历代稗史小说，丰富了在中国小说史领域的知识，积淀了攻钻小说史学史这一学科的珍罕资料。当年我经常出入于景深师淮海中路四明里的寓所，每次都大包小包往家里搬书。处于石门一路旭东里的斗室中，我常常耽读至深夜，在那种萧杀森严、令人窒息的时代氛围里，大有"雪夜闭门读禁书"的况味。

在一本学术著作的跋语中，我曾这样写道："慈和睿智的赵老不仅施我以智慧的奶汁，而且在危难中覆我以庇护的羽翼。"事实也确乎如此，时值所谓"批林批孔"运动，我被定为上海新闻出版系统走白专道路的典型而遭受批判，曾有一名工宣队长去景深师处外调，劈面就厉声追问："胡某是不是专门从你这里借封、资、修的毒草小说看？"外柔内刚的赵教授慢条斯理地请出了"上方宝剑"——"最高指示，'大家要读点小说史'"。当时毛泽东的话犹如"圣旨"，顿时使这个冒牌工人阶级（中专毕业的技术员）瞠目结舌、戛然语塞，灰溜溜地夺门而遁。景深师于此事颇为得意，不止一次与我谈起，随即扮演那位仁兄的尴尬表情，并伴以天真而爽朗的笑声。

在中国近现代学术史上，景深师是数一数二的俗文学专家，然他却丝毫没有一点大学者的架子，对于弟子的请益，总是有问必答、有求必应。宽仁厚道如景深师，在世情凉薄的社会，确乎是甚为鲜见的。70年代中，我曾任《鲁迅全集》新版注释本《中国小说史略》等卷征求意见稿的责任编辑人（定稿本责编是学长郭豫适教授），景深师成了我的义务顾问，不知为我解决了多少难题，其认真、细致，常常溢出我的请教之外，使我领受到额外的教益。其时业余为研究中国小说史学史搜集资料，景深师时加点拨、诲导，并鼓励我为向这一新研究领域进发而不断充实自己。

　　惭愧的是，自己至今做不出像样的成绩，来报答景深师等前辈学者的垂顾与导引。然而我绝对不会忘却，往昔曾施我以温煦乃至炙熟的师长，"荒漠甘泉"四字亦不足以形容他们的施予与激励。而这，正是无论顺境、逆境，都使我不放弃自己专业的原因吧。

之死靡他

打开上海寄来的邮包,其中是两本题为《石秀之恋》与《雾·鸥·流星》的小说集,扉页上以老年人稍呈歪斜的笔迹写有"从经先生惠教　施蛰存"的字样。我虔敬地捧起它们,心头漾起万般感触……以上两书的作者是我大学时代的老师,如今已有九十三岁高龄,却仍然笔耕不辍。老师在信中称他这两册二三十年代创作的结集为"不经意的少作",这当然是长者的谦辞。其实,老师当年的新感觉派创作,诸如《上元灯》《梅雨之夕》《善女人行品》《小珍集》《将军的头》等小说集,给中国文坛吹进了一股强劲的新风,半个世纪后重新结集问世,证明它仍孕有强韧的生命力。

老师说过:"我热心于做作家,以文学创作作为我一生的事业。"然而"作家"在现代中国并非一种轻松而惬意的职业,数十年间,中世纪式文字狱的阴影不时居临头顶。老师的创作生涯长达七八十年,在此悠悠岁月之中,他从未辱没自己头上作家的桂冠,从未写下谄上媚俗的文字,即使在50年代被打入另册的逆境中,也不说违心之言。九十余年如一日的之死靡他精神,正是后学者的圭臬。

去岁有京沪行,曾去沪西愚园路老师府上拜谒。老师精神仍然矍铄,唯行动有些迟缓,言谈依旧睿智而幽默。他曾数次拒绝录像采访的要求,笑谓:"只以文字现世,不以色相示人。"他要我帮他找一本30年代的旧译——《昨日的艺术》,并希望能为其联系出版。书我在港大的冯平山图书馆找到了,然而出版却交涉几家都不成功,未能完成老师的嘱托,感到甚为歉疚。

老师虽以新文学作家知名,然旧学修养十分深湛,他不仅是中国古典诗词、戏曲方面的杰出学者,而且旧体诗词也写得非常出色。为庆祝香港回归,我编纂了一本《历史的跫音——历代诗人咏香港》,其中辑录了老师的

施蛰存教授

两首诗:《许地山先生挽词》《归去来辞》。前者首句云:"北定期堪卜,南行道忽孤,落华成宿谶,缀网息劳蛛。"将逝者的笔名、著作、行止都镶嵌其中,浑如天然,就中流溢着对于侪辈作家英年夭逝的悲悼与惋惜。后者作于1941年春,刊发于同年香港《大风》杂志,忧国情怀,爱国情热,皆力透纸背,故不佞在二诗引言中写道:"本书辑入蛰存师抗战期间居港所作诗二首,以觇中国人士在'田园废于蒿莱,庐舍没为丘墟'的国破家亡的境遇中,仍恪守民族大义。既'愤雀鼠之角牙',嫉视卖国求荣的群丑,又'冀王师之赫怒',热望抗日战争的胜利。"老师于30年代末曾短暂居港,以上即是他与香港文学因缘的雪泥鸿爪吧。

老师的文学活动贯串了整个世纪,20世纪中国文学史将以显著的篇幅铭记他的劳作,镌刻他对文学事业的执着、忠诚,彰明他之死靡他、九死未悔的精神。遥望南天,谨祝老师健康长寿,潇洒地迈入新的世纪。

白杨萧萧

书桌对面的素壁上挂着一幅茅盾先生所书的条幅,是应我要求所写的一首五律《题白杨图》。诗作于1943年,诗云:

北方有佳树,挺立如长矛。
叶叶皆团结,枝枝争上游。
羞与楠枋伍,甘居榆枣俦。
丹青标风骨,愿与子同仇。

诗幅写于1980年春，正值年迈的作家久病稍缓的时候，来函云："令写字，久未覆命，皆因病笃无力握管，近日稍感安适，手亦不太颤抖，遂写就并三纸书名题签一同奉呈。"不久又因病剧封笔，翌年便逝世了。

之所以请茅公写这首《题白杨图》，是因为少年时代就爱读他的散文《白杨礼赞》。诗与文作于同时，正是我们民族遭受空前劫难的时刻，当时日寇的铁蹄已蹂躏了大半个中国，全体中国人正在为拯救民族危亡进行浴血抗战，作家揄扬白杨挺立的雄姿，赞美白杨不屈的风骨，在在都是对民族精神的歌颂。目下中国虽已今非昔比，但"叶叶皆团结，枝枝争上游"的态势未可或灭。

茅盾曾被推崇为中国现代语言大师之一，其巨著《子夜》堪称新文学史上的丰碑。新中国成立后一度当过文化部部长，然却在60年代初"左"的路线下被罢官，后又被作为批判"中间人物论"的靶子，"文革"中更被诬陷为所谓30年代文艺黑线的头目。好在他终于看到了"四人帮"的覆灭，并以如椽的大笔，于不多的时日里为后人留下了一笔丰饶的文学遗产。

就与香港的文学因缘而言，在中国现代著名作家中，茅盾是关系最深的一个。他曾数度旅港，先后于此主编大型文学刊物《文艺阵地》《笔谈》《小说》等，主编《立报》副刊《言林》、《文汇报》副刊《文艺周刊》等，扶植新进，不遗余力。在港期间还创作了长篇《你往哪里跑》（单行本易名《第一阶段的故事》）、长篇日记体小说《腐蚀》、长篇《锻炼》，以及散文集《劫后拾遗》等。茅盾的编辑与创作活动，对于香港新文学的成长与发展，当发生有积极的推进与影响。

茅盾作为"五四"新文学倡导人之一，作为20世纪中国文学巨匠，浸淫与霑润了一代又一代的文化人。不佞作为茅公的一名读者，且有幸编辑过他的两本论著（《茅盾论创作》、《茅盾文艺杂论集》上下卷），在聆教与交往中颇受教益。茅公曾为我的三本书题耑（即前连信中云"三纸书名题签"），前两本《柘园草》《榛莽集》已于80年代出版，第三本《鲁迅与中国新文

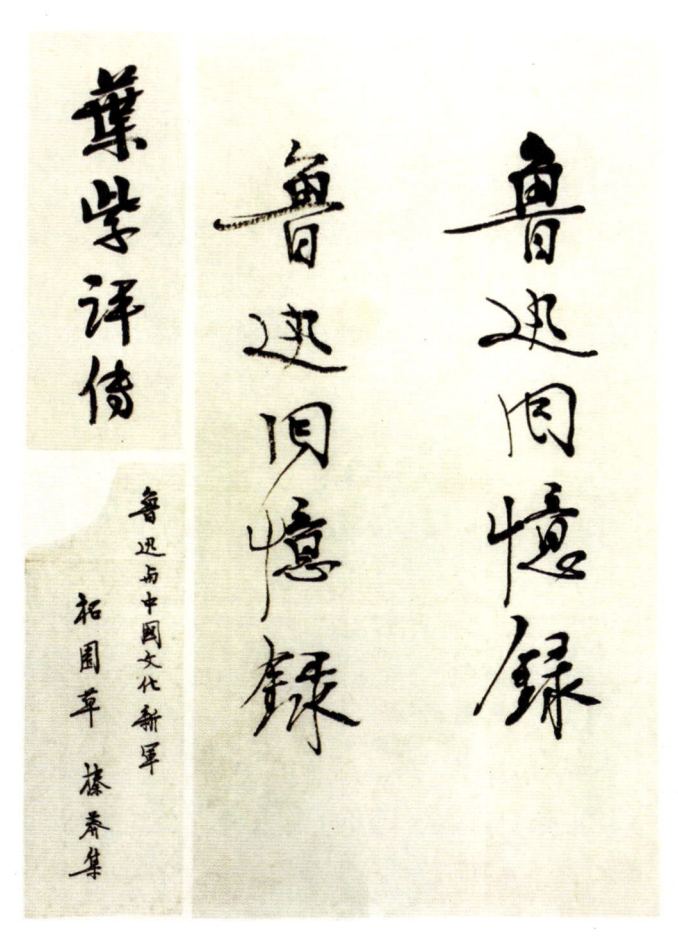

茅盾先生为作者著述、编纂所书题签

化》则是茅公的命题作文，勉为其难历时十数年方能惴然交卷，大约明年"五四"100周年之际方能面世。

余音袅袅

拙编《香港近现代文学书目》于日前问世，其中著录了诗人戴望舒（1905—1950）的三本著译：诗集《灾难的岁月》（1948）、译诗集《恶之华掇英》（1947）及诗歌史译本《苏联诗坛逸话》（1936），其中有相当篇什是在香港创作或翻译的。戴氏与香港的文学因缘颇深，早在1938年就来此海隅，一住就是十数年，占其短暂生涯的三分之一弱，占其创作历程的二分之一强。诗人于40年代初在香港歌吟道：

如果我死在这里，
朋友啊，不要悲伤，
我会永远地生存在你们的心上。

望舒虽然最后逝世于北国，我们仍然会让他永远生存在心中，其流风余韵，将会历久不衰。

诗人的文笔犹如行云流水，有妙语天然之致，其成就虽以诗著称（30年代初就以"雨巷诗人"享誉于诗坛），却又同时秉赋多方面的才华：作为一位严谨博学的学者，他的古典小说研究与考证十分精到缜密；作为一位勤勉练达的翻译家，他译述的范围涉及文艺理论、小说、散文与诗歌，量多质纯，在翻译文学史上也占有相当的地位。

望舒是诗人，故而诗歌翻译贯串其文学活动的始终，这方面的成果，蛰存师所编《戴望舒译诗集》搜集得相当完备。该集所未辑集的尚有一本较为罕见的《爱经》，系古罗马诗人沃维提乌思（今通译奥维德，前43—18）所作长诗。望舒译述该诗集大约在1927—1928年之间，因施蛰存、杜衡、戴

柘园藏叶圣陶题赠戴望舒的长篇小说《倪焕之》（1927年初版）

望舒合编的《无轨列车》创刊号（1928年9月）就刊登了《爱经》的广告，后由水沫书店于1929年4月初版发行。关于其内容之华赡，译者在《序》中云："以缤纷之辞藻，抒士女容悦之术，于恋爱心理，阐发无遗，而其引用古代神话故实，尤其渊博，故虽遣意狎亵，而无伤于典雅；读其书者，为之色飞魂动，而不陷于淫佚。文字之功，一至于此，吁，可赞矣！"奥维德是创作了不朽之作《变形记》的著名古典作家，恩格斯亦颇赞赏其"愤怒和渴望复仇的诗句"，而当时中国文化界对他介绍甚少，望舒是开风气之先的。《爱经》中译本在20年代末面世时曾遭到若干人的訾议，甚至连鲁迅这样的哲人亦因未睹原书而有误解，故而在1929年4月7日致韦素园的信中对《爱经》颇有微词。后来得悉该书系古典文学名著后做了订正，即前信被孔另境编入《现代作家书简》时，鲁迅删去了其中对《爱经》的批评。

望舒的诗歌、小说译作甚多，仅就寒斋柘园所藏者而言，不下十六七种，就中如波特莱尔的《〈恶之花〉掇英》、伊巴涅兹的《良夜幽情曲》、沙多勃易盎的《少女之誓》等，原作与译作俱赋有恒久的艺术魅力，谓予不信，请君展卷一读。

不灭的繁星

与世纪同龄的冰心老人逝世了,她是硕果仅存的"五四"作家,早在1919年起就发表了《斯人独憔悴》等一系列问题小说,从此一发不可收拾,在中国文坛辛勤耕耘了整整80年。在中国现代作家中,没有任何其他人拥有如此悠长的文学生涯(前两年逝世的许杰师,年龄比冰心小一岁,1922年开始创作,文学生涯仍短于冰心)。近日我给学生讲授现代文学时,正讲到"为人生而创作"的文学研究会。冰心虽非十二位发起人之一,却是携带着丰硕的创作实绩加入文学研究会的,时值1921年,该会刚成立伊始。当时年轻的女作家已在文坛上崭露头角,其所作《两个家庭》《秋风秋雨愁煞人》《去国》等问题小说,在社会上激起了甚为强烈的反响,就中所抒写的对封建礼教的愤懑,对专制家庭的嫉视,以及从人道立场对被侮辱被损害者的同情,都颇激动着正受"五四"新潮洗礼的青年男女的心。其后作为"文学研究会丛书"之一的处女小说集《超人》,于1923年由商务印书馆出版,个中篇什已转而表现刚从封建意识樊篱禁囿中挣脱而出,却又四顾茫茫找不到出路的知识者的苦闷与彷徨,抑或怀抱"爱的哲学"讴歌母爱、童心及自然美,同样引起同时代读者群的关注与喜爱。寒斋柘园藏有《超人》的初版本,曾特地请冰心老人在扉页上签名,此书于前年"商务印书馆百年纪念书展"中展出,细心的读者可能曾留意到。

在新诗的曙新期,冰心亦属最有影响力的诗人之列。1920年顷,她受印度诗人泰戈尔《飞鸟集》的影响浸润,创作了短诗集《繁星》和《春水》,就中哲理与诗情交织的小诗,以其含蓄、优婉、清隽之美,俘虏了一代又一代男女读者的心。

不佞一家三代都喜爱《繁星》与《春水》。家父系习武黄埔的军人,却

（1923年初版）  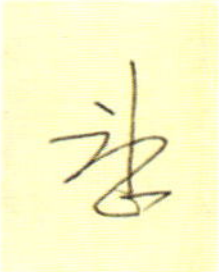 （1923年初版）

（1926年初版）  （1935年初版）

柘园藏冰心先生著作签名本

于戎马倥偬中仍未忘情于文学，青年时代也是冰心的拥趸，至今我仍珍藏着他以与军人不称的娟秀字迹抄写的《繁星》与《春水》。近20年前，乘在京参加鲁迅百年诞辰纪念学术研讨会之便，我与范伯群教授联袂同赴中央民族学院宿舍拜谒冰心老人。那时她已不良于行，在家中也需以美国友人送的铝制助行器代步。当我出示父亲青年时代《繁星》《春水》的抄本时，冰心那对老人很少有的明亮澄澈的眼睛，也漾起了喜悦与感动的泪花。

早在60年代，我就已在旧书店淘得《繁星》与《春水》的初版书，前者作为"文学研究会丛书"之一，由商务印书馆于1923年1月初版；后者作为周作人主编的"新潮社文艺丛书"之一，由北京大学新潮社于1923年5月初版。两册诗集均请冰心老人题署，如今是柘园的珍本。我笑谓同样喜欢冰心小诗的女儿道：将来待你出阁时，爷爷的手抄本与这两册初版本都将作为陪嫁物。她马上抓了我的小指拉钩，以示不可反悔。

冰心于1922年1月9日所撰《〈繁星〉自序》中云："一九一九的冬夜，和弟弟冰仲围炉读泰戈尔（R.Tagore）的《迷途之鸟》(Stray Birds)，冰仲和我说：'你不是常说有时思想太零碎了，不容易写成篇段么？其实也可以这样的收集起来。'从那时起，我有时就记下在一个小本子里。"并自谦其为"零碎的思想"。虽然零碎，诗句却常常拨动我们的心弦，诸如："醒着的，只有孤愤的人罢！听声声算命的锣儿，敲破世人的命运。"又如："人类呵！相爱罢，我们都是长行的旅客，向着同一的归宿。"再如："零碎的诗句，是学海中的一点浪花罢；然而他们是光明闪烁的，繁星般嵌在心灵的天空里。"冰心以心血酿成的诗章，将如不灭的繁星永远煜煜辉耀！

忆新波师（一）

在整理藏书时，理出了道非师母寄给我的《广东美术通讯》，1980年第四期"悼念黄新波同志专辑"。此书藏之行箧20年，未敢轻易弃之，今日又重翻了一遍，引起对这位长辈深长的思念。

新波师手拓的《鲜花与剑》版画，一直挂在书室的壁间，那凌厉的锋刃倚天而立，正象征她的创造者为光明、为正义所奋斗的一生吧。

年来搜集资料为撰述香港或一阶段的文学史做准备，常常在三四十年代的香港报刊上邂逅新波的作品，不仅有木刻与漫画，而且有诗。在他艺术或文学作品中，都弥漫着一片热诚与纯真。

每次过沪，新波师皆抽暇来舍下小叙，每次皆携来其手拓的版画新作，至今我仍珍藏着他以鲁迅诗意为题材所刻的组画："心事浩茫连广宇""怒向刀丛觅小诗""寒凝大地发春华""地火在地下运作、奔突"等，这些版画创作在"四人帮"疯狂肆虐的黑暗日子里，借此来表达他的愤懑与抗争。新波师还曾赠我一幅题为《卖血者》的木刻，是40年代在香港所刻，系当年的手拓原

新波先生所赠1948年作木刻《卖血后》（手拓原作）

作，原刻木版已在战乱中丢失，故原拓显得更加珍贵。

当新波师闻知我当时在研究鲁迅与中国新文化的关系，遂送给我一批新兴木刻的资料，其中有一册《现代版画》，系现代版画会的机关刊物，1934年12月创刊于广州。此刊已属珍贵文献之列，新波师却慷慨地贻我作研究资料。为此我十分感激，故在拙著《柘园草》之《木艺新花　南国奇葩》篇，开头即写道："我珍藏着一册《现代版画》，它是我国新兴木刻先行者之一新波同志所赠。"

当新波师闻知我在编《叶紫文集》，立即寄来了30年代他与叶紫的合照，并在信中告知，是经鲁迅的撮合，他为叶著《丰收》短篇集作木刻插图，照片是他们合作成功后的留念。此照片十分珍贵，我将它印在《叶紫文集》的卷首，并将它转赠给湖南师范学院叶雪芬教授，让她印在所编《叶紫研究资料》中。

笺笺小文，聊作心香一瓣。

忆新波师（二）

1979年，时值中国新兴木刻运动50周年纪念之际，当年投身斯役的老木刻家云集上海举办有关活动。新波师当然也来了，赠我以新出的《新波版画集》，以及他请余本先生为我画的一帧水彩；我则报之以不久前在西安古籍书店淘到的一册清代版画集《无双谱》，他竟摩挲再三，颇为欣赏。新波师知我爱书成癖，尤热衷于签名本，遂为我出了个主意，让我把所藏开明书店版《中国抗战八年木刻选集》交给他，他竟在会间请众多老版画家在其上签名。那本在扉页上签满名字的木刻选集，如今已成为柘园的珍藏。

同年他还来过一次上海，与老画家卢鸿基教授联袂来舍下做客。卢教授擅长粉画，随身带着画粉与纸板，他见小女莹儿颇为伶俐可爱，就要为她画

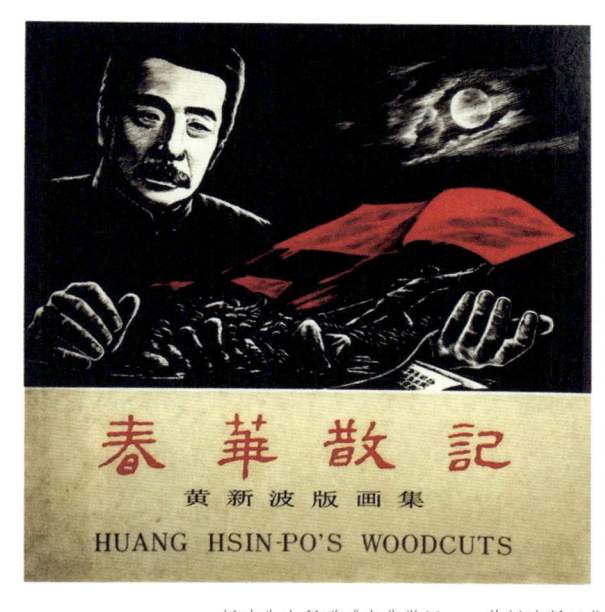

新波先生所赠《春华散记——黄新波版画集》

像。但莹儿年方四岁，调皮得很，根本坐不住。新波师说我有办法，随着匆匆下楼，买下一串香蕉，一根一根递给莹儿吃，条件是必须坐在椅子上别乱动。结果居然哄得莹儿坐了半个小时，终于让卢教授画完了水粉画像。20年过去了，莹儿如今已经大学毕业了，而那张充满稚气的画像仍挂在壁间，望见它则使我们油然想起两位早已逝去的慈祥的老人。

新波师对我及我的家人的关切与呵护甚多，可再举一例。广西文化厅厅长周民震编导电影故事片《甜蜜的事业》，请学芳去饰演女主角。新波师得知后，一定要学芳在赴南宁时绕道广州玩两天。恭敬不如从命，学芳遂从上海坐飞机先到广州，殊不知班机抵广州时误点半个多小时。学芳甫下飞机则见新波师在瑟瑟秋风中伫立鹄望，登时感动得流下泪来。

早在60年代就认识的广州作家仇智杰女士，她在纪念新波的文章《不灭的火焰》中说："他对我们这些晚辈是十分关心的。"我想这正是我们这伙身受其温煦的后辈的共同感受。

40年代新波在香港筹组人间画会，创建人间书屋，出版人间丛书，其对香港新文化的贡献也是卓著的，同样值得我们忆念。

白金台与赤泥坪

对于朝夕生活过一段时日的处所，人们总不免有所缅怀与忆念，人非草木，孰能无情。近年来作为访问学者，先后在日本东京大学与香港中文大学做过研究。在东京时，住在白金台的东京大学国际宾馆，在香港时，住在赤泥坪的中文大学中国文化研究所宾馆。两处住的时间都不很长，各为时半年左右。使我感到饶有兴味的是，"白金台"与"赤泥坪"这两个相距千里的地名竟是对偶的："白"对"赤"，"金"对"泥"，"台"对"坪"，不啻是一副巧对。若从字面的意义看，一是白金铸就的高台，一是红泥铺成的平畴，前者赋有高贵的气质，后者饱含纯朴的色彩。事实亦是如此，正像地名字义显示的一样，各个名实相副，别具特色。白金台位于东京港区的中心，也许因为这里地势较高、风水甚好的缘故吧，自江户时代起即是贵族聚居之处，至今仍甲第连云、衡宇相望，那些高门大宅，鳞次栉比，大多庭园幽深，树木葱茏。著名的国宾馆就坐落在我居处的对面，其中更是古木参天，繁花似锦，风姿尤为不同凡响。后侧是校史悠久的圣心女子学院，据说是清贫子弟不敢问津的贵族学校，校园的景色之美，在东京的大学群中是出类拔萃的。宾馆就耸立在这万绿丛中，环境确实清幽宜人，在市声烦嚣的东京，似乎再难找到如此静谧的读书处所了。对我而言更可贵者，即不远处的栖川公园内有藏书丰富的都立中央图书馆，常常在里面盘桓终日，然后在夕阳斜照中沿着林荫道缓步而归，几乎忘却了置身异邦的孤独感。

另外一方面，幽静安宁也是要有代价的，譬如此间商店里的物品要比东京大多数地方贵许多，比大学所在的文京区贵二分之一，比上野一带则要贵一倍以上了。这些对于阮囊羞涩的我来说，亦是小小的不利之处；然而与在这里所获取的友谊相比，就简直算不了什么了。我住在四楼，左邻是亚特兰大乔治亚州州立大学的R教授，右舍是韩国梨花女子大学的金博士。对于东方文化的酷爱，使我们很快成了莫逆之交，除了在房间里欢晤聚谈之外，也常常联袂出去消遣，目黑的小酒店，广尾的咖啡座，不时总可以见到我们三人的身影。距居处有一站（地铁）之遥的六本木，我们也偶尔涉足，不过置身于这目迷五色、流莺乱飞的销金窟，总感到不大自在。有次我们闯进了一家名为"赤鸟"的酒吧，很快为菲籍舞女的大胆举动吓得夺门而出，在马路上仍为我们各自的狼狈相而大笑不已，路人皆为之侧目。

我们都是"独在异乡为异客"的游子，文化背景虽不相同，背井离乡的乡思乡愁却同样浓烈沉重。对于难以排遣的乡愁，友谊可起冲淡与缓解的作用。我很感谢他们两位温煦的友谊，尤其在我倍感孤独的时刻，如今虽然天各一方，我虔诚地祝福他俩平安与幸福。

赤泥坪的环境与白金台截然不同，这里原本是地道的农村，虽然紧傍着中文大学，却还保持着一派旖旎的田园风光。除了若干幢现代化的建筑物外，大体还保留着"黄发垂髫，怡然自乐""鸡犬之声相闻"的淳朴乡风。中国文化研究所宾馆坐落在树丛与蕉林之间，景物同样十分宜人，尤其是夜晚四野此起彼伏的蛙鸣，与我故乡皖南特产"石鸡"（一种生活在山崖溪水间的巨型蛙类）的叫声十分相似，有时半夜醒来，恍然已置身于那久别的黟山练水畔的故乡。

宾馆是一座三层楼的西班牙式别墅，与我在二楼比邻而居的是陈鼓应教授，他是研究老庄哲学的专家，一位谦和而热诚的长者。几个月的相处，使我感佩无已的，不仅是他思想的敏锐，知识的渊博，更是他的正直与坦诚，他对学问的执着，对家国的焦灼，对朋友的诚挚，对后学的奖掖……在在都使我感动，从他身上，我确实汲取与感悟到不少东西。工余，我们常常漫步在校园的盘山小径上，天南海北，无所不谈，学问，著述，身世，家庭，乃至友朋，其中就常常谈起远在芝加哥的一位我们共同的友人……

在这位国际知名的学者身上，并不浑身是学究气，反而时常闪现其童真

左一陈鼓应教授，左二林枝（香港女作家，林焕平教授之女），左三作者

的一面。与我同病的是，他对幼女非常疼爱，谈起女儿的聪明伶俐、娇憨可爱来，就不禁眉飞色舞，声态并作，一变其平时老成持重的风度，有时我也不甘示弱，于是夸奖各自的女儿亦成为我们"永恒"的话题。有次他女儿的自行车被偷了，从美国打长途电话来"诉苦"，我从旁观察他那婉言相劝、谆谆嘱咐的关爱之情，可以想见其父女感情之笃。通完话后他同我说，女儿并非真的为丢车而懊丧，打长途电话的钱也够买一部新车了，只不过是想爸爸、要同爸爸发嗲罢了，说完不无得意之色。我们还有一个共同的嗜好，都喜欢吃研究生餐厅的特色菜"咸鱼煲豆腐"，常常不惜多走半里路，去品尝这价廉而味美的佳肴，有次他悄声对我说："小时候，母亲常做这菜给我吃。"我偷瞥一眼，泪光在他的眼角闪烁。他就是这样一个很重感情的人。

陈教授平时不苟言笑，然而却不乏幽默感。有个仲秋之夜，我们一同去拜访住在崇基学院宾馆的一位客座近代史学者，畅谈甚欢，不知更深，回来途中竟然迷了路，直到子夜时分才摸回赤泥坪，惹得全村的狗齐对我们狂吠，有条挣脱锁链的狗还对我们跃跃欲试，吓得我心惊胆战，而他却自行殿后让我走在前面，仍与往常一样负手踽行，始终保持其雍容的学者风度，后来率性站定对那步步紧逼的狗儿训斥道："站住！不准乱叫！"那狗竟愕然被他镇住了，怔了一阵掉头就跑。回到屋里，惊魂甫定，我就与他开玩笑说："狗怎么听得懂你的普通话呢？"他却跟我讲了一个故事，当年胡适寓居纽约，有天夜里小偷前来光顾，被胡适夫人江冬秀女士发现，她情急之际用绩溪话大喝一声："滚出去！"美国小偷当然听不懂安徽土话，一时不知所措而狼狈地逃跑了。陈教授讲完故事正儿八经地说："我之所以不用广东话而用国语喝狗，正因为要使它听不懂而害怕也！"他那冷面滑稽的样子，使我笑痛了肚皮。

白金台与赤泥坪的生活皆已成为如烟的往事，我却深深怀念着在那里邂逅与结交的朋友们，以及在本篇中没有提到，那些促成我前往研究、深造的师友，他们的好意在我的生命史上烙下了深深的印痕。

岁月如流，人更似飘萍无定，如今我又客居在港岛的一隅，邻居尽是比我年轻得多的莘莘学子，他们富有感染力的青春朝气，促使我平添了若干活力，但愿在这里我也能结识更多的朋友。

原刊1991年2月13、14日《星岛日报》(香港)副刊《星辰》

中国出版界的寿星陨落
——追思赵家璧先生

三月十七日夜，接上海文艺出版社社长江曾培兄电话，告知我赵家璧先生去世了！为之黯然良久，念及赵老生前种种，以及对文化界后辈的垂顾与关爱（我身受之并铭感之），更为之不豫累日。

赵老诞生于光绪三十四年（1908），终年九十，当然是耄龄高寿了。环顾中国出版界，得享此高寿的出版家似乎不多。在他长达差不多一个世纪的生涯中，作为一个编辑，作为一个出版家，同时又作为一个作家兼学者，他所贻予后人的遗产是异常丰厚的。

生活在香港的青年朋友，可能都不大熟悉赵家璧这个名字，可它在中国现代出版史乃至文化史上却是响当当的。早在1926年，他在上海光华大学附中念书的时候，就已主编校刊《晨曦》季刊（铅印，长三十二开）。寒斋藏有该刊创刊号，赵老曾欣然在其上签名。1928年刚二十岁出头，就进入良友图书公司主编《中国学生》月刊，达三年之久。后就读于光华大学外文系，与穆时英等同学。1932年毕业后复回良友图书公司任文艺出版部主任。任内策划与编辑了一系列影响弥深的文学与艺术图籍，其中最脍炙人口的是《中国新文学大系》的编纂，年龄只有二十五六岁的赵家璧竟然肩负起主编的重任，并以其特赋的毅力与魅力，邀得当时中国文坛的重镇鲁迅、胡适、周作人、茅盾、朱自清、洪深、郁达夫、郑振铎、阿英等担任各分册的主编，并请到"五四"新文化运动的中坚蔡元培撰写总序。如此人选与阵营，使这套《大系》成为中国现代出版史上难以逾越的丰碑。70年代，我在擘划影印《中国新文学大系》暨策划编纂第二、三个十年《大系》时，曾得到赵老的谆谆诲导与悉心指点，并赠我一册他于40年代汇编出版的《〈中国新文学大系〉

导言集》,至今仍珍藏在行箧中。

赵老在30年代选编过《良友文学丛书》,其中也是名家辈出,佳作林立。试举数例,以见一斑,诸如:鲁迅编译《竖琴》、茅盾《话匣子》、巴金《爱情的三部曲》、丁玲《母亲》、丰子恺《车厢社会》、郁达夫《闲书》、徐志摩《爱眉小札》、朱光潜《孟实文钞》、沈从文《新与旧》、施蛰存《善女人行品》……无一不是在中国新文学史上留下深深辙痕的作家与作品。该套丛书中也有这位年轻编辑自己写的名为《新传统》的书,而这本厚达三百多页的现代美国文学评论集,显示了作为外文系高材生的作者深湛的功力。

作为一个出版家,必须目光敏锐而又切合时宜地向社会输送精神食粮,在这方面也处处显示出了赵家璧持秉的素养与胆识。当时的社会渴求刚健清新的艺术,赵家璧受鲁迅提倡木刻的启示,组织了一套比利时著名版画家F.麦绥莱勒的木刻连环图画故事出版,包括《一个人的受难》《光明的追求》《我的忏悔》《没有字的故事》等四种,分别请鲁迅、叶灵凤、郁达夫等作序,于1933年秋问世,结果反应热烈,不久再版。这一举措效果如何呢?有位版画家做了有力的回答:"麦氏的连环图画,它如像述说故事,通俗易解,材料都是普通的现象,它给习作者一个信心,因为它是成功了。自从他的连环木刻出版以后,试作连环图的人就渐渐多起来。"(鄞中铁《木刻版画概论》,商务印书馆1941年1月初版)由此举一反三,可知赵氏成功绝非偶然。

赵家璧前后写过《编辑生涯忆鲁迅》《编辑忆旧》《回忆与展望》《书比人长寿》等回忆录,不仅是珍罕的出版史料,也是足堪取资的新文学资料。至为可惜的是,赵原藏有大批老舍、沈从文、郁达夫等作家的书简,"文化大革命"中被所谓"工宣队"中的无知妄人毁弃了,这真是无可挽回的损失,赵老每言及此,皆痛心不已。

鲁迅说"纸墨更寿于金石",赵家璧也说"书比人长寿",事实也正如此。赵老虽然仙逝了,但他所播撒的文化芳馨却会永驻人间!

伟哉顾老

也许是濒临世纪末吧，似乎进入了老成凋谢的季节，年迈的师长们络绎谢世，不禁频频令人黯然神伤。刚发表悼念君匋先生的文字，又接到顾老廷龙的讣告，中谓："著名图书馆事业家、古籍版本目录学家、书法家，上海市第三、第四、第五届人民代表大会代表，上海市第五、第六届政治协商会议常务委员会委员，上海图书馆名誉馆长顾廷龙同志，因病医治无效，于1998年8月22日21时5分在北京人民医院逝世，享年九十五岁。"治丧小组由上海市副市长龚学平主持，成员有上海市委宣传部部长金炳华、上海图书馆馆长王鹤鸣、副馆长吴建中、上海市出版局局长孙愚、上海博物馆馆长马承源等。

顾廷龙先生（右）与作者

顾老名廷龙，字起潜，号匋誃。20世纪初出生于苏州一个书香之家，在学术氛围浓郁的环境中长大。大学毕业后，考进了名师荟萃的燕京大学研究院国文部，毕业后留校任图书馆采访部主任，并兼任国立北平研究院史学研究所特约编辑。他经受严格的学术训练，加上自己的刻苦勤奋，复因有施展才华的场所，很快就在图书馆界崭露头角。抗战军兴，江南文物图籍面临战火燔灭、散佚流失之厄，藏书家叶景葵为了抢救东南文献之邦的私藏图籍，遂邀廷龙先生南下帮同创办上海私立合众图书馆。景葵先生的倾家义举，也得到了张元济、叶恭绰、蒋抑卮、李拔可、胡朴安、王云五、蒋复璁、郑振铎等学者与藏书家的支持。廷龙先生更是倾注全部心力以臻图书馆的丰富与完善。1952年，合众图书馆董事会决定将全部藏书二十五万册、金石拓片一万余种全部献给国家。上海市人民政府接受后改名为上海市历史文献图书馆，任命廷龙先生为馆长。

顾老毕生献给了中国的图书馆事业，而且在与此有关的目录学、版本学方面造诣深湛，著有《吴愙斋先生年谱》《明代版本图录初编》《章氏四当斋藏书目》等，主编有《中国丛书综录》《中国古籍善本书目》，这两部书是中国图书事业与目录学方面的巨大工程，前者收录了国内四十一个图书馆的二千七百九十七种丛书，后者著录了全国七百八十二处藏书单位的善本书五万七千五百余种，计十三万卷之多。其中，在在都有顾老的心血。

在上海知识界中，顾老因其热诚关注、汲引、海导后学而深受尊敬，其位于淮海中路的寓所常有踵门求教的年轻人的踪迹；晚年则住在北京儿子家里，去岁金秋赴京时曾去安定门外北苑拜谒他老人家，顾老仍是那样的谦和慈祥，他告诉我仍每天写字，并对上海图书馆新馆赞不绝口，当知我在搜集商务印书馆馆史资料时，还将张元济先生写给他信函的副本送我。

顾老曾为我写一条幅，系鲁迅集《离骚》句："望崦嵫而勿迫，恐鹈鴂之先鸣。"我很欣赏其中珍惜流光、奋力拼搏的寓意，而顾老献身事业的风范将永驻心中。

读者的悲悼

钱锺书教授的逝世，中国学术界遂为悲凉的惨雾所笼罩。内地报纸发表了不少悼念文章，痛悼大师的弃世，其中复旦大学王水照教授的悼文（刊《文汇读书周报》）写得情真意挚，令人感慨无已。水照兄是认识多年的熟人，谦谦君子，温文儒雅，他那淳厚浓酽的文字，使我们得以窥见旷代大师奖掖后进、舐犊情深的一面。不佞感到遗憾的是，从未有聆教的机会，这里只能表示一个读者的悲悼。

鲁迅曾表示憎恶那些攀附死者以自炫的角色，前已言之，与钱老既无师生之谊，也无应接酬答，然却有些工作上的接触，就中也强烈感受赋有炙人热力的大师风范。

第一桩是有幸责编钱老主编的《中国近代学术名著丛书》，这是一件极有意义的文化积累工程。丛书的选目是钱老亲自斟酌再三而圈定的，该批学术名著的作者有章太炎、康有为、龚自珍、魏源、辜鸿铭、阮元、冯桂芬、俞正燮、曾国藩、郑观应、黄遵宪、容闳、严复、马建忠、洪仁玕、王韬、陈澧、刘师培、江藩、宋育仁、薛福成……凡是在近代学坛上纵横捭阖的人物，基本网罗殆尽；然对于他们代表作的选择却是十分精审的，侧重于能继承与超越中世纪学术文化传统，而且是从不同层面、不同角度对于中国学术文化的承前启后起过重要作用者。如果丛书的五十种论著全部出齐的话，将对中国学术文化史的研究功莫大焉，可惜由于有人不负责任致使计划夭折，后仅只出版了十种，令人遗憾不已。希望余下的四十种，会有问世的机会。

第二桩是有幸责编钱老旧体诗集。《槐聚诗存》的排印本（北京三联出版的是杨绛先生手抄诗稿影印本），排印本有一个用新式标点断句的问题。不佞惴惴然做完了诗集断句的工作，生怕将大师的诗作断错了则罪莫大焉。

幸而经钱老与杨绛先生过目后，尚无发现有什么纰漏。对于诗集的提要亦是怀着虔敬的态度精心结撰的，不妨抄录如下："本诗稿辑入了钱锺书起自一九三四年，讫于一九九一年所作的大部分旧体诗，形式包括五绝、七绝；五律、七律；五古以及四言、六言等，感情浓挚，技艺高妙，从或一侧面真切反映了一代宗师的心路历程。在这跨越半个多世纪的诗作中，纷呈着诗人的喜怒哀乐，有游学异邦对疮痍满目故国的萦念，有山川阻隔对相濡以沫恋人的相思，有目睹国事日非的悲吟，有身历敌寇荼毒的指斥，有感慨世情险恶的冷嘲，有缅怀纯真友谊的歌赞……诗人直抒胸臆，缘情而发，挥斥八极，歌啸自如，在在表达了一位刚正不阿的旷代学人直面人生的无伪心声。"编完诗集尚有意外的惊喜，即从中见到与作者唱和甚多的滕固，正是自己心仪日久的作家，故感到分外的亲切。滕固四十岁即英年早逝，却留下了丰硕的精神遗产，仅寒斋柘园就藏有《唯美派的文学》《中国艺术论丛》《唐宋绘画史》等论著，《壁画》《迷宫》《银杏之果》等小说。

第三桩则为请钱老为我们编的《中华文学史料》丛刊题签。1988年冬，马良春教授（时任中国社科院文学所副所长）与我共同筹划了首届中华文学史料学研讨会，成立了学会，并出版会刊。钱老的题签仍藏之行箧，现已成为温馨的纪念与珍贵的墨宝。

哲人其萎，然其却会长久地活在中国士子的心中，20世纪的中国学术史，将用金字镌刻他的创造性著作。

钱锺书先生应我请求为《中华文学史料》丛刊（中华文学史料研究会会刊）题签

《槐聚诗存·序》手迹

钱锺书先生为《槐聚诗存》题签
（香港三联版，胡从经责编）

诗稿手迹

萧乾遗爱在人间

九十高龄的萧乾先生逝世了,一位与香港甚有文学因缘的老作家的遽尔辞世,不能不引起我们的伤痛与悲悼。

萧乾自称为"未带地图的旅人",其广博的见识、丰饶的阅历以及多彩的笔锋,给现代中国文坛增添了不少明丽的色泽与跌宕的风姿。集作家、记者、翻译家于一身的萧乾,七十年的笔耕生涯,遗留给大家的精神遗产相当厚重。

前年我曾赴位于京华复兴门外的萧寓拜谒萧乾老人,蒙其惠赠人文版的《萧乾散文特写选》,并应请求在我带去的他的旧作上签名,皆为寒斋柘园数十年累积的珍藏,计有评论《书评研究》(1935)、《废邮存底》(与沈从文合著,1937),短篇集《篱下集》(1936)、《栗子》(1936)、《创作四试》(1948),

萧乾先生(右)与作者

长篇《梦之谷》(1938)，散文集《小树叶》，通讯集《人生采访》(1947)，以及编选的画册《英国版画选》(I947)。萧老签完名后还特地将《书评研究》《篱下集》《小树叶》等三书叠在一起对我说：这是我评论、小说、散文的处女作，皆是由商务印书馆出版的；她作为全国最大的一家出版机构，竟肯连续出版一个当时寂寂无闻的文学青年的习作，对自己投身文学事业有甚大的促力。他还深情地忆念老一辈作家如沈从文等对自己的提携与汲引，如《书评研究》原是大学毕业时的学士论文，经郑振铎先生推荐给商务出版的。

萧老的居处质朴无华，一客厅兼做工作室，四壁张挂了许多照片，有一帧冰心的放大照片挂在显目的位置，说明主人对这位"五四"老作家的钦敬与欣赏。

不佞仅是萧老的一个读者，另外工作上也有一些关涉，即他作为中央文史馆馆长，曾主编多卷本《近现代笔记丛书》。香港、台湾商务印书馆拟出版一个选辑本，共二辑，凡十六册，即是由我责编的。总序是萧老写的，大意谓笔记是中国自古有之的一种文体，既可述事，并可抒情，至今仍有不竭的生命力。事实上也正是如此，上述"丛书"即是明证，作者皆为中央暨各省市的文史馆馆员，他们都是见多识广的耆宿，所撰笔记记录了清末民初朝野遗闻轶事，读来浓酽有味，亦有史料价值。

据不完全统计，萧老一生的著译多达近百种，凡四百余万字，晚年仍保持旺盛的创作活力，即使年逾耄耋，仍笔耕不辍。数十万字的回忆录《未带地图的旅人》，近百万字的现代派译作《尤利西斯》都是晚年的劳作成果。直至生命之火燃尽之前，仍不断对人间作出奉献，实可作后辈作家的圭臬。

萧老对死亡的态度亦非常豁达，不久前《北京晚报》刊发他的一篇短文，中谓："死，使我看透了许多。它对我成为一个巨大的力量。所以1979年重新获得艺术生命之后，我才对自己发誓要跑好人生这最后一圈。'最后'二字就意味着我对待死亡的坦荡胸怀。"参透死亡玄机者，更会执着地热爱生命，竭尽所能地使生命焕发更多的光和热。这种达观与进取的精神，也值得后来人效法。

  萧老精神中值得珍视的还有则是他对人间滔滔不绝的爱心，早期创作中即有强烈的表露，不少篇什以儿童的视点，展示了社会的冷暖与不平，揭露了旧势力、旧思想对幼小者的戕贼与侵凌，从而对被侮辱被损害者施予了真诚的爱与同情。不佞最喜爱的是他的唯一的长篇《梦之谷》，是以自己失败了的初恋作题材的自传式作品，表露了作者对爱、对美、对纯真的渴望与追求，读来使人心折。

"五四"老人的瞩望

蓦然回首,骎骎八十春秋匆匆已逝,"五四"竟已届耄耋之龄了。亲身参加五四运动,并以自己的创作丰实文学革命实绩的老作家于今似乎凋零殆尽,近日冰心、苏雪林相继弃世之后,唯一硕果仅存的"五四"作家则为已九十七岁高龄的顾毓琇老先生了。

不久前朱镕基总理访美,顾老特地从费城赶来拜会,赠以十六字箴言,并絮絮叮咛:"为国珍重!"一位几乎与世纪同龄的老学者、老作家的爱国情热,颇令我们感动。顾老生于1902年,字一樵,号古樵,偶署蕉舍。江苏无锡人。早年就读于清华学校,曾参加清华文学社、文学研究会。1923年赴美国麻省理工学院深造,获电机工程学士、硕士、科学博士学位。归国后,历任浙江大学、中央大学、清华大学教授。全面抗战爆发至40年代末,先后任国民政府教育部政务次长、上海市教育局局长,以及中央大学、交通大学、政治大学等校校长。1950年移居美国,曾任麻省理工学院客座正教授、宾夕法尼亚大学教授,并被聘为美国国家科学院理论及应用力学委员会

柘园所藏顾毓琇旧藏秋郎(梁实秋)著《骂人的艺术》,中有顾氏批注多处

委员。70年代末以还，先后被上海交通大学、西安交通大学和西南交通大学聘为名誉教授。

作为"五四"时期的著名作家，自20年代初迄今，著有《芝兰与茉莉》等小说，《孤鸿》《西施》《白娘娘》《岳飞及其他》等戏剧，以及传记《我的父亲》，译诗《海滨集》，论著《中国的文艺复兴》，旧体诗词《蕉舍吟草》等。

顾老于40、50、60年代数度旅港，曾写下《九龙城》《香港山顶》《过海轮渡》《宝云歌》《悼许地山先生》《香岛遥望》等诗章，寄寓了对此祖国一片金瓯的深情厚意。

数年前，顾老就承继"五四"精神呼吁道："以新文化运动发扬民族精神，团结全国人民及海外侨胞学人"，热情瞩望："若能建立二十一世纪文化，不但适合国情，且可兼善天下，兆民康乐，人类得益，则五千年来，当为空前之盛事，愿与全国青年共勉之！"善哉斯言，咸与共赴！

红花与绿野

顾毓琇教授今年（2000年）虚龄已九十九岁，虽然寓居海外多年，至今仍密切关注着国家与民族的复兴。实在十分难得。真正的"五四"老作家，如今已凋零殆尽，顾老作为硕果仅存的一位，更值得珍视与尊重。迩来颇留意顾老在香港所留下的雪泥鸿爪，所获亦颇不菲。

笔者所知见的顾老在港所作最早的旧体诗为《悼许地山先生》，作于1941年8月许氏逝世之后。

诗前有小序云："地山精研比较宗教学，除儒家学说基督教义外，对梵文道藏，均有心得，堪称学究大人。往年以'落华生'笔名发表《换巢鸾凤》《缀网劳蛛》《空山灵雨》诸作，为初期新文学放异彩。民十二年同舟渡太平洋，曾为《海啸》撰《醍醐仙女》，后在纽约、剑桥时相遇从。二十一年同客旧京。二十七年访地山于香岛，承俟松夫人驾车同游海滨。畅叙为欢。"

其诗亦写得意挚情真："琼岛牛津说道珠，无人学究是通儒。重洋共渡成知己，香海同游识故居。重为换巢嗟叹凤，更因缀网泣劳蛛。空山灵雨无常悟，灌顶何心忆醍醐。"

此序此诗使我们对香港新文化开山许地山教授的道德文章有了更深的体味，因为这些文字绝不是虚伪的应酬，而是出自一位惺惺相惜的同道者（新文化运动中的战友，新文学创作中的伙伴）的沉痛悼念。

顾老于50年代初过港时曾写下《九龙城》《香港山顶》《过海轮渡》等旧体诗，其中有浓酽的民族感情的流露："欣逢钻石山头客，闲话唐人遇不平"；亦有对香港前景的瞻望："他年海底凿通道，车水马龙络绎过"。如今，前述种族歧视的现象已不复存在，后言则已变为现实，故为可告慰于诗人了。

60年代中，顾老旧地重游，又写下了《宝云歌》，诗前亦有小序："陈光甫丈，唐星海兄卜居香港宝云大厦，余由香岛小筑访，海阔天空，不胜神往，因作歌以赠。"

陈光甫（1881—1976），江苏镇江人。1915年创办上海商业储蓄银行。二十年代中，创办中国旅行社。历任上海银行公会主席、中央银行常务董事等。香岛小筑为"船王"董浩云的别业，可见顾老与董家亦有交谊。

顾老尚作有《沁园春·香岛遥望》词，中有句云："祖国山河，万里边疆，七亿同胞。望长江三峡，怒涛滚滚。黄河九曲，骇浪滔滔。云耀昆仑，沙飞瀚海，杨柳春风跃马骄。趁晴爽，看红花艳斗，绿野迢迢。"就中充溢着对华夏大地的由衷赞美与热诚讴歌，回荡着一位老科学家、老作家、老诗人滚烫的家国情怀。

作为文学家的顾老，在作品上署名顾一樵，自20年代以来著有《芝兰与茉莉》等小说，《孤鸿》《西施》《白娘娘》《岳飞及其他》等剧本，以及传记《我的父亲》，论著《中国的文艺复兴》等。另有旧体诗词集《蕉舍吟草》等多种。

值此新世纪伊始，谨祝愿顾老健康长寿！

永远的林徽因

平日于藏书之外，尚存一嗜好，即喜搜罗近现代学者的墨迹，此与鉴赏书法无关，只不过是一种讨前贤风范的追慕而已。在此百十幅学人手迹中，有一卷林长民的条幅，字写得流丽苍劲，跌宕有致，下署双栝庐主人，并钤有林氏私章。这位早年出身早稻田大学，与梁启超私交甚笃，曾任福建大学校长的学人，四十九岁即于反奉系军阀的战争中牺牲，传世的法书不多，加之他又是素所心仪的女作家林徽因的父亲，故林宗孟的墨迹更得到柘园主人的珍惜。

日前，又在书店购得二卷本的《林徽因文集》，更令之雀跃不已。在中国现代女作家群中，兼得才女与美女之称的唯有林徽因。诗人徐志摩早在英国留学时得识年方十六的林氏，立即一见倾心，并终生怀抱铭心刻骨的渴慕之情。现代文坛上这段脍炙人口的佳话，大学时就引起浓郁的兴味。但对这一传奇式女作家的初步了解，是在接触了她那饱孕隽智与才情的作品之后。最早读到的林氏作品是《新月诗选》（新月书店，1931年9月印版）中所选的《笑》《深道里听到乐声》等，此书

柘园所藏林长民书陆游诗，题乙丑（1925）四月长民录放翁绝句于双栝庐

写陈梦家所编选，60年代中自上海书店淘得。最欣赏的是《笑》，至今仍朗朗背诵得出："笑的是她惺忪的卷发，／散乱的挨着她耳朵。／轻软如同花影，痒痒的甜蜜／涌进了你的心窝。／那是笑——诗的笑，画的笑；／云的留痕，浪的柔波。"轻灵曼妙，如同天籁。

二卷本《林徽因文集》系作者之子梁从诫所编，是迄今搜集林氏各类文学最全的版本。书耑有萧乾所作代序《才女林徽因》，在这篇临终前不久的绝笔中，由衷赞赏林氏"写作必是由她心坎里爆发出来的"，诚挚呼吁读者"珍爱他们的文学，珍爱他们的文化情怀和文化操守！"

《文集》的文学卷析为"散文""小说""诗歌""剧本""译文""书信"等辑，于此可基本得窥林氏作品的全豹，故而对梁从诫先生的劳作，表示一个读者的谢意。

一个真正赋有才华的作家绝不会被暂时的阴霾所遮蔽，林徽因得到越来越多读者的热爱如是明证。

书衣大师

君匋先生逝矣！讣闻接读之后，为之不豫累日。先生以九十二岁捐馆，应是得享高寿了，然遽然撒手尘寰，总带给后辈以悲痛与怅惘。

上海航寄来的讣告云："著名艺术家、著名音乐出版家、政协上海市委员会第三、四、五、六届委员、上海文艺出版社编审、上海音乐出版社前任副总编辑、上海文史馆馆员、上海市出版工作者协会名誉理事、西泠印社副社长钱君匋先生，因病于一九九八年八月二日上午十时二十三分在上海瑞金医院逝世，享年九十二岁。"不佞对于冠在先生头上的众多头衔较为木然，脑海中映现出的是一位憨厚朴实、外冷内热的蔼然长者形象。

吾生也晚，然亦有幸与先生在上海文艺出版社同事过一段时间。由于治现代文学，故对与新文学史甚有渊源的先生，便感到分外的亲切。在中国现代书籍装帧艺术史上，"五四"时期就出现了三颗耀眼的明星，即陶元庆、司徒乔、钱君匋。陶元庆的书面画融合东方的神韵与西方的技法，具有卓荦不凡的丰神，寒斋柘园藏有陶为鲁迅画的《彷徨》《唐宋传奇集》《苦闷的象征》，为许钦文画的《故乡》（所画为绍兴地方戏中女吊的形象，俗称大红袍），至今仍闪烁着逼人的光焰，可惜英年早逝，遂成绝响。钱君匋自承是受到同窗陶元庆的启示从事书面画创作的，终其一生，竟然画了一千八百多本。鲁迅、茅盾、郁达夫、巴金、叶圣陶、郑振铎、胡愈之、朱自清、顾一樵、柔石等都曾请钱氏为其著译画书面，柘园所藏者有鲁迅编印的《死魂灵一百图》，茅盾著的《幻灭》《动摇》《追求》三部曲，郁达夫的《达夫全集》，巴金著的《死去的太阳》，叶圣陶著的长篇《倪焕之》，郑振铎的《山中杂记》，胡愈之的《东方寓言集》，朱自清《背影》，顾一樵著的《芝兰与茉莉》，柔石的中篇《三姊妹》等，虽仅是钱氏所作书面极少的一部分，但

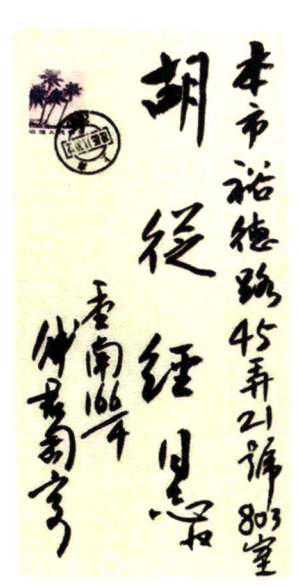

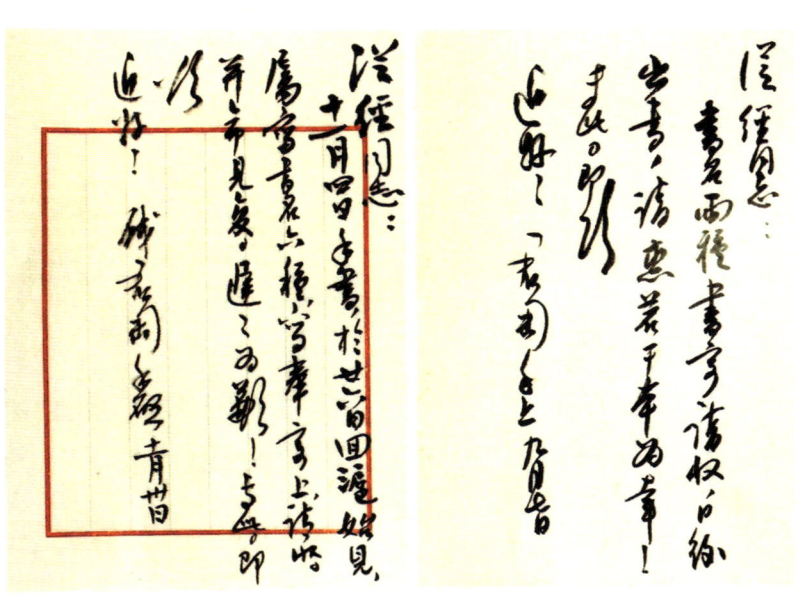

钱君匋先生致作者书简

钱君匋先生为作者题签:《中国小说史学》《日本庋藏中国小说知见录》《鲁迅编校书刊考略》《中国文学期刊史》

也可从中窥见一位忠诚艺术家执着追求的轨迹。早期被称为写意时期，如黎锦明的《尘影》(拙著《柘园草》有专篇评述)，就是以简洁的笔墨、鲜明的色泽构成抒情氛围很浓的小品，用来表达该书前路茫茫的主题。30年代以降逐渐形成自己的风格，即用动植物及其他创作出装饰性很强图案形象，并赋有典型的中国作风与中国气派，显然从中国的传统艺术，如汉画像石、六朝石雕、青铜器的纹饰等中汲取了养分。诸如丁玲的《自杀日记》、刘大白的《中国文学史》等书面，皆端庄秀丽、明快大方，挥洒自如，妙趣天然。先生六十年的书籍装帧创作生涯，其影响极为深远。

君匋先生赋有多方面的艺术才华，不必一一赘言。再谈一桩与新文学有关之事。即先生于1929年出版了自己的新诗集《水晶座》，卷首有赵景深、汪静之、叶绍钧、章克标、汪馥泉等所作序，书末有姚方仁所作跋，叶认为"君匋的诗，大多是有境界的"，诸如"有一个夜里水花溅上高岸，泼湿了如雪的月光"。果然不同凡响。

载1998年8月23日香港《文汇报》副刊《笔汇》

东吴畸人

顷读徐志啸著《中国比较文学简史》，诚如作者在《后记》中所言，填补了一项学术"空白"。然使我稍感不足的是，《简史》没有回答究竟是哪一位近代学者明确提出了"比较文学"这一新颖的研究方法。早在十多年前，就有两位在上海留学的德国青年学者向王元化教授提出此问题，元化师令我去查一下。不佞虽然在故纸堆中锐意穷搜数日，仍无以报命，实在甚为歉疚。数年后在通读中国人自己写的第一部文学史——《中国文学史》时，终于觅得中国近代学人最早论及比较文学的实证。该书是1906年出版的东吴大学讲义，作者即黄人。

"东吴畸人"是明通俗文学家冯梦龙的笔名，如移来冠于与冯氏同里的黄人头上，也同样确切，因为他们都是不同凡俗、才华横溢，且开一代新风的旷代奇才。黄人原名振元，字慕韩，号摩西，别署有震元、野蛮、蛮、梦庵、慕云、藤谷古泉等。江苏常熟人，长期寓居苏州。清同治七年（1866）生，民国二年（1923）卒，年仅四十六岁。光绪庚子（1900），美国传教士孙乐文（1850—1911）在苏州创办东吴大学，黄人与章太炎同被聘为文学教授，前者当时不过三十二三岁，黄人不仅旧学根柢深湛，而且勤于吸纳新知，故其学养受到同时代人的推重，其挚友吴梅，一位自视甚高、吝于赞人的戏曲学家曾由衷地赞叹道："其为学也，无所不窥，凡经史、诗文、方技、音律、遁甲之属，辄能晓其大概。故其为文，操笔立就，不屑屑于绳尺，而光焰万丈，目不可遏。"（吴梅：《书黄人〈血花飞传奇〉叙后》）黄氏著述甚丰，有《石陶黎烟全集》《青兰集》《摩西词》《摩西曲》等；著有小说《轰天雷》，译有小说《银山女王》《哑旅行》《大狱记》等；另有杂剧《红勒帛》《雁来红》《紫云回》三种，传奇《血花飞》一种；其他作品散见于《独立报》《南社社刊》《雁来红》《著作林》《小说林》等晚清报刊。

再回到比较文学史问题上来。关于比较文学这一新方法在中国学术界的肇始，曾有学者认为："比较文学作为一种理论概念也在五四初期开始被介绍到中国来。1920年章锡琛译日本学者本间久雄的《新文学概论》，发表于《新中国》杂志，从此我国首次出现'比较文学'这个名词。"其实可以上溯到十数年之前，早在1906年黄人就在《中国文学史》中就文学的定义写道："立读者之标准，当为一般的而非特殊的，薄士纳所著《比较文学》有云：'文学者，与其呈特别之智识，毋宁呈普通之智识。'"薄士纳即英国学者波斯奈特（H. M. Posnett），其于1866年写成并出版的《比较文学》被称为"划出一个新时代"的力作。黄人在文学史中援引波氏的著作用以阐释文学定义，说明我国学人早在距"五四"十多年前的世纪初，就已了解并掌握了比较研究这一19世纪中方兴起的簇新研究方法。有关中国比较文学史的著述，似乎应该注意这一史实。

载1998年2月22日香港《文汇报》副刊《笔汇》

不灭的薪火
——悼季羡林教授

季老仙逝了，中国知识界陷入一片愁云惨雾之中。他作为中国文化研究院的顾问与主编之一，本院同仁长期以来承其诲导与勖勉，故噩耗传来更倍感悲痛。

中国文化研究院成立伊始，就有幸得到季老的关注与支持。早在2001年春，我们去北大朗润园季老寓所求教，向他汇报了正在兴建的《灿烂的中国文明》网站（www.chiculture.net）的情况，他称许网站旨在全面介绍中国传统文化的创意与构想俱佳，回归后的香港正急需一个如此弘扬中国文化、彰显民族正气的精神平台，不仅欣然慨允担任本院的顾问暨网站中"中外文化交流系列"的主编，而且对网站的设置、构架、内容乃至邀约专家等，都提出了宝贵的建议。

翌年，《灿烂的中国文明》网站正式启动，季老立即为我们题写了：

中国文化研究院
《灿烂的中国文明》网站
功德无量
季羡林

并且郑重其事地加盖了三枚篆、楷体的阳、阴文印章。当我们看到季老如斯的勉励与期冀，无不热泪盈眶、衷心鼎沸，立誓要将这关系到民族复兴大业的

季羡林先生为作者主编的《灿烂的中国文明》网站题词

北大朗润园季老寓所

301 医院病房

文化使命做好，再接再厉，竭尽心力。

　　季老入住301医院之后，我们曾数次前往探视。在该院旧楼13号病室，季老总是慈祥地垂询我们的工作进度，做出这样那样的指点。有一次当他获知我们网站荣膺联合国"世界最佳文化网站"大奖时，竟然像孩子般地乐呵呵笑起来，并语重心长地嘱咐道："要让中国人与外国人都认知、认同中国文化，你们任重而道远啊！"他请助手李大姐为我们照了合影，并握着我的手叮咛道："不要患得患失，虽然你现在没有时间搞学术研究，但这工作比写几本书重要。"我理解季老是希望有更多的文化人投身并坚持弘扬中国文化的事业，他的嘱咐已成为研究院同仁的座右铭。

　　季老如同一支巨大的烛炬，为承继与发扬中国文化燃尽了一生的心血。他的精神将永远鼓舞着我们。

郁郁盛会

为期三天的"中华文化与二十一世纪"国际学术研讨会终于落下了帷幕，沙田皇宫大酒楼晚宴后大家依依惜别，相期二十一世纪初再于此相聚一堂（大会初步议决于2000年再在港举行第二届大会）。

不佞自始至终参加了会议的全部议程，之所以改变过去常常逃会的习惯，主要是因会议的内容十分充实，与会者的发言甚富新意，引致你不忍舍弃这可贵的切磋机会。

大会主席饶宗颐教授在欢迎辞中强调本次会议是"本港在历史上炎黄子孙能够聚首一堂第一次来讨论自己文化的高层次的学术会议"，并预期它会开得很成功。事实也证实了饶教授的期许，与会者一致认为会议达到甚至超越了预期的效果。为此，大会主席当然非常高兴，故在闭幕词中，饶教授高度评价了会议的成功，并引《尚书·洪范》篇，认为此次旨在弘扬中华文化的研讨会是一次"大和合"的盛会。

作为一次国际性的学术研讨会，吸引了内地及港澳台的百余名学者，以及日本、韩国、新加坡、德国、挪威、美国、澳大利亚等国的多名汉学家。他们就20世纪中华文化研究的回顾与评价，21世纪中华文化的发展前景和研究动向，中华文化在新世纪面临的挑战，中华文化的现代价值，中华传统文化在海外，中华文化与世界各民族文化特别是西方文化的碰撞、交流、融会与互补，香港回归后的中国文化建设等问题展开了热烈的讨论与驳难。

不佞认为足堪启迪、获益良多的论文有：饶宗颐《从新资料追踪先代耆老的"重言"——儒道学脉试论》、林达光《中国的发展与文化的革新》、李亦园《中国文明的民间文化基础》、张岂之《二十一世纪关于中国传统文化深入研究的几点思考》、陈平原《大学之道：传统教育精神与二十一世纪中

费孝通教授（右）

冯其庸教授（中）

台湾政治大学尉天聪教授（右），台湾乡土文学的研究者与提倡者

千家驹教授（左）

国》、陈弘毅《二十一世纪中国的政治和法律思想》、王俊义《二十世纪清代学术思想史研究之回顾》等。此外佳作甚多，此处无法一一列举。

济济一堂的会议也使我有幸得睹了前辈学者严谨笃实的风采，费孝通、丁守和、萧萐父、尉天聪、冯其庸、王尧等教授的宏论，皆留下深刻的印象；同时，亦与侪辈学人中的旧雨新知晤谈甚欢。

有的学者在会上提出值得深思的问题，如吴清辉教授在闭幕致辞中认为中华文化在香港仍是一种弱势文化，人们常说香港文化是中西文化交汇的产物，问题是这种交汇是否是中华文化中的优秀成分与西方文明的会合交融，抑或其他。

不佞亦甚有同感，在一个华人占绝对多数的社会中，本国文化反呈弱势状态，当然是不正常的现象，这虽然是历史所造成的特殊情况，但回归之后的今日，凡认同中华文化的知识分子似应有责任改变这一本末倒置的现象。特区政府、行政长官年来一直呼吁"有必要重新确立和认同一些世代相传的中国人的价值观"，必须加强、推进市民与学生"对中国文化及历史的认识"。

这一极具使命感的号召得到众多有识之士的响应，或着眼于提高，旨在提高香港在国际学术界的地位；或着重于普及，采用各种渠道、手段加强青少年的中国文化素养。相信经过不懈的努力，中华文化必将成为香港市民热爱与珍视的精神财富。

小褚与《读书周报》

若问中国最长命的读书报纸是哪家，当属上海《文汇读书周报》无疑，截至最近一期为第七二二号，悠悠十数年的岁月，就一家读书小报而言，寿命不可谓不长。

报型虽小，版面为八开对张，与其他小报同，然其信息的负荷量却未可小觑。大至学术谠论，王元化等大家的长文常见刊诸报端；小至烛隐显幽、辑佚钩玄等小文亦常附诸骥尾。当然还有那泛溢着阵阵书香的有关人文科学出版物的大量信息。

从其创刊伊始，不佞就是她的忠实读者，如今更是我了解内地学术动态、出版情报的重要来源。尤其使我感到亲切的是，其上可常见师友的宏文与讯息，使疏于通信以至音问阻隔的我，有如对故人之感。读师长之文如面聆教诲，读侪辈之文如促膝夜谈。个中乐趣，非身受者难以言喻。

另使我倍感亲切的是，其主编褚钰泉是我的老友。小褚复旦毕业后即进入《文汇报》社，后受命创办《文汇读书周报》，十余年来坚守岗位，乐此不疲，并将报纸办得有声有色，愈来愈受读书界的欢迎，且毫无媚俗之心，却深具导引之意，品味高雅，文情并懋（此处之"情"借指情报，即书的信息），学术性、知识性并重，在在都甚为不易。主编的取向与才干是报纸的灵魂，《周报》有今天的局面与成绩，当然是与小褚的才情与努力分不开的。小褚还是一个名副其实的"好人"，笃实，诚信，热情，正直，是一位值得信赖的朋友。我们不仅是朋友，还是邻居，我一度住在石门一路旭东里，隔几间屋就是小褚家，那是一幢旧式公寓，岭南派画家黄幻吾也寓于此。故我与小褚有时相过从的条件，记得"四人帮"垮台的消息最早就是他及当时来沪的吴泰昌告诉我的。小褚的母亲与我岳母的关系也不错，故我们笑谓是

"亲上加亲"。

自来港定居后,我们见面的机会少了,但仍间或通讯,并未"相忘于江湖"。去岁,小褚与陈昕等一行赴台过港,我们曾小叙畅谈久之。如今,每当收到《周报》,我即立刻翻看二版上小褚的专栏"阿昌逛书市",一来可悉最新的信息,二来如同旧友聊天,不亦乐乎!

《周报》创刊不久,小褚即派女记者郑逸文小姐找我作"学者专访",刊发时旁还附天呈所作我的漫画像。郑小姐写道:"胡从经醉心于收集大量原始的、鲜为人知的第一手资料,渴望从这些史料中萌生实实在在的分析与启人心智的观点。"认为胡氏的研究方式为"史论结合的两栖作业":"即在挖掘史料的同时,重视理性的思辨。他偏爱这种方式,更崇尚这种方式本身所蕴含着的'严谨精神',他固执地欲以自己整个心灵、整个创作生命对之进行贯彻、体验、实现。"实在过于谬奖,但也反映了小褚对一个朋友的了解与衡估。祝《周报》长命百岁!

《文汇读书周报》刊发该报记者郑逸文小姐(现任《文汇报》总编辑)所作胡从经专访时,文旁所配漫画像,天呈作

温流六十周年祭

在30年代的华南诗坛，曾经活跃过一位年轻而富有才情的诗人——温流，可惜他如同掠过夜空戛然而逝的彗星，年仅二十五岁就因病亡故了。他的不幸夭逝，在中国诗坛引起了震动。中国诗歌会发起人蒲风为此惊呼："温流的死是目今中国诗坛的最大损失！"全国各地的许多报刊都发表了悼念文章，有的还出版了追悼专号，例如当时北平的《诗歌杂志》1937年第三期特辟了"哀悼诗人温流"专号，在悼诗《恸》中称颂其为"永夜的照明灯"与"激动人们前进的号筒"，《青岛诗歌》、《星华日报》（汕头）副刊《流星》等都有"追悼专号"。1938年1月，"中国诗坛社"的同仁在温流墓前举行了周年祭，蒲风、黄宁婴等都朗诵了纪念诗章。同月15日《救亡日报》还刊发了题为《警报声中的温流周年祭》的报道与诗文。老诗人郭沫若为温流写下了题词："你的早逝，不仅是中国诗坛的损失，同时是中国抗敌战线上的损失。抗敌的军号，缺少了你这位优秀的吹手，使我们感觉着寂寞。"

温流是无愧于前辈、侪辈对他的称许与赞颂的，他以自己创造性的劳作，开拓了新诗歌的新路径，丰实了30年代的中国诗坛。他的诗作有相当篇什是在香港发表的，成为香港文学中不可分割的一部分。

温流原名梁惜芳，广东梅县松口人，民国元年（1912）生。少年时代即集合同好组织绿天文艺社，创办并主编《绿天》半月刊。30年代中主编《诗歌生活》月刊与《梅东日报》副刊《诗歌周刊》，1936年5月，出版了处女诗集《我们的堡》，由郭沫若题签与蒲风作序。诗集问世后反响强烈，洪道、方殷等发表了评论文章。同年秋，广州艺术工作者协会成立，温流被举为诗歌组组长，主编《今日诗歌》。同年冬，编讫第二部诗集《田地，咱们守护你!》寄给蒲风，拟作为"中国诗歌作者协会丛书"之一出版（后易名为

《最后的吼声》,于诗人逝世后在香港出版)。1937年因鱼骨伤喉为庸医贻误而遽然病逝。

诗人黄宁婴曾说:"温流是华南新诗运动的拓荒者。"这是毫无夸饰的评价。寒斋藏有年青诗人仅有的两部诗集《我们的堡》与《最后的吼声》,以及主编的《今日诗歌》《诗歌生活》各二期,从中足可窥见,温流是一个不尚喧嚣的新诗歌运动的倡导者与实践者,他所遗留给我们的遗产,雄辩地证明了这一先行者在南中国诗运中的开山与主导作用。从这些呕心沥血的诗篇中,我们可以清晰看到诗人思想意识发展变化的脉络与认识现实不断深化的轨迹,也可观察到诗人对艺术境界的执着追求和对通俗形式的艰辛探索。他从民间歌谣中汲取了丰富的养分,创造性地谱写了许多便于吟唱的歌诗,其中若干诗作(如《打砖歌》《卖菜的孩子》)经聂耳谱曲后得到更广泛的传播。

值此温流逝世六十周年之际,谨对这位早逝的南国诗人献上一瓣心香。

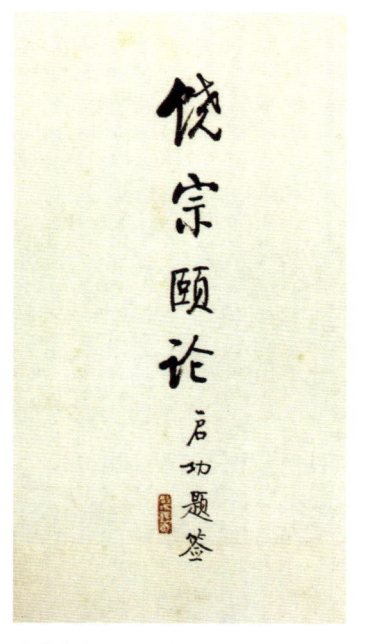

启功先生应作者请求为其责编的《饶宗颐论》题签

诗人征军

不久前《星岛日报》在复刊其副刊三四十年代作品时，注释者曾对其中一作者"征军"不甚了然，故注曰待考。征军的文学生涯有一段是在香港度过的，他的诗作如同涓涓细流融入了香港文学一泓大潭。

征军原名施启达，海南岛琼山县人，少年时代就参加了琼崖农民的起义，经历过如同《红色娘子军》所抒写的铁与血的锻冶，无愧乎是一名战士。琼崖纵队被迫退入五指山后，征军从海南流亡到上海，参加了中国左翼作家联盟，积极致力于"左联"所属的中国诗歌会的创作活动，后又东渡扶桑，继续致力于左联东京分盟的各项工作。抗战军兴，他即从日归国投身于抗战文艺的建树。1946年3月17日，征军以三十三岁的英年在贫病中夭逝！

征军的遗作甚丰，已出版的诗集有《蒙古的少女》《红萝卜》，以及长诗《小红痣》，另一诗集《燕子来自何方》已编就而未及付梓，其他散见于《新诗歌》、《前奏》、《杂文》、《东方文艺》、《文艺阵地》、《抗战文艺》、《中国诗坛》、《星岛日报》副刊《星座》、《大公报》副刊《文艺》、《立报》副刊《言林》等内地与香港的报刊上的作品，均未及结集。

对于诗人在困厄中不幸早逝，文化界同人深感哀婉，许多作家都写下了悼文，如司马文森的《哀征军》、陈残云的《郁郁而死的征军》、韩北屏的《惜死与慰生——悼诗人征军兄》、严杰人的《为战士与为诗人的征军》等，香港的《华商报》以及《中国诗坛》复刊第三期还出版了"追悼征军特辑"。

在民族解放战争最艰苦的岁月中出版的《红萝卜》，系征军的代表作，该诗集由桂林诗创作社于1942年9月初版。诗集的装帧极为朴素，版心以窳劣的土纸印刷，由于铅版与纸质的原因，字迹甚为模糊，以致有的地方难以卒读。然而它却得到在烽火中辗转的读者的喜爱，因为它的创造者是以生命谱写诗篇的爱国诗人。

诗集将政治讽刺诗《红萝卜》置于卷首，遂亦以此题名诗集，以降有《南方》《春》等十七篇，卷末则有组诗《中国在射击》。展读《红萝卜》，常为其中汹涌着的激情所震撼，诗人那鼎沸的热情仿佛从每一列诗行中喷射而出，中人欲醉，惹人欲歌，激人欲行！诗歌的魅力在乎节律？在乎色泽？在乎形式？……持论者莫衷一是，但任谁也否认不了诗人发自肺腑的激情之感召力。

在那与侵略者的铁骑殊死奋战的严峻日子里，亡国之祸如厚重的阴霾君临天穹，而诗人却如同"迎春的群鸟"，充当着春的信息的"播种者"，把"一种火似的心"化作希望的种子撒向大地，热望祖国经受住劫难，最后在"新中国的塔上"升起"希望的星"。

诗人亦热爱香港，在《给香港的女同学们》篇表露了对新生一代的规诚与希冀，诗行间也流溢着爱的暖流。征军是不应被忘却的！

无尽的温馨

今年仲春，正当樱花烂漫的时节，我收到了贴有樱花邮票的远方来鸿，启封后见到一张穿和服的老人的相片，相主那一双睿智的眼睛，正透过眼镜凝视着我。"这是谁呀？"我不由得犯疑起来，读过信后方霍然冰释。信中写道："附上的是藤野严九郎先生晚年（1936年左右）的照相。本来是藤野恒三郎博士（细菌学者，原大阪大学教授）从他的叔母（就是藤野先生夫人）那里得到珍藏的。最近有一个朋友给了我，我加印了，供你研究参考。"写信人是前东京大学中文系主任教授、现任教樱美林大学的丸山昇教授，他是日本著名的汉学家，执日本汉学界鲁迅研究的牛耳，曾著有《鲁迅——他的文学与革命》《现代中国文学的理论与思想》等专著，且勤于发掘鲁迅在日本的遗文轶事，例如鲁迅致山上正义的书简及所附《阿Q正传》的八十五条注释，就是经过他的多方探访发现的。这帧鲁迅在日本留学时的恩师藤野先生晚年的遗影，当是丸山教授劬劳的新收获。

面对遗像，睹物思人，何况还有自幼耳熟能详的《藤野先生》。鲁迅对这位异国师长终生保持尊敬与忆念，曾将他的相片悬挂在墙上，当作促使自己奋然前行的动力。"他的性格，在我的眼里和心里是伟大的"，鲁迅这句深情的话，更引起我们对这位深具爱心的长者的萦念。

鲁迅逝世不久，黎烈文主编的《中流》以《鲁迅先生敬慕的藤野先生》为题，辑译了日本刊物《文学案内》昭和十二年（1937）三月号上坪田利雄等合写的藤野访问记，以及同刊发表的藤野严九郎作的《谨忆周树人君》。

访问记介绍了藤野的小传。

其中颇令人感动的是，访问记记叙了当记者将刊登鲁迅丧仪情况的杂志给藤野看时，他竟将杂志举到头上，恭恭敬敬地捧着行礼，表示对鲁迅深切

的惋惜与悼念之情。在《谨忆周树人君》文中写着："我少年时代，曾承福井藩校出身的姓野圾的先生教过汉文，尊敬中国的先贤，同时总存着应该看重中国人的心情，所以这在周君就以为特别亲切和难得了罢。"并痛惜地说："我一边深悼着那以些微的亲切作为那么样的恩谊而感激着的周君之灵。"读着这篇质朴而深挚的文字，令人加深了对这位日本老人的钦仰。

日本仙台矗立的"鲁迅之碑"（1960年12月建成）

丸山教授还告知了藤野先生晚年的景况：他于大正五年（1928）离开仙台，回乡开设诊疗所，一直做一名造福桑梓的医生，直至昭和二十年（1945）逝世，终年七十二岁。

如今，藤野的故乡福井市足羽公园矗立着"藤井严九郎纪念碑"，镌刻着"建立惜别之碑，以纪念两位先生不可泯灭之缘"的字样。鲁迅与藤野之间的深情厚谊，温馨永在，因缘不灭，他们以赤诚热忱培育的爱将永远吐露着沁人的芬芳！

载1998年4月12日香港《文汇报》副刊《笔汇》

藤野先生

藤野严九郎作为鲁迅留学日本时期的恩师，因鲁迅《藤野先生》一文曾选入中学语文课本，故他几乎为中国所有读书人耳熟能详。作为明治时代的一位日本知识者，能扩弃甲午战争之后弥漫在日本朝野对中国的仇视与鄙视，反而对来自中国的学生周树人表示了异样的关切与勉励，这确实是难能可贵的。

鲁迅终其一生始终对这位异国师长保持尊敬与忆念，曾将他的相片悬挂在墙上，当作促使自己义无反顾、奋然前行的动力。"他的性格，在我的眼里和心里是伟大的"，鲁迅这句深情的话语，亦铭刻在我们心头。

直至晚年，鲁迅仍然萦念这位恩师，据其友人兼弟子增田涉（日本著名汉学家，曾将鲁迅《中国小说史略》译为日文）在《日本评论》1936年12月号的回忆鲁迅文章中写道："鲁迅把藤野严九郎先生作为生前唯一的恩师而挂着他的相片，笔者去年在上海访问他的时候，也问起，先生怎样了？还没有故世吧？不知道遗眷的消息吗？又从前《鲁迅选集》译出之际，也特别写了藤野先生的事，期待着能读到这位先生也许会有从后人来的信息，但终没有用。"遗憾的是增田涉等当时并不了解藤野先生的情况，故未能回复鲁迅的查询，因而鲁迅至死对其恩师后来的遭际并不了然。

事实上鲁迅逝世后藤野尚健在，当时有评田和雄、川崎义盛、牧野久信三位日本记者专程赴福井市本藏驿去访问在该地设诊疗所的藤野，并在日本《文学案内》1937年3月号上发表了《藤野访问记》。其中颇令人感动的是，访问记记叙了当记者将刊登鲁迅丧仪情况的杂志给藤野看时，他竟将杂志举到头上，恭恭敬敬地捧着行礼，表示对鲁迅深切的惋惜与悼念之情。同刊还发表了藤野所作《谨忆周树人君》，诚挚地追述了自己过往对中国友好的情谊:"我少年时代,曾承福井藩校出身的姓野圾的先生教过汉文,尊敬中国的先贤,同时总存着应该看重中国人的心情,所以这在周君就以为特别亲切和难得了罢。"最后并以痛惜的笔墨写道:"我一边深悼着那以些微的亲切作为那么样的恩谊而感激着的周君之灵,同时敬祝周君的家属康健不已。"读着如比质朴而深挚的文字,使我更加深了对这位日本老人的钦仰。

亦师亦友的丸山昇教授是日本的鲁迅研究权威,一直关注与鲁迅有关的故实,近年还从藤野先生的侄儿藤野恒三郎博士(细菌学者,原大阪大学教授)那里获得藤野晚年(1936年左右)的相片,将其加印寄赠给我,并告我藤野生平与晚年的景况,现转述如次,想必读者诸君亦乐于与闻的。

藤野严九郎原籍日本福井县坂井郡本藏村下番,生于明治七年(1874)七月,爱知县立医学专门学校毕业,明治三十四年(1901)岁暮应聘到仙台医学专门学校任教,不久即成为鲁迅的导师。大正五年(1916)离开仙台,回故里开设诊疗所,从此一直做一名造福乡梓的开业医生,直至昭和二十年(1945)八月十一日逝世,终年七十二岁。

日本民众对藤野也是非常敬仰的,已不复是半个多世纪前鲁迅所言"他的姓名并不为许多人所知道"的状况。1964年在他的故乡福井市足羽公园已树立了"藤野严九郎纪念碑"。

嘤其鸣矣

日前在港大亚洲研究中心参加了一次学术报告会,主讲者是日本长崎县立大学松冈纯子教授,讲题是《许地山研究在日本》。中心的所在即是香港大学邓志昂中文学院的旧址,建筑物的外形典雅端庄。许地山因胡适的推荐,自1935年起长中文学院,至1941年遽然病逝,在这座建筑物中度过他生命的最后六年。

松岗教授的报告相当精彩,使我们了解到日本汉学界研究许地山的往绩与现状:原来早在30年代初,许地山的作品就已开始在彼邦译介,松枝茂夫、池田孝等翻译了许氏的《春桃》《费总理底客厅》等。1941年8月4日,许氏在香港罗便臣道寓所病逝之后,日本的"中国文学研究会"(由一群东京帝国大学支那文学科毕业生竹内好、增田涉、冈崎俊夫、武田泰淳、松枝茂夫等组成)立即在该会机关刊物《中国文学》上刊发《许地山逝去》的"文化消息",并连续几期译介许氏《商人妻》等作品,评论其短编小说集《缀网劳蛛》。战后有更多学者加入许地山研究与译介的行列,其中不乏负有盛名者,如宫本百合子、小田岳夫、千田九一、松井博光等,宫本百合子是日本共产党领袖宫本显治的夫人,本身也是著名作家,她重译了许地山的代表作《春桃》,刊发于当时有甚大影响力的《近代文学》杂志。自70年代以降,则有更多年轻学者投身许地山研究,包括讲者本人,她络绎发表了《〈商人妇〉论》《〈女国土〉论》《〈黄昏后〉论》《许地山与台湾》等论文,还编纂了《许地山研究资料》正、续编,甚至自资出版了《许地山研究》刊物二辑,目下正搜集资料拟出版许地山的全集。

以上足可窥见松冈纯子教授研究许地山的执着与热诚,衷心祈祝她获取更多的成就。老实说,本来与会的劲头有点勉强,一来因是中心的荣誉研究员，中心的活动必须来应个卯；二来因松冈小姐是老友伊藤虎丸教授的高足，也须来捧个场。想不到有意外的收获，甚觉不虚此行。

会上有的学者认为日本汉学界的中国现代文学研究尚处于低级阶段，只有××地区的研究方算高级。不佞于此未敢苟同，认为不同国家、不同地域因文化背景、学术训练的不同，研究方法与角度相异是很自然的事情，不必去分什么高低肥瘦，何况日本学者比较侧重实证研究，也未必低级，他们丰硕的成果是有目共睹的。即以松冈的老师伊藤虎丸为例，正当"文化大革命"声讨所谓"30年代文艺黑线"之时，丸山昇、尾山兼英、伊藤虎丸等组织了"中国30年代文学研究会"，认为要正确评价中国的左翼文艺，并付之于实践。这是当时世界上唯一的研究中国左翼文学的学术团体，仅此一点就值得尊敬。而且，丸山昇的鲁迅研究，伊藤虎丸的郁达夫研究，会比××与此间的哪位同类研究者"低级"吗?! 我看不见得。

日本九州大学安排我与章培恒（中，复旦大学终身教授）、安平秋（左，北京大学文献研究中心主任）作九州岛环岛游

王蒙一夕谈

日前，陈万雄先生于镛记宴请王蒙先生伉俪，不佞忝陪末座，竟夕聆听王先生睿智而幽默的"侃大山"，确乎是一种享受。同席尚有陈国辉、李昕二先生，皆为健谈者，故气氛甚为热烈。

话题颇为纷纭，天南地北，七嘴八舌，但无形中皆以王蒙先生为晤谈的中心，大家都想听听这位智者兼长者的高见。在王先生不疾不徐、诙谐百出的言谈中，确实有许多启人心智、促人深思的成分，如任其随风而逝颇为可惜，不佞想与读者诸君分享，兹记述一二，以飨同好，倘若转述有误，当由笔者负责。

由于座中多为出版人，"三句不离本行"，遂对不同地域读书风气的厚薄甚为关注。观乎内地、台湾、香港之读书风尚，差异是十分明显的。王先生不从经济状况、生活节奏等浅白的因素着眼，而是从形成当今文化氛围的历史与现实的背景中去探寻因由。他举大陆某作家为例，其作品在大陆反应平平，但在台湾却大为走红，揆诸其作内容，大多不愠不火，恬淡平和；抚今追昔，略带苦涩；夹叙夹议，水陆杂陈；文字俏丽，修短得宜……以上皆甚配台湾读书人的胃口，而这与台湾长期受日本文化灌输与熏陶不无关系。大陆读书界则不然，大多喜欢色调鲜明、刺激强烈的作品，要么嬉笑怒骂、皆成文章，要么伏弩百发，入木三分，此即王小波、王朔等大受追捧的缘故。至于香港的读书界则对两岸的文学较为漠视，中文系学生举不出茅盾写过什么作品，也不知陈映真孰男孰女、何许人也，基本不关心内地与台湾的文学动态及潮流。

引起不佞浓郁兴趣的是，王蒙先生阐述了以下一种观点，即中国社会内部隐藏着一种自我毁灭的机制，随时可以启动，带有很大的破坏性。在中国三千多年历史上,此种事例不胜枚举,例如项羽率军打下了咸阳,结束了秦朝的统治,作为胜利者不是去维护与利用前朝的物质与精神的遗产,而是一把火把阿房宫烧了!时至今日仍然如此,例如经过如许辛苦和竞争方打出一个名牌产品,可是不用三年就纰漏百出,自己把自己的名牌砸掉了。如何消弭此一自我毁灭机制,可能关涉到国民性改造的大问题,但切不可等闲视之。

谈到对香港的观感,王蒙先生和夫人对香港人工作的效率甚为欣赏,认为内地乃至西方皆不及,进而认为香港的成功是与香港人的勤奋与精明分不开的。大家笑言香港人糅合了三种人的长处:广东人的冒险犯难,上海人的长袖善舞,英国人的老谋深算。

从亚视《寻找他乡的故事》节目谈到中国人的节俭与勤奋,王蒙先生说这几年老围着地球转,去过好多国家,今年又在美国呆了四个多月,所到之

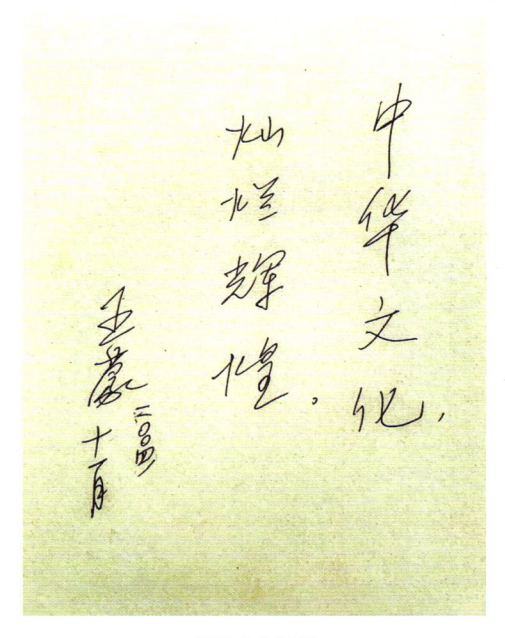

王蒙先生题词

处见到和听到许多中国移民者的故事：初来乍到的一两年，皆挣扎在社会的最底层，然非常勤俭，譬如说当地阿拉伯人赚一千块钱却想花掉两千块，而中国人只赚五百块却还要储蓄两百块；一般而言，五年之后与其他同时来的移民者相较，中国人要富裕得多；十年之后，华裔移民者当中会出现许多出类拔萃之士，不乏博士、教授、律师等等。凡此说明中国人的生命力比较强韧，智商也绝不比其他民族差，故而中国人定可以做出傲视列邦的大事业来。在送王蒙夫妇回港大柏立基学院寝处的路上，王先生感慨地说，中国一百年来从没像近二十年那么安定过，以前不是外国人来折腾就是自己人折腾，如果再有二十年的安定，中国的前途是无量的。握别时，我们都为他浓郁的家国情怀所感动，并希望有再次聆教的机会。

作家身影

无线电视请几个人在星光行北京楼小叙，席间放映了他们为本年度儿童节而推出的新节目片段。这部题名《作家身影》的献礼系列片，确实是奉呈给孩子们的一份及时而丰盛的礼品。《作家身影》历时三年，耗资二千万元方才竣工，凡十三集，共介绍了十二位"早期中国现代文坛中最具代表性及最有贡献的作家"，各集分别题名为："铁屋外的呐喊——鲁迅""隐士与叛徒——周作人""零余者的叹息——郁达夫""挥别偶然——徐志摩""背影匆匆——朱自清""朝圣者的自沉——老舍""关于女人——冰心""边城文魄——沈从文""人间三部曲——巴金""雷雨背后的舞台——曹禺""不带地图的旅人——萧乾""孤岛上的闪光——张爱玲"，以及"结论"。

影片是由台湾有关单位摄制的，就中所拍摄的对象，大多是所谓台湾"戒严时期"禁止百姓寓目的作家作品，今天耗费巨资搬上银幕荧屏，证明时代在进步，亦说明台湾文化界乃至民众将鲁迅、郁达夫、老舍、沈从文、巴金、曹禺等的作品视作所有中国人所共有的精神财富。当然，制作者的尺度与持论不无可议之处，但总的来说这是一桩颇有意义的举措。

制作的态度是认真的，内容亦颇为丰实。片中除了收录作家之经历、事迹、手稿、遗物、故居及时人、论者对他们的追忆、评述外，还远赴英国、美国、南洋、日本与内地，实地收录、探访各作家的行脚，并亲访目下尚健在的冰心、巴金、萧乾等作家，使比较隔膜的港台观众能亲炙这些年已耄耋的老作家们的音容笑貌，增加一份亲切感，

由于历史的原因，香港青少年对现代中国文化的了解是相当不足的，是急待补课的。作家的生命轨迹与精神结晶，形象地反映了现代中国的进程，而影片则加以浓缩与具象化，想必有裨于新生代对中国文化乃至中国的

柘园藏周作人签赠秋明（沈尹默）的《瓜豆集》

了解。

　　不佞研究中国现代文学经年，影片所展示的作家，大多是我自幼心仪的偶像，其中有一半的作家曾有聆教的机会，故油然倍感亲切。就作家的选择而言，亦有一些意见，如翁灵文先生指出，舍去茅盾是不应有的"疏忽"，我与立川兄均有同感。

　　其实，就利用资料的便捷与探访遗迹的方便，以及整体研究水准而言，内地有更好的条件拍摄出更其翔实、更其丰饶的"作家身影"来，不知为什么没有人感兴趣去做（也许已有人在做而孤陋寡闻如我未与闻）。有些单位拍过一些录像，如上海文学研究所就摄录过叶圣陶、艾青、丁玲、艾芜、沙汀等作家，如今以上作家均已逝世，这些录像当可作为珍贵的素材。

　　今天上午十时五十分开始播放《作家身影》第一集"鲁迅"，其实不仅是儿童，即使成人亦可从这一反映"中国新文学的奠基人"的影片中，促使反思，得到启示。

老柯新葩

方宽烈先生枉驾过访，赠之以新编《香港诗词纪事分类选集》，实在感谢之至。诗集由香港文史研究会的名义出版，厚达四百多页，诚乃皇皇巨著。

《前言》揭示了编纂旨趣，中谓："着重于诗里所述的史地胜迹、逸闻特写之类，正如所编的另一本《澳门当代诗词记事》一样，从书中可以看见该地的风土人情和较少人注意的事件，亦即本书所记述香港苦旱制水、马场大火、船民木屋、股灾暴动种种，可能为治史者所忽略，却曾从诗人笔下透露。"全卷析为"香港杂咏""香港""九龙""新界""离岛""名胜·寺庙·公园""纪事""交通"等辑，共收诗词近二千首，作者达四百八十余人，编纂者的功劳可以想见。

因不佞亦编有相类的《历史的跫音——历代诗人咏香港》，十年辛苦，冷暖自知，故对方先生的劳作十分尊重。不佞的书以人为纲，方先生的书以事为序，各有所长，相得益彰，也许会有些人爱读。

陈寅恪在评骘冼玉清所撰《离乱杂诗》赋历史价值，有类乎《建炎以来系年要录》的作用。从或一角度看，《香港诗词纪事分类选集》亦庶几近之。诸如张其淦《游香港》、丘逢甲《香港书感》、邓尔雅《香港杂诗》、陈文征《嗟九龙》、简朝亮《香港四首》、郑贯公《香港竹枝词》、李景康《战后香港重见杜鹃》等篇什，皆堪称"诗史"，有裨于读者了解香港曲折而坎坷的历史。

同时，诗人们的多彩笔触也有助我们领略香港之美，他们略加点染，异彩纷呈，使原本绚烂的海光山色更加灿然，精彩篇什不胜枚举，诸如邓秋门《夜入香港》、魏源《香港岛观海市歌》、黄宾虹《香港》、易顺鼎《香港看灯兼看月歌》、康有为《月夜游太平山》、饶宗颐《赤柱山居》、陈伯陶《登九龙城放歌》、黄天石《游杯渡山》、柳亚子《青山道上》、顾毓琇《过海轮渡》等,皆其中之表表者。

方先生年已古稀,仍仆仆道途,为搜集与整理香港文史资料而奔走,其志可旌,其行可嘉,值得我们后学者效法。

妇孺之仆

被称誉为平民教育家的陈子褒,不仅是香港倡导国语的第一人,亦是鼓吹通俗白话文的急先锋。陈氏痛陈文言的弊端,张扬白话的优越,比"五四"文学革命倡导者整整早了二十年。光绪二十三年(1897)即发表《俗话说》,提倡通俗实用的"俗话",故其弟子冼玉清教授说:"提倡实用之学,反对戏本之学,为先生言教育之基本主张。至于今日之言文学改良者,一则曰白话化,再则曰大众化,而不知先生已于五十年前独排众议而倡论之,其眼光之远大如此。"

稍后,陈氏又陆续刊发《论报章宜改用浅说》《论训蒙宜用浅白课本》等文,进一步为通俗的白话文张目。前者揭示:"今夫文言之祸亡中国,其一端矣。中国四万万人之中,试问能文言者几何?大约能文言者,不过五万人中得百人耳,以百分一之人,遂举四万九千九百分之人置于不议不论……徒任其废聪塞明,哑口瞠目,遂养成不痛不痒之世界";后者则强调"教导童子"须用"浅白读本"方为"有益"。

不仅在理论上大声疾呼,而且在实践中身体力行,陈氏在港澳办学期间,亲自编著通俗易懂的课本及读物,据统计自1885年至1921年26年间,共编著"浅白读物"40余种。他自号"妇孺之仆",务使自己编著的课本、读物,妇人孺子也能了然于心、朗朗上口。不仅文字浅白,而且力求押韵,以便易读易记,

陈子褒先生像

并尽量袭用传统童蒙读物的形式,如陈著《妇孺三字书》用"早起身,下床去。先洒水,后扫地"去代替《三字经》中"人之初,性本善;性相近,习相远",《妇孺四字书》用"同台食饭,手肘莫横;若系饮汤,让人起羹"去代替《千字文》中"天地玄黄,宇宙洪荒,日月盈昃,辰宿列张";《妇孺五字书》则用"记得细时好,跟娘去饮茶。门前磨砚壳,巷口拨泥沙"去代替《幼学诗》中"天子重贤豪,文章教尔曹;万般皆下品,唯有读书高"。无论内容或形式,都有甚大的改进。陈氏挚友李淡愚为其撰墓志云:"教泽满香江,匪我求童蒙,最难得旧学新知,深入浅出。"洵为知言。

陈子褒倡国语

香港特区政府要求学生乃至公务员掌握"两文三语",乃明智的决策与举措。所谓"两文三语"即指中、英文与普通话、粤语、英语,其中英文和英语,自来受香港社会的重视自不待言;相反,本民族的中文和普通话,却常常被人有意无意地忽视与冷落。其实,香港教育史上不乏有识之士早就重视中文与普通话(或称"国语"或"官话"),如香港新教育的开山,民国初年即在港开设子褒学校的陈子褒先生,早在1921年就撰有倡导国语的专文,中谓:"我校往者延直隶胡寿臣先生授国语,忽忽十四年矣。崔元恺游学日本,十三年乃归,语余曰:'日本游学生为官费问题,公举恺为代表,谒见公使;斯时以受教于胡先生之国语,脱颖而出。今而后知国语学之受用云。'锺荣光主持岭南教务,以国语为唯一学科,余表同情。崔伯樾先生幼年侍养京师,故国语特长,加以教授有法,今肯主任斯席,为诸生幸,为学界幸。"陈氏女弟子冼玉清教授亦云:"按近人盛倡国语统一,惟先生所办学校设有国语科,远在光绪丙午年(1906),即此可见先生之远识。"从以上文字可证,陈子褒先生实为香港提倡国语之第一人。

近日在旧书店购得《陈子褒先生教育遗议》(线装一册)及《子褒学校年报》(1921年度)一本,更发见其倡导国语不遗余力的事迹。后者"学科"栏记有:"国语为交通要科,由桂南屏、崔伯樾、桂垣、桂师晦诸君分任之。"以上国语教师均非等闲之辈,如桂南屏为光绪二十年甲午科翰林,著有《晋砖宋瓦室类稿》;崔伯樾为光绪三十年甲辰科翰林,著有《砚田集》《白月词》等。

更为可贵的是,子褒学校高等生的作文题目就有《男女生均习国语论》,《年报》选载了刘裕全、源宝玉、许亨利、何文乐等男女生的上题作文,刘裕全云:"中国之大,境地分歧,语言亦异,任教育者能以国语浑合之,而不同者又归于同矣。"何文乐云:"是以提倡国语,为国家之一大关键。"八十年前的小学生有如此认识,可赞可叹!

记朴宰雨教授

"东京鲁迅学术会议"对我而言，除了学问的切磋以外，新知旧友的欢叙更是快莫何之。新知中的韩国学者朴宰雨教授真乃一见如故，会后当日我们对谈至深夜，第二天一早又联袂到神田町去逛书店，彼此皆是嗜书的书虫，犹如老鼠掉进了米缸，在那一家家泛溢着书香的新旧书店中，竟泡了整整一天，而且皆有斩获。如在内山书店发现了两本1937年版的《大鲁迅全集》第三卷，皆欣喜若狂，立即各执一本而购之。改造社七卷本的《大鲁迅全集》，是中日文学交流史上里程碑式的盛事，由茅盾、许景宋、胡风、内山完造、佐藤春夫等担任编辑顾问，翻译者有井上红梅、松枝茂夫、山上正义、增田涉、佐藤春夫、鹿地亘等。虽谓"全集"，其实是大型的选辑本，予鲁迅的作品集，有的全收，有的则节选。第一卷收《呐喊》《彷徨》全部；第二卷收《野草》《朝花夕拾》《故事新编》全部；第三卷从《热风》《坟》《华盖集》《华盖集续编》《而已集》等中选译；第四卷自《三闲集》《二心集》《南腔北调集》《伪自由书》《准风月谈》等中选译；第五卷由《花边文学》，《且介亭杂文》初、二、末编，《集外集》中选译；第六卷包括《中国小说史略》及其他有关文学史的篇什；第七卷为日记和日记选。《大鲁迅全集》在东京坊间早已是难觅的珍本，今日竟让我们不期而遇，当然是喜出望外了。

朴教授在内山、东方、山本、松云堂等书店搜罗到几十种中、日文本的鲁迅研究著作，有的甚至是五六十年代的绝版书，简直高兴得手舞足蹈，他对中国文学，尤其是对鲁迅的热爱深深感动了我。

对书的痴迷正反映了朴教授对学问的执着，在韩国汉学界，他是一位甚具影响的学者，担任着中国现代文学研究会的副会长。在中国文化研究方面，曾出版专著《中国文化的理解》《中国现代文化的理解》；对中国古代散

朴宰雨教授（左）莅临中国文化研究院讲学

在韩国外国语大学朴宰雨教务长（右）办公室

文的研究亦颇精到，曾出版《〈史记〉〈汉书〉比较研究》；中国现代文学研究方面的成果更加丰硕，80年代就发表了《鲁迅的时代体验与文学意识》《巴金的〈家〉和卢新华的〈伤痕〉》《巴金的文学与思想》等，90年代以来将研究视角转向中国现代文学中韩人题材小说和韩中文学交流史方面，前者已发表《中国现代韩人题材小说发展趋势考》《中国现代韩人小说试探》《试论中国现代小说里反映韩人形象的作品（一九一七至一九四九）》等，后者有《韩中现代文学交流上的不平衡问题》《韩国的中国新文学研究近十七的情况简析》《解放后鲁迅研究在韩国（一九四五至一九九六）》《韩国巴金研究的历史与动向》《茅盾研究与其作品译介在韩国》等，另外他还翻译出版了巴金的《爱情三部曲》、茅盾的《腐蚀》，以及严家炎的论著《中国现代小说流派史》。以上林林总总的著译，在在显示了朴教授从事中国文学研究的勤奋与执着，我们热望他在新世纪中更上一层楼，取得更丰盈的收获！

袅然的追思

吴中杰教授因王宽诚基金之聘来港访问两周,乘此良机相晤,遂利用周末与之盘桓竟日,剧谈经宿,老友久别重逢,实在快莫何之。

中杰兄系复旦大学中文系教授,博士生导师,知名的文艺理论家,其所著《文艺学导论》,为教育部指定的二十七种文科教材之一。此次莅港却贻我二册新著散文集,颇令我诧异不已,因他老兄一直从事理论著述,作有《中国现代文艺思潮论》《鲁迅文艺思想论稿》等,几乎并不涉笔文艺作品,近年怎么改弦更张写起散文来了呢?!

我没有当面问他为什么,因为我想读过其所贻《人生大戏场》《海上学人漫记》之后,亦能了然泰半了。

笔者尝言:读书如对故人,读中杰书则倍感亲切,因为我们相知三十年,拥有若干共同的师友,而在他散文集中瞥见他或她的面影时,不禁发出会心的微笑,或激起哀戚的回想……

《人生大戏场》中有一组悼念戴厚英的文章,诸如《戴厚英之死》《人性的悲哀——悼戴厚英》《忆戴厚英》《从写作工具到独立文人——戴厚英的文学道路》《谈〈心中的坟〉的出版——兼论文艺批评的严肃性》《〈戴厚英纪念集〉前言》等,笔者率先读之,不禁对这位薄命的才女扼腕再三。

中杰、高云伉俪是戴厚英的挚友,故读中杰的诔文与回忆,使我对这位特行卓立、富有才情的作家兼学者,获得更深切的了解。其实,认识厚英比中杰还要早,因为她是我的同门师姊,1957年我刚考入华东师大中文系时,就受到高我一班的同乡(戴是安徽阜阳颍上人,我祖籍是安徽寿州凤台人,两县在淮南平原上比邻而居)学姊的呵护。厚英在系里比较活跃,还是校话剧团的成员,我至今还保存一张她与沙叶新、过传忠等演《荒山桃李》的剧

偕女儿胡莹拜访贾植芳教授（右一），右二为吴中杰教授。

照。她皮肤较黑，同学们给她取了个"黑妞"的绰号，我当然是不敢叫的。一是怕她发脾气，二是她对我这个同乡学弟确乎很关心。她认识《解放日报》《朝花》版的张姓编辑，故我的第一篇小文章就是经她推荐发表的。三年级时我当了校广播台台长，因厚英笔头快，就常常拉她的"飞差"写广播稿。当时我暗恋一位任广播员的上海女同学（系里最漂亮的女孩），不敢示爱却向学姐吐露了心事，厚英老实不客气地训我说："你这个安徽土包子别做梦吧，先把书读读好。"后来厚英毕业后分配到上海作家协会文学研究所，两年后我也被借调到该所工作，她仍然以老大姐的姿态提点我、照顾我……

然而我对戴厚英后来成为作家的思想轨迹与文学道路并不了然，因我的研究兴趣在近现代与小说史方面，于当代文学并不留意。收到厚英的赠书，不过翻翻就搁在一旁。但她的惨死却给我以强烈的震撼，毕竟她是一个关心过我的学长，一个当代中国少有的坦诚无伪的女作家。中杰的书引起我绵绵不绝的追思……

鲁迅的回响

12月中旬东京大学主办的"东亚鲁迅研讨会",执行委员会的顾问有尾上兼英、丸山昇、伊藤虎丸、丸尾常喜等教授,委员长为东京大学藤井省三教授,副委员长为日本大学山口守教授,以上皆为相熟近二十年的朋友,承他们热情相邀,当然要去切磋一番。

为此次会议准备了题为《鲁迅、胡适、许地山——一九三〇年代香港新文化的萌蘖与勃兴》,试图提挈由新文化运动三位倡导者与实践者——鲁迅、胡适、许地山在香港所散播的芳馨,以及在他们的吹拂、推动、滋润、奖掖乃至躬自耕耘下,香港新文化萌蘖与勃兴的粗略轨迹。除了纵述鲁迅等秉承的新文化精神在此南疆一隅流播的沿革外,同时横切面地检讨三四十年代之交时,香港在认识鲁迅、研究鲁迅、承传鲁迅方面担当的角色。首先举蔡元培、柳亚子、茅盾等居港时对鲁迅的高度评价与竭诚推崇,证明在影响全国上下体认鲁迅伟大方面的导向作用;其次从有关出版物的繁多,论文、评论的扎实,并归纳出以上鲁迅研究的若干特点,说明在推动鲁迅研究过程方面的作用也未可低估;第三,香港文化人在拓展承传鲁迅领域方面也积累与提供了足堪借鉴与效法的经验。

早在1927年初,鲁迅莅港在青年会前后做了《无声的中国》《老调子已经唱完》的演讲,痛感香港思想的窒闷与文化的凋零,并对封建文化、买办文化所编织的罗网做了抨击与剖析,深入浅出地对"五四"文学革命的内涵和意义作出阐释和解说,揭示这是一场文学革新、思想革新和社会革新的运动。

稍后,鲁迅又连续发表了《略谈香港》《述香港恭祝圣诞》和《再说香港》三篇文章,表达他对香港新思想和新文化发展的关注与祈望。据当时鲁迅演

接待日本中国文学研究者访中团。前排左四阿部幸夫教授（成城大学），后排左一立间祥介教授（庆应义塾大学），左二宇田礼教授（国学院大学），左四高田穰教授（东京学艺大学），左五松井博光主任教授（东京都立大学），前排左二作者

与伊藤虎丸教授（左二，东京女子大学中文系主任，著名汉学家）拜访唐弢教授（左一）

与伊藤虎丸教授（前排中）在郁华纪念堂，其他为郁风女士（前排右二）和郁达夫三个儿子

左三藤井省三主任教授（东京大学中文系，丸山昇教授高足，日本当代权威鲁迅学者），左一陈福康教授（上海外国语大学），中立者为作者。这是1980年代照片

在伊藤虎丸教授（前排右一，东京女子大学中文系主任，日本权威汉学家）家里做客，前排右二为作者

讲做记录的刘随的追忆，鲁迅对新文化在香港萌蘖勃发的前景毫不悲观，认为称香港文坛为"沙漠之区"的衡估未免太颓唐了，他表示自己相信将来的香港是不会成为文化上的"沙漠之区"的，并且还说："就是沙漠也不要紧的，沙漠也是可以变的！"至今我们仍时常听到香港是文化沙漠的妄言，如果是认为香港民族文化的弘扬、国际文化的吸纳尚有待于加强的焦灼之言，则其心也善；如是一味漫不经心的指斥，则言者本身可能也未必有什么"文化"了。

香港在三四十年代一度成为南中国的文化中心，纪念与承传鲁迅的活动从未间断（日占时期例外），许多重要的鲁迅研究著作，如巴人的《论鲁迅的杂文》、萧红的《回忆鲁迅先生》、茅盾编《论鲁迅》（"文阵丛刊"之二）、《鲁迅先生与语文改革运动》等都在港出版。然50年代以降，鲁迅在香港也交了华盖运,半个世纪以来似未举行任何大型的纪念或研讨活动。故我们建议在2001年9月在香港举行鲁迅诞辰120周年学术研讨会,当中国迈向新世纪时,鲁迅精神似乎并未过时。

日本"中国卅年代文学研究会"

凡研究中国现代文学者,几乎无人不知日本有个"中国卅年代文学研究会",她成立于70年代初,是世界上研究中国现代文学历史最悠久的社团(中国本土的"中国现代文学研究会"在1981年方成立)。

她成立伊始,正当史无前例的"文化大革命"进行得如火如荼之际,"四人帮"祭起了"彻底批判卅年代文艺黑线"的黑幡,妄图全面否定中国左翼文学运动。值此"黑云压城城欲摧"的时刻,日本汉学界一群不值中国"黑线"论者所为的正直学者,认为必须正确衡估与评价中国的30年代文艺,

在东京大学白金台国际宾馆。丸山昇教授(中,东京大学中文系主任,日本中国卅年代文学研究会会长,日本权威汉学家),金世中博士(左一,韩国学者),张学植教授夫妇(右二、右一,南开大学旅日学者),作者(左二)

左一松冈纯子教授（日本长崎县立大学），右一佐治俊彦教授（日本东京和光大学文学院院长，我1980年代所教的高级进修生）。日本中国卅年代文学研究会会长丸山昇教授逝世以后，该会即由佐治教授掌舵。中为作者

遂组织了"中国卅年代文学研究会"。其中坚分子有东京大学文学部的丸山昇教授、东京大学东洋文化研究所的尾上兼英教授、东京女子大学的伊藤虎丸教授，较年轻的一代有釜屋修、丸尾常喜、佐治俊彦、芦田肇、近藤龙哉、新村彻、尾崎文昭、佐伯庆子、小谷一郎等学者。

难能可贵的是，"中国卅年代文学研究会"自成立至今，数十年如一日坚持开展有关的学术活动，每周风雨不改地召开研讨会，每年举行一次"中国现代文学研究者集会"（通称"前夜祭"），以吸纳更多的研究者参与。1986到1987年度，我在东京大学研究期间，在丸山昇教授的关照下，有幸参加了研究会的活动，每周周四到东大校园内的东洋文化研究所参加研讨会，不仅认识了许多朋友，而且也为他们认真、执着的学风所感染。研讨会进行的方式很特别，他们坚持从"原典"出发，即选取了卅年代一部大型的文学杂

志《现代》作从头至尾的研读,对每一篇作品的作者以及内容、形式乃至影响进行讨论与驳难。因为《现代》主编施蛰存教授是我大学的老师,所以备倍感亲切。最近我赴东京开会时,顺便问佐治俊彦教授研究会目下读何"原典",他说还在读《现代》,于此亦可窥见他们的细致与执着。

我还有幸参加了1986年10月18日由"中国卅年代文学研究会"主办的"中国现代文学研究者集会",有全日本的一百多位学者参加。会议主持者尾上兼英教授邀请我做了《我的近现代文学研究历程》的报告。

此次东京之行,当然要与研究会的同仁们欢叙,承他们赠送若干新作,如丸山昇教授的《战后五十年——中国现代文学研究的回顾》、丸尾常喜教授的《鲁迅〈野草〉研究》等,以及他们近作的合集《东洋文论》,其中辑入了丸山昇、佐治俊彦、芦田肇、伊藤虎丸、丸尾常喜、近藤龙哉、小谷一郎等的论文。芦田肇教授还赠我以他所藏中国现代文学期刊的目录,这些刊物是他近年在北京大学讲学时所购入的,故戏称为"我的'文化侵略'的目录",其中颇不乏珍罕稀见之品。

临别时我赠给丸山昇教授一幅中国画《牵牛花》,日本称此花为"朝颜",以此意来祝愿年已古稀的老师永葆学术青春!

淡墨素描

诗人一瞥

萧萧白发,炯炯瞳仁,很难想象在这精瘦的躯体中饱孕着鼎沸的诗情。诗人余光中那柔和的江南口音,朗诵着震颤人心的《红烛》:"最后的一阵黑风吹过,哪一根会先熄呢,曳着白烟?……"

听过不少诗人或非诗人的诗歌朗诵,但从未有如聆听余光中朗诵那样引起心弦的悸动。

在座的香港作家询问余氏如何保持对生活的敏锐感受,他答得很好:切忌矫饰造作,从真情实感出发,方能从平凡生活中发掘出缕缕诗情。并举一例云,有次陪太太买了一根18寸的珍珠项链,以纪念结婚30周年,从那晶莹的珠串中,领悟到爱情弥笃有如浑圆的露珠,波折误会好似急骤的雨珠,隔地相思好像不断的念珠,正是它们贯串了相拥的日月,熔铸了共同的生命,同名诗作遂引起了无数读者的共鸣与赞赏。

余光中的若干诗是足堪传世的,《三生石》组诗犹如一堵爱情诗的碑碣,在中国现当代诗人所作的无数爱情诗中,似乎很少有人能够超越。

遥念小沙

某刊发表了一篇沙叶新的访问记,读后不禁发出会心的微笑。

此公是不佞的同级同学,才气横溢且富幽默风趣,其嘉言懿行,大可载入《世说新语》。

沙有一张闻名遐迩的名片,其上书曰:"我,沙叶新。上海人民艺术剧

同窗欢聚：左起古剑、作者、蔺常志、孙观琳、沙叶新

老友聚餐：左起郝铭鉴、江曾培、徐俊西、沙叶新、胡芃、作者

院院长——暂时的；剧作家——永久的；某某委员，某某理事，某某教授，某某顾问——都是挂名的。"就中除了对追名逐利的鄙薄之外，更表露了自己对于剧作家这一无负于天下苍生的使命之自尊与自信。

沙叶新最可贵之处是他的真诚，他的无愧于时代良心的使命感，他的"衣带渐宽终不悔"的韧劲儿，他的不为"左"风所偃的硬骨头，还有他那对丑恶现象的揶揄、嘲弄、鄙视的不妥协的精神。

他读书与写作的勤奋，在侪辈中是很出名的；他的正直与无畏，更得到人们的尊重，在他那颇为调皮，亦欠潇洒的外表下，跳动着一颗炽热的心。

在中国文坛上，沙叶新太少了！

永葆青春的学人

精研修辞学史而蜚声国际汉学界的郑子瑜教授，其小传由英国剑桥与美国传记中心收入《世界名人录》《世界智慧人物传》《世界荣誉人物志》及《世界杰出领袖名录》之中，诚为学界人物的殊荣。

笔者有幸与郑教授比邻而居达半年之久，亲见这位年逾古稀的学者日出而作、日落而不息的苦学精神。每天早晨我上班时，就看见郑教授早已端坐在研究室里了；我的研究室就在他的隔壁，一般我都待到晚上近十点钟才离开，同样看见他老人家仍在挑灯夜读或奋笔疾书。我们的年龄虽然相差30岁，但对照郑教授勤奋不息的学风，我实在自愧不如。

郑教授虽然有崇高的学术地位与优厚的薪俸，然而却自奉甚薄，与学生们一道在食堂吃简单的饭菜，同样甘之如饴；可是对待朋友、弟子却非常慷慨，无论是内地来的学者，抑或异国来的朋友，都关怀备至，呵护唯恐不周，款待唯恐不丰。

待人热诚者必平易近人，郑教授从来不摆架子，不仅没有学究气，而且时露未泯的童心。有一次在从沙田敦煌酒家吃饭出来的路上，郑教授一连讲

左一郑子瑜教授,左二作者,左三柳和清先生(王丹凤丈夫),左四戴玄之教授(台湾大学),右一李谷城教授(香港珠海学院)

了几个有关"招帖文字"的笑话,一边说一边还手舞足蹈地表演,我们一行人都笑得直不起腰来。

作为新加坡学者,郑教授对其生身之地的中国的教育事业非常关心,他还担任了复旦大学的名誉教授,一直对促进中国修辞学的研究尽心尽力。

默默耕耘者的收获

小思托她的学生带来了一本《香港文纵》给我,即用几个晚上读完了它,掩卷冥思,很为作者的坚韧与勤苦所感动,诚如黄继持教授在该书《序》中所言,不能不"为其繁复的材料与缜密的推证所慑服"。

《香港文纵》是一本有关香港文学史料的结集,其中包括《香港早期新文学发展初探》《香港文艺界纪念鲁迅的活动记录》《统一战线中的暗涌——抗战初期香港文艺界的分歧》,以及抗战期间香港两个文化团体"中华全国文艺界抗敌协会香港分会""中国文化协进会"的组织活动情况,还有陶行知、茅盾、萧红、丰子恺、戴望舒等文化人在香港的轨迹。内容相当丰富,考究也颇翔实。

难能可贵的是,以上绝非现成资料的厘剔梳理,而是并无依傍的发掘勘查,可以想象得出,作者在故纸堆中熬过了多少个日日夜夜,耗费了难以估量的心血,而且这是一件寂寞的遭人漠视的工作,被认为是壮夫不为的雕虫小技。其实有哪一位治史的学人不是躬自搜集史料呢?不尽量占有资料就无从攀登学术的峰巅,鲁迅如果不从浩瀚的典籍中辑录出《古小说钩沉》《唐宋传奇集》《小说旧闻钞》,其《中国小说史略》也无从写起,则是不争的事实。

《香港文纵》的作者是有志于撰述《香港文学史》的,她自称在条"无尽的探索长路"上跋涉,其实,就她的学识与耐力,路途并非遥渺无期,《香港文学史》的面世是指日可待的,我们期待着它的降生。

淡交如水

黄嫣梨博士在东豪地下醉蝶居宴请饶宗颐教授,不佞恭陪末座。席间,饶教授给我看周策纵教授写给他的一阕《扬州慢》词,吟咏的是扬州举行《红楼梦》第三届国际讨论会之事。以工整的蝇头小楷书写于深红色的卡纸上,本身不啻是一件艺术品。

以诗词相酬答,本是中国士大夫之间交往的一种形式,但时至今日已很少见,唯在传统文学造诣很深的师长辈中间或有之,我辈之功力修养不逮已甚。将来此风也许会绝响,倒是一件颇令人遗憾的事情。

不佞悠然神往的是这种万里飞鸿、章句酬答的君子之交,君不闻《庄子·山水》篇云"君子之交淡若水，小人之交甘若醴"乎，若种"嘤其鸣矣，求其友声"的淡泊而复渊深的学者情谊，若种"赠人以言，重于金石珠玉"的清淳而复浓酽的文字之交，不是任何的世俗尺度所能衡估的。

读书人之间飞短流长、羽矢相加的现象并非罕见，相形之下，前辈学者之间淡泊如水、透明似晶的交游，更令人钦仰不已。

不同凡响

秦牧这位素所心仪的老作家遽尔仙逝了，中国文坛从此陨落了一颗不同凡响的明星。

所谓"不同凡响"，不仅指他的才情文笔，更指他不甘于随波逐流，耻于与流俗为伍。在五六十年代，文艺似乎成了图解政策的工具，有人就曾疾言厉色要求作家"大写十三年"，为"三面红旗"歌功颂德。

就在这时我读了秦牧的《艺海拾贝》，其中从创作实践出发而不甘于诠释某一圣典的清新气息，一下子吸引了我。《艺海拾贝》与《金蔷薇》（苏联巴乌斯托夫斯基作）成为文科大学生的心喜读物，正反映了对于教条的一种逆反心理。秦牧是个学者型的作家，学养丰厚，知识广博，加上他特具的文采，赋予他散文以不凡的风姿与感人的魅力。最近我曾送了一本秦牧的散文集《潮汐和船》给女儿，相信女儿会从中获取有益的养分。

三毛之父

闻知张乐平先生在沪病逝的讣闻，为之不豫竟日。不佞不敢谬托知己，然张先生作为熟稔的师长辈，他那面团团宛若弥陀的笑脸，一直铭刻在我脑海。

甫出校门，一度曾任儿童文学编辑，张先生是我们的基本作者，理应时

柘园所藏张乐平先生《三毛从军记》签名本（1947年）

常拜谒与请益的，有时他约我在距其家不远的文艺会堂品茗，倾听他那睿智而诙谐的言谈，确实是一种享受。当时我们出版了他《三毛流浪记》的合订本，记得是请文坛耆宿夏衍先生作的序。在我参与编辑的《儿童文学研究》丛刊上，也刊发了有关阐述他的创作道路的文章。

张先生赠我的一幅三毛像，在"文革"中被"掠"走了，而他签名题赠的一套三本《三毛从军记》（40年代出版）保存了下来，曾成为儿子、女儿童年的恩物。

嗜酒恐是一般艺术家的天性，张先生与我的两位同事贺宜、鲁兵是有名的酒友，他们的酒量是论斤而记的。如今，贺宜墓木已拱，鲁兵亦垂垂老矣，然而他们三人终生献身儿童文学事业的精神，值得我们永远忆念。

悼冯至

今日报载著名学者、诗人冯至逝世的讣文，闻之不禁黯然。

冯至早年是"五四"时代浅草社与沉钟社的成员，曾为新文化运动摇旗呐喊，二三十年代以《昨日之歌》等赢取了抒情诗人的美誉。30年代赴德国深造，获海德堡大学博士学位归国。50年代以后长期担任中国社会科学院外国文学研究所所长，在培养新生研究人员方面不遗余力。其造诣更是学贯中西，罕有其匹。

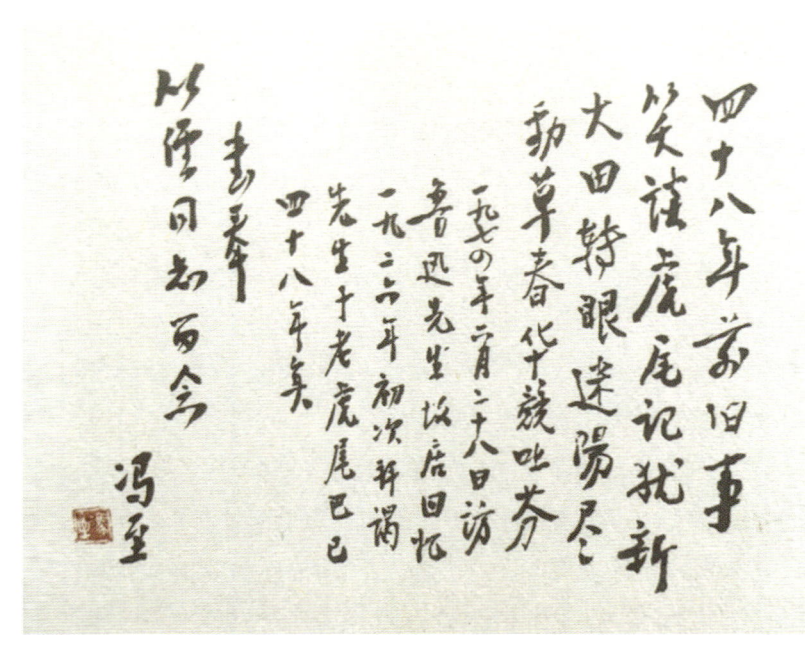

冯至先生为作者题词

　　70年代，经唐弢先生介绍而结识冯至先生，他们都住在北京建国门外永安南里，而且是比邻而居的近邻。曾就新文化运动及诗歌史方面的问题向冯至先生请教，得知其终生感怀鲁迅的诲导与关爱。鲁迅曾称许他为"中国最为杰出的抒情诗人"，推崇其作品为"幽婉的名篇"。我曾将冯至访问记收在1982年出版的一本小书里。冯至的谦和使人有如沐春风之感，对于后辈可谓诲人不倦。80年代初他在我的一本册页上题写了一首纪念鲁迅的诗："四十八年前旧事，笑谈虎尾记犹新；大田转眼迷阳尽，劲草春华竞吐芳。"展观遗墨，为之泫然。

赍志以殁

友人从上海来信,告知翻译家毕修勺先生逝世的消息,闻后为之黯然良久。毕先生享寿90岁,本也算高寿了。可是他却是赍志而殁的,欲将左拉全部作品译成中文的夙愿终于未能实现。

毕先生早在20年代初就赴法国勤工俭学,1926年学成回国时曾立志译介左拉的全部作品,并身体力行之。翌年5月,与宅梓合译的《左拉小说集》出版,三四十年代译成了左拉《给妮侬的故事》《黛莱丝·拉甘》等6种,50年代译成了《劳动》《崩溃》《萌芽》等长篇。

可是,正当毕先生译介左拉废寝忘食之际,却遭无妄之灾,身陷囹圄,从此度过了一二十年的铁窗生涯。虽然天假以年活到90高龄,然而年富力强时代的光阴毕竟被迫虚掷了,将左拉作品全部介绍到中国来的宏愿,终生未能全部实现,这何止是毕先生个人的遗憾,其实是中国文化的损失。

作为一个读者,谨致深切的悼念,并虔诚祈祝,毕先生未竟的事业后继有人。

音容宛在

前几日才写过《遥祭艾芜》,不意今日又见沙汀逝世的消息。艾芜、沙汀不仅是同龄人,而且是同时在30年代初步入文坛的。作为中国左翼作家联盟的盟员,他们与某些"左"而不作的作家不同,是为新兴文学贡献了创作实绩的。

作为沙汀著作的爱好者,寒斋藏有他的处女作《法律外的航线》(辛垦书店出版,封面系新波作木刻),以及抗战期间写的《淘金记》《困兽记》《还乡记》等长篇。80年代初曾将它们悉数带到北京,请沙汀于其上签名题署。友人林非当时笑我是制造假古董,不料今日已成了颇有意义的珍本了。

沙汀先生惠赠其处女作《法律外的航线》(1932年)

  沙汀一度曾任中国社会科学院文学研究所的所长，这对于并不从事研究的作家来说，当然是勉为其难的事，然而由于他本性忠厚，好像并无怨声。在编辑《中国三十年代文学研究丛刊》与撰写《三十年代的上海作家》时，曾数度到京郊木樨地寓所去访问他，每次都受到他的热情接待。如今，瘦小、孱弱而慈和的老人仍浮现脑际，永远也不会忘记。

学者沈从文的一面

  作为中国现代著名作家的沈从文，其丰硕的小说创作自不待言，晚年所撰《龙凤艺术》《中国古代服饰史》等学术著作，亦显示了他作为学者博洽精深的一面。其实，沈从文的学术生涯可追溯到30年代初，我藏有他的讲义《新文学研究》与《中国小说史讲义》，就是有关的佐证。前者系1930年在国立武汉大学讲授中国新文学史时的讲义，由该校铅印线装出版；后者系稍后在上海暨南大学讲授小说史的讲义，与孙俍工合编，由该校出版室铅印出版。《沈从文文集》与其他有关出版物，均未辑录这两本佚著，尤其是前者，好像从未有人提到过。《新文学研究》析为以下几部分，首为署"从文论"的《现代中国诗集目录》，辑录"五四"以降至1929年底10年间的126种诗集；其次为显示新诗发展轨迹的诗作辑录，分别以"诗由文体的形式影响及于散文发展的标准引例""在纯散文上的发展的引例""从尝试中求解放仍然成就于旧形式中之作品引例""转入恍惚朦胧的几个作者的作品""在小诗方面之成就"等标目冠之；再次则为评析诗人诗作的论文，涉猎的诗人有汪静之、徐志摩、闻一多、焦菊隐、刘半农、朱湘等。《中国小说史讲义》中沈从文所撰部分为未完稿，仅存"绪论"与一、二章，但就从这些篇幅来看，绝非是借教书糊口的草率之作，而是博采众议，又独出机杼，尤多前人未发之言。可惜没有完成，不然亦可能成为鲁迅在《中国小说史略》小引所翘望的未来的"杰构"呢。

味橄散文味如橄

报载钱歌川先生病逝纽约的消息，不禁为又失去一位几乎与世纪同龄的老作家而太息！钱先生1903年生于芷江，20年代中期即开始文学创作，在海内外文坛上活动了60多年。难能可贵的是，他数十年如一日地辛勤笔耕，从未辍笔，近年还出版了《浪迹烟波录》《楚云沧海集》《苦瓜散人自传》等书。在垂暮之年仍保持旺盛的创作欲，并葆有不懈的进取精神与达观的人生态度，是很不容易的。他在《八十感怀》一诗中写道："既老不衰人健在，古稀今又过旬年"，"留得此身赏奇巧，自求多福乐陶然"，诚为毫无伪饰的自我写照。

钱先生的文学生涯是在上海开始的,在晚年所写的一篇题为《归思》的散文中对昔年的上海文坛盛况仍十分怀念:"我是何等热望地回到30年代的中国文坛呀!"认为它曾是一片沃土,曾经培育了多少文化俊彦。余生也晚,虽未亲睹当年的繁盛,然对钱先生三四十年代所作散文却有浓厚的兴趣,我藏有味橄(钱早年笔名)所作散文集甚夥,其中有描摹故都风物的《北平夜话》,也有抒写洋场花絮的《詹詹集》,还有记述战时蜀中生涯的《巴山随笔》与《偷闲絮语》。集中无论抒情叙事皆饶有风致,犹如其笔名含义一样,好似涩尽回甘的青果,很耐人咀嚼与回味;同时由于作者乃饱学之士,若干篇章闪烁着学者散文所特具的哲理之光与知识之趣。应该承认,能写博古通今文章的作家越来越少了,单就这一点,对于钱先生的逝世,味橄式回味无穷的散文遂成绝响,也不能不深深地惋惜。

壮志未酬的郑贯公

香港新闻史上曾出现过一位叱咤风云的人物,姓郑,名道,字贯一,又号贯公,广东香山县人,生于清光绪六年(1880)。16岁东渡日本谋生,1898年就读于横滨大同学校,翌年转学于梁启超所创办的东京高等大同学校,同窗有冯自由等人。1900年他就《清议报》编辑之聘,因该报系保皇会机关报,贯公不满其宗旨,乃倡设《开智录》半月刊,专事宣传平等自由、天赋人权之革命学说,遂为《清议报》经理免职。当时,孙中山先生寓居横滨,颇赏识贯公的思想与才干,将其介绍给在香港主持《中国日报》的陈少白,担任该报的记者。

《中国日报》是革命派的第一份机关报,号称"中国革命提倡者之元祖",社址在香港士丹利街27号,同时出版日刊和旬刊两种。贯公曾任该报文学副刊《鼓吹录》的主编。

与此同时,革命党人在香港创办的报纸还有《世界公益报》《广东报》

《有所谓报》三家，前二者创刊于1904年，后者创刊于1905年，皆由郑贯公主编。

郑贯公提出了办好报纸的十条守则，诸如"报律先定""调查周密""文字浅白""门类清楚""校对小心""多刊图画"等，至今仍有参考价值。所以他主持的报纸立论鲜明，活泼生动，"一纸风行，为省港各报之冠"。

1906年夏，郑贯公死于时疫，年仅26岁。他的英年早逝，实在是当时中国新闻界的重大损失。

儿童文学女博士

台湾私立铭传商业专科学校雷侨云教授贻我一册近作《中国儿童文学研究》，它是一本厚达800多页的巨著，作为"中国文学研究丛刊"之一，不久前由学生书局出版。

雷女士是一位以研究中国儿童文学史为职志的勤勉学者，数年前以论文《敦煌儿童文学研究》获台湾师范大学中国文学博士学位，据闻是台湾学界第一位研究儿童文学的博士。笔者早年曾与儿童文学有过一段因缘，也写过一本有关中国儿童文学史的小册子，故而对雷女士的著作十分注意与钦佩。5年前游学日本时，就在新宿一家台湾人简先生所开的东丰书店里买到了《敦煌儿童文学研究》，当时就为作者在古文献中锐意穷搜、显幽烛微的钻研精神所感动。

《中国儿童文学研究》的研究范围则更加恢宏，作者在《序言》中昭示：拟对"中国儿童文学"的研究"投注毕生精力"，"由辨证、介绍、分析、研究，进而翻译、传布，以达成弘扬我中华文化的神圣使命"。这本65万字的皇皇巨著，就是作者6年辛勤笔耕的收获。全书析为七章，即"儿童歌谣""儿童诗篇""儿童字书""家训文学""中国神话""传记文学""寓言故事"等，皆系作者在浩如烟海的古代典籍中爬罗剔抉、斫榩觅棷所得，展示了中国传统儿童文学的概貌。

当然本书并非中国儿童文学史的架构,但就雷女士的学识、毅力窥测,这位勇于进取的女学者终将会写下一部坚实的《中国儿童文学史》的。

从为《大公报》(香港)所写专栏《平山堂札记》与为《天天日报》(香港)所写专栏《大千一芥》中选出

鲁迅·胡适·许地山
——1930年代香港新文化的萌发与勃兴[①]

辛亥以后,大批逊清遗老南下香江,自最高学府至新闻媒体,俱为伊等盘踞。20年代中逊帝溥仪大婚之时,香江竟有所谓二十四位太史为之庆贺的闹剧,可见其麇集之众多、声势之煊赫。温肃(1878—1939)等甚至将香港当作复辟的基地,北上勾结张勋等军阀谋图恢复帝制。

"五四"巨潮澎湃于中华大地,新文化运动因之勃兴而繁盛,而于此"化外之域"的蕞尔小岛,其文化现状又如何呢? 20年代中,当时甚为活跃的本港作家吴灞陵揭示道:"香港这块地方,在现在以前,大家都不大注意汉文的,那一部分研究汉文的人,又不大喜欢新文学,更有一大部分的读者,戴着古旧的头脑,对于新文学,简直不知所云。"[1]甚至到了30年代中期,尚有人指出:"现在试把香港的文学来检讨一下,大概文言文占优势,语体文几乎不能为一般人所注意。"[2]以上是鲁迅莅港前后的背景资料,情况是未必乐观的。

新文化思潮的第一波:鲁迅

所谓"第一波"云云,亦是概而言之。"五四"新文化运动发动以来,香港虽为"化外之地",但影响吹拂,唯因主观条件所囿,未成气候而已。

作为"五四"新文化运动倡导者与实践者之鲁迅,1927年2月莅港,先后在香港青年会做了两次演讲:首次于18日晚,讲题是《无声的中国》,二

[①] 副题中的"1930年代"前后稍有延伸,即指自1927年至1941年底太平洋战争爆发止。本文为2001年东京大学主办的"亚洲鲁迅研讨会"上的报告。

次是19日晚，讲题是《老调子已经唱完》。鲁迅痛感香港思想的窒闷与文化的凋零，一面抨击封建余孽的愚民政策，强行推行深奥难明的古文，宣传的是陈腐的思想，绝大多数人看不懂、听不明，故等于无声。主张现代人应该说现代的、自己的话，变无声的中国为有声的中国。一面对港英当局利用中国的旧思想、旧文化，去奴役中国人的用心，予以无情的揭露，认为这种老调子也该唱完了。鲁迅旨在揭穿封建文化、买办文化所编织的罗网，从而对于"五四"文学革命的内涵和意义作出通俗的解说，揭示这是一场文学革新、思想革新和社会革新的运动。

稍后，鲁迅又连续发表了《略说香港》《述香港恭祝圣诞》和《再说香港》三篇文章，表示了他对香港新思想和新文化发展的关注与祈望。据当时鲁迅演讲做记录的刘随的追忆，鲁迅对新文化在香港萌蘖勃发的前景毫不悲观，认为称香港文坛为"沙漠之区"的衡估未免太颓唐了，"他表示自己相信将来的香港是不会成为文化上的'沙漠之区'的，并且还说：'就是沙漠也不要紧的，沙漠也是可以变的！'"[3]

鲁迅的演讲与杂文，如同巨石击池，激起了波浪与涟漪，对受港英当局卵翼竭力抵制新文化的封建遗老遗少，不啻是当头棒喝；对倾慕与渴望"五四"新思潮、新文学的香港青年，却是久旱甘霖。

据当时的资料展示，香港文学青年对鲁迅莅港言论的反映是热烈而积极的，如署名"探秘"者在《听鲁迅君演讲后之感想》中说鲁迅号召"创造一种新思想的新文艺"，而此种新文艺方是"真正的文学"，"与社会民众生活有密切关系的，然后文学前途方有一线曙光"。[4]碧痕在《文学青年》一文中也记述了鲁迅在青年会的演说，"极得一般人的欢迎"，"我相信经过了许多的时候，我们还留存着他的印象，和那一番伟大的议论"，甚至推重鲁迅的演词"不啻是一个暮鼓晨钟"，将激励与引导"香港的青年们"走向"光明的路"，脚踏实地去"做文学革命的工作"。[5]

就在鲁迅莅港不久，香港的文学青年起而响应，向被封建文化所笼罩、所盘踞的新闻媒体争夺阵地，结果《大光报》的副刊《微波》和《光明运动》，《循环日报》的副刊《灯塔》，均成为新文学的阵地，"以崭新的姿态，涌现于古旧的封建气氛弥漫下的香港文坛，挺然地与旧文坛对峙"[6]。

与此同时，"红社""岛上社"等新文学社团亦纷纷成立；社团的蜂起又促进了阵地的扩大，除上述副刊外，又有《南强日报》的《过渡》，《大同晚报》的《大同世界》和《三昧》等，成为主张新文学的文学青年们的疆场。

在香港新文学萌蘖期中，第一家新文学出版机构——香港受匡出版部于1927年顷成立，创办人孙寿康（1900—1965）亦是受"五四"新文化洗礼的文学青年，据侣伦（1911—1988）在《香港新文化滋长期琐忆》中云："经他（指孙寿康——从经按）的手出版的，全是新文艺作品和属于新文化范畴的学术性译著，这不能不说是难能可贵的事。"[7]经我在编纂《香港近现代文学书目（1840—1950）》[8]时调查得知，受匡出版部当时出版的新文学作品，小说类有香港青年作家龙实秀作短篇小说集《深春的落叶》，罗西（欧阳山，1908—2000）作短篇小说集《再会吧，黑猫》，汪干廷作短篇小说集《余灰集》，以及罗西、家祥、伯贤等作短篇小说集《仙宫》；散文类有黄天石（1898—1983）作散文集《献心》，杜格灵（?—1992）作散文、随笔集《秋之草纸》等；译文类有袁振英译陀思妥耶夫斯基、莫泊桑、高尔基等原著的短篇小说集《牧师与魔鬼》。以上似亦可看作，香港新文苑中受鲁迅之波冲击下所绽放的第一批新芽。

再据我的调查，并反映在《香港近现代文学书目》附录之一《香港文学期刊简目》中鲁迅莅港至1934年的七八年间，香港的新文学刊物犹如雨后春笋，竞相破土而出，此起彼伏，煞是热闹。兹表列如下，以见一斑：

《伴侣杂志》
香港伴侣杂志社
1—9

（1928.8—1929.1）

《字纸篓》

香港字纸篓杂志社

1：1—3：1

（1928.8—1929.8）

《墨花》

香港墨花旬刊社

1—15

（1928.9.5—1929.4.15）

《探海灯》

香港时报社

1—200

（1928—1932）

《铁马》

张吻冰主编，香港铁马社出版

1

（1929.1）

《岛上》

香港岛上社

1—2

（1930.4—1931.10）

《嘤鸣》

香港锋芒社

1

（1930.7）

《南星杂志》

香港南星社

1：1—2：8

(1931.7—1933.11)

《南华文艺月刊》

香港南华日报社

1：1—2

(1931.9—10)

《白猫现代文集》

香港白猫文社

1

(1931.10)

《人造一月》

香港人造社

1

(1931.10)

《人间漫刊》

龙永英主编

1

(1931.11)

《辑帜》

香港大学中文学会编，商务印书馆香港分馆印行

1

(1931)

《新命》

张辉主编

1

（1932.1）

《缤纷集》

香港缤纷杂志社

1

（1932.6，16）

《晨光》

张辉主编

1

（1932.8）

《春雷半月刊》

香港文艺研究会

1

（1933.5）

《小齿轮》

香港群力学社

1

（1933.10，15）

《红豆》

香港南国出版社

1：1—4：6

（1933.12—1936.8）

《时代写真》

香港时代写真社

1

（1933）

《今日诗歌》

戴隐郎、刘火子主编
1
（1934.9）

从以上绚烂多彩的状况看，足以窥见香港的文学青年如何在艰困中跋涉、于棘丛里奋进的情景。当时活跃在以上刊物上的香港青年作家与诗人有张稚卢（1903—1956）、侣伦（1911—1988）、张吻冰（?—1959）、谢晨光、陈灵谷、岑卓云（1912—?）、林英强（1913—1975）、戴隐郎（1907—1985）、刘火子（1911—1990）、李育中（1911—2013）、侯汝华、易椿年、鲁衡、张辉、卢荻、柳木下、陈红帆等，其中有相当一部分人后来成为坚实的文学工作者。

鲁迅作为"五四"新文学的倡导者与实践者，当时就在全国范围内受到文学青年的景仰与推崇。"五四"前驱者中亦唯有他最早来此散播芳馨，其影响的深巨是毋庸置疑的。除了从社团的蜂起、刊物的蓬勃、作品的迭出等方面来衡估、推测这种影响外，还拟从个案方面予以剖示与证实。不久前，我编辑并注释了《陈君葆日记》，并称之为"新文化运动在香港回响与勃兴的实录"[9]。陈君葆（1898—1982）为香港著名学者，30年代中起即任职于香港大学，历任港大冯平山图书馆馆长，中文学院讲师、教授，乃香港现代文化史上一位不可小睇的角色，柳亚子（1887—1958）曾以萧何、苏武、马融、孔璋等汉魏晋唐名人比拟他，可见其之卓荦不凡。

30年代时的陈君葆亦是一名文学青年，当时即与香港作家黄天石（1898—1983）、谢维础（晨光）、龙实秀等交往密切，并计划合作创办一份《九龙日报》，鼓吹社会改革与文学革命，后因环境的限制与经济的因窘而未实现。

《陈君葆日记》（后简称《日记》）真切地表达了对鲁迅的仰慕与钦敬，如1933年3月2日条记有：

> 我们在良友看了看鲁迅的《竖琴》，我很想买来一读，但我不明白他的作品也定价这样地高，也许他的作品是无产者的呼声，所以是希望有产者读的，不是无产者自己读的吗？……我有点拿不出九角钱来买那本书，我有点恨鲁迅先生不过。[10]

在俏皮的反诘中，强烈显示出日记作者对于鲁迅著译的渴慕。

《日记》1935年3月30日条记有：

> 下午到美美买了本《南腔北调集》。[11]

《南腔北调集》是鲁迅所著杂文集，由上海同文书店于1934年3月初版。集内辑录鲁迅1932、1933两年间所作杂文，其中有《我们不再受骗了》《论"第三种人"》《为了忘却的记念》《小品文的危机》等名篇。该书出版不久即遭当局密令查禁，想不到却得到一位香港文学青年的欣赏与共鸣，也说明鲁迅思想在香港青年中浸淫日深。

新文化思潮的第二波：胡适

胡适作为"五四"文学革命的领袖人物，1935年初南来香港接受港大颁授的法学名誉博士学位（这是胡氏一生接受三十五个名誉博士的第一个），停留五天，讲演五次，给香港文教界带来的冲击波是强劲而持久的。他在稍后发表的《南游杂忆》中不留情面地批评了当时香港高等学府的文科教育："这里的文科比较最弱，文科的教育可以说是完全和中国大陆的学术思想不发生关系。这是因为此地英国人士向来对于中国文史太隔膜了，此地的中国人士又太不注意港大文科的中文教学，所以中国文学的教授全在几个旧式科第文人的手里，大陆上的中文教学早已经过了很大的变动，而港大还完全在那变动大潮流之外。"[12]不仅对游离于新文化运动之外的港大中文教学针砭犀利，同时也提出了"改革文科中国文学教学"的具体建议，甚至列出了能主持这种改革事业者的四种资格：

（一）须是一位高明的国学家；

（二）须能通晓英文，能在大学会议席上为本系辩护；

（三）须是一位有管理才干的人才；

（四）最好须是一位广东籍的学者。

事实上不仅罗列了主持者资格，甚至据此资格先后推荐了陈受颐、陆侃如、许地山等学者供港大主事者遴选。

《陈君葆日记》详尽地记录了接待胡适的全过程，使香港文化史上这件影响深远的大事，来龙去脉更加清晰。

早在1934年2月4日，《日记》就记有："阜士德（当时港大文学院院长——从经按）又告诉我说下次毕业礼，胡适之要来受博士衔。"陈氏受邀参加了香港定例局（相当于后来的立法局——从经按）华人代表周寿臣、罗旭和、曹善允、周俊年的假座华商俱乐部的招待胡适午宴；并作为港大教员直接参与了接待陪同的工作，如陪胡适去浅水湾、赤柱、香港仔、山顶等处游览，在游程中与胡谈论改革中文系的人手办法；亲耳聆听胡适作《中国的文艺复兴》《中国与科学》等讲演；甚至为使港大中文学院的学生更好地了解胡适，特地做专题介绍，"大意是胡适之尝试主义是本诸杜威之经验说，所以胡译杜威、詹姆士之学说为实验主义。胡适治学每要问个如何，这便是方法论。杜威经验说的精义是'经验为思想的表现，思想为应付环境的工具'，所以杜威又倡'工具主义'，这是胡适的方法论所从生"（1935年1月23日）。

从《日记》中可明显窥见，正是由于胡适的现身说法，以及陈君葆的循循善诱，遂使学生从遗老的旧文化与胡适的新文化的比较中得出正确的鉴

别,《日记》1935年3月14日条记有:

> 今晨对学生言,指出徽师(即前清翰林区大典,时在港大中文系主讲经学——从经按)的偏见,原来许多学生都已察出,例如程志宏专从文学立论,罗鸿机谓一比较胡适的演讲与区先生的讲演便看出他们的优劣来,这是无可讳言的,其他陈锡根早就不满意于经学,以为那简直是骗人的东西……

以上记载甚具文献价值,因觉悟是行动的先导,此正为新文化尔后得以在香港发扬光大的基础吧。

《日记》中也羼有一些轻松的花絮,由广东方言引起的误会,颇令人忍俊不禁,如1935年1月6日条记有:

> 晚八时到校长餐会,胡适问我的名字用哪两个字,何以他听起来总是大家说"陈公博"的样子,我告诉他后自己也笑起来。

此一阶段《日记》最有价值的部分是真切而生动地记录了当时香港知识界中对于胡适旋风式访问的不同态度,如时任汉文中学校长李景康的深闭固拒,港大中文系讲师罗憩棠(亦是前清翰林——从经按)的侧目而视,港大副校长贺纳称胡适为"中国文学革命的父亲",区大典为胡适到广州受挫而幸灾乐祸,避地香港的国民党元老胡汉民拒见胡适,南社社员马小进撰文攻讦胡适倡导的白话文学,同属旧文人之列的崔百樾却赞同以语录体白话文来整理中国哲学……

胡适所引起的轩然大波在《日记》中有如实的刻绘,此行所引起的争论与驳难,正好为新文化在香港的进一步廓大做了舆论准备,待下一幕主角许地山登场之后,立即上演了有声有色的活剧。

新文化思潮的第三波：许地山

柳亚子在悼念许地山的文章中写道："许先生和鲁迅先生一样，都是五四运动以来提倡新文化以至新文学的老战士"，进而认为："香港的新文化可说是许先生一手开拓出来的"。[13]这是实事求是、毫无夸饰的评价，如果说鲁迅、胡适对香港的新文化起了吹拂、鼓荡、呐喊、开路等作用，而许地山则不仅是这两位前驱者的同道，而且是开辟草莱的拓荒者，耕耘莳刈的垦殖者，荷戈执戟的捍卫者，为香港新文化的拓展与壮大，宵衣旰食，夙兴夜寐，真可谓鞠躬尽瘁，死而后已。

陈君葆、马鉴（1883—1959）作为许地山晚年的同事与挚友，竭尽心力地襄助与支持许氏在香港大学中文学院所进行的中文教育改革，以及在社会上所推行的一切有关新文化事业的举措，这些在《陈君葆日记》中都有真切的记录。

许地山自1935年9月来港履新，直至1941年8月积劳成疾邃逝，在香港度过了他生命中最后的六年岁月。《陈君葆日记》不仅记载了许氏居港六年的事功与丰采，而且上溯来港的因由，下延死后的哀荣。

《日记》早在1935年5月2日条就记有："罗伯生报告关于聘请陈受颐一事，已接到渠及胡适之两方面来电说'不能来'，胡适来电改介绍许地山或陆侃如。"同月9日条还记有港大校长贺纳向其征询对许、陆二人的评估，旋向贺纳表示"能得许地山则更佳"。6月8日条则有了明确的记录：

> 十点开科务会议，讨论依据校董会议意思决定改聘许地山担任中文学院院长事，罗伯辛教授说明了我的意见，对于许地山的学问资格及在中国学术界的地位说了一番后，于是大众遂一致通过胡适的建议。[14]

从以上记载可以看出，校方最后决定聘用许地山，陈君葆的意见起了一定的作用，港大校长的咨询，文学院长的介绍，说明香港大学的决策者相当尊重陈氏的意向。而陈君葆之所以推重许地山，丝毫没有私人的因素在内，完全出于对许氏学养人格的认同与赞许，这也许正是他们日后能紧密合作、友情深笃的原因吧。对于前辈学者这种"君子之交淡如水"的纯真友谊，不禁悠然神往。

陈君葆对许地山的第一印象在《日记》中以八个字形容之："几缕短须，岸然道貌。"实在颇为传神。从《日记》1935年9月5日条得知，许地山上班伊始的第五天就提出了改革中文学院的五点建议，诸如：第一年学生应一律增加历史课；港大中文系应形成自己的学术风格，拟以西南中国社会的民族的历史为研究重心；第七系改为史学系，增第八系为哲学系，第六系则专作文学研究系；学科增添子目，图书馆费应增加款项等。作为许地山施行中改革的最初蓝图，在香港文化教育史上的意义重大，然迄今所知的有关资料，从未见到如此详尽准确的记述。仅此一端，《日记》的文献价值可知。

其实，《日记》有关中文改革的记载甚多，如许地山"发展中国文史学系意见书"的提出（1936年5月）；文学院讨论"发展中国文史学系意见书"（1936年9月）；校务会议通过许地山所提医、工两科学生都应习中文提案（1936年9月）；许地山再次提出"改革中文意见书"（1936年10月）；许地山倡议为医、工科学生开设国语课，报名者达四五十人（1936年10月）；许地山提出港大应造就人才畀中国用为目的，课程应求与内地需要联络的意见书（1937年1月）；许地山在文学院会议开设中文研究科，遭否决（1937年2月）；许地山通过定例局华人代表周寿臣向大学特委会呈递"中文学院发展意见书"（1937年3月）……从中足可窥见许地山矢志改革、锐意进取的精神，恕不一一赘引。

许地山学贯中西，深明香港作为中外文化交流要冲的重要性，故致力于这一有裨于丰实与提高本民族文化的事业，《日记》在这方面也多有记述，如许氏参与创组中英文化协会并担任首届主席（1939年5至6月），同时策划邀约了多位外国学者莅港讲学，如英国学者艾温讲演"近代英国文学所表现英国人的生活"（1936年11月）、前日本帝国大学总长新城新藏博士来访（1937年1月）、印度政治运动者Rao到访（同年3月）、美国哥伦比亚大学古力治教授来访（同年7月）、英国学者黑克洛斯讲演"英国花中底中国花卉"（1939年11月），以及美国学者伊罗生、美国作家斯诺、史沫特莱等，以上不仅是许氏个人的业务活动，而且也是香港现代学术文化史上的佳事，值得我们珍视。

此外，许地山还着眼于从整体上提高香港的文化素质，力促新文化、新思想能深入人心，蔚为风气，故不惜耗费时间精力从事文化普及的工作，《陈君葆日记》中亦多有反映。例如许氏曾不间断地到香港各学校、社团演讲，若干讲题与内容赖《日记》得以保存，像1935年9月9日在港侨中学讲中等学校之国学教学问题，同月11日在梅芳学校讲"服装问题"，同月18日在港大中文系讲"白话文学"，同月19日在中文学会讲"中国文艺的精神"，同月26日在联青会讲"新文学运动之在今日"（据此可知许地山来港走马上任的第一个月就连续做了五次专题讲演）。10月3日在华商会所演说，同月10日在港大学生会用英语演说，11月2日在东莲觉苑讲"梵文与佛学"，同月12日在文科学会讲"道家的和平思想"，12月7日在民生书院讲"怎样读书"，同月19日在教员会讲"中国近代文学变迁与教员对此的态度"。1936年2月10日在中华青年会"苏东坡先生诞生九百周年纪念会"上演说。1938年3月18日在学术座谈会上讲"汉代的社会生活"，12月21日在读书会讲"一九三八年的几本重要著作"。1941年4月4日在中英文化协会欢宴港督罗富国的会上演说。……凡此种种，弥足珍贵。

民族解放战争爆发之后，许地山义愤填膺，衷心鼎沸，怀着高昂的爱国激情振髯作狮子吼，此情此景在《陈君葆日记》中亦有甚多写照。例如"七七"事变不久,许地山即创作四幕粤语剧《木兰》,并指导学生排演（1937年11月）；参与筹备成立"中华全国文艺界抗敌协会香港分会"并担任该会常务干事（1939年3月）；参加中国文化协进会发起人大会并当选该会第一届理事（同年9月）；等等,这些投身抗日救亡运动的行动,皆由亲见亲闻的陈君葆忠实地记录下来。

不仅如此,除了文字言行外,陈君葆作为朝夕相见的同袍与挚友,还在《日记》中记叙了外人极少了解的许地山的精神风貌,他对事业的执着认真,他对学问的不懈追求,他对亲情的温煦体贴,他对友谊的忠实赤诚,他对学生的爱护关切（《日记》就记有港大清贫学生伍冬琼数年来得到许氏的资助方得求学）……使我们得以体认许地山先生学问文章以外的人性美。

香港大学成立于1911年,直至1950年代仍是这块土地上唯一的综合性大学。其中的中文学院系1918年顷由逊清翰林赖际熙（1865—1937）等集资创办。许地山由胡适推荐就任中文学院院长之后,竭尽全力推动与促进中文教育改革,并力图将港大中文学院办成在香港宣传与弘扬"五四"新文化精神的基地。首先在组织架构上进行了筹划,引荐了曾任燕京大学国文系主任马鉴南下任中文学院教授,马氏为"五四"时期著名的"三沈（沈士远、沈尹默、沈兼士）、三马（马裕藻、马衡、马鉴）、二周（周树人、周作人）"之一,道德文章均极一时之选。他于1936年来港后,倾力支持许地山弘扬新文化的拓荒工作,兹引雷洁琼（1905—2011）的回忆以证之,1937年顷雷氏曾来港,与许地山、马鉴"相聚数次,畅谈甚欢",亦亲身感受到:"他们通力合作,锐意改革港大中文学院的教学工作,努力扩大民族文化在这块土地的影响,促进青少年学生了解和认识祖国文化,成效卓著,连香港的文化风气也发生了积极的变化,令人钦佩感奋。"[15]作为同时代的见证人,雷女士的观感是符合历史事实的,亦可从另一位同时代见证人陈君葆的日记中得到旁证,因前已述及,不赘。

陈君葆为本港学者,时任港大冯平山图书馆馆长,他因与许地山在反对封建教育、殖民式教育方面的文化理念相同，故亦全力支持许氏的中文改革与拓展新文化声威的事业。陈君葆并称许地山是"诲人不倦"的"真正学者"[16]，甚至推重他是"伟大的君子"[17]。在许地山逝世时，陈君葆代香港大学拟的挽联写道：

> 长沙作赋，擅一代文章，怎教天意忌才，雄辩惊筵犹昨日；
> 讲院传经，才六更寒暑，谁料秋霖罗疾，断肠分手自今年。[18]

真切表达了陈氏自己及港大师生的痛惜与哀思。

许地山本身就是"五四"时期发动新文学运动的主要社团——文学研究会的发起人之一，与鲁迅、胡适是同道的战友。许氏与后者的关系自不待言，对于鲁迅更是钦敬和服膺的。就在鲁迅逝世不久，1936年11月1日，香港大学师生假冯平山图书馆举行"鲁迅追悼会"，许氏为中文学院代拟的挽联云：

> 青眼观人，白眼观世，一去尘寰，灵台顿暗；
> 热心做事，冷心做文，长留海宇，锋刃犹铦。[19]

追悼会上，马鉴讲了鲁迅事略，许地山则做了题为《鲁迅先生对于中国新文学之贡献》的演讲[20]。嗣后，许地山直至逝世，每年都参与发起与组织纪念鲁迅的活动，借以弘扬堪当新文化方向的鲁迅精神。

诸如1938年10月，许地山与宋庆龄（1890—1981）、茅盾（1896—1981）、欧阳予倩（1889—1962）等发起"鲁迅先生逝世二周年纪念会"，并于同月22日出席了纪念会，做了演讲。会后，与茅盾等联名致电上海慰问鲁迅夫人许广平。

1939年10月19日下午，香港《大公报》副刊《文艺》的编辑杨刚

(1905—1957)为纪念鲁迅逝世三周年召开了题为"民族文艺的内容与技术问题"的座谈会,首先由许地山做了纪念鲁迅的演讲,与会者尚有刘火子、郁风、刘思慕、林焕平等二十余人。[22]

1940年8月,香港文化界为纪念鲁迅六十诞辰举办了一系列活动。在本月3日举行的纪念大会上,由许地山担任大会主席并致开幕词,随由萧红(1911—1942)报告鲁迅事迹。同日晚举行的纪念会还演出了据鲁迅作品改编的话剧《阿Q正传》《过客》,以及萧红创作的哑剧《民族魂鲁迅》。[23]

从以上事迹的钩沉看来,许地山是以鲁迅精神的承继者与发扬者自居,因为他们生命以赴的目标是一致的。

爝火不灭　薪传有继

本次大会的主题是鲁迅经验,故本文除了纵述鲁迅及其秉承的新文化精神在此南疆一隅流播的粗略轨迹之外,还想横切面地检讨一下1930年代的香港在认识鲁迅、研究鲁迅与承传鲁迅方面担当的角色。

一、引导体认鲁迅的伟大

任何一位伟人被本民族及其民众所认识、认同与拥戴,需要有一个逐步深化的过程,鲁迅也不例外,何况在此经历了百年殖民式统治与教育的化外之地。

蔡元培(1868—1940)被公认为"五四"新文化运动的掌门人之一,他的晚年是在香港度过的(1937年11月至1940年3月)。蔡氏对于鲁迅从来是呵护有加、推崇备至的,不仅在"五四"前后作为同一营垒的战友时期,即便在1927年"清党"后存在政治分野之时,仍继续关注、爱护鲁迅。蔡元培在《我在教育界的经验》中曾忆及:"大学院时代,设特约著作员,聘国内在学术上有贡献而不兼有给职者充,听其自由著作,每月酌送补助费。吴稚晖、李石曾、周豫才诸君皆受聘。"[24]吴、李二位与国民党渊源有自,故不待言；而周豫才即鲁迅却一直对国民政府持批评甚至反对的态度，而每月却可领受大学院（中央研究院的前身）的补助费三百大洋直至终老，可见蔡元培对其关爱之深。

鲁迅不仅生前受到蔡元培的资助，得以在没有固定职业的情况下能安心写作、著述，而且身后也得到蔡元培的深切理解与正确评价。蔡氏作为鲁迅先生纪念委员会主席（副主席为宋庆龄），居港时曾为《鲁迅全集》作《序》，称颂鲁迅为"新文学开山"[25]，稍后更宣示："鲁迅先生为一代文宗，毕生著述，承清代朴学之绪余，奠现代文坛之础石。"[26]不仅在公开文章中如此推重鲁迅，而且在私人简牍中亦并无二致，如1938年4月30日致许寿裳（1883—1984）函云："盖弟亦为佩服鲁迅先生之一人"[27]。我们可以断言，在鲁迅同时代人当中，蔡元培应属对鲁迅理解最深、对鲁迅爱护最殷的少数人之一。

由于蔡元培具有党国元老、一代宗师的特殊地位，加之又是现代的国子监祭酒（中央研究院院长），他对鲁迅的评骘，在全国学术界、文教乃至科技界都具有导向的作用，可谓"一言九鼎"，远胜一般人的洋洋万言。

南社的创始人柳亚子（1887—1958）于1940年12月17日偕家人自沪抵港，居留至翌年12月底太平洋战争爆发方辗转离港。同年初，柳氏在致柳非杞的信中说："我和鲁迅只是见过数面，也许他也未必对我满意。不过我对于他，却是衷心地佩服的……讲人格和气节，他都比我伟大得多了。"并谓："人家说他是中国的高尔基，老毛说他是中国现代的圣人，我看他真是当之无愧的。"甚至诚挚地剖白："告诉你，我是喜欢批评人的；而对于鲁迅先生，实在是五体投地，并非有意伪谦也。"[28]1941年10月19日，由中华全国文艺界抗敌协会香港分会主办了鲁迅逝世五周年纪念会，主席马鉴，与会者有柳亚子、茅盾、夏衍、乔木、林焕平、郁风等。柳亚子在会上发表了演讲，后来在致友人的信中亦兴奋地言及此事："十月十九日，迅翁纪念，我还去大演其讲呢，你道痛快不痛快?! 有便衣巡捕坐在我旁边，但我讲吴江话,他是广东人,一句都听不懂,哈哈。"[29]与此同时,应端木蕻良之请,为其所编《时代文学》1941年5、6期合刊"鲁迅逝世五周年纪念特辑"作《鲁迅逝世五周纪念》七律一首:

　　鲁迅先生今圣人,毛公赞语定千春。
　　死开铁血鏖兵局,生是金刚历劫身。
　　团结未坚愁抉目,澄清有待漫伤神。
　　沪郊展墓知何日,护槠难忘民族魂。

此诗为《柳亚子诗词选》《柳亚子文集·磨剑室诗词集》等所漏收,然当时在香港却影响匪浅,有张一麐(1867—1943)等相唱和。

茅盾在抗战期间曾两度居港,一是自1938年2月至同年12月,一是自1941年3月1942至年1月。在这两段时间里,先后撰写了三篇纪念鲁迅的文章和做了一次演讲。

1938年10月19日,茅盾发表了《以实践'鲁迅精神'来纪念鲁迅先生》,强调值此民族解放战争炮火方殷的时刻,"鲁迅精神"正是一切中华民族斗士"行动上最可贵的南针",因为"鲁迅先生的伟大的人格与坚卓的事业始终给予我们以勇气,以光,热,力!"[31]

同月22日又发表了《鲁迅先生逝世二周年纪念——关于"鲁迅研究"的一点意见》,郑重提出:"认真地研究鲁迅,在今日实属不可缓。"[32]

1941年9月,复写了《"最理想的人性"——纪念鲁迅先生逝世五周年》,认为鲁迅一生的努力,在于试图解答中国国民性有如何的特点,而此等特点对于民族的生存与发展其为福抑或为祸,如何为最理想的人性,"给这三个相联的问题开创了光辉的道路"[33]。同时指出,若从事鲁迅著作的研究,也应"从这相联的三个问题下手"[34]。

1938年10月19日晚,茅盾应香港中华艺术协进会文艺组的邀请,在

"怎样纪念鲁迅"的座谈会上发表了《学习鲁迅》的演讲,号召青年学习鲁迅"谨严不苟的态度"和"彻底不妥协的精神"。[35]

以上我们择取了蔡元培、柳亚子和茅盾三位中国文化界重量级人物在香港所发表的有关鲁迅的言论与诗文,相信当时有裨于香港乃至全国民众对鲁迅的了解与体认。

二、推动研究鲁迅的进程

"鲁迅研究"自课题的提出就产生甚大的分野,有的研究者将其分为青年浪漫派的鲁迅观,社会人生派的鲁迅研究,马克思主义学派的鲁迅研究,人生—艺术派的鲁迅研究等等,也仅庶几近之。而香港于三四十年代之交时的鲁迅研究,一度亦甚为繁盛,如与同时期的内地城市相比较,似乎与"孤岛"期的上海、抗日根据地中心的延安成鼎足而三的局面。

就笔者所知见香港出版的有关鲁迅的专著与专辑有:

1. 巴人著《论鲁迅的杂文》

香港远东书店1940年初版

本书共分五章:一、序说,二、鲁迅思想的三个时期,三、鲁迅杂文的形式与风格,四、鲁迅杂文中所表现的思想方法,五、战斗文学的提倡。附录二篇:鲁迅先生的艺术观,鲁迅的创作方法。

此为研究鲁迅杂文的第一本专著。

林焕平在总结中华全国文艺界抗敌协会香港分会1940年度工作时指出:"在有系统的理论和翻译上,一九四〇年的成绩也远较前二三年为优",其中特别列举了"巴人先生著《论鲁迅的杂文》",认为:"这些,对于理论建设,对于文艺青年,相信都会有其应有的影响和贡献。"[36]

2. 萧红著《回忆鲁迅先生》

香港生活书店1941年初版

除正文外,后有附录二篇:许寿裳作《鲁迅的生活》,景宋作《鲁迅和青年们》。在香港《时代文学》5、6期合刊(1941年11月)上刊有本书广告,中谓:"这是一本研究鲁迅先生生平的最丰富最真切的书籍。"

另萧红在香港大时代书局出版的《萧红散文》(1940年6月初版),其中也有两篇《鲁迅先生记》。

3.茅盾、适夷主编《论鲁迅》("文阵丛刊"之二)

香港生活书店1940年8月初版

本丛刊的副题是"鲁迅先生六十诞辰纪念",刊发了《鲁迅先生诗钞》,论文有冯雪峰《鲁迅与中国民族及文学上的鲁迅主义》、唐弢《鲁迅思想与鲁迅精神》、萧三《鲁迅与中国青年》、端木蕻良《论鲁迅》、周木斋《鲁迅与中国文学》、巴人《关于鲁迅杂想》、欧阳凡海《驱除寂寞》(《中国近代社会变革的默史——鲁迅》第六节)及景宋《民元前的鲁迅先生》等。

编者在《编后记》中云:"一个朋友说得好:'精密完备的鲁迅研究工作之完成,也许还得让之于我们的后代,作为同时代人的我们的责任,更在于为这种研究工作,多多的寻觅资料。因此在每次纪念先生的时会,我们总在注重于资料搜起(集)的责任。"

4.周鲸文、端木蕻良主编《时代文学》5、6期合刊"纪念鲁迅先生逝世五周年"特辑

香港时代书店1941年11月1日出版

特辑的阵容相当坚实,论文有胡绳《鲁迅与中国的新文化》、于毅夫《完成鲁迅先生的遗志》、陈此生《反奴才的"鲁迅风"》、陈君葆《口号与民族革命战争的文学》等,评论、杂感有吴重翰《"闯将"》、周鲸文《从作人想到鲁迅》,史述有林焕平《鲁迅的留学日本时代》。自1940年至1941年,全国范围内共出版有关鲁迅的书籍、丛刊十二种[37],香港就占了四种,即三分之一,这是一个不小的比例。

抗战前期香港的鲁迅研究大致有如下的特点:首先,视鲁迅精神为争取民族解放战争最后胜利的动力和支柱。如华石峰(华岗,1903—1972)在1941年3月所写的长篇论文《论中国文学运动的新现实和新任务》的篇末高

呼:"伟大的时代正向我们招手,中华民族优秀儿女之一部分的前进文艺工作者,应该高举起鲁迅的旗帜勇敢迈进!"[38]有的论者揭示,鲁迅以《〈解放了的董·吉诃德〉后记》《华德保粹优劣论》《华德焚书异同论》等一系列力作,早在1933年就有力抨击了希特勒及其在中国的信徒,提出了反法西斯的主张。[39]总之,不再将鲁迅研究囿于文学的范畴,而是将鲁迅"不克厥敌,战则不止"的鲁迅精神作为抗御侵略者的精神武库。

其次,进一步将鲁迅思想的研究引向深入。如冯雪峰阐释了中国民族及文学上的"鲁迅主义",认为其中包括:独创了将诗和政论凝结于一起的"杂感"这一尖锐的政论性的文艺形式;为民族和大众而战斗的意志和博大的爱,透视历史与直面人生,形成他闪烁异彩的独特现实主义艺术的大众主义,肯定中国文学之"大众化"的出路。[40]有的论者则试图依凭毛泽东所提出的"鲁迅的方向就是中华民族新文化的方向"之论断,按照鲁迅一生业绩,分头从目标、路线、办法、作风诸方面加以论证,最后揭示鲁迅之死靡他所欲垒筑的新文化——"民主的,科学的,大众的,民族的新文化是一定能光辉发展起来的"[41]。有的论者甚至论及鲁迅的学术思想,先后从彻底革命的或战士的态度,精博的介绍和翻译工作,咬定了人生、咬定了现实的认真态度等方面阐发,进而断言"中国学术界将以鲁迅先生的产生而截然地划分了一个新的时代"[42]。其他尚有论述文学观、农民观、青年观等,兹不赘述。

再次,开始重视研究资料的搜集与整理。除了前已述及《文阵丛刊·论鲁迅》的编者吁请"多多寻觅资料"之外,许多研究者亦着手于鲁迅研究资料的发掘与梳理,并获得初步的成果。

最后,有一篇鲁迅研究史上不容忽视的论文未可遗忘,即被茅盾称为"一个坚实的文艺工作者"的李南桌所撰《关于鲁迅先生》。这位天才而早夭的评论家以敏锐的眼光加犀利的笔锋来捍卫鲁迅,他认为鲁迅"是一个不知道妥协为何物的,一切黑暗、一切恶势力的死敌;他是一个彻底的唯物论者,一个最忠实的现实主义者"[43],尤其赞赏鲁迅"绝不妥协的韧性的战斗精神"[44]，比拟鲁迅"是这个民族的伟大的医生"[45]，推重鲁迅的"目光始终不离受难的大众"[46]，等等均可窥见李南桌对鲁迅及鲁迅思想理解之深与剖析之细。李氏在另一篇谴责周作人的文章里，也雄辩地论析了周氏兄弟虽一样是由民族主义的信仰，发掘民族性的病根，方走上文学之路；但后来彼此的理想、志趣逐渐背离，是有其深刻的思想根源的，并告诫周作人"不要再变而成洪承畴"。[47]

三、拓展承传鲁迅的领域

处于民族解放战争艰困环境中的香港文化人，强烈地意识到必须让鲁迅精神化为万千民众的血肉，我们的民族方有未来。有的论者精辟地揭示："然而改革社会，决不是一个乃至几个'鲁迅'所能够的；我们不要忘掉鲁先生的话：'我们应当造出大群的新的战士。'"[48]有的论者亦劝谕青年要谨遵鲁迅的遗训："寻朋友联合起来，同向着似乎可以生存的方向走。"吸引更多的青年加入争取民族解放的大军，"全国的青年联合起来，整个中国的命运就大可以决定了"[49]。

香港的文化团体采取了多种形式、多种手段来弘扬鲁迅精神。例如成立于1937年5月27日的香港中华艺术协进会，至1938年10月鲁迅逝世两周年纪念之际，即制定纪念工作大纲，题为《如何纪念伟大的导师——鲁迅》，分别刊于香港的《立报》和《大众日报》。该会还与宋庆龄、何香凝、许地山、茅盾、阳翰笙、欧阳予倩、金仲华等二十余人联名发表《召集鲁迅纪念大会缘起》，中谓：

> 当此中华民族与侵略主义作殊死战以求解放独立之严重关头，追念鲁迅先生之生平事业，继承其未竟遗志，意义之重且大，非可言喻。[50]

该会还于同月九日组织"怎样纪念鲁迅"的座谈会，邀请茅盾做了《学习鲁迅》的演讲。

中华全国文艺界抗敌协会香港分会于1939年3月成立，10月即与中国文化协进会、中华全国漫画界协会香港分会、中国青年新闻记者学会香港分会等团体联合筹办并举行了鲁迅逝世三周年纪念会。《星岛日报》《立报》《大公报》《大众日报》等皆刊出纪念专辑。

翌年，文协香港分会仍联同"漫协"等团体本"以国难方殷，正宜发扬鲁迅先生之精神"的宗旨，发起与举行鲁迅六十诞辰纪念的活动，其中包括举办"木刻展览"，举行纪念大会与纪念晚会等。同年10月，还举行了鲁迅逝世四周年纪念会。

文协香港分会于1941年10月单独主办了鲁迅逝世五周年纪念晚会，与会者有二百余人。

以上个人或团体的言动，目的都是为了承继与弘扬鲁迅精神，除了利用文字的功效而外，还动用木刻、漫画、音乐、话剧、哑剧、朗诵、演讲等多种形式和手段，有力拓展了承传鲁迅的领域，其感召力是强劲的，诚如香港市民与学生在鲁迅追悼会上唱的《鲁迅先生挽歌》所云："啊，导师，我们会踏着你底路向前，那一天就要到来，我们站在你底墓前报告你，我们完成了你底志愿！"

注释：

[1]吴灞陵：《香港的文艺》，载香港《墨花》第5期，1928年10月出版。

[2]郑德能：《胡适之先生南来与香港文学》，载《香港华南中学校刊》创刊号，1935年6月1日出版。

[3]刘随：《鲁迅赴港演讲琐记》，刊香港《文汇报》1981年9月26日第13版。

[4]探秘：《听鲁迅君演讲后感想》，刊香港《华侨日报》1927年2月23日。

[5]碧痕：《文学革命》，刊香港《华侨日报》1927年2月25日。

[6]贝茜:《香港新文坛的演进与展望》,刊香港《工商日报》副刊《文艺周刊》第95期,1936年8月25日。

[7]侣伦:《香港新文化滋长期琐忆》,载侣氏著《向水屋笔语》,三联书店香港分店,1985年7月初版。

[8]胡从经:《香港近现代文学书目(1840—1950)》,香港朝花出版社,1998年5月初版。

[9]胡从经:《新文化运动在香港回响与勃兴的实录——读〈陈君葆日记〉》,载《陈君葆日记》页1111至1130,商务印书馆(香港)有限公司,1999年4月初版。

[10]《陈君葆日记》页13。

[11]《陈君葆日记》页134。

[12]胡适《南游杂忆》,载北平《独立评论》第141期,1935年3月10日出版。

[13]柳亚子:《我和许地山先生的因缘》,载《追悼许地山先生纪念特刊》,全港文化界追悼许地山先生大会筹备会编,1941年9月21日初版。

[14]《陈君葆日记》页148。

[15]雷洁琼《〈马鉴传〉序》,载戴光中著《马鉴传》卷首,宁波出版社,1997年6月初版。

[16]《陈君葆日记》页275。

[17]陈君葆:《伟大的君子》,载《追悼许地山先生纪念特刊》页16至17。

[18]陈君葆:《悼许地山先生挽联》,载陈氏著《水云楼诗草》页44,广东旅游出版社,1994年8月初版。

[19]《陈君葆日记》页262。

[20]参见香港《大众日报》1936年11月2日之报道。

[21]刘宁:《纪念鲁迅,廿四日在孔圣堂举行隆重纪念会》,刊香港《大

众日报》1938年10月23日第一张第3版。

[22]《〈文艺〉鲁迅纪念座谈会纪录》,刊香港《大公报》副刊《文艺》第723期,1939年10月25日。

[23]子燮:《纪念鲁迅先生六十诞辰》,刊香港《立报》1940年8月4日第4版。

[24]蔡元培:《我在教育界的经验》,载《宇宙风》第56期,1938年1月出版。

[25]蔡元培:《〈鲁迅全集〉序》(1838年6月1日),载《蔡元培全集》第8卷,中国蔡元培研究会编,浙江教育出版社,1997年12月初版。

[26]蔡元培:《征订〈鲁迅全集〉精制纪念本启(1938)》,载《蔡元培全集》第8卷。

[27]蔡元培致许寿裳函(1938年4月30日),载《蔡元培全集》第14卷,浙江教育出版社,1998年9月初版。

[28]柳亚子致柳非杞函(1940年1月13日),载《柳亚子文集·书信辑录》页179至181,上海人民出版社,1985年10月初版。

[29]柳亚子致柳非杞函(1941年10月30日),同上,页239。

[30]柳亚子:《鲁迅逝世廿五周纪念》,载香港《时代文学》5、6期合刊,页1,1941年11月出版。

[31]茅盾:《以实践'鲁迅精神'来纪念鲁迅先生》,刊香港《立报》1938年10月19日第3版。

[32]茅盾:《鲁迅先生逝世二周年纪念——关于'鲁迅研究'的一点意见》,刊香港《大公报》1938年10月22日第8版。

[33][34]茅盾:《"最理想人性"——纪念鲁迅先生逝世五周年》,刊香港《笔谈》第4期页2至5,1941年10月16日出版。

[35]茅盾:《学习鲁迅》(游子笔记),刊香港《大众日报》副刊《文化堡垒》第22、23、24期,1938年10月12、19、26日。

[36]林焕平:《一年来的理论活动》,刊香港《立报》1941年1月2日。

[37]据沈鹏年辑《鲁迅研究资料编目》的统计,上海文艺出版社,1958年12月初版。

[38]华石峰:《论中国文学运动的新现实和新任务》,载香港《时代文学》创刊号页33至39,1941年6月1日出版。

[39]于毅夫:《完成鲁迅先生的遗志》,载香港《时代文学》5、6期合刊页23至27,1941年11月1日出版。

[40]冯雪峰:《鲁迅与中国民族及文学上的鲁迅主义》,载《论鲁迅》("文阵丛刊"之二),1940年8月出版。

[41]胡绳:《鲁迅与中国的新文化》,载香港《时代文学》5、6期合刊页13至19,1941年11月1日出版。

[42]大敦:《鲁迅的学术精神》,载香港《时代批评》第3卷第57期页19至21,1940年10月16日出版。

[43][44][45][46]李南桌:《关于鲁迅先生》,载李氏著《李南桌文艺论文集》页115至125,香港生活书店,1939年8月初版。

[47]李南桌:《关于岂明先生》,载李氏著《李南桌文艺论文集》页115至125,香港生活书店,1939年8月初版。

[48]陈此生:《反奴才的"鲁迅风"》,载香港《时代文学》5、6期合刊页9至10,1941年11月1日出版。

[49]萧三:《鲁迅与中国青年》,载《论鲁迅》("文阵丛刊"之二),1940年8月出版。

[50]《召集鲁迅纪念大会缘起》,刊香港《大众日报》副刊《文化堡垒》第23期"鲁迅纪念会专号",1938年10月19日。

第一本香港文学选集
——《时谐新集》(一九〇六)

在论及香港文学史时，人们常常谈及的是：中国本土文学如何惠及、润泽香港文学，历次南下文化人又如何影响与推动了香港文学的发展。这些诚然都是事实，但事物往往是具两面性的，故我一直思考如下的问题：香港文学对中国本土文学的反向影响如何呢？就我目下所掌握的资料而言，就足以证明这种影响不仅是存在的，而且是巨大的。

仅就我箧中收藏已三十年的一本小书来看，稍加检视，略作评析，就可发现世纪初的香港文学早已呈现多彩的风姿，其丰实的内容与新颖的形式，足以傲视同时代的出版物。

书名《时谐新集》，出版方是香港中华印务有限公司，未署出版年月。曾查索近代有关书目，以及国内各图书馆藏书目，乃至海外的汉籍书目，均未见著录此书；仅在吴趼人主编的《月月小说》创刊号（上海乐群书店，光绪三十二年九月出版）上刊载了吴氏自撰《俏皮话》，其引言云："香港近辑之《时谐新集》，虽间亦采及数条，亦仅得一二，非我面目。"由此得悉《时谐新集》问世于光绪三十二年九月，亦即1906年10月之前。

《时谐新集》为文艺选集性质,其封面即以广告性文字标明:"是书仿《岭南即事杂咏》文章游戏之体裁,分别门类,翻陈出新,可读可歌,可惊可泣,可以新民智,可以解人颐,诚为近日新书中之别开生面者也。"总目则按体裁分有"文界""小说""诗界""歌谣""粤讴""南音""班本""传奇"等。

卷首有香山郑贯公所撰《〈时谐新集〉序》,首先揭橥编辑是书的宗旨是"正人心","开民智",从而抨击了空中结构,想入非非,节外生枝,狗尾续貂的陈腐、荒诞、淫佚的旧诗文,斥之为"写情于缥缈之乡""导世于荒唐之境"的"剩言""余唾"。鉴于"可怜黄种,被诱黑甜"的局面,于是编此花样翻新,独开生面,"上关政治,下益人群"的书。

序中还有一段自叙,甚具文献价值,兹引录如下:

> 仆几度东游,半生西学。执世上所闻之笔,隐豹频年;读人间未有之书,斩蛇何日。才非倚马,尽伸正则骚牢;时未获麟,终切杜陵忧国。读张均之小说,稍任笔劳;学宋玉之大言,或资棒喝。五千直扫,寓褒贬于毫端;十万横磨,诛奸贪于纸上。遑计能言鹦鹉,终自囚笼;要之开道骅骝,不甘恋栈。既编日报,复辑时谐……

以上自叙昭明了编者旨在启蒙、志在革新的鹄的,如对照他的生平身世,则更了然了。

郑贯公绝非等闲之辈,他在世纪初的香港新闻与文学舞台上,演出了威武雄壮的活剧。他原名道,字贯一,后改贯公,号中立,笔名仍旧。广东香山(今中山)人。生于光绪六年(1880),家庭清贫,然幼即领悟好学,过目成诵,有神童之称。初进学乡塾,十六岁时以家贫辍学。光绪二十二年(1896)东渡日本依其族人,于一办房服杂役,工作烦冗,地位卑下,殊不乐。其于工余常向友人借读《时务报》《知新报》等新学书报,"隐然具国家思想"。光绪二十四年（1898）横滨大同学校成立,教员康徒、徐勤、汤觉顿、梁启田等倡谈新学,梁启超亦在日创刊《清议报》旬刊,徐勤则倡设孔教会。某日,大同学校出对曰："自信美人犹未暮",贯公代其族弟对曰："要倡孔教亦非迟"。教员们询知为贯公捉刀,悯其有志向学,乃特许充免费生。翌年转入梁启超在东京创设的高等大同学校,同窗有蔡锷、秦力生、冯自由、范源濂等。校中注重讲授欧美各国革命史,以及希腊先哲与卢梭、孟德斯鸠、达尔文、斯宾塞等学说。诸生各以先哲自况,贯公自称中国之摩西,尝著《摩西传》以明志。光绪二十六年（1900）七月,唐才常策划自立军于汉口举义,事泄失败,东京高等大同学校湘籍学生林述唐等十余人殉难,他们都是贯公的同窗,此事对他刺激甚大。同年就《清议报》编辑之聘,该报系保皇党机关报,贯公此时思想已经渐脱康、梁的羁绊,遂另倡设《开智录》半月刊,鼓吹革命思想。与此同时,开始与孙中山交往,并参加兴中会。光绪二十七年（1901）春,孙中山介绍贯公于时主香港《中国日报》的陈少白,使任该报记者。据共事的冯自由回忆："维时香港新闻界尚极幼稚,主持笔政者多旧学中人,立论陈腐,颇为新学士子所齿冷。贯一至港,乃尽量阐发其新名词及新思想,旗帜为之一新,大为读者欢迎。"《中国日报》的文学副刊《鼓吹录》,一度由贯公主编,版面调配得十分活泼,形式有粤讴、南音、曲文、院本、班本等,内容则大多为讥刺清廷卖国、贪默、昏庸的讽刺作品。光绪三十年（1904）与林护、谭民三等创设《世界公益报》,同年1月20日创刊,贯公任主编,担任编辑记者的有黄鲁逸、黄世仲、黄耀公等。公开号召"变专制为共和,变满清为皇汉","投袂而起,光复中国"。同年3月31日,又创办《广东日报》,亦任总编辑,担任编辑记者的有李大醒、黄世仲、陈树人、胡子晋等,以"发挥民族主义,提倡革命精神"为宗旨。翌年6月4日又创刊《唯一趣报有所谓》,以香港开智社的名义发行,贯公任主编,参与编辑和撰稿的有黄世仲、陈树人、王斧、李孟哲、卢星父、王军演、骆汉存等。版面分谐、庄两部分，先谐后庄。谐部设有"落花影""前人史""滑稽魂""新鼓吹""社会声""风雅丛"等栏目，庄部设有"博议""短评""访稿""要闻""电音""港闻""来书"等栏目。文字通俗，持论激烈，在反对美国华工禁约的爱国运动中，刊载了大量拒约和抵制美货的消息、言论及文艺作品，"一纸风行，为省港各报之冠"。同时代人也回忆道："时当美国公布华工禁约未久，各省抵制美货之潮流，风起云涌，尤以广州香港二地为最。粤督岑春煊徇大绅江孔殷之请，严令解散拒约会，且逮捕马达臣、潘信明、夏重民三志士置之于狱，各界人士大愤，贯一乃联合粤港各报，对暴官劣绅口诛笔伐，义声震于一时。"（冯自由《革命逸史》）光绪三十一年（1904）九月，中国同盟会成立于东京，孙中山派冯自由赴香港成立分会，陈少白任会长，贯公任庶务干事。翌年夏，贯公妻马氏忽患时疫，赖贯公多方护持，方得痊愈；而贯公以侍疾故受感染，遂以不起，终年仅二十六岁。

《时谐新集》疑即取资于郑氏曾主持的《中国日报》副刊《鼓吹录》，以及主编的《世界公益报》《广东日报》《唯一趣报有所谓》，亦旁及同时期的本港乃至内地的若干报刊，成为一本晚清革命文学与讽刺文学的集大成者。由于香港的特殊环境，清廷侦伺鞭长莫及，编者可"有恃无恐"地将许多反清的诗文谣谚，均予搜罗并悉数辑入此集。

书耑有署名"墨隐主人"所撰《凡例》，想亦当出自贯公手笔。全书分为四门，即《文界》《小说界》《诗界》《曲界》等。

《文界》辑入政论、杂感式文章三十篇，大多浃雷蕴电、锋芒犀利。如开宗明义的首篇《志士箴言》，不啻是指控清廷的革命檄文，公开申明："乃欲翻数千年之旧根，振二十一省之新象"，认为"况各国文明之治，无不从流血而成"，呼吁以铁血的暴力推翻清廷的封建专制统治。并以激昂的意绪歌颂了革命志士前仆后继的奋斗精神："东南数省，担心时变者，号称数万人，……。争之，抗之，摧之，撼之，挟之，声罪而致讨。一波未平，一波复起；前者伏诛，后者执简。缺彼菜市之刀，而再接再厉；丛叠蒿街之首，而亦步亦趋。彼党虽素称极顽、极固、极狠、极凶，而其下手愈辣者，人心愈不平，则天下莫不欲饮刃于其腹！"这种气冲霄汉的浩然正气，足令闻者无不动容矢志。又如《祭刚毅文》，则对这个清廷大员的死竭尽嬉笑怒骂的能事，劈头第一段就写道："维光绪二十有六年，闻我中堂已捐馆之噩耗传至，举世闻而称快！"继而罗列其种种祸国殃民的劣行，诸如积极参与策动戊戌政变，力主废黜光绪帝，为铲除新政不遗余力；以筹饷练兵、清理财政等名目至江南、两广地区大肆搜刮，并散布"宁赠友邦，毋与家奴"等卖国辱民论调；在被派至涿州等地考察义和团虚实时，向慈禧谎报所谓"刀枪不入""法力无边"等妄言，从而主张围攻各国使馆……这种对汉奸的侮弄与轻蔑，表现了作者的无畏胆识。又如《贼民与贼官书》对腐败的清朝官场大肆鞭笞，中谓"大哥八股横行，钱神得力，三班拔选，酷吏称能；断狱有才，天平体面，发财多术，地铲无皮，所有民脂民膏，任君予攫予取，足以眼对银黑，顶积血红"，其讥刺的锋镝不可不谓犀利。又如《守旧鬼传》，则以揭露、批判保皇派为旨，指出他们虽曾得风气之先倡导维新，如今却落伍于时代潮流之后而抵制革命，"专心致志以与新政、新法、新学、新理、新智、新术为仇"，其结果将是"千夫所指，不疾而死"。又如《八股先生传》，揭示其为钳制思想、束缚人性的羁绊，它的废止是历史的必然，并直指清廷之名而詈之。再有一篇所谓《剃头辫发会章程》，更以戏谑的笔墨讽刺道："本会创设之意，期四万万生民，悉为满清奴隶，子子孙孙，永远无悔"，对沉睡黑暗之乡的庸众痛加针砭。另有《强俄窥边赋》（以窥边有虎举国无鸠为韵），愤怒指控沙俄"狼贪之性""蚕食之图"，呼吁国人警惕祖国将遭瓜分豆剖的危险！

　　本栏与香港有直接干系的有两篇，即《水坑口记》与《牛肉耙赋》。前者警诫人们不要沉溺色海迷津。水坑口系当时香港的"红灯区"，亦即塘西烟花繁盛之地。该篇行文警策，雄辩有力，兹引二一，以示豹窥：

爱河欲海之交，有水坑口焉。发源于金银山，绕越芙蓉城。凡渡香江者，必经其口岸。此处有迷津，行不数武，与酒海殽山相接脉，是曰醉乡。其右则为小姑居处，高耸迷楼，是曰温柔乡，一名色界，花明柳暗，地本狭邪，过此则祸水茫茫，险途渺渺，居然一奈何天，其中有避债台、迷魂洞、奈何桥，直接则为孽海……

作者以亦实亦虚、亦庄亦谐的笔墨，生动而又严肃地告诫人们勿在其中流连忘返，以致惨遭灭顶。最后则以小诗作结："坑口窄，水流急，寄语渡江人，莫向潮头立，多少金银船，翻覆不可拾。"

《牛肉耙赋》则罗列当时香港"饮食之时款"而描摹之，从中可见世纪初香港饮食文化之一斑。其写"唐餐"云："三五心交，何必削鸡与杀鸭；一二毫子，居然烹羊而宰牛……精品过捞鱼片，爽口过食鸭粥。台铺白布，五味架摆得装潢；椅坐花旗，几技头倾吓不俗。斟盆生意，晏昼何须执点心；做餐人情，宵夜无谓斩烧肉。"试观将近一个世纪后的今日，大排档、打冷店所食与之仍十分相近。其写"西菜"云："不用碗筷，共拿刀叉。只求新鲜之牛血，免提俗品之鱼虾。或开沙士水，或饮咖啡茶。何须苦苦全餐，方为架势；饮得沉沉大醉，几咁繁华。现钱交易，阔佬堪夸。岂要碟掷下栏，计吓饮几壶酒；免使发票出局，顶硬叫两枝花。真饮真食，且旨且嘉。纵令你韭王之鱼翅，岂及我薯仔之牛耙。"环顾今日西餐厅之风味，庶几亦相近之。

"小说界"栏内容亦颇丰饶，其中辑录了若干寓言，大多是对清廷文武官员以及汉奸洋奴的讽刺，篇目有《人肉楼》《手足奴》《动物谈》《水族世界》《飞禽世界》《鸡鸭相庆》《格致奇谈》《饼芋同悲》等二十余则。寓言迄来为讽刺专制的利器，文学史上的史实昭告我们，专制猖獗之时正是寓言鼎盛之时，因其个中形象的不确定性使执法者无从措手，而其寓意又为同时代人所心领神会，故常不胫而走，风靡一时。帝俄时代的克雷洛夫寓言，晚清时代的诸多寓言(如吴趼人的《俏皮话》等),皆有异曲同工之妙。

栏首的《人肉楼》是题旨最锐利大胆的一篇,其讽刺的矛头直指昏聩、暴虐的那拉氏,敢于在西太后这个太岁头上动土,将清廷统治下的中国喻为一座"人肉楼",中谓:"上坐一少年,后坐一老妪,其老妪啖人肉最多。十余年间,啖须那人数百万。其旁坐者数十人,专执剖割之役,以供奉老妪者。"以上分明指的是光绪与慈禧,当时的读者见此,必然会默会于心及怒形于色的。

又有《虫族世界》一则,构思巧妙,寓意深邃,兹引录如下:

> 昆虫部中,也有一世界。其世界之内,也有朝廷,也有郡县,也有别部交涉。昆虫皇帝,先是令粪蛆执政;久之国权尽失,国势不振。昆虫皇帝大惧,下诏求贤;争奈蛆既当国,所汲引者,无非是其同类。皇帝不得已亲拔蠹鱼,置于政府,而逐粪蛆。久之,国之腐败如故,萎靡如故,皇帝叹曰:"吾初见蠹鱼,出没于书堆之中,以为必是有学问的;不期试以政事,竟与那吃屎的东西差不多。"

这则寓言对清王朝中抱残守缺的顽固与佞言维新的保皇派,都进行谴责与否定,而作者心目中所仰赖能维护国权、增强国势、重振国威的是什么派,则不言而喻了。

"小说界"中之作者,除吴趼人(据前之吴作《〈俏皮话〉引》)外,尚有王斧。王斧,号斧军,亦号玉父。广东琼山人。生于清光绪六年(1880)。光绪二十七年(1901)在香港结交陈少白、郑贯公、黄世仲等,并得识孙中山。稍后加入同盟会,在港创办《民报》《少年报》《人报》,任各报主笔,并为《中国日报》之文艺副刊《鼓吹录》,郑贯公主编的《世界公益报》《广东日报》《惟一趣报有所谓》撰稿。光绪三十三年(1907)奉孙中山之命赴新加坡任《中兴日报》主笔,与保皇派的《南洋总汇报》论战。后至暹罗(泰国)任同盟会暹罗分会主盟人,又兼《华暹日报》主笔。民国成立后,历任琼崖安抚史、国会议员、琼崖行政专员、国民党中央党史史料编纂委员会编纂、监察院监察委员等。民国三十一年(1942)病逝于重庆,终年六十二岁。其在郑贯公所编《唯一趣报有所谓》(1905—1906)上所发表的小说有《真人假鬼》《辩童》《立献》《巾粉争辩》《佳人泪》等。

"诗界"系本书中最精彩部分,其中有郑贯公自撰《香港竹枝词》十六首,世纪初的香江风貌与风俗民情在其中得到简约而形象的反映。有远眺的鸟瞰图:

　　虎门水势接天流,
　　水尽东南有地浮;
　　谁识外洋小洲岛,
　　五方人物此中收。

有近瞩的街市景:

　　上中下环总计埋,
　　三百五十余条街;
　　最喜并皆干净土,
　　我来新试粤城鞋。

有鸭巴甸街杏花楼的速写:

　　枕心楼阁势如虹,
　　走马盘蛇路隐通;

> 试上杏花楼上望，
> 岚光都在酒杯中。

有荷里活道文武庙的素描：

> 几多沧海变桑田，
> 世事茫茫只听天；
> 逐队拈香文武庙，
> 华人犹是信神权。

其他，以"车马喧阗十丈尘"来形容市面的繁华，以"十尺楼房五尺金"来比拟楼价的高企，以"香江食谱试翻新"来叙述酒楼的美食，以"花花世界幻如烟"来抒写塘西的冶荡……在作者观察入微的刻绘中，我仿佛置身于百年前香江的山顶、海傍、街头、庙里，喧嚣的市声，迷蒙的海景，静谧的山光，各色的人群都如见如睹，了然如画。

《三字童谣》的作者失考，其利用岭东童谣的传统形式，穷形极相地把腐朽不堪的清王朝刺戮得体无完肤：

> 好世界，一路哭。
> 好新政，多流毒。
> 老烟精，宫州牧。
> 大衙门，愚公谷。
> 学务处，人碌碌。
> 大营员，娼家宿。
> 壮兵丁，烟枪竹。
> 学无堂，失教育。

劝工所，有名目。
兴商会，有米粥。
理财法，设赌局。
开摊场，官监督。
绅富捐，捉大叔。
拓租界，地日蹙。
房有捐，食无肉。
酒税加，折口腹。
广东人，泪一掬。
西乱多，难以肃。
会党来，心畏缩。
大花厅，莽已伏，
逞甚么，尔威福。

这首童谣贯革直入地抨击了清王朝的高官贵胄以至胥吏武弁，旁及学棍文氓、西崽买办之流，也就是支撑中国最后一个封建王朝的腐朽势力，都属扫荡之列，乃是一篇不可多得的优秀诗作。

尚有一首《官贼歌》，也是一篇力图撼动清廷统治的革命诗章，其辞俚俗，其义亢烈：

亚妈教我学做官，
亚爷教我学做贼。
做官冇心肝，
做贼有魄力。
贼路任横行，
官路生荆棘。

做官滥窃民，

做贼敢窃国。

做贼卖人头，

做官仰鼻息。

贼仁贼义官所为，

劫官济民贼之职。

笑呵呵，

有官贼愈多，

有贼官受过。

呵呵，

呵呵，

官眼睁睁奈贼何？

官眼睁睁奈贼何?!

这种官贼一家、泾渭难分的现象，正是行将就木的封建王朝的政治标记，用比拟鲜明、褒贬显豁的童谣来揭露，不过显得更昭然罢了。

《新童谣》四章讥刺的锋芒更是针对清王朝最高统治者的颟顸、昏庸、暴虐、荒淫而投射的，而所谓指摘则更直接更具体。试举其一章为例：

谄媚谄媚，摆酒演戏，胡诌耍子，欢天喜地，老佛爷在这里。去去去，去讨赏赐，许多饼饵，许多玩器。提佛爷的耳，掩佛爷的鼻。羞死羞死，屡次屡次。

矛头直指僭称"老佛爷"的慈禧，其大胆与无畏绝非一般写作谴责小说、打油歌诗者能望其项背。

当时，为郑贯公所编的《中国日报》副刊《鼓吹录》以及其主编的《世界公益报》《广东日报》《唯一趣报有所谓》写作诗歌的作者,主要有陈树人、廖平子等。陈树人原名政,又名韶、哲,字树人,以字行。别号猛进、猛迈,晚号安定老人。广东番禺人。生于光绪九年(1883),十七岁从其外叔居廉学画。世纪初一度居港,系革命派报刊《中国日报》《有所谓报》《时事画报》等的主要撰述者与绘画者。光绪三十一年(1905)加入同盟会,旋赴日本留学,入京都美术学校绘事科,同时追随孙中山参加革命活动。民国成立后从政二十余年,历任国民党党务部长,两度代理广东省长,国民政府秘书长,侨务委员会委员长,国民党中央海外部部长,总统府国策顾问等。民国三十七年(1948)十月病逝于广州,终年六十五岁。工绘事,为岭南画派创始人之一,与高奇峰、高剑父并称岭南三大家。擅吟咏,有《寒绿吟草》《书爱集》《战尘集》《自然美讴歌集》及《春光堂诗集》。廖平子原名仕肩,字平子,号平庵、苹庵,别署皙翁、秋人。广东顺德人。生于光绪八年(1882)。早年加入兴中会。光绪壬寅癸丑间(1902—1903),与黄节等鼓吹民族主义,时投稿于《中国日报》,抨击清廷,不遗余力。该报社长陈少白聘其为副刊主笔。光绪三十一年(1905)加入中国同盟会香港分会。不久赴日本留学,与卢信等在东京创办《大江月报》,宣传革命。民国以后被聘为稽勋局审议员。二次革命失败后,弃职回粤,致力于慈善与体育事业。民国二十七年(1938)日军攻陷广州后,毁家纾难,组织顺德民团进行抵抗。失败后,避居澳门,创办《淹留》《天风》二手写手绘刊物,宣传抗战。民国三十一年(1942)迁居曲江,又自办手写手绘抗战诗史半月刊《予心》,坚持"以诗歌为抗战工作"。翌年4月在曲江病逝,终年六十三岁。陈、廖二人皆为郑贯公挚友,也是他所编报刊的积极撰稿者。仅以《唯一趣报有所谓》为例,陈树人发表的诗歌有《送陈大我之日本游学》《感时和柏明并用原韵》等,廖平子发表的有《和铁血少年登太平山有感兼用原韵》《感时》等。然《时谐新集》之"诗界"栏内作品大多数不署名,故我们只能揣测,陈树人、廖平子等可能是其中的作者。

"曲界"的内容比较丰富，采用了粤籍人士较为喜爱的广东俗文学样式，诸如粤讴、南音、小调、班本等。

"曲界"子目"粤讴"中辑入了《自由钟》《自由车》《天有眼》《地无皮》《太平山》《水坑口》《行埋一便》《真正累世》等二十首，皆标明为"新解心"。粤讴是粤语地区民众喜闻乐见的一种民间文艺形式，一名"解心"，故称"解心腔"。行腔不尚低沉雄亮而偏于尖锐高扬，伴奏的乐器为扬琴、洞箫和椰壳胡琴。只是清唱，没有念白。由乾嘉年间直至晚清，广州妓艇中唱粤讴盛极一时，香港的花舫也不例外。内容无非是风月场中的男欢女爱、离愁别恨之类，带点伤感与颓废的气息。有人统计，传统粤讴中有百分之七八十是文人为妓女写的。前村渔隐为招子庸所著《粤讴》所作的代序中有一首七绝：

载酒征歌纪胜游，
是真名士自风流。
两行红袖烧银烛，
醉侍樽前数粤讴。

有助我们了解粤讴是穗、港一带乐户人家传唱最盛的谣曲，多为有狎邪行的文人所写，行文在通俗中略显淡雅，且泰半为缠绵悱恻的抒情文字。郑贯公等革命党人当然不会老调重弹，而是在旧形式中注入了新鲜的内容。如郑氏在《唯一趣报有所谓》光绪三十一年（1905）六月六日第二版发表了"新解心"《广州湾》，悲愤于列强觊觎我大好河山，兹引录如次：

痛定痛，我个广州湾。不堪回首，珠泪偷弹。虽则地上无多，人亦有限，亦算个通商良港，都系大汉嘅河山。自记把租界划与法人，我就知有后患。又有别个想着开埠呀，几咁心烦，几国都想分的杯羹，惊死手慢，好似群鱼争饵，天咁交关。是以法国知机，忙把铁路要办,但央求清政府,切勿为难。我想一揸倒路权,就可以将死命制硬。唉,真可叹!大局成鱼烂。恨只恨政府慷他人慨,不肯把汉土交还。

《自由钟》等篇的作者为珠海梦余生,即廖恩焘所著。廖字凤舒,号忏庵,别署忏绮盦主人等。广东惠阳人。生于同治二年(1863),革命元勋廖仲恺之胞兄。其父为香港圣保罗书院毕业生,任职于英资汇丰银行。恩焘九岁赴美,在加州攻读英文凡九年。十七岁回粤,从东莞陈子砺研治国学。光绪十三年(1887)入总理各国事务衙门任职,为其服务外交界之始。民国四年(1915)任驻古巴公使馆代办使事,兼驻古巴总领事。民国十一年(1922)暂代驻朝鲜总领事。民国十四年(1925)代驻智利公使馆代办使事。翌年,兼驻巴拿马公使。再次年,任驻古巴公使。民国二十三年(1934)任驻马尼拉总领事。从事外交工作凡五十年之久。退休后返香港定居,直至1954年病逝,终年九十二岁。酷爱诗词谣曲,早岁利用粤讴的传统形式创作"新解心",以笔名发表于20世纪初革命派在香港所办的报纸,如《中国日报》《少年报》《唯一趣报有所谓》等之副刊,影响颇巨。梁启超《饮冰室诗话》云:"乡人有自号珠海梦余生者,热诚爱国之士也。游宦美洲,今不欲署其名,顷仿粤讴格调成《新解心》数十章,吾绝爱诵之。具《新解心》有《自由钟》《自由车》《呆佬祝寿》《中秋饼》《学界风潮》《唔好守旧》《天有眼》《地无皮》《趁早乘机》等篇,皆绝世妙文,视子庸原作有过之无不及,实文界革命一骁将也。"廖仲恺曾填《贺新郎》词,中云:"瓦缶繁弦齐竞响,绕梁间,三百犹难去。聆粤调,胜金缕。"对乃兄大作推崇备至。后廖氏于民国十年(1921)梓行《新粤讴解心》,其自序云:"余曩客美洲,尝仿其体作百余首,稿辄弃去,不复记忆。"故该集所辑皆近十余年来之新作,凡百首。而梁启超所述及的数十章《新解心》,因是革命文化史上的重要文献,早就引起研究者的注意,然皆遍觅无着;今幸赖《时谐新集》得以保存,亦一近代文学史，尤其是香港文学史上一佳话耳。

兹引录《自由钟》如次：

无乜好赠，赠你一个自由钟。想你响起钟嚟，叫醒世界上个的痴聋。人话六十分就系一点钟，容乜易把韶光来白送。故此要及时猛省，唔好一刻放松。大抵钟有十二个时辰，就有十二个作用。你肯把精神振刷，唔怕打叠唔通。人若果似个钟，就时时都系咁奋勇。算你系铁嘅都会磨穿，漫讲系铜。你睇钟个的事件咁多，都靠一条心嚟运动，就与合群团体个的物理相同。我想钟有同声，人就有同种。同声要相应，同种就要咪个相攻。舍得显尽法条，惊醒吓大众。等到时辰唔错，就有机会嚟逢。中国捱到呢个时辰，重有乜机会好碰。只望人心团结，咁正话夺得天工。呢阵赔款好似催命符，满洲就系妆嫁杠，内盘破坏，外面也都穿凹。你唔睇天色做人，都要按住钟数嚟发梦。花砖月上重有几耐夕阳红？唉！唔好咁懵懂。奉告四万万主人翁，问你食时食钟送饭哩，重有边一日欢容。

尝鼎一脔，亦足可窥见作者驾驭这种传统俗文学样式的娴熟，其立意则更为可贵，即希望中华民族四万万同胞团结起来，像钟一样"都靠一条心嚟运动"，从而外争国权、内惩国贼，摈除惨遭瓜分豆剖、亡国灭种的命运。其他篇什的题旨亦大致相同：《自由车》呼吁国人"齐心合心"向"康庄大道"行；《天有眼》强调要使"几千年睡国"醒番必须"变法改良"；《地无皮》告诫同胞警惕"列强蚕食"的危险，"地皮薄到"插不稳"个枝国旗"；《真正肉紧》揭露科举"不晓得屈尽了多少嘅人才"；《真正累世》控诉缠足给女子带来的痛苦……

"曲界"的"南音"目，辑入《国民叹五更》《八股佬烟仙札仔三谈情》

《观音诞》等三曲。所谓南音,与江南的弹词相若,以三弦琴或以椰壳二胡伴唱,腔调低沉,意绪悲凉,内容多写忆旧、凭吊、伤别、相思等。它们的作者亦大多为工诗词的文人,故词藻清丽、惋恻动人,故为欢场女子所喜爱,自同光年间直至民国初年,在平康北里盛行不衰。此处之作品当然与传统南音大异其趣,如《国民叹五更》,虽然沿用了传统的叹五更形式,然而却一扫惆怅与低迷,以凝练、警策的文字,以洪钟大吕的气势,郑重警告国人"红鬓绿眼垂涎我"的危卯之势,亡国之祸迫在眉睫,随之列举"老倭"霸占我台湾,沙俄强掠黑龙江畔大片国土,德国窥伺与蚕食山东,法国鲸吞我雷州半岛,还有——

> 谯鼓慢,五更时,朦胧月色挂住枯枝。嫦娥未解人心意,五更不睡岂为你眠迟。广东还有伤心处,不必声明大众亦知:绝好通商口岸久已非吾地,试问殖民势力系乜嘢名词。中原回首家何处?咬实牙根暗地痛悲。粤东虽系自古强民气,但系事到临头点样主持。一面官兵弹压你,一面他人把你欺,个的进退两难非只一处事,大抵方方割地都系咁样子行为。

本书因在香港出版印行,怕遭港英当局禁毁,故很少涉及"英夷"占港的史实,这是全书唯一的一处。作者的胆识,编者的胆略,百年以后仍令人感奋无已。

"曲界"之"小调"目辑入《戒吸烟歌》《戒缠足歌》《唤同胞歌》《时事曲》《从军行》等七曲。分别仿"梳妆台叹五更""红绣鞋十二月""四季相思调""小送郎""送郎君体"等,能做到推陈出新、别出心裁。

"曲界"的最后一目为"班本",共辑入《贺新年》《监生赏月》《守桂林》《五台新月》《李鸿章归天》《雷虎船自叹》《戒洋烟》等十出,后附《劫灰梦传奇》。亦都采用旧瓶装新酒的方法,在传统的框架内装填进革命的内容,如《贺新年》颇堪一赏：

〔起板〕大街上，来往人，春风满面。〔慢板〕曾相识，也一揖，恭贺，新年。个一个，垂低头，企起，条辫；两手袖，二尺八，与地相连。先恭喜，后发财，口头带便。一声声，入春来，企得好多，赌钱。面对面，手转手，一个三字大红，名片。说一句。陪不住，要上庙，添烟。〔中板〕廿世纪，本该要把这一派陋俗，改变。真可叹，相沿积习年又，一年。更有那，五福临门国恩家庆人寿年丰写出贴在家家，门扇。圣恩天广大大治日光华更重字字，胡言。计起了，二百六十三年我的汉人，苦贱。国亡家破，还说什么福禄，绵绵。你想那，志士流血，粤米出洋，真不忍见那两个寿丰，字面。改却着，圣恩文治，把捐抽剥削四字，抵填。近十天，俄日风云千奇，百变。中原地，谁胜谁负也不得，保全。此新年。倍令我，愁肠，回转呀。〔收板〕愿同胞，莫忘却，是个汉种，真传。

将清王朝自诩的文治武功之神话戳穿，归结为不过是"捐抽剥削"四字，可谓一针见血！这种鞭辟的深度，非革命派作家是不想也不敢形诸笔墨。

以上是关于香港文学第一部选集《时谐新集》的简介，挂一漏万，在所不免。尤为遗憾的是，为了免受清廷鹰犬的侦嗅，粤督缇骑的缉捕，编者郑贯公有意删略了大部分作者的姓名，使我们无法得悉《时谐新集》全部作者的姓名。虽然我们依据有关原载报刊或当时记述，考订出了若干作者，但由于岁月的洗汰与人为的毁弃，世纪初香港革命报刊存世已寥寥，所以无从一一对照与还原。但有一点是肯定的，郑贯公选辑的大多是当时活跃在香港新闻界、文教界与其同声相应、同气相求的革命志士。

再回到拙文开头提出的观点来复验，《时谐新集》确实可以作为一个典型的个案，以此来说明香港文学对中国本土文学的反向影响。

茅盾曾经指出现代文学史应对"'五四'前夜的文学历史潮流给予充分论述"，必须给起过重要作用的前驱者以充分的衡估和公允的评价。敝意认为郑贯公正是这样一位影响弥深的前驱者，他所编撰的《时谐新集》及所编辑的《有所谓报》等革命文学实践的丰硕战绩，并未得到公正的评估。

窃以为郑贯公、黄世仲、陈树人等革命派的文学革命实践，较之改良派的文学革新运动，与"五四"新文学运动有更直接的血缘关系，是她的先行与前驱。这是因为：

一、对于五四新文学运动的思想取向。自从20年代胡适《五十年来的中国文学》刊布以来的所有近现代文学史著作，无不认为可以归结为两点，即彻底地反对封建专制与彻底地反对列强侵略。再回顾辛亥以前的分隶于改良派与革命派的文学主张，哪种与之更接近呢？答案是不言而喻的。改良派的文学革新运动对封建专制制度的抨击是很有力的，但也有甚大程度的保留，尤其是有关帝制方面；但革命派文学对封建专制制度是作整体性批判与抨击的，对制度与个人都不抱幻想，并以建立民主共和制度为鹄的，而这种思想特征在《时谐新集》中也有鲜明的体现。改良派文学对列强侵略中国的野心与行动也是嫉视与揭露的，然其批判的尖锐性与立场的坚定性诸方面都不及革命派；章太炎主持的《民报》对列强瓜分豆剖中国的阴谋揭露得淋漓尽致。蔡元培等主编的《俄事警闻》对帝俄侵吞中国东北领土大肆挞伐，郑贯公主编的《唯一趣报有所谓》在反对美国华工禁约的斗争中起了号笛的作用，《时谐新集》于这方面也有显豁的表现。故而我们可以说，五四新文学直接承继与发扬了革命派文学反对封建专制、反对列强侵略的思想传统。

二、白话文的提倡是五四新文学运动的一个重要内容，虽然有些新文学倡导者自诩此为自己的"新发明"，事实上它正是晚清白话文运动的直接延续。平心而论，晚清白话文运动之所以形成如火如荼的局面，是改良派、革命派共同参与的结果；然而，革命派文化人投入的执着与热诚远胜于他人亦毋庸讳言，仅以创办白话报刊为例，在全国产生巨大影响的白话报刊大多是革命派一手擘划的，诸如林獬主编的《杭州白话报》《中国白话报》，陈独秀主编的《芜湖白话报》《安徽俗话报》，陈公侠等主持的《绍兴白话报》，秋瑾主编的《白话杂志》《中国女报》，黄世仲主撰的《广东白话报》，吴樾主编的《直隶白话报》，爱国学社的《童子世界》《智群白话报》，郑贯公主编的《唯一趣报有所谓》等，作为一种具有开创性的实验与先导，实为五四白话文运动开路奠基。《时谐新集》作为一本白话文学作品集的出现，比五四新文学的任何一部作品，都要早十年以上。

三、在文学观念的革新与文学形式的解放方面，革命派文学也堪当五四新文学的先导与前驱。仅以郑贯公为例，作为一个革命家，他当然重视文学的教化作用，然与传统的封建卫道的"文以载道"论者不同，他视文学为启迪民智、揭露民贼的利器，其所撰《〈唯一趣报有所谓〉发刊辞》称："以言论寒异族独夫之胆，以批评而号一般民贼之魄，芟政界之荆榛，培民权之萌蘖。"又在所作《〈时谐新集〉序》中云："五千直扫，寓褒贬于毫端；十万横磨，诛奸贪于纸上。"就中所表露的文学观，比之于视文学为封建说教的附庸或将文学降为茶余饭后的谈助，皆是革命性的跨越。五四新文学注重文学形式的革新，尤其是在体裁的解放方面吸纳了西方的与传统的样式，而郑贯公等革命派作家在这方面亦堪为前驱，特别是对民间传统形式的吸纳与改造，可称这方面的先知先觉者，尔后五四时期的"到民间去"，30年代的文艺大众化，40年代的文艺下乡等等，都可视为承继与延续。例如五四新文化倡导者们组织中国歌谣研究会，征集与刊布歌谣，而这些郑贯公早在十几年前已经做了：在所编《唯一趣报有所谓》上征集童谣，并品评等级，以资提倡；又在《时谐新集》中刊布了不少歌谣作品，甚至地方曲艺，这些都是开风气之先的创举。

环顾当时的中国文坛（包括国内各地乃至革命党人十分活跃的东京与香港），绝对没有一本如同《时谐新集》那样出类拔萃的文学作品，如同它那样旗帜鲜明、直截了当地抨击那拉氏及清政府，如同它那样大义凛然、贯革直入地指控一切觊觎中国的外国势力，如同它那样采用新鲜泼辣、活色生香的白活乃至方言，如同它那样利用传统的、民间的多种文学样式……故而它在当时中国文学中的典范作用是显而易见的，必然会对内地受封建思想禁锢、受封建势力羁绊的文学，产生强烈的辐射与深远的影响。

1996年郑贯公忌辰九十周年

拓荒者 耕耘者 收获者
——许地山与香港的中国语文教育

许地山先生（1893—1941）自1935年9月初来港履新，就任香港大学中文学院院长，直至1941年8月4日因积劳成疾遽然逝世，数年如一日地始终致力于中国传统文化的弘扬与五四新文化的传播，故而亦一贯关注与推进香港各级学校的中国语文教育。

柳亚子在悼念许地山的文章中写道："许先生和鲁迅先生一样，都是五四运动以来提倡新文化以至新文学的老战士"，并指出，"香港的新文化可说是许先生一手开拓出来的。"[1]这是实事求是、毫无夸饰的评价。如果说鲁迅、胡适对香港的新文化起了吹拂、鼓动的作用，而许地山则不仅是这两位前驱者的同道，而且是开辟草莱的拓荒者，耕耘莳刈的垦殖者，荷戈执戟的捍卫者，为香港新文化（包括中国语文教学）的拓展与壮大，宵衣旰食，夙兴夜寐，真可谓鞠躬尽瘁，死而后已。

上任伊始，许地山即以改革中国语文教学为己任。而当时香港的大学与中学的文科教育是相当窒闭与落后的，诚如胡适所揭示："这里的文科比较最弱，文科的教育可以说是完全和中国大陆的学术思想不发生关系。这是因为此地英国人士对

柘园所藏全港文化界追悼许地山先生大会筹备会编印的《追悼许地山先生纪念特刊》（1941年9月21日出版）

于中国文史太隔膜了，此地的中国人士又不注意港大文科的中文教学，所以中国文学的教授全在几个旧式科第文人的手里，大陆上的中文教学早已经过了很大的变动，而港大还完全在那变动大潮流之外。"[2]那些担任港大中文学院讲师的逊清翰林们不仅以陈腐的观点讲说"四书五经"，竟然将《水浒传》《红楼梦》排斥于文学的范畴之外，其识见远逊于晚明的公安、竟陵派学人和乾嘉之际的朴学家，更遑论跟得上20世纪30年代澎湃于神州大地的新文化思潮了。

中国语文教育的改造与重建，不啻是一项艰巨繁难的系列工程，许地山于此有清醒的认识。首先，许地山利用各种形式、各种场合强调中华民族葆有自己民族文化的重要性与必要性。他认为作为传统文化载体的典籍与艺术的存留与否，甚至关涉到民族的存亡，因为典籍多寓"恒久之至道，不刊之鸿教"（《文心雕龙·宗经》），艺术则能"奋至德之光，动四气之和，以著万物之理"（《礼记·乐记》），而民族灭亡的内因，在于舍弃自己的典籍和艺术，任何外来的思想和信仰只可当作辅助的材料，切不合轻易舍己随人。许地山鉴于古往今来的教训，语重心长地告诫道：一个民族当先有民族意识然后能保持他的文化的遗产。"[3]而这，对于当时已经受近百年殖民式统治与教育的香港而言，不啻是振聋发聩的暮鼓晨钟。

许地山认为必须重视"民族意识"的永葆，"国民精神"的张扬，"新的国运才能日臻于光明"。[4]欲达上述目的，中国语文教育的强化与完善是极为重要的途径。从事中国语文教育的人们"应当负起供给一个健全的国民应具的常识底责任"[5]。教育者必先受教育，许地山当然深谙此中道理，遂向教育当局建议组织香港中小学教师讨论会，并在会上做了《中国近代文学变迁与教员对此的态度》等讲演，主要强调中国近现代文学随着时代的变迁已发生了巨大的变化，中国语文教学应该与时并进，要以饱孕民主与科学的新文化思潮来教诲、陶冶莘莘学子。

在烦冗的工作中，许地山仍不惜耗费时间精力到各学校、社团演讲，直接向青少年学生宣示学习中国语文的重要。上任不久，1935年9月9日，即应"香港华侨教育会"的邀请，于港侨中学礼堂作《中等学校之国学教学问题》的讲演，认为须对"国学"作澄清的工作，把渣滓淘汰掉，从而将国学的精华灌输给学生。同月11日至梅芳学校讲演《服装问题》，针对广州当局所谓取缔奇装异服的举动提出批评，认为服饰文化亦是民族文化的一个组成分子，取缔服装则是夺去人们对于服装的自由权，所以不能赞许；衡量服装应该根据卫生与经济两原则入手，拿"风化"作标准不妥，服装本身并不发生风化不风化的问题。同月26日在联青会作题为《新文学运动在今日》的讲演，内容包括：一、胡适由研究哲学而去主张语体是极合理的；二、吴稚晖的国语运动促进了白话文学；三、民国十七年（1928）以后的文学较以前充实得多。对十数年来新文学运动的成绩做了充分的肯定，并期望香港青年发扬与廓大新文学运动的精神与实绩。同年12月7日在民生书院讲怎样读书……

由上可见，许地山来港后在文章、讲演乃至实践活动中，皆无不在在昭示民族文化乃民族精神的结晶，民族灵魂的物化；同时也指出中国语文教育乃承传民族文化最基本的途径之一。

其次，许地山一开始即计划从体制与架构上进行改造与重建，以保证中国语文教育改革的顺利进行。在履新后召开的第一次港大文学院中文学院系务会议上，许氏即决定分为三个系，即文学、史学、哲学，而且倡议史学方面应以西南中国社会的民族的历史作为研究重心。翌年5月，又向校方与文学院提交了《发展中国文史学系意见书》，因其中锐意改革的锋芒甚劲，自称此"意见书"为"无烟炮"。同年9月，文学院讨论许地山《发展中国文史学系意见书》，与会的英籍教授因立场与理念的不同，大多表示冷淡，故其中许多改革与发展的建议遭到阻滞，如设立语言学馆的倡议等均被否决，连英籍教授裴德生都感到"愤然"，并为许地山"叹惜"。

许地山深知环境的限制，但仍义无反顾地推行改革。同月他又在校务会议上提出医、工两科学生都应学习中文一案，反复申述中国学生懂中文之必要，遂获得通过。同年10月，许地山又再次向院方、校方提出《改革中文意见书》，并倡议为医、工学生开设国语课，结果报名者达四五十人之多。1937年1月，许地山又联同襄助他进行中文改革的马鉴、陈君葆草拟关于港大意见书，认为港大应以造就人才予中国用为目的，课程应求与内地需要联络。同年2月，许地山在文学院会议上动议开设中文研究科，遭否决。同年3月，许地山通过定例局（即以后的立法局）华人代表周寿臣向大学特委会呈递《中文学院发展意见书》……从中足可窥见许地山身处当局贯彻殖民式教育政策的既定樊篱，如何尽一切可能争取体例与架构的改造，以利中文教育的生存和发展，其矢志革新、锐意进取的精神在在可见。

再次，许地山在中国语文教育的理论探索中，努力寻求新路。许氏在港期间有关中国语文教育的言论不少，在他逝世不久，香港新文字学会即编辑出版了《许地山语文论文集》（光夏书店，1941年9月初版），辑入了《中国文学底命运》《青年节对青年讲话》《拼音字和象形字的比较》《国粹与国学》《中国文字底将来》等文，而这也远非有关文字的全部，例如1939年在香港《大光报》发表的《儿童教育计划书》就未及辑入。许氏在各种场合强调中国语文教育的重要性，例如1939年3月20日接受《华字日报》记者访问谈对香港大学特别委员会之期望时说：

一、港大学生多为中国学生，当局既为中国人办学，为中国制造人才，自应尽量多采用中国教材，多聘中国教员，传授中国文化。

二、港大学生无论其学工科，医科，文科，均须有充分之中国国学。[6]

他不仅对香港高等教育有如许的期望，而且希冀中国语文教育的从业员亦应关注与投身民众教育，竭力把民众"从愚暗底牢狱解放出来"，"对于他们，我们应当负起供给一个健全的国民应具底常识底责任"。他并指出："识字运动与国语统一运动是刻不容缓的。"[7]

许地山也清醒地观察到封建教育与殖民式教育所毒化而成的"昏蒙"与"奴性"，如不铲除"昏蒙"与"奴性"，整个民族必然会陷入万劫不复的深渊，认为中国语文教育应负起这铲除的重任，"如果有完备的学校教育和补充的社会教育，使人人能知本国文化底可爱可贵，那就不会产生自己是中国人而以不知中国史，不懂中国话为荣底'读番书'底子女们了"[8]。以上的话至今仍可令我们深长思之，环顾周遭，许氏当年批评的现象不但依然存在，而且尤有过之，中国语文教育从业员实在任重而道远。

在许地山居港六年中，他始终以推动与发展香港的中国语文教育为职志，真正做到了鞠躬尽瘁，死而后已。他的同事与挚友马鉴先生在《许地山先生对于香港教育之贡献》一文中证实："自从许先生来主持中文学院，不但是充实内容，并且也将程度提高了。"[9]事实上，他的辛劳耕耘确实获得了丰硕的成果，中文学院的弟子中许多日后都成为中国学术界的精英与骨干，如刘殿爵、金应熙、李衍锜、赖恬昌、赖宝勤、伍冬琼、张爱玲等，皆学有所成，各显异彩。

对于许地山备课、讲课之勤奋认真，他的学生金应熙回顾道："从最近几年来，先生在港大担任的课程，每周总在二十小时以上。所讲授的科目有十多个。只要是对同学们的进修有帮助的功课，他总不惜减少自己休息必要的时间，腾出工夫来讲授的。一年级的同学听不懂国语，他来担任补习；一二位同学几乎好奇地要学一点梵文，他特意在下午赶回来教授。你开口要跟他读那一门功课，他从不推辞。这种为大众的利益打冲锋的工作，暗地威胁他的健康，他也知道，可是他还是这样做下去，不肯放松，他的天性就是喜欢帮助人，为了学生，他不惜牺牲自己！"[10]

后来同样成为历史学家的李衍锜，亦追思业师许地山宗旨明确，全力以赴，不辞劳苦，恪尽职守，因而促进学生国文及历史程度之不断提高，加深了香港同胞对自己祖国文化之认识与认同：

> 那时，香港的一般知识程度还是很低，一般同胞跟祖国好像隔着一道鸿沟一样，对祖国文化，多半是不大关心的……，但我们不能单怪此地的同胞们，因为香港是一个特殊的地方，在特殊的环境下，这畸形的发展是不能免的结果。他们所需的同情，他们更需要的是一个导师，给他们循循善诱。当时的情况是如何，我们可以想象得出许先生的责任将是怎样的重大，而他的工作又将是怎样的困难。但许先生不避艰辛，本着一个拓荒者的精神，毅然决然负起这个重大的使命。果然在他南来之后，香港的学风便跟着转变了。因为港大入学试的国文程度的提高，使一般中等学校对国文这一科再不能像从前那样漠视，而一般青年学生对祖国的认识也比前深刻得多了。[11]

之所以不惮冗长抄引许地山两位学生的追思文字，因为这是无伪的历史实录，证明在香港的中国语文教育事业中，许地山不愧为一名背负历史使命的"拓荒者"，是一名"勤劳和充满着希望的园丁"，并且获取了初步的丰硕实绩。

许地山离开我们已有半个多世纪，但岁月却未能消磨他献身于香港的中国语文教育的业绩，更不会消弭他寄望后来人"向上望，向前行"的精神。让我们踵其步武，将香港的中国语文教育事业推向新的高度、新的境界。

文中有关许地山言行，凡未说明出处者，皆据《陈君葆日记》，香港商务印书馆，1999年5月初版

注释：

[1] 柳亚子：《我和许地山先生的因缘》，载《追悼许地山先生纪念特刊》页10，全港文化界追悼许地山先生大会筹备会编印，1941年9月21日初版。

[2] 胡适：《南游杂忆》，刊《独立评论》（北平）第141期，1935年3月10日。

[3] 许地山：《造成伟大民族底条件》，载许氏著《杂感集》页5，商务印书馆1946年11月初版。

[4] 许地山：《民国一世》，刊1941年1月1日香港《大公报》。

[5] 许地山：《国庆日所立底愿望》，载《杂感集》页19。

[6] 刊1939年3月21日《华字日报》港闻版。

[7] 许地山：《国庆日所立底愿望》，载《杂感集》页19。

[8] 许地山：《一年来的香港教育及其展望》，刊1939年1月1日《大公报》副刊《文艺》第478期。

[9] 马鉴：《许地山先生对于香港教育之贡献》，载《追悼许地山先生纪念特刊》页11，全港文化界追悼许地山先生大会筹备会编印，1941年9月21日初版。

[10] 金应熙：《悼许地山师》，载《追悼许地山先生纪念特刊》页45。

[11] 李衍锜：《追思许地山先生》，载《追悼许地山先生纪念特刊》页47。

香港新语文教育的开山祖——陈子褒

冼玉清教授（1894—1965）于40年代初所作《改良教育前驱者——陈子褒先生》一文中盛赞陈氏为"教育界之前进者"，不仅"为全国创作教科书之第一人"，而且废止读经、倡用白话"比五四运动早二十一年"，终生执着宣示："欲国民之忧国，必使其认识民族之文化。"而这位筚路蓝缕以启山林的前驱者，与香港的中国语文教育实有甚大的关涉。

陈荣衮，字子褒，号耐庵，别号妇孺之仆。广东新会人。清同治元年（1862）生。光绪十九年（1893）癸巳科举人，与康有为同科，而名次前于康氏。然陈氏读康文自谓不及，入万木草堂执弟子礼，攻读两年，广纳新知。参加强学会、保国会，厕身公车上书。戊戌政变后仓皇东渡，在日本受福泽谕吉影响，服膺庆应义塾的宗旨与方法。嗣回国，实施改良小学教育，初设蒙学书塾于澳门荷兰园，创办蒙学会，编辑《妇孺报》，刊印《妇孺须知》《妇孺新读本》等。据卢湘父言谓其编书由康有为鼓励，例言亦由康氏手定。1918年陈氏由澳门迁校香港，设子褒学塾于坚道三十一号，后来又设女校于般含道二十五号。从学者众，男女学生人数有二三百人，是当时本港最具规模的学塾。民国十一年（1922）逝世于般含道子褒学校校舍，享年六十一岁。

纵观陈子褒在港澳二十余年的教育生涯，其中对中国语文教育投注了甚大的精力，其开创性的贡献主要在以下方面：

首先，从儿童心理发展的一般规律及年龄特征着眼，认为必须"讲求儿童心理"，主张"教小孩之读本应亦代小孩立言"。进而揭示，若要符合儿童心理，并代儿童立言，则必须"以浅白之新读本为宜"，如此方能使学生"心灵畅舒，欢欣鼓舞，无有以为苦者"。基于以上新颖的语文教育观，陈氏早在1898年，科举制度尚未废除之时，则已在自己主持的蒙学书塾中先行废止读经，而代之以自编的白话读本。极力倡言以白话代替文言，故屡屡痛陈文言之害：

> 今夫文言之祸亡中国，其一端矣。中国五万万人之中，试问能文言者几何？大约能文言者不过五万人中得百人耳。以百分一之人，遂举四万九千九百分之人置于不议不论，而惟日演其文言以为美观；一国中若农、若工、若商、若妇人、若孺子，徒任其废聪塞明，哑口瞪目，遂养成不痛不痒之世界。彼为文言者，曾亦静静言思之否耶？夫好文之弊，累人不浅。

随之列举了二一事例以证文言之流弊，从而罗列了改革文言的急迫与必要：

> 大抵今日变法，以开民智为先，开民智莫如改革文言，不改文言，则四万九千九百分之人，日居于黑暗世界中，是谓陆沉；若改文言，则四万九千九百分之人，日嬉游于琉璃世界中，是谓不夜。

陈氏将改革文言、倡行白话喻之为"不夜"的"琉璃世界"，可见其重视的程度。陈氏作为一个旨在启迪民智、开通民气的教育家，视"浅说为输入文明"之捷径，并身体而力行之。

其弟子冼玉清等曾整理过一个《陈子褒先生编著书目》，从光绪二十一年（1895）至民国十年（1921）共出版：《妇孺须知》二卷、《妇孺浅解》二卷、《妇孺入门书》、《妇孺八劝》一卷、《幼稚》八卷、《妇孺三字书》四卷、《妇孺女儿三字书》一卷、《妇孺四字书》一卷、《妇孺五字书》一卷、《妇孺新读本》八卷、《教育说略》一卷、《妇孺论说入门》二卷、陈子褒先生手迹《妇孺学约》一卷、《妇孺论说大观》一卷、《妇孺论说阶梯》一卷、《妇孺中国舆地略》一卷、《妇孺释词粤语解》一卷、《妇孺释文》一卷、《妇孺信札材料》、《妇孺报》、《妇孺杂志》、《妇孺闲谈》、《妇孺中国史问题》、《幼学文法教科书》二卷、《小学国文教科书》十卷、《小学地名韵语》一卷、《小学词科教科书》三卷、《小学一得》一卷、《少年趣味史教授法》四卷、《小学中国历史歌》、《小学尺牍教本》、《小学释词国语解》、《七级字课第一二种》（即订正《妇孺须知》）、《七级字课第三四种》（即订正《妇孺浅解》）、《七级字课第五种》、《七级字课第三、四、五种教授法》一至三卷、《左传小识》、《补读史论略》、《史记小识》、《前后汉书小识》、《灌根小杂志》、《晋书小识》、《南北史小识》、《左传小识教授法》、《新唐书小识》、《崇兰别课》。

　　陈氏在世纪初就撰写《论训蒙宜用浅白读本》的专论，力陈"余之有取于浅白新读本者"，在于"教导童子"须用"浅白读本"方为"有益"。可以追溯得更早的是，陈氏早在光绪二十三年（1897）即发表《俗话说》，反对"以人所难晓之字，换人所共晓之字"，提倡"目可见手可指之口头言语"，亦即明白晓畅、通俗实用的"俗话"。其女弟冼玉清在该文按语中写道："提倡实用之学，反对戏本之学，为先生教育之基本主张。至于今日之言文学改良者，一则曰白话化，再则曰大众化，而不知先生已于五十年前独排众议而倡论之，其眼光之远大如此。"冼氏按语作于民国三十年（1941），至今看来，仍是实事求是、毫无矫饰的评语。

　　前所引录的陈子褒躬自编撰的四十余种"浅白读物"（包括课本与杂志），是这位忠诚的老教育家三十余年（1885—1921）坚持不懈努力的成果，本其"通俗是贵，利用斯在"的宗旨，利用"以之方言，解微妙之语气"之手段，达至"读书致用"之目的。陈氏并自号"妇孺之仆"，力求自己编著的课本、读物、杂志之文字通俗易懂，妇人孺子也能了然于心、朗朗上口。不仅行文浅白，而且力求押韵，以便利于诵读，易懂易记，并尽量袭用传统童蒙读物的形式，如陈著《妇孺三字书》用"早起身，下床去；先洒水，后扫地"去代替《三字经》中"人之初，性本善；性相近，习相远"，《妇孺四字书》用"同台食饭，手肘莫横；若系饮羹，让人起羹"去代替《千字文》中"天地玄黄，宇宙洪荒；日月盈昃，辰宿列张"；《妇孺五字书》则用"记得细时好，跟娘去饮茶。门前磨蚬壳，巷口拨泥沙"去代替《幼学诗》中"天子重贤豪，文章教尔曹；万般皆下品，唯有读书高"。以上足可窥见，陈氏的努力是具有相当成效的。

"记得细时好，跟娘去饮茶。门前磨蚬壳，巷口拨泥沙。只脚骑狮狗，弯针钓鱼虾。而今成长大，心事乱如麻。"

陈氏清醒地认识到通俗是一种手段，皆为达至学以致用的目的，而"实用"则有裨于自身、社会、国家，故其在《〈妇孺新知〉例言》中说："编书以便俗为实用。不然纵极雅驯，不过一古玩店耳。便俗则大米店也。"此通俗化的譬喻确乎为货真价实的大实话。

陈氏挚友李浅愚所撰挽联云"教泽满香江，匪我求童蒙，最难得旧学新知，深入浅出"，研究香港中文教育多年的王齐乐称陈氏为"推行通俗化与大众化"的"平民教育家"，皆洵为知言。

其次，陈子褒在作文教学中强调"实验"，因而力排无根之谈："中国人士，所发言论，多不经实验。其发一议建一策，所谓第一条第二条云云，实与剪彩为花无异也。"这种毫无生机，缺乏色香味的假花，当然是既无生命力，又无吸引力的。

陈氏对作文教学甚为关注，曾撰写《作文教授法》的专论，并一再强调作文命题"必即学童现在所见现在所行者为之"，认为："随意拈来，乃成妙端。何则？人固存本阅历以为言者，其言愈亲切有味。"上述观点既符合儿童心理，亦契合写作规律。就儿童作文言，安有凭空杜撰、闭门造车的好文章乎？！

陈氏因而呼吁学童多作"纵横错综直抒胸臆之文"，然若作此等文字，"必其胸臆早有百千万亿人物故事蓄储于中"，亦就是必须学习、观察与体验，才能臻此境界。此非一蹴可就，而须有一循序渐进的过程。

在《论学童作论》一文中，陈氏罗列了自己在长期教学实践中所总结的作文教学经验，至今仍有启发与借鉴的作用：

一曰浅题目：题目必须以茶饭水火等说起。盖学童虽不能为直抒胸臆之言，然茶饭水火等物，则固皆见习闻，胸臆中所有之物也；若猝以仁义道德之虚言、禹汤文武之实事诏之，则不知为何等言矣。

一曰长题目：学童之作论，实与问答无异。问者有二语答之，或以三四语答之，亦不难耳。若题止一二字，几与八股之小典枯窘题无异，学童又焉能生出许多意义乎？故题目虽长至数句，不见其长也。何也？题长则有所依傍，所属思者惟运用数虚字耳，非如自发议论者之凭空摸索也。

一曰讲说命题：学童一无所知，猝以论题课之，茫无头绪矣！惟于数日内所讲之书拟一论题，一以验其记悟，一以观其文法。作者亦即其所问者直抒之而已，不必别出机杼也，此亦与问答之法无以异也。

一曰说今事：中国之弱，弱于好古。盖自朱元璋创为"八股之制，不许用秦汉以后之事，不许引秦汉以后之书"，由是人人之思想议论，毫无善状。驯至木天清班，以日本为近四川；学堂大教习，问澳洲在何处，此皆好古而不通今之累也。况科举改制，一律以外国政艺为考核之揭药，则学童作论时，亦宜以时事新学为起点矣，若专向四书题求生活，不独无国家教育，即以干禄而论，亦南行而北辙也。

一曰读今文：今文者，指近今之论说而言，与古文相对，故称之曰今文耳。……文以达意为主，不必以摹古为主也。即以词笔而论，龚定庵之文，远出唐宋八家万万；盖唐宋文字不外敷衍拨弄，虽韩退之未能免此，而何论其他乎？况乎古文所论之事，已如过眼烟云，与我渺不相涉，孰若读今文则能知新理近事，而文学亦殊非远游于古乎。故仆常谓读侯官严复《原强》一篇，胜于读贾谊《陈政事疏》多多也。要之读经通今，乃能说经；读史通史，乃能论史；多读新书新报，乃能作新论。

陈子褒先生教育遗议

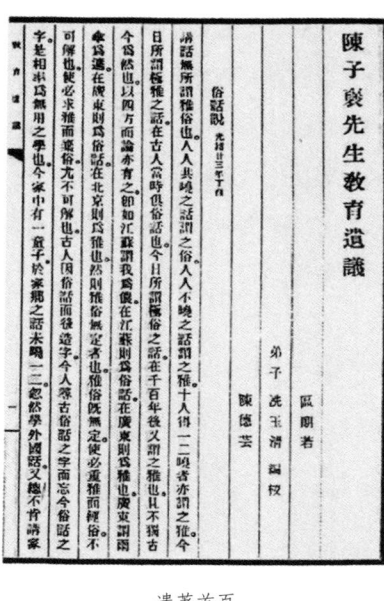

遗著首页

陈子褒先生遗著

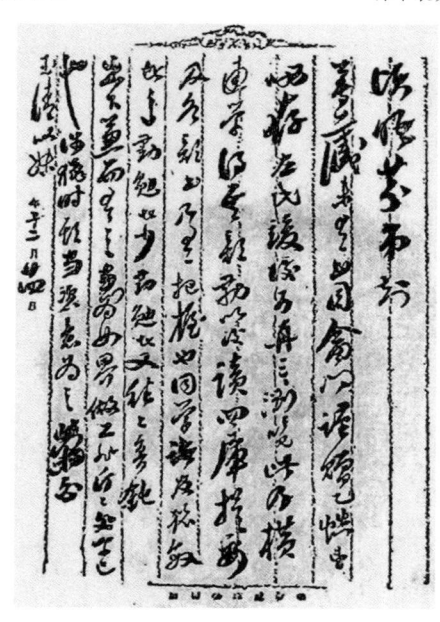

陈子褒先生手迹

以上近百年前关于作文教学的经验之谈，在当时是影响至深的空谷足音，即使时至今日，不是仍足以令我们深长思之吗？

再次，陈子褒不仅最早在自己创办的港、澳学校中开设国语课程，而且还撰写了倡导国语的专论《国语》，中谓："我校往者延直隶胡寿臣先生授国语，忽忽十四年矣。崔元恺游学日本，十三年乃归，语余曰：'日本游学生为官费问题，公举恺为代表，谒见公使；斯时以受教于胡先生之国语，脱颖而出。今而后知国语学之受用云。'锺荣光主持岭南教务，以国语为唯一学科，深表同情。崔伯樾先生幼年侍养京师，故国语特长，加以教授有法，今肯主任斯席，为诸生幸，为学界幸。"其门人冼玉清在该文末加按语云："近人盛倡国语统一，惟先生所办学校设有国语科，远在光绪丙午（1906）年，即此可见先生之远识。"从以上文字可证，陈子褒实为港、澳地区倡导国语之第一人。

从民国十年（1921）出版之《子褒学校年报》中，亦发见甚多有关陈氏倡导国语不遗余力的事迹。如该《年报》"学科"栏记有："国语为交通要科，由桂南屏、崔伯樾、桂坦、桂师晦诸君分任之。"以上国语教师均非等闲之辈，如桂南屏为光绪二十年（1894）甲午科进士，著有《晋砖宋瓦室类稿》；崔伯樾为著名词人，著有《北村类稿》（包括《砚田集》《白月词》）、《丹霞游草》等。

更为难得的是，子褒学校高等生的作文题目就有《男女生均习国语论》，《十年子褒学校年报》选载了刘裕全、源宝玉、许亨利、何文乐等男女学生的上题作文，刘裕生云："中国之大，境地分歧，语言亦异，任教育者能以国语浑合之，而不同者又归于同矣。"何文乐云："是以提倡国语，为国家之一大关键，而男女生均宜从事学习焉。"八十年前由陈子褒教育出来的学生，对国语的重要性与必要性有如此的认识，实在可赞可叹！

综上所述，陈子褒于19、20世纪之交时在港、澳地区进行新式中国语文教学的开拓、垦殖与实践，受到众多朋辈与弟子的推崇，称誉其为"提倡白话文之先声"(岭南大学教授杨寿昌,1938),"教育为全粤冠""其功诚不可没"(崔师贯,1922),"全国创作教科书之第一人","五四运动,胡适、陈独秀主张改革文言,而不知先生已于五十年前言之"(冼玉清,1942)……以上皆为不刊之论。时至今日,我们从他的业绩与遗教中仍能汲取智慧与勇气,为开新世纪中国语文教学的新面目而努力!

为霞尚满天
——蔡元培晚年居港期间对中国文化的贡献

一代宗师蔡元培（1868—1940）自1937年11月29日莅港养疴，至1940年3月5日遽尔病逝，在香港渡过了生命中的最后岁月。虽然年迈体衰，沉疴在身，却像一支煌煌巨烛，在此南天一隅，迸发出耀眼的光焰。实际上他作为中国学术界、教育界的领袖地位，于此暮年亦未见泯灭。

总结教育经验　关注香港教育

蔡元培民国初年担任教育总长期间，提出军国民主义、实利主义、公民道德、世界观及美育五项教育方针，奠定了现代教育的基础。二十余年后，抵港后所作的第一篇文章即为《我在教育界的经验》，对生命以赴的事业所积累的经验做了回顾与总结。申述五项教育方针的提倡正是为了修正清季学部忠君、尊孔、尚公、尚武、尚实的五项宗旨，"以忠君与共和政体不合，尊孔与信仰自由相违，所以删去"[1]。强调提出世界观教育，"就是哲学的课程，意在兼采周秦诸子、印度哲学及欧洲哲学以打破二千年来墨守孔学的旧习"[2]。提出美育，"因为美感是普遍性，可以破人我彼此的偏见；美感是超越性，可以破生死利害的顾忌，在教育上应特别注重"[3]。以上夫子自道，有裨于我们对蔡元培教育思想精蕴的了解。

在近代中国，蔡元培是提倡美育最力者。早在民国初年，"针对当时疲惫的人心，动乱的社会，极力倡导美育"。稍后，更提出"以美育代宗教说"，认为要使国人从蒙昧昏聩中觉醒，非"扩充其知识，高尚其道德，纯洁其品性"不可，进而认为科学与美育是人类文化活动的两个支点。数十年如一日地，蔡元培撰写论著，发表讲演，执着而虔诚地向国人宣示美育的作用与价值，不懈地致力于兴办艺术院校，扩展美育活动。直至暮年，热诚一如既往，如逝世前不久在香港所撰《绍兴孑民美育院铭》中谓："美术之作，肇自初民。积渐进步，温故知新。醇化职业，陶养精神。天才好学，成己达人。"[4]仍然坚持初衷，确认须从陶冶人的性情入手，改变国民的生活和心理环境，使整个民族饱孕优美的气质，从而达到改造国民性的目的。

随着时代的演进，蔡元培晚年居港时期的美育思想，较民初乃至五四时代有所升华。他认为抗战时期所最需要的，是人人有宁静的头脑，又有强毅的意志，方能维护民族团结，增强民族斗志，而这种宁静而强毅的精神之养成，蔡元培断言："鄙人以为推广美育，也是养成这种精神之一法。"[5]

对于教师的主导作用，蔡元培自来十分重视，深知学校教学质量的高低优劣，关键在于是否有好的教师，故他早年整顿北京大学，首先就是"广延积学与热心的教员"，晚年对教师的地位与作用，更极力推崇："人类的职业，没有比教师再为重要的。"[6]因为衣食住行的改良，科学美术的创造，迷信偏见的破除，世界大同的推进，无一不出

柘园藏蔡元培先生书法

于人为。"人何以能为？由其有知识能力。知识能力何恃而养成？由于教师，所以教师是最负责任、最有势力的。"[7]正因为教师的地位崇高、作用巨大，故社会人群对其也期望甚殷，更值此国难当头的时刻，相信"大多数教师，无不爱和平而恶侵略，伸正义而斥强权"[8]，故蔡元培衷心期冀"全国教师声应气求，共致力于和平正义的大业"[9]。香港教师当年闻此推重与激励，想必当有一番感奋与作为。

早在五四时代，蔡元培就十分重视平民教育（或称通俗教育、社会教育），1917年顷在北京通俗教育研究会之演说中倡导开设平民夜校，"以济教育之不平，而期于普及"[10]。烈士暮年，壮心未已，当1940年2月2日，由居港的国民参政会参政员张一麐、香港大学教授许地山、香港大学冯平山图书馆馆长陈君葆及政治部设计委员冯裕芳联名签署的《为实施港侨社会教育意见书》，托其转呈管理中英庚款董事会时，蔡元培对他们热心香港社会教育的热诚十分称许，当天就致函中英庚款董事会主事人蒋梦麟，蔡氏1940年2月2日《日记》记有："仲仁送来《为实施港侨社会教育意见书》……致骝先函，附去张仲仁等致香港社教意见书。"[11]由此可见这位老教育家对香港社会教育的认同与支持。

晚年的蔡元培对香港学生也十分关注，抵港不久就强调应"发扬学生自动的精神，养成服务社会的能力"，1940年1月15日为香港同济中学（位于湾仔道191号）四周年《纪念特刊》题词曰："好学力行，同舟共济。"实际上也是对全体香港学生的勖勉与期许。

被视为国家未来栋梁的儿童，蔡元培从来寄望殷切，30年代初就希望儿童要有"奋斗力量"和"牺牲精神"[12]，30年代来处此国难时期则更希望"能使儿童都了解反侵略的意义"[13]。居港期间，于1939年3月31日《日记》中记云："因四月四日为吾国儿童节，作歌。"[14]兹将《儿童节歌》抄引如次：

好儿童，好儿童，未来世界在掌中。

若非今日勤准备，将来落伍憾无穷。

好儿童，好儿童，而今国难正重重。

后方多尽一分力，前方将士早成功。[15]

以上可能是蔡氏一生所作唯一的白话诗，可见这位老教育家创作是歌时，充分考虑到儿童的心理特征与接受能力。

张扬民族精神　鼓吹抗战文化

蔡元培居港期间正值山河破碎、国土沦丧的危难岁月，他在感时伤势之余，热望神圣的民族解放战争会获得最后的胜利，于1938年2月所作诗云：

由来境异便情迁，历史循环溯大原。

"还我河山"旧标语，可能实现在今年。[16]

字里行间在在抒发了抗战必胜的信念。

旧体诗词便于抒情明志，蔡氏1939年2月13日所作诗云：

八千子弟死亡多，三杰徒夸良言何。

眼见四方皆猛士，新编民族大风歌。[17]

诗人借用汉高祖刘邦所作《大风歌》中"安得猛士兮守四方"之旧典推陈出新，期望有更多猛士投身保卫祖国的行列。

不仅力求以自己的诗歌来唤醒国魂，而且对各种形式的抗战文化竭力揄扬，其例不胜枚举。例如对于宣传抗战的出版物的奖掖：1939年10月8日向由林焕平任社长的民族革命通讯社华南分社所印行的"战地文化丛书"题赠

"智勇俱进"；1940年2月13日为香港现代出版社胡春冰等编辑的《现代活叶文选》及《民族精神篇》《科学东渐篇》《民国成长篇》《抗战建国篇》等书题签，并主动建议将"科学东渐"改为"科学促进"，"篇"改为"编"。再如对赋有爱国思想的文学、艺术作品的揄扬，1938年就曾以鲁迅先生纪念委员会主席的名义，在《鲁迅全集》精制纪念本的征订启事中，揭示鲁迅的作品具有"唤醒国魂，砥砺士气"的作用；1940年2月28日，为高剑父所画《红梅》题句云："雪地冰天，健儿喋血，象征国魂，百花一映。"

作为国际反侵略运动大会中国分会的荣誉主席，蔡元培于1939年12月7日用《满江红》词牌为中国分会做了会歌，歌词激情澎湃，气冲霄汉，充溢坚信反侵略战争必胜的信念："公理昭彰，战胜强权在今日。概不问，领土大小，军容赢诎。文化同肩维护任，武装合组抵抗术。把野心军阀尽排除，齐努力。 我中华，泱泱国。爱和平，御强敌。两年来博得同情洋溢。独立宁辞经百战，众擎无愧参全责。与友邦共奏凯旋歌，显成绩。"[18]

于抗战文化推动、鼓吹最力的例证便是对廖平子所编诗学半月刊《淹留》的评骘与资助。廖平子（1880—1943），字苹庵，号任肩，广东顺德人。早年参加兴中会，世纪初被香港《中国日报》社长陈少白聘为主笔，为民主革命奔走呼号。抗战军兴，毁家纾难，在家乡组织民团进行抵抗。失败后，避居澳门，创办手写手绘《淹留》半月刊，以自己诗画宣传抗日救亡。在蔡元培1939—1940年的日记中，其中十余处述及廖平子其人或《淹留》其刊，对其人其刊均十分赞赏。1939年9月20日还作有《题〈淹留〉三绝》，其一云：

用则能行舍则藏，藏于诗国最安详。
热肠岂许常韬晦，黑暗霄中制电光。[19]

在1939年12月12日《日记》中记有："《淹留》第十七期《送左大赴赤柱受训》首二句：'断送羊城有三憨，曾贪余蠢吴轻狂。'慨乎言之。"对于贻误战机、守土失责的昏官懦将，蔡氏是认同廖平子的针砭的。

倡导学术自由　扶持研究人才

蔡元培在香港回顾自己往昔长北京大学时的作为，特别强调对学术自由的倡导不遗余力："我对于各家学说，依各国大学通例，循思想自由原则，兼容并包。无论何种学派，苟其言之成理，持之有故，尚不达自然淘汰之运命，即使彼此相反，也听他们自由发展。"[20]正因为如此，北京大学才形成"文学革命、思想自由的风气，遂大流行"的局面，遂成为文学革命的大本营，新文化运动的策源地。

晚年居港的蔡元培虽然年迈体衰，疾病缠身，却仍然承负着中国学术界的领袖重任。他仍担任中央研究院院长，对院务始终备极关注。如1938年2月28日在港主持中央研究院院务会议，总干事朱家骅及丁西林、李四光、竺可桢、陶孟和、傅斯年等十所长均出席，会议通过七项议案，在蔡氏同日《日记》有详细的记载。此后，院务有重要事项，蔡元培遥为指导。如1939年3月13日中央研究院评议会在昆明举行第四次全体会议，蔡元培因病未能亲自前往主持，但仍亲撰开会词一篇寄交大会，由评议会秘书翁文灏代为宣读，勉励同仁"打破困难"，"于困难之中觅得出路，正是科学家之任务"[21]。

作为现代的"国子监祭酒"，蔡元培对于院外的研究人才同样十分珍惜，例如戏剧家焦菊隐有《中国戏剧史研究计划》，蔡氏遂推荐给中英庚款会予以帮助（见1938年6月4日《日记》）；向香港大学中文学院院长许地山推荐藏书家兼目录学家伦哲如，询问可否在冯平山图书馆安插（见1940年1月21日《日记》）。

蔡元培对人才倍加呵护、扶持的典型莫过于鲁迅。蔡氏《我在教育界的经验》中曾忆及："大学院时代，设特约著作员，聘国内在学术上有贡献而不兼有给职者充之,听其自由著作,每月酌送补助费。吴稚晖、李石曾、周豫才诸君皆受聘。"[22]吴、李与国民党渊源有自,故不待言;而周豫才即鲁迅却一直对国民政府持批评乃至反对的态度,而每月却可领受大学院的补助费三百大洋,可见蔡元培爱护人才、虚怀若谷的心胸。

鲁迅不仅生前受到蔡元培的资助,得以在没有固定职业的情况下能安心写作、著述;而且身后也得到蔡元培的深切理解与正确评价。蔡元培作为鲁迅先生纪念委员会的主席(副主席为宋庆龄),居港时曾为《鲁迅全集》作《序》,称颂鲁迅为"新文学开山"[23];稍后更宣示:"鲁迅先生为一代文宗,毕生著述,承清代朴学之绪余,奠现代文坛之础石。"[24]不仅在公开文章中如此推重鲁迅,而且在私人简牍中亦并无二致,如1938年4月30日致许寿裳函云:"盖弟亦为佩服鲁迅先生之一人。"[25]我们可以断言,在鲁迅同时代人当中,蔡元培应属对鲁迅理解最深、对鲁迅爱护最殷的少数人之一。

蔡元培作为开一代新风的哲人,在他的晚年仍深抱热望才俊出于中国之心,对周遭乃至远方的俊彦表达了由衷的赞赏与恺切的评估,如称许新文化运动的骁将钱玄同为"开示青年新道路,揄扬白话大文章";表彰新文学运动第一个女作家、中国第一个女教授陈衡哲为"女子何渠不若男,如君杰出更无惭",赞赏热心救亡、老而弥坚的马相伯为"犹因爱国抒弘论,不为悲天扰性真"……

对香港本地的学者,蔡元培亦颇为关注,如长期生活在港澳的知名学者汪兆镛,蔡氏1940年1月27日《日记》就记录汪氏的行状与墓志铭,以及《晋会要》《碑传集》《岭南画征略》等著作;又如1940年2月24日《日记》则记录曾从事考古发掘的香港学者陈公哲在《大公报》上所发表的香港古物发掘报告,以及《华侨日报》所载陈氏所发现的史前遗址与古物,乃至广东文物展览会上所展出的陈氏出品。

以上简略勾勒了蔡元培晚年居港期间有关弘扬中国文化、彰显民族精神的著述与言行,以示对这位长者、智者的追思与纪念,挂一漏万,在所不免，祈方家不吝指正。

注释：

[1]蔡元培:《我在教育界的经验》,载《宇宙风》第五十五期,1937年12月出版。

[2][3]同[1]。

[4]蔡元培:《绍兴孑民美育院铭》(1939年12月7日),载《蔡元培全集》第八卷,中国蔡元培研究会编,浙江教育出版社,1997年12月初版。

[5]蔡元培:《在香港圣约翰大礼堂美术展览会演说词》(1938年5月20日),载《蔡元培全集》第八卷。

[6]蔡元培:《〈世界教联半月刊〉发刊词》(1938年10月17日),载《蔡元培全集》第八卷。

[7][8][9]同[6]。

[10]蔡元培:《在北京通俗教育研究会之演说》,刊《教育杂志》第九卷第三号,1917年3月20日出版。

[11]蔡元培1940年度日记,载《蔡元培全集》第十七卷,中国蔡元培研究会编,浙江教育出版社,1998年11月初版。

[12]蔡元培:《全国童子军总检阅致词》(1930年4月18日),载《蔡元培全集》第六卷,中国蔡元培研究会编,浙江教育出版社,1997年10月初版。

[13]蔡元培1938年度日记,载《蔡元培全集》第十七卷。

[14]蔡元培1939年度日记,载《蔡元培全集》第十七卷。

[15]蔡元培:《儿童节歌》,载《蔡元培全集》第八卷。

[16]蔡元培:《和周泽青〈戊寅岁朝〉二绝韵》(1938年2月13日),载《蔡元培全集》第八卷。

[17]蔡元培:《题〈大风〉旬刊周年纪念号》(1939年2月13日),载《蔡元培全集》第八卷。

[18]蔡元培:《国际反侵略运动大会中国分会会歌》(1939年12月7日),载《蔡元培全集》第八卷。

[19]蔡元培:《题〈淹留〉三绝》(1939年9月20日),载《蔡元培全集》第八卷。

[20]蔡元培:《我在教育界的经验》,刊《宇宙风》第五十六期,1938年1月出版。

[21]蔡元培:《中央研究院评议会第四次会议开会词》(1939年3月1日),载《蔡元培全集》第八卷。

[22]同[20]。

[23]蔡元培:《〈鲁迅全集〉序》(1938年6月1日),载《蔡元培全集》第八卷。

[24]蔡元培:《征订〈鲁迅全集〉精制纪念本启》(1938年),载《蔡元培全集》第八卷。

[25]蔡元培致许寿裳函(1938年4月30日),载《蔡元培全集》第十四卷,中国蔡元培研究会编,浙江教育出版社,1998年9月初版。

新文化运动在香港回响与勃兴的实录
——读《陈君葆日记》

日记作为一种文体发轫甚早，从现存的文献考证，唐宪宗元和三年(808)李翱撰《来南录》，排日记载来岭南的行止，被公认为日记的嚆矢，清代薛福成在《出使英法义比日记·凡例》中就说过："日记及纪程诸书，权舆于李习之《来南录》、欧阳修《于役志》，厥体本极简要。"宋代日记作者更为繁众，南宋学者周辉在《清波杂志》中写道："元祐诸公，皆有日记，……书之惟详。"可见士大夫以至士子撰写日记已蔚然成风。其中如王安石的《安石日录》，黄庭坚的《宜州乙酉家乘》，周必大的《亲征录》，陆游的《入蜀记》，范成大的《吴船录》等，都是宋代日记影响深远的名作，可惜有的已经佚亡。元代统治者施行酷烈的专制，故日记亦十分凋落。迨至明代，日渐勃兴，作者辈出，佳作如林，摇曳多姿，各赋特色：写身历战事的，有张煌言等；记游历山川的，有徐霞客等；述朝政典故的，有谈迁等；志读书生活的，有高攀龙等；叙园林掌故的，有潘允端等；谈书画评骘的，有李日华等；评时人著述的，有袁中道等；记晚明史实的，有祁彪佳等。清代日记更为宏富，刻本、抄本传世者达千余种之多，其中皇然巨帙者有王士祯、林则徐、李慈铭、翁同龢、杨恩寿、王闿运、叶昌炽、王韬、皮锡瑞、张謇等所撰，既为我们提供了研究有清一代政治、经济、文化的珍贵资料，也是一笔丰厚的文学遗产。

中国现代作家的日记，不仅本身也是隶属于现代文学的一个有机组成部分，同时又是研究现代中国历史文化的可靠依凭。如以排印或影印方式出版的《鲁迅日记》《周作人日记》《郁达夫日记》《阿英日记》《蒲风日记》等，其文学与史料价值之巨大自不待言。郁达夫在评价传世的中外日记（如吴毅人的《有正味斋日记》、瑞士亚米爱儿的日记等）时，认为其所以成为日记中的"不朽之作"，在于它们的作者力戒"骄矜虚饰"，坦白地"备遗亡，录时事，志感想"，方为"日记的正宗"。（《再谈日记》）无独有偶，鲁迅亦有同样的日记观，他说："我本来每天写日记，是写给自己看的；大约天地间写着这样日记的人们很不少。假使写的人成了名人，死了之后便也全都印出；看的人也格外有趣味，因为他写的时候不像做《内感篇》外冒篇似的须摆空架子，所以反而可以看出真的面目来。我想，这是日记的正宗嫡派。"（《华盖集·马上日记》）正直的作家都反对日记流于"做作"（譬如李慈铭在日记中"钞上谕"希蒙"御览"）、"装腔"（譬如生造杜撰"林黛玉日记"以鬻钱）之类的矫饰与虚伪，鄙弃那种"自夸而诛人"的伪日记倾向。

陈君葆先生的日记有幸读过不止一遍，坚信其是与"做作""装腔"等绝缘的，毫无疑问地可归属于《鲁迅日记》式的日记的正宗嫡派。它不仅无伪地记述了一位企望光明与正义的香港知识分子的心路历程，而且翔实地记录了香港三四十年代全息图景的或一侧面。诚如周佳荣博士在卷首所揭示的它不啻为"大时代的证言"，周博士将日记的内容提挈得十分准确，不佞不再重复，仅想从新文化运动在香港的回响与勃兴这一特定角度出发，申述一下读过陈君葆先生日记后的粗浅体会。

新文化思潮的第一波：鲁迅

所谓"第一波"云云，亦是概而言之。"五四"新文化运动发动以来，香港虽为"化外之地"，但影响吹拂在所不免，唯因主观条件所囿，未成气候而已。

作为"五四"新文化运动倡导者与实践者之鲁迅，1927年2月莅港，先后在香港青年会做了两次演讲：首次于18日晚，讲题是《无声的中国》，二次是19日晚，讲题是《老调子已经唱完》。鲁迅痛感香港思想的窒闷与文化的凋零，一面抨击封建余孽的愚民政策，强行推行深奥难明的古文，宣传的是陈腐的思想，绝大多数人看不懂、听不明，故等于无声；主张现代人应该说现代的、自己的话，变无声的中国为有声的中国。一面对港英当局利用中国的旧思想、旧文化，去奴役中国人的用心，予以无情的揭露，认为这种老调子也该唱完了。鲁迅旨在揭穿封建文化、买办文化所编织的罗网，从而对于"五四"文学革命的内涵和意义作出通俗的解说，揭示这是一场文学革新、思想革新和社会革新的运动。

稍后，鲁迅又连续发表了《略说香港》《述香港恭祝圣诞》和《再说香港》三篇文章，表示了他对香港新思想和新文化发展的关注与祈望。据当时鲁迅演讲做记录的刘随的追忆，鲁迅对新文化在香港萌蘖勃发的前景毫不悲观，认为称香港文坛为"沙漠之区"的衡估未免太颓唐了，"他表示自己相信将来的香港是不会成为文化上的'沙漠之区'的，并且还说：'就是沙漠也不要紧的，沙漠也是可以变的！'"[1]

鲁迅的演讲与杂文，如同巨石击池，激起了波浪与涟漪，对受港英当局卵翼竭力抵制新文化的封建遗老遗少，不啻是当头棒喝；对倾慕与渴望"五四"新思潮、新文学的香港青年，却是久旱甘露。

《陈君葆日记》起自1933年，未能躬逢其盛记述鲁迅演讲及其影响，然而，30年代的陈氏作为一名文学青年，《日记》真切地表达了他对鲁迅的仰慕与钦敬，如1933年3月2日条记有：

> 我们在良友看了看鲁迅的《竖琴》，我很想买来一读，但我不明白他的作品也定价这样地高，也许他的作品是无产者的呼声，所以是希望有产者读的，不是无产者自己读的吗？……我有点拿不出九角钱来买那本书，我有点恨鲁迅先生不过。

在俏皮的反诘中，强烈显示出日记作者对于鲁迅著译的渴慕。

《日记》1935年3月30日条记有：

> 下午到美美买了本《南腔北调集》。

《南腔北调集》是鲁迅所著杂文集，由上海同文书店于1934年3月初版。集内辑录鲁迅1932、1933两年间所作杂文，其中有《我们不再受骗了》《论"第三种人"》《为了忘却的记念》《小品文的危机》等名篇。该书出版不久即遭当局密令查禁，想不到却得到一位香港文学青年的欣赏与共鸣，也说明鲁迅思想在香港青年中浸淫日深。

翌年10月，鲁迅不幸逝世，在香港文化界也引起了震动。陈君葆其时已进入香港大学任教，他在《日记》1936年10月21日条记有："鲁迅十九日病逝于上海，中国文坛一个大损失。"并主动协助中文学院院长许地山筹办鲁迅追悼会，这可能是香港地区所举行的最早的鲁迅追悼会，《日记》1936年11月1日条记有："鲁迅追悼会到的只有三十多人，但气象却很为肃穆，我想鲁迅先生有灵，对香港大学学生当抱相当希望吧。会中马先生讲鲁迅先生事略毕，许先生演讲他在文学上的贡献。"更难能可贵的是《日记》记录了许地山为追悼会所拟的挽联："青眼观人，白眼观世，一去尘寰，灵台顿暗；热心做事，冷心做文，长留海宇，锋刃犹铦。"此联为《鲁迅先生纪念集》（生活书店版）所不载，幸赖《日记》以传。

尔后的《日记》中，频繁地记录了香港文化界学习与纪念鲁迅的活动：如鲁迅逝世五周年时，端木蕻良主编的《时代文学》特辟了鲁迅纪念专辑，陈氏应邀撰文；鲁迅逝世十二周年时，中华全国文艺工作者协会香港分会假六国饭店举行纪念晚会，由郭沫若致开会词；鲁迅逝世十三周年纪念时，纪念会就是在《日记》作者寓所中召开的，1949年10月19日条记有：

> 鲁迅纪念会今晚在家里开，到的三十多人满满地坐满了一屋

子,几乎没有隙地。开会时大家先向我放在书柜里的鲁迅的像静默了三分钟,然后才由我致开会词,略说纪念鲁迅这位导师的三点意义。跟着张光宇、马国亮、廖冰兄、陈残云他们都分别讲过了,马先生早些回去了,其余的文友到十一点才散去。

《日记》作者不仅在自己家里举行鲁迅纪念会,而且到香港大学中文学会讲演《鲁迅与现阶段的文艺》,为此而嗓子发炎,"说话说不出声来了"。

陈君葆在40年代末曾这样提挈鲁迅的精神:"鲁迅是始终追求着中国民族的进步,他的思想是始终朝着进步的一方面去发展的,我们要把握到这一点才能真正认识鲁迅。"而这代表着类似的香港进步文化人对鲁迅的理解与认同,他们自认是鲁迅精神的承继者,故而自觉而艰辛地为新文化在香港的拓展而不懈努力。

新文化思潮的第二波:胡适

胡适作为"五四"文学革命的领袖人物,1935年初南来香港接受港大颁授的法学名誉博士学位(这是胡氏一生接受三十五个名誉博士的第一个),停留五天,讲演五次,给香港文教界带来的冲击波是强劲而持久的。他在稍后发表的《南游杂忆》中不留情面地批评了当时香港高等学府的文科教育:"这里的文科比较最弱,文科的教育可以说是完全和中国大陆的学术思想不发生关系。这是因为此地英国人士向来对于中国文史太隔膜了,此地的中国人士又太不注意港大文科的中文教学,所以中国文学的教授全在几个旧式科第文人的手里,大陆上的中文教学早已经过了很大的变动,而港大还完全在那变动大潮流之外。"[2]不仅对游离于新文化运动之外的港大中文教学针砭犀利,同时也提出了"改革文科中国文学教学"的具体建议,甚至列出了能主持这种改革事业者的四种资格:

（一）须是一位高明的国学家；

（二）须能通晓英文，能在大学会议席上为本系辩护；

（三）须是一位有管理才干的人才；

（四）最好须是一位广东籍的学者。

事实上不仅罗列了主持者资格，甚至据此资格先后推荐了陈受颐、陆侃如、许地山等学者供港大主事者遴选。

《陈君葆日记》详尽地记录了接待胡适的全过程，使香港文化史上这件影响深远的大事，来龙去脉更加清晰。

早在1934年2月4日，《日记》就记有："阜士德（当时港大文学院院长——从经按）又告诉我说下次毕业礼，胡适之要来受博士衔。"陈氏受邀参加了香港定例局（相当于后来的立法局——从经按）华人代表周寿臣、罗旭和、曹善允、周俊年的假座华商俱乐部的招待胡适午宴；并作为港大教员直接参与了接待陪同的工作，如陪胡适去浅水湾、赤柱、香港仔、山顶等处游览，在游程中与胡谈论改革中文系的入手办法；亲耳聆听胡适作《中国的文艺复兴》《中国与科学》等讲演；甚至为使港大中文学院的学生更好地了解胡适，特地做专题介绍，"大意是胡适之尝试主义是本诸杜威之经验说，所以胡译杜威、詹姆士之学说为实验主义。胡适治学每要问个如何，这便是方法论。杜威经验说的精义是'经验为思想的表现，思想为应付环境的工具'，所以杜威又倡'工具主义'，这是胡适的方法论所从生"（1935年1月23日）。

从《日记》中可明显窥见，正是由于胡适的现身说法，以及陈君葆的循循善诱，遂使学生从遗老的旧文化与胡适的新文化的比较中得出正确的鉴别，《日记》1935年3月14日条记有：

今晨对学生言，指出徽师（即前清翰林区大典，时在港大中文系主讲经学——从经按）的偏见，原来许多学生都已察出，类如程志宏专从文学立论，罗鸿机谓一比较胡适的演讲与区先生的讲演便看出他们的优劣来，这是无可讳言的，其他陈锡根早就不满意于经学，以为那简直是骗人的东西……

以上记载甚具文献价值，因觉悟是行动的先道，此正为新文化尔后得以在香港发扬光大的基础吧。

《日记》中也羼有一些轻松的花絮，由广东方言引起的误会，颇令人忍俊不禁，如1935年1月6日条记有：

晚八时到校长餐会，胡适问我的名字用哪两个字，何以他听起来总是大家说"陈公博"的样子，我告诉他后自己也笑起来。

此一阶段《日记》最有价值的部分是真切而生动地记录了当时香港知识界中对于胡适旋风式访问的不同态度，如时任汉文中学校长李景康的深闭固拒，港大中文系讲师罗憩棠（亦是前清翰林——从经按）的侧目而视，港大副校长贺纳称胡适为"中国文学革命的父亲"，区大典为胡适到广州受挫而幸灾乐祸，避地香港的国民党元老胡汉民拒见胡适，南社社员马小进撰文攻讦胡适倡导的白话文学，同属旧文人之列的崔百樾却赞同以语录体白话文来整理中国哲学……

胡适所引起的轩然大波在《日记》中有如实的刻绘，此行所引起的争论与驳难，正好为新文化在香港的进一步廓大做了舆论准备，待下一幕主角许地山登场之后，立即上演了有声有色的活剧。

新文化思潮的第三波：许地山

柳亚子在悼念许地山的文章中写道："许先生和鲁迅先生一样，都是五四运动以来提倡新文化以至新文学的老战士",进而认为:"香港的新文化可说是许先生一手开拓出来的"。[3]这是实事求是、毫无夸饰的评价,如果说鲁迅、胡适对香港的新文化起了吹拂、鼓荡、呐喊、开路等作用,而许地山则不仅是这两位前驱者的同道,而且是开辟草莱的拓荒者,耕耘时刈的垦殖者,荷戈执戟的捍卫者,为香港新文化的拓展与壮大,宵衣旰食,夙兴夜寐,真可谓鞠躬尽瘁,死而后已。

陈君葆作为许地山晚年的同事与挚友,竭尽心力地襄助与支持许氏在香港大学中文学院所进行的中文教育改革,以及在社会上所推行的一切有关新文化事业的举措,这些在《日记》中都有真切的记录。

许地山自1935年9月来港履新,直至1941年8月积劳成疾遽逝,在香港度这了他生命中最后的六年岁月。《陈君葆日记》不仅记载了许氏居港六年的事功与丰采,而且上溯来港的因由,下延死后的哀荣。

《日记》早在1935年5月2日条就记有:"罗伯生报告关于聘请陈受颐一事,已接到渠及胡适之两方面来电说'不能来',胡适来电改介绍许地山或陆侃如。"同月9日条还记有港大校长贺纳向其征询对许、陆二人的评估,旋向贺纳表示"能得许地山则更佳"。6月8日条则有了明确的记录:

> 十点开科务会议,讨论依据校董会议意思决定改聘许地山担任中文学院院长事,罗伯辛教授说明了我的意见,对于许地山的学问资格及在中国学术界的地位说了一番后,于是大众遂一致通过胡适的建议。

从以上记载可以看出,校方最后决定聘用许地山,陈君葆的意见起了一定的作用,港大校长的咨询,文学院长的绍介,说明香港大学的决策者相当尊重陈氏的意向。而陈君葆之所以推重许地山,丝毫没有私人的因素在内,完全出于对许氏学养人格的认同与赞许,这也许正是他们日后能紧密合作、友情甚笃的原因吧。对于前辈学者这种"君子之交淡如水"的纯真友谊，不禁悠然神往。

陈君葆对许地山的第一印象在《日记》中以八个字形容之："几缕短须，岸然道貌。"实在颇为传神。从《日记》1935年9月5日条得知，许地山上班伊始的第五天就提出了改革中文学院的五点建议，诸如：第一年学生应一律增加历史课；港大中文系应形成自己的学术风格，拟以西南中国社会的民族的历史为研究重心；第七系改为史学系，增第八系为哲学系，第六系则专作文学研究系；学科增添子目，图书馆费应增加款项等。作为许地山施行中文改革的最初蓝图，在香港文化教育史上的意义重大，然迄今所知的有关资料，从未见到如此详尽准确的记述。仅此一端，《日记》的文献价值可知。

其实，《日记》有关中文改革的记载甚多，如许地山《发展中国文史学系意见书》的提出（1936年5月）；文学院讨论《发展中国文史学系意见书》（1936年9月）；校务会议通过许地山所提医、工两科学生都应习中文提案（1936年9月）；许地山再次提出《改革中文意见书》（1936年10月）；许地山倡议为医、工科学生开设国语课，报名者达四五十人（1936年10月）；许地山提出港大应造就人才畀中国用为目的，课程应求与内地需要联络的意见书（1937年1月）；许地山在文学院会议动议开设中文研究科，遭否决（1937年2月）；许地山通过定例局华人代表周寿臣向大学特委会呈递《中文学院发展意见书》（1937年3月）……从中足可窥见许地山矢志改革、锐意进取的精神，恕不一一赘引。

许地山学贯中西，深明香港作为中外文化交流要冲的重要性，故致力于这一有裨于丰实与提高本民族文化的事业，《日记》在这方面也多有记述，如许氏参与创组中英文化协会并担任首届主席（1939年5至6月），同时策划邀约了多位外国学者莅港讲学，如英国学者艾温讲演"近代英国文学所表现英国人的生活"（1936年11月）、前日本帝国大学总长新城新藏博士来访（1937年1月）、印度政治运动者Rao到访（同年3月）、美国哥伦比亚大学古力治教授来访（同年7月）、英国学者黑克洛斯讲演"英国花中底中国花卉"（1939年11月），以及美国学者伊罗生、美国作者斯诺、史沫特莱等，以上不仅是许氏个人的业务活动，而且也是香港现代学术文化史上的佳事，值得我们珍视。

此外，许地山还着眼于从整体上提高香港的文化素质，力促新文化、新思想能深入人心，蔚为风气，故不惜耗费时间精力从事文化普及的工作，《陈君葆日记》中亦多有反映。例如许氏曾不间断地到香港各学校、社团演讲，若干讲题与内容赖《日记》得以保存，像1935年9月9日在港侨中学讲"中等学校之国学教学问题"，同月11日在梅芳学校讲"服装问题"，同月18日在港大中文系讲"白话文学"，同月19日在中文学会讲"中国文艺的精神"，同月26日在联青会讲"新文学运动之在今日"（据此可知许地山来港走马上任的第一个月就连续做了五次专题讲演）。10月3日在华商会所演说，同月10日在港大学生会用英语演说，11月2日在东莲觉苑讲"梵文与佛学"，同月12日在文科学会讲"道家的和平思想"，12月7日在民生书院讲"怎样读书"，同月19日在教员会讲"中国近代文学变迁与教员对此的态度"。1936年2月10日在中华青年会讲"结婚的社会意义"。1937年1月28日在汉文中学演说，同月31日在中文学会"苏东坡先生诞生九百周年纪念会"上演说。1938年3月18日在学术座谈会上讲"汉代的社会生活"，12月21日在读书会讲"一九三八年的几本重要著作"。1941年4月4日在中英文化协会欢宴港督罗富国的会上演说。……凡此种种，弥足珍贵。

民族解放战争爆发之后，许地山义愤填膺，衷心鼎沸，怀着高昂的爱国激情振髯作狮子吼，此情此景在《陈君葆日记》中亦有甚多写照。例如"七七"事变不久，许地山即创作四幕粤语剧《木兰》，并指导学生排演（1937年11月）；参与筹备成立"中华全国文艺界抗敌协会香港分会"并担任该会常务干事（1939年3月）；参加中国文化协进会发起人大会并当选该会第一届理事（同年9月）；等等，这些投身抗日救亡运动的行动，皆由亲见亲闻的陈君葆忠实地记录下来。

不仅如此,除了文字言行以外,陈君葆作为朝夕相见的同袍与挚友,还在《日记》中记叙了外人极少了解的许地山的精神风貌,他对事业的执着认真,他对学问的不懈追求,他对亲情的温煦体贴,他对友谊的忠实赤诚,他对学生的爱护关切(《日记》就记有港大清贫学生伍冬琼数年来得到许氏的资助方得求学)……使我们得以体认许地山先生学问文章以外的人性美。

许地山作为香港新文化奠基者的地位已为历史所证明,然而香港学术界对许地山的研究尚未足称至善(陈锦波著《许地山与香港之关系》、卢玮銮编《许地山卷》皆是有意义的开山工作,惜后继者寡)。我想如要深入研究许地山,除了许氏自己的著译及少数当事人的回忆录之外,《陈君葆日记》将是最丰硕而权威的研究资料(许地山自己亦有详尽的日记,可惜在许氏逝世后被当时香港《大公报》副刊编辑杨刚悉数借去拟摘录发表,结果不慎遗失在自港岛去九龙的渡轮上,惜哉!悠悠半个多世纪过去了,想来许地山日记已不可能存在于天壤间了)。

香港新文学曙新期的剪影

众所周知,由于环境所囿,香港新文学运动的起步较晚,直至1927年之后,因为鲁迅亲临其地振作聋发聩的呼吁,加之内地新文学理论、作品的影响、浸淫,遂绽发了香港新文学的幼叶嫩芽。

香港资格最老的新文学作家应数黄天石,早在20年代初就开始做"偏重写实方面"的创作尝试,出版了短篇集《新说部丛刊》(上海清华书局,1921年3月初版)、中篇《我之蜜月》(1922年自印本),散文集《献心》(香港受匡出版部,1928年4月初版)等。稍晚者则有龙实秀,出版了短篇小说集《深春的落叶》(香港粤港受匡出版部,1928年7月初版);还有谢晨光,出版有短篇小说集《胜利者的悲哀》(上海现代书局,1929年9月初版)。这几位都是香港早期新文学作家中的佼佼者，不仅经常在本港的文学刊物《墨花》《伴侣》《红豆》等上披露作品，而且在上海、广州等地寻找发表园地，像《幻洲》《语丝》《现代》《小说月报》等全国性的刊物上也时常可发现他们的踪迹。

陈君葆在30年代前期与黄天石、龙实秀、谢晨光等志同道合，关系密切。在《陈君葆日记》中多处留下了他们共同为推进香港新文学艰辛跋涉的展痕。

志趣相投是这群文学青年结合的基础，对于国家民族命运的焦灼，对于光明合理社会的企盼，促使他们走到一起来了。《日记》1934年1月7日条记有：

> 放着垂死的民族不救，倒去做些不急之务，这怎样叫得是真正的男子！黄天石说得好：父兄费了这么多金钱，这么多心血，本来对你希望很大，而结果你读成了书却不去干些有用的事，你说如何能对得住社会人事呢？这一番话，真如晨钟之肇，顿醒我的梦，发我深省也。天石深夜来访，却说起家国大事来，骤然听到，似乎兹事体大，焉可以随便决定甚么主张，但是我十年来处心积虑，实亦忘不了中国，平生痛恨于时局，痛恨于一班人物，痛恨于内争外侮，已不知叹了多少口气，到南京去，本来抱着十分紧严的态度入都的，然而两出都门，只带了些凄风碎云回来，这岂初料所及？天石说：我们神交已久，现在旨趣既然一致，便可以共同合作了。我在目前的场合下，似乎没有犹豫的余地了，因为时局如此逼切！

这段话非常典型，所以不惮烦冗全部引录，因为它活画出了30年代中香港追求真理与进步的文学青年的共同心态，他们为国运日蹙的时局所刺激，于警醒之余极想有所作为。上述日记对于研究30年代香港作家的思想动向、价值取向甚有裨益。

受国内外情势的影响,香港青年作家当时都有左倾的倾向,《日记》也忠实记录了当时的思想实际。如1934年2月19日条记有:

> 实秀说:目前只有两条可走,不是俄国的共产,便是意大利的法西斯蒂,然而法西斯蒂只不过是资本主义到了没落时期的一个回浪。我问说:然则你的意思也是以为社会主义者若要走的,只有向左边了。他说:是的。

早期香港作家的资料异常缺乏,这可能正是坊间所有香港文学史对这一阶段阐述得含糊其词、语焉不详的原因。《日记》极为难得地为我们保存了有关早期香港作家的若干史实,如1934年1月8日条记有:"谢维础也来访,大家又谈了些时,原来晨光便是他,他曾到过日本去,对于日本文艺,颇有研究,曩时曾写过小说,但现在则转而研究经济学政治问题等。"虽只吉光片羽,迨亦弥足珍贵了。

又如3月8日条记有黄天石自南宁寄赠的七律,诗云:

> 惊心柳色感离琴,又向天涯送夕曛。
> 半壁河山分日月,百年怀抱郁风云。
> 潜龙未许因时会,匹马犹思老见闻。
> 怨娩书生筹国计,三边烽火正纷纷!

浓郁的忧国情怀,激起《日记》作者的共鸣,故他在诗下注云:"对别人的作品从没有这样打动过我的心弦",为之低回不已。

对光明的追求亦促成他们对理论的热衷,故《日记》中写道:"和实秀……谈话中我们又讲到主张的理论尚未成立一层来,龙意也已感觉到这点，并曾向晨光表达过意见，晨光也承认有大家从事努力理论的建设之必要。"（1934年1月27日）在另一处则将上述努力的目标具体化，认为"心理改造"的目的有三："其一，健全人格的完成；其二，社会主义的认识；其三，革命的意义。"（1934年4月30日）尽管这群人尔后的发展道路有甚大的变数，然而他们青年时代的这点热情，这点追求，都是难能可贵的，也是香港文学史中值得认真审视的一种现象。

《日记》记述这群青年作家没有仅仅停留在理论上，而且付诸了行动。例如他们曾想创办文学刊物，"因为没有刊物，我们便像没有口舌一样，说不出话来"（1934年1月27日）。甚至计划创办一份《九龙日报》（同年4至5月）。可惜由于环境的限制与经济的困窘，两者均未能实现。

正所谓"位卑未敢忘忧国"，国事日益蜩螗，他们的爱国热情却未有或灭，如《日记》1936年1月20日条记有：

> 许久没看实秀了，他近来对于国事似乎格外地感兴趣，远不如前时的冷落，我心中觉得高兴起来。他提起上海的文化救国组织，说我们应该有同样的行动作响应，我十分同意。

可见他们从未忘却自身的责任，时刻准备以笔墨代剑刃服务于祖国救亡图存的大业，而这正是香港青年作家的主流。

感谢《日记》保存了香港早期新文学的若干史料，有志撰述香港文学史的研究者从中可获启示与裨益。

新文化中心之佐证

胡适于1935年春诚挚地祈祝曰："我希望香港的教育家接受新文化，用和平手段转移守旧势力，使香港成为南方的一个新文化中心。"[3]这一良好祝愿想不到数年之后竟然成为现实。因为时代风云的骤变，加之香港环境的特殊，在三四十年代之交与四十年代后半期，香港两度成为名副其实的中国的新文化中心。

1937年"七七"卢沟桥的炮声宣告了中华民族全面抗战的开始，从此至1941年冬太平洋战争爆发，内地数以百十计的作家南下香港，使香港文坛在短时期内就麇集了众多文学生力军，从而使香港新文学阵营声威大振，如日方中。新的报纸副刊、文学期刊如雨后春笋不断涌现，佳作如林，人才辈出。文学史家蓝海（田仲济）在40年代出版的《中国抗战文学史》中就已认为香港当时已堪称为中国的"文化中心"。当时身处香港的知名作家、报人萨空了甚至认为"现在香港已代替上海来作全国的中心了"，"并且这个文化中心，应更较上海为辉煌，因为他将是上海旧有文化和华南地方文化的合流，两种文化的合流，照例一定会溅出来奇异的浪花"，并且呼吁内地的"外江佬"和本地的同胞，共同"为建设这新的文化中心而努力"。[4]香港文坛的空前繁盛，当然有裨新文化、新思想、新文学在此蕞尔小岛上的普及与深入。

第二次世界大战结束之后，由于内战烽烟燃遍大江南北，国统区作家为逃避缉捕与迫害，再次大批南来香港；也有部分作家来自南洋各地；另有则是十分活跃的华南作家群。八方汇集的进步文化人在此间兴办学校、组织社团、创办报刊、拍摄电影……开展多种文艺活动，利用众多文艺形式，群策群力推进香港新文化，从而使香港再度成为中国的新文化中心。

陈君葆作为一位爱国的、进步的学者，得到外来与本港文化人的认同与尊重。陈氏与他们携手，共同致力于继承"五四"传统的新文化事业。《日记》记述了陈氏与他们交往、叙谈、欢宴、共事等史实，从下列与陈氏有过关涉与情谊的名单亦可获取甚多的信息：卞之琳、王亚南、王云五、司马文森、史东山、任鸿隽、何永佶、何香凝、何家槐、吴涵真、宋云彬、宋庆龄、岑维休、李书华、李景康、李济深、杜定友、杜重远、杜埃、杜国庠、沈钧儒、沈雁冰（茅盾）、汪金丁、狄超白、杭立武、林焕平、邵荃麟、金仲华、金曾澄、冼玉清、侯外庐、侯曜、洪深、洪道、胡仲持、胡明树、胡愈之、胡惠德、胡绳、郁茹、唐槐秋、夏康农、孙科、孙起孟、孙源、容庚、徐悲鸿、徐铸成、秦牧、袁同礼、袁晓园、马师曾、马国亮、马寅初、商承祚、崔书琴、张一麐、张永贤、张君劢、张志让、张春风、张毕来、张彭春、梁漱溟、梅光迪、梅兰芳、盛成、郭一岑、郭沫若、陈友仁、陈此生、陈序经、陈其瑷、陈哲民、陈寅恪、陈望道、陈残云、陈翰笙、陈芦荻、陈耀真、陈嘉庚、陆诸、陶大镛、陶行知、章乃器、傅彬然、乔冠华、彭泽民、曾昭抡、曾敏之、费孝通、阳翰笙、冯秉芬、冯裕芳、黄文衮、黄永玉、黄石、黄炎培、黄长水、黄般若、黄庆云、黄绳、黄菊眠、杨天骥、杨圻、杨刚、杨晦、杨奇、温源宁、叶公超、叶以群、叶次周、叶恭绰、叶殷芳、叶圣陶、叶灵凤、邹韬奋、廖承志、廖梦醒、熊佛西、熊希龄、端木蕻良、赵少昂、刘思慕、刘草衣、刘殿爵、楼栖、欧阳予倩、蒋复璁、郑德坤、邓文钊、邓初民、邓尔雅、邓肇坚、翦伯赞、赖恬昌、赖窦勤、钱端升、鲍少游、戴望舒、薛汕、锺鲁斋、韩北屏、瞿白音、简又文、萨空了、丰子恺、罗文锦、罗明佑、罗香林、谭平山、谭雅士、谭宁邦、关山月、苏怡、饶宗颐、顾仲彝、顾而已、龚澎、柳亚子……在这份远非完整的名单中，略一检视即可知均非泛泛之辈，其中有权倾一时的政治家，卓然兀立的学者，各领千秋的艺术家，身体力行的教育家，名闻遐迩的报人，当然更多的是作家。作家中不乏"五四"前后即已驰骋文坛的老将，亦有崭露头角的新进。陈君葆所接触、所交往的绝非当时汇集香江的人才之全部，即使如此，《日记》中涉及的各色人等，已差不多囊括了当时中国学术界、教育界和文艺界等领域的精英与翘楚，他们麇集香港当然都是有所作为的，都程度不同地为推进香港的新文化事业而贡献心力，故我们说《陈君葆日记》堪当香港成为新文化中心的佐证，绝非虚妄之语、无根之谈。

陈君葆还多次应邀参加文艺界的聚会，《日记》中均有记述。如去温莎饭店参加郭沫若五十寿辰及文艺生活二十五周年纪念会（1941年11月16日），赴六国饭店出席欧阳予倩六十大寿庆祝会（1948年5月16日），参加为何香凝祝寿会（同年7月1日），出席岭南同学会欢迎陈序经的鸡尾酒会（同年9月2日），去六国饭店参加庆祝邓初民六十大庆的茶会（同年10月17日）等。

除应接酬答之外，陈君葆还参加了不少从事实际工作的文化社团，从《日记》中可提挈出以下社团：

一、中华全国文艺界抗敌协会香港分会

成立于1939年3月26日，战后改名为"中国全国文艺界协会香港分会"。陈君葆大约从1948年起参与该会的活动，《日记》中记述了去六国饭店参加"文协"召开的文艺节纪念会，郭沫若、茅盾及陈氏均做了讲演（1948年5月4日）；参加了"文协"欢迎洪深的会议，会上洪深、阳翰笙、史东山、何家槐、杨晦等均做了报告，陈氏亦做了《方言文艺的进行》的讲演（同年12月12日）；出席"文协"在孔圣堂举行的文艺节晚会，并做了讲演（1949年5月4日）；在自己寓所内邀请"文协"文友聚会，有司马文森、华嘉、陈实、黄庆云等二十多人参加（同年8月7日）。

二、香港新文字学会

正式成立于1939年7月30日，陈氏当选为常务理事，负责教育部。《日记》自1939年7月至1949年12月，均间或有该会活动的记述。

三、保卫中国同盟

宋庆龄主持的宣传和推动抗日运动的团体，1938年6月成立于香港。该同盟向海外华侨和各国人士宣传抗日救国主张，以争取海内外对中国抗战的同情和支援。陈君葆于1941年初参加同盟宣传部的工作，协助金仲华等编辑该同盟的两周通讯。《日记》1941年度全年有关于该同盟的记载十余处。

四、中国学术工作者协会华南分会

40年代后半期成立的进步学术团体，华南分会的理事有侯外庐、林焕平、马夷初、郭沫若、宋云彬、杜国庠、张铁生等，陈君葆于1947年4月入会，旋即被选为理事。《日记》自1947年4月至1949年6月，多次记录了协会的活动。

五、香港大学中文学会

成立于1930年。陈君葆一直参与并支持该学会的活动,一度担任过会长。始终关切该会的活动,如曾请洪深为学会作讲演。

此外,陈君葆支持进步文化人创办的各类学校,先后担任中华业余学校、普商学校、南方学院、中业学院等校的董事,还应邀到达德学院演讲,《日记》1947年3月25日条记录了该讲演的提纲。

以上社团、学校的组建与创设,目的都在于将香港新文化引向深入,陈君葆厕身其事,乐此不疲,在在显示了一位正直、坚毅的香港学者的使命感与责任心。忠实记载以上活动的《日记》,确乎成为香港二度作新文化中心的有力佐证。

柳亚子尝赠诗陈君葆云:

凤辉台上陈君葆,羝乳海滨苏子卿。
大节临危能不夺,斯文未丧慰平生。
萧何劫后收图籍,阮籍墟头证性情;
更喜谢庭才咏絮,老夫眼为凤鸾明。

——山村道畔喜晤陈君葆先生奉赠一律

又赠诗曰:

孔璋湖海士,豪气最难忘。
柱下犹龙子,寰中马季常。
瑯環罗典籍,庠序焕文章。
愿借燃藜读,期君发秘藏。

——赠陈君葆先生

柳亚子为南社的祭酒,才情卓绝的一代诗人,连赠两诗予陈君葆,且将中国历史上许多优秀人物与之比拟,诸如坚贞持节的苏武,足智多谋的萧何,志气宏放的阮籍,舍己为人的孔璋,博洽多能的马融,才情跌宕的冯梦龙,借此形象地揄扬陈氏的品德与学养。

以上同时代人的推重,足可证陈君葆实乃一不平凡的人物,作为一名正直的、爱国的知识分子在这块被侵占的土地上巍然屹立,赋有中国人民最可宝贵的性格,即没有丝毫的奴颜和媚骨,终身服膺真理,匡扶正义,坦荡不阿,矢志靡他。从《陈君葆日记》中,我们可以明晰地窥见,负有使命感的先行者们,如何在榛莽中开路,在危岩下抗争,在不毛上播种,在平畴上垒筑,始终锲而不舍地从事张扬民族意识、弘扬中国文化的事业。同时,它作为新文化运动在香港回响与勃兴的实录,更应该得到后来者的珍视。

1999年4月于香港柘园
载于《陈君葆日记》卷首,香港商务印书馆,1999年初版

注释:

[1]刘随:《鲁迅赴港演讲琐记》,刊香港《文汇报》1981年9月26日第13版。

[2]胡适:《南游杂忆》,载北平《独立评论》第141期,1935年3月10日。

[3]柳亚子:《我和许地山先生的因缘》,载《追悼许地山先生纪念特刊》,全港文化界追悼许地山先生大会筹备会,1941年9月21日初版。

[4]胡适:《南游杂忆》,载北平《独立评论》第141期,1935年3月10日。

[5]了了(萨空了):《建立新文化中心》,刊香港《立报》副刊《小茶馆》,1938年4月2日。

历史的跫音
——历代诗人咏香港

"诗史"一词,作为中国诗学一个特定的批评术语是由来已久的。《新唐书·杜甫传赞》云:"甫又善陈时事,律切精深,至千言不少衰,世号诗史。"同样的话也见于唐孟棨《本事诗》:"杜逢禄山之难,流离陇蜀,毕陈于诗,推见至隐,殆无遗事,故当时号为诗史。"将历史具象化,仅是诗的或一特质,然而却是自古有之的,孔子在《论语·阳货》中早就指出了诗"可以观"的认识作用;汉班固《汉书·艺文志》亦云:诗足以"观风俗,知得失";元赵孟頫《薛昂夫诗集序》同样强调:"今之诗……可以观民风,可以观世道,可以知人,可以多识草木鸟兽之名";明胡翰《古乐府诗类编序》则更直截了当说:"诗之为用,犹史也。""诗史"作为一种诗学范畴,抑或作为一种诗歌传统,确乎贯串于中国诗歌史的始终,历朝诗人被许以"诗史"者,代不乏人。建安文学领袖曹操之诗被誉为"汉末实录,真诗史也"(明锺惺《古诗归》);盛唐诗坛翘楚杜甫"号为诗史"自不必言;宋代爱国诗人陆游"六十年间万首诗",亦被赞为"可称诗史"(宋刘克庄《后村先生大全集》);宋末民族英雄文天祥的铁血诗章"可不谓之诗史乎"(清黄宗羲《万履安先生诗序》);清初诗坛祭酒吴伟业以其《圆圆曲》等绝唱,赢得"梅村亦可称诗史矣"(清赵翼《瓯北诗话》);晚清新体诗代表黄遵宪以其"上感国变,中伤种族,下哀生民"的爱国诗篇,荣膺"公度之诗,诗史也"(梁启超《饮冰室诗话》)……

鉴乎此,不佞拟仿其意而为之,然而不以诗人为皈依,而以歌咏对象为鹄的,亦即企图将历代有关香港的诗篇贯串钩连,以展示香港历史的或一面影。这一构筑香港"诗史"的做法,其实也是对国学大师陈寅恪治学方法的稚拙模仿。陈氏创立"以诗证史"的问学门径，为后学者矗立效法的圭臬。不佞于此法心仪日久，不禁亦妄图效颦一二。近年来在国内外各公私图书馆，泛览了历朝，尤其是道咸以降迄于民初的诗文集不下千种，以"寻章觅句老雕虫"的最笨拙方法，从浩繁的卷帙中勘查、搜索有关香港的诗篇，就中甘苦，一言难尽，毕竟皇天不负有心人，竟获自唐以下的诗词数千首。

从中精选了一百卅余家的数百首诗词编成是书。作为这些跨越千年、首次结集的诗词的第一个读者，披览翻阅，衷心鼎沸，惊叹于千百年来竟有如此众多的骚人墨客乃至勇士武夫，对这块地处南疆的弹丸岛屿倾注了如许的挚爱与激情，有的纵情讴歌，有的俯首低吟，有的扼腕悲鸣，有的戟指长啸……其中不乏披甲横戈的统帅，运筹帷幄的谋臣，血洒通衢的先烈，木铎启路的志士，文振八代的大家，俯仰生风的歌人，学富五车的学者，桃李满天的师表……当然亦有名不见经传的草野细民。从他们音调不同、风姿迥异的歌吟中，我们可以清晰谛听到隆然震响的历史的跫音。

"本是中原一角山"

"本是中原一角山"，系道咸间诗人刘楚英作《香港》中之诗句，但却道出了当时与此后万千诗人的心声，即香港是中国不可分割的领土，而港英当局不过是匆匆的过客，总有一天她会回到祖国的怀抱。稍后，同光间著名学者、诗人简朝亮于光绪十三年（1887）在香港作《有感》诗云："今日升旗山上望，不知谁是落旗人！"亦代表了无数诗人与民众对有朝一日结束殖民式统治的企盼。百又十年的今日，鸠占鹊巢的港英当局终于悄然远遁，其旗帜亦终于蔫然降落，实可告慰诗人于地下了。

从已发掘出的地下文物，以及有关史籍记载，证明早在五六千年前，就有使用新石器与陶器的中国先民在香港地区生息劳作，繁衍发展。随着中国统一的中央集权国家的建立，香港地区就一直处于中国历代王朝所设置的地方行政机构的管辖之下。就行政区划而言，从秦始皇平定岭南至东晋咸和六年（331），香港地区隶属南海郡番禺县；咸和六年至唐至德二载（757），隶属东官郡宝安县；唐至德二载至明万历元年（1573），隶属广州府东莞县；明万历元年从东莞县分出一部分设置新安县，香港地区改属广州府新安县所辖。

历代地舆志、方志中多有关于香港地区的记载，如宋理宗嘉熙三年（1239）刊祝穆编《方舆胜览》卷三十四《广东路·广州府·东莞县》记有："大奚山在东莞海中，有三十六屿"等字样，即指目今香港岛、大屿山及其周边岛屿。而"香港"之名，最早见于明万历郭棐撰《粤大记》，其图中岛屿已出现"香港"之名，其他尚有"九龙山""长洲""屯门""葵涌""尖沙嘴""沥源村"等。稍后方志所记更多，兹不赘引。

至迟在唐代就已出现吟咏香港地区的诗篇，如韩愈被贬岭南于唐宪宗元和十四年（819）所作《赠别元十八协律六首》之六就有"屯门虽云高，亦映波浪没"的诗句；刘禹锡于元和十年（815）亦有吟诵屯门海潮的《沓潮歌》，笔走龙蛇地描绘了屯门港前"悍而骄""掀重霄"的磅礴海潮。唐懿宗时名将高骈所作七绝《南海叙怀》，亦抒发了从南中国的海门——屯门出征的豪情。

宋代诗人蒋之奇所作《杯渡山诗并序》甚有文献价值，赖以传留了史籍所不载的若干史实。宋末民族英雄文天祥的《过零丁洋》，使我们永远铭记：香港海域曾经响彻一流传千古的爱国绝唱。明汪铉作《驻节南头喜乡耆吴瑗郑志锐划攻屯门彝之策赋之》，系作为广东巡海道副使统率明军击溃入侵葡军的屯门之战的形象实录，而16世纪20年代爆发的是次战役，是中国历史上反击西方殖民者侵略所获取的第一次胜利。

以上作品无不显示，香港地区千百年来曾经上演过许多威武雄壮的活剧，有的堪称是中国历史长链上的重要环节；同时，也雄辩地证明了，香港地区自古以来就是中国版图神圣而不可分割的一部分。

"江山信美原吾土"

直至近代，英帝国主义交替使用鸦片与炮舰，迫使昏庸的清政府签订了丧权辱国的《南京条约》，香港从始惨遭"割让"。但任何有良心的中国人不愿也不甘接受这一屈辱。

赋有爱国情操的骚人墨客，无论是长居的土著或观光的过客，无不就此国土的沦丧发出感叹与指控。活跃在19世纪下半叶的香港诗人潘飞声就曾高吟"江山信美原吾土"的悲歌，类似的诗篇可谓层出不穷：

黄遵宪："登楼四望真吾土，不见黄龙上大旗！"
刘光第："依依三十年前月，曾照华民采夜鱼。"
丘逢甲："忽忆去年春色里，九龙还是汉家山。"
康有为："伤心信美非吾土，锦帕蛮靴满目非。"

以至现代，有识之士仍为此扼腕悲鸣：

林伯渠："对面青山非吾土，谁家锦瑟弄清音。"
邓尔雅："不信真吾土，胡为尽暗宧。"
鲍少游："信美此山川，却惜非吾土；百年会逝波，俯仰成今古。"
黄佛颐："回首百年瓯脱弃，感怀何处不新亭。"

对于国家民族命运的焦灼，对于领土横遭侵占的愤懑，成为这些爱国诗章同声相应、同气相求的共同旋律。

更为难能可贵的是，诗集中有的作者还亲身参加了对侵略者的抗争。例如《辛丑季冬二日赴靖逆将军奕祁宫保梁中丞李郎中会议复香港事》一诗的作者张焕元，就当鸦片战争爆发时投笔从戎，将备举御夷诸法的《桑梓保障》一书献予当道，并受命入香港绘地图，以督兵进攻，旋以《南京条约》的签订而撤防。张焕元虽然壮志未酬，然而他"书生建策斩楼兰"的浩气正气，百载之下仍令人肃然起敬。

还有一位曾任六年九龙地方官的陈征文，身历目睹"英夷"强行"租借"我九龙，义愤填膺地写下了血泪迸溅的长歌《嗟九龙》，对"乘间割疆域"的侵略者发出了愤怒的指控。

"几日旧国归吾土"

近代著名学者、诗人黄节就香港复归中国这一关乎国家命运、荣辱的大事，在世纪之初就发出了"几时旧国归吾土"的诘问。实际上集中反映了无数诗人与民众对有朝一日结束殖民式统治的企盼。

类此的呼号也响彻在这部诗集中，例如鸦片战争期间生活在福建的一位普通士子许赓噑写下了《闻义民夺还香港》的长诗，发出了"壮士夜乘胜，草木皆杀气，击走鹅鸭军，夺还喉吻地！"的战叫，"夺还"并非事实，然其中炽烈的爱国情怀，至今仍使我们感受到其炙人的热力。

前已述及的陈征文也昭示："区区越勾践，犹足破仇敌。堂堂我大清，岂终为弱国？"引项切盼祖国的富强，期待有收复失地之一日。

近代著名爱国诗人丘逢甲悲愤于"零丁洋畔行吟地，又见江山坐付人"，期冀于"重吟整顿乾坤句，谁更雄心似鄂王"，亦即热切希望出现如同岳飞般的民族英雄发出"还我山河"的怒吼。

现代著名爱国诗人闻一多则创作了脍炙人口的《七子之歌》，将包括"香港""九龙"在内的被列强侵占的七块领土比拟为失养于祖国的七个孩子，亦同样切盼"中华'七子'之归来其在旦夕乎"！

柏园藏饶宗颐诗稿

柏园藏周南诗稿

柏园藏郑子瑜诗稿

许地山诗稿

国际知名的汉学大师饶宗颐教授早在50年代中写有《宋皇台赋》，就中有"瞻六合之博大兮，岂蹐地而靡归"等句，表露了企盼香港回归祖国的祈祝，鲜明地宣示了一位中国学者浓酽的家国情怀。

长期参与中英谈判与交涉的外交家兼诗人周南，近年写下了"珠还南海无多日""乾坤旋转瑞珠还"等诗篇，他作为历史见证人，当能更深一层体味"五世英灵尽解颜"的宽慰与喜悦。

如今，港英政府的旗帜终于蔫然降落，萎于尘沙，"明年七月登楼望，米字旗消绝久留"（郑子瑜句）已成为现实，实可告慰林则徐、许赓噑、林昌彝、张焕元、陈征文、黄遵宪、简朝亮、刘光第、丘逢甲、黄节、闻一多等英灵于地下了。

以上简约勾勒了香港侵占与回归这一母题在诗集中的贯串始终，当然诗集的内容远非如此单一，而是非常丰实厚重的。举其荦者而言：有历代山川风物的抒写，诸如刘禹锡的《沓潮歌》、蒋之奇的《杯渡山诗》、祁顺的《大奚山》、魏源的《香港岛观海市歌》、洪浩的《香江访胜杂诗》等；有重大历史事件的描摹，诸如高骈的《南海叙怀》、汪铉的《驻节南头喜乡耆吴瑗郑志锐划攻屯门彝之策赋之》、张焕元的《壬寅中秋夜师次大鱼山》、古卓仑的《香江曲》正续篇、金庸的《参草有感》等；有绚丽市容街景的描绘，诸如刘楚英的《香港》、郑观应的《香港晚眺》、康有为的《重九夜登高上太平山顶》、易顺鼎的《香港看灯兼看月歌》、梁乔汉的《赛马场》、章士钊的《中国银行最高层》等；有浓郁南国风情的摄取，诸如李鎏宣的《东莞女儿香歌》、邓方的《夜泊香港》、郑贯公的《香港竹枝词》、布衣的《香江闲写》等；有本埠文化活动的记叙，诸如俞叔文的《华字日报七十一周年》、徐谦的《题广东文物展览》、蔡哲夫的《七夕后一日愉园雅集》、柳亚子的《夜赴香港新文字学会欢迎会》等；有香岛各色人物的素描，诸如潘飞声的《赠吴趼人》、冯自由的《挽李纪堂盟兄》、章士钊的《萧芳芳诗》、柳亚子的《赠陈君葆先生》、鲍少游的《浪淘沙（怀落华生许地山）》等……

诗集中尚有若干作者本身就是叱咤风云的历史人物，其诗作当然更是历史的实录，诸如唐安南节度使高骈、宋左丞相文天祥、明广东巡海道副使汪鋐、清两广总督阮元、近代启蒙思想家魏源、太平天国干王洪仁玕、民主革命先行者孙中山、新文化运动倡导人蔡元培、早期共产党人林伯渠等，他们有关香港的诗作，理所当然是香港珍贵文化遗产的一部分。

总而言之，诗集可视作香港文化史乃至香港史的一个侧面，如果有裨于读者对香港历史与文化的认识，对中国历史与文化的认同，将是编纂者最大的满足与无上的欣慰。

1997年"七一"回归前夕
载《历史的跫音》卷首，朝花出版社，1997年初版

《香港文学大系》缘起与拟想

香港开埠一百六十年来,作为中外文化交流要冲,因常得风气之先,催发与孕育了兼得中西文化之长的文风,故其文学传统悠长而丰厚,人才辈出,佳作联翩,举其荦者而言,即有:创报刊政论新文体,从而开一代新风的王韬;被章太炎推重既有"存古之功",又能"文亦适俗",以十数部中长篇小说丰实晚清文坛之黄世仲;率先响应"五四"文学革命,倡书"侧重写实"的小说家黄天石;以《虾球传》展示华南作家群的鲜亮特色,辟民族化、通俗化新路之黄谷柳;在"灾难的岁月"中卓然兀立,堪称香港新诗坛祭酒的戴望舒;摩顶放踵,死而后已,以创作,更以生命丰实香江文苑之许地山;化腐朽为神奇,将旧体诗词推陈出新、焕发异彩的旷代大儒饶固庵……

以上文学成果并未全面、系统地整理,如不及时抢救、认真董理以往百余年的文学成就,那么就根本谈不上对香港文学发展史的整体认识与把握,更遑论研究,坊间那些率尔操觚的文学史是经不起时间洗汰的。

研究院之所以择取编纂《香港文学大系》作为首选的课题之一,这是因为:一、文化遗产的抢救、整理与研究是刻不容缓的当务之急,目今香港并无任何一个机构主动承负这一重任,而研究院既以弘扬中国文化为己任,故《大系》的编纂应是研究院当仁不让的责任。二、任何一种大型丛书的编纂,必须有大师级学者任总纂以保证学术质量,如解缙之于《永乐大典》、陈梦雷之于《古今图书集成》,纪昀之于《四库全书》,蔡元培之于《中国新文学大系》,而本院饶宗颐教授任《香港文学大系》总纂,小而言之在全香港当不作第二人想。三、研究院所隶之研究人员亦有相当的素养和积累来做好编纂工作,如曾编纂《香港近现代文学书目(1840—1950)》《历代诗人咏香港》等,为编纂做了资料准备。四、研究院宗旨之一拟作香港有关研究力量之协调与统筹，正好借此课题与香港大专院校、研究机构中有关研究人员进行大协作，例如中大教授卢玮銮（小思）、黄继持，科大教授郑树森，港大高级讲师黄康显，港大图书馆副馆长马泰来，理工大学李学铭教授，岭南学院梁秉钧（也斯）教授等，都作过这方面的资料整理与研究，初步洽谈后，他们都有兴趣参加编纂工作。五、研究院旨在加强与内地、台湾乃至国际学者交流与合作，《大系》编纂作为一项较大型的文化工程，正好吸纳上述学者参加共襄盛举。例如东京大学文学部藤井省三教授对于香港现当代文学就有甚深的造诣，并可为《大系》搜集散佚在日本的资料。

基于以上原因，《香港文学大系》的编纂作为研究院的首选课题之一，无疑是必要的，也是可行的。不仅在弘扬中国文化、提高香港地位方面做了实事，而且有裨于研究院本身权威角色的扮演与确立。

《香港文学大系》拟想

第一编·近代编：1840—1911（约十集）

第二编·现代编：1912—1949（约二十集）

第三编·当代编：1950—2000（约三十集）

《香港文学大系：第一编·近代编（1840—1911）》拟目：

1. 文学理论集

2. 小说集一·短篇卷

3. 小说集二·中篇卷

4. 小说集三·长篇卷

5. 散文集

6. 诗词集

7. 俗文学集

8. 翻译文学集

9. 戏剧集

10. 史料索引集

《香港文学大系：第二编·现代编（1912—1949）》拟目：

1．文艺理论集一
2．文艺理论集二
3．小说集一·短篇卷一
4．小说集二·短篇卷二
5．小说集三·短篇卷三
6．小说集四·中篇卷一
7．小说集五·中篇卷二
8．小说集六·长篇卷一
9．小说集七·长篇卷二
10．小说集八·长篇卷三
11．散文集一
12．散文集二
13．杂文集
14．报告文学集
15．新诗集
16．诗词集
17．戏剧集
18．电影文学集
19．史料索引集一
20．史料索引集二

《香港文学史大系：第三编·当代编（1950—2000）》拟目：

1．文学理论集一
2．文学理论集二
3．小说集一·短篇卷一
4．小说集二·短篇卷二

5．小说集三·短篇卷三

6．小说集四·短篇卷四

7．小说集五·中篇卷一

8．小说集六·中篇卷二

9．小说集七·长篇卷一

10．小说集八·长篇卷二

11．小说集九·长篇卷三

12．小说集十·长篇卷四

13．散文集一

14．散文集二

15．杂文集一

16．杂文集二

17．报告文学集

18．新诗集一

19．新诗集二

20．诗集一

21．诗集二

22．戏剧集一

23．戏剧集二

24．电影文学集一

25．电影文学集二

26．翻译文学集一

27．翻译文学集二

28．史料索引集一

29．史料索引集二

30．史料索引集三

《香港文学史料丛书》拟目

小 引

梁启超云:"史料为史之组织,史料不具或不确,则无复史可言。"诚哉斯言,每一个研究者都会服膺这一得之于实践与经验的箴言。对于香港文学史研究而言,近现代文学史料的匮乏与贫弱更显得突出;试观坊间各种香港文学史,无不将长达百余年的近现代部分写得含糊其词、语焉不详,就是明证。鉴乎此,抢救与整理香港近现代文学史料应是刻不容缓的当务之急。香港艺术发展局《五年策略计划书》中文学艺术所欲达至的目标之一是"促进与保存及研究香港文学",故不佞不揣谫陋,提出此拟目供同道议论、教正,亦借此呼吁当局采纳、付诸实行。

《香港文学史料丛书》拟分甲、乙编,甲编"文学书籍"类析为八辑,计分"近代文学"、"现代小说"(一至三)、"现代散文"、"现代诗歌"、"现代戏剧"、"文艺理论"等,凡八十种;乙编"文学期刊"类亦分八辑,凡四十种。

"拟目"之提出,系据拙编《香港近现代书目》千余目中甄选而出,斟酌再三,数易其稿,然囿于学力与眼力,恐仍有所偏颇,恳请方家指正与增补,以裨其更完备与完善。

《丛书》如能获准刊行,将采用影印的方式,力求将最接近原作的形式,提供给研究者、教学者、鉴藏者。

拟 目

甲编：文学书籍

第一辑（近代文学）

第二辑（现代小说·一）

第三辑（现代小说·二）

第四辑（现代小说·三）

第五辑（现代散文）

第六辑（现代诗歌）

第七辑（现代戏剧）

第八辑（文艺理论）

共八辑凡八十种

乙编：文学期刊

第一辑至第八辑，凡四十种（一九〇八~一九五〇）

甲编：文学书籍

第一辑（近代文学）

《蘅华馆诗录》（王韬·一八八〇）

《香海集》（潘飞声·一八九一）

《洪秀全演义》（黄世仲·一九〇七）

《熙朝快史》（饮霞居士·一八八五）

《中东大战演义》（洪子式·一九〇〇）

《瑞士建国志》（郑哲·一九〇二）

《斧军说部》（王斧·一九〇八）

《发财秘诀》（吴趼人·一九〇九）

《宦海升沉录》（黄世仲·一九〇九）

《归来燕》(卢醒父·一九一一)

第二辑（现代小说·一）

《武汉风云》(黄伯耀·一九一二)

《新说部丛书》(黄天石·一九二一)

《仙宫》(罗西等·一九二七)

《深春的落叶》(龙实秀·一九二八)

《余灰集》(汪干廷·一九二八)

《胜利者的悲哀》(谢晨光·一九二九)

《床头幽事》(张稚子·一九二九)

《献丑之夜》(张稚子·一九三〇)

《太平洋上的风云》(侯曜·一九三五)

《摩登西游记》(侯曜·一九三六)

第三辑（现代小说·二）

《生死爱》(杰克·一九三九)

《香港小姐》(杰克·一九四〇)

《黑丽拉》(侣伦·一九四一)

《香岛烟云》(马宁·一九四三)

《脱缰的马》(穗青·一九四三)

《满城风雨》(平可·一九四五)

《危巢坠简》(许地山·一九四七)

《呼兰河传》(萧红·一九四〇)

《传奇》(张爱玲·一九四四)

《第一阶段的故事》(茅盾·一九四五)

第四辑（现代小说·三）

《春寒》(夏衍·一九四七)

《尚仲衣教授》(司马文森·一九四七)

《无尽的爱》(侣伦·一九四七)

《虾球传》(黄谷柳·一九四八)

《贱货》(秦牧·一九四八)

《失去的爱情》(刘以鬯·一九四八)

《一个女人的悲剧》(艾芜·一九四九)

《在吕宋平原上》(杜埃·一九四九)

《风砂的城》(陈残云·一九四七)

《懦夫》(萨空了·一九四九)

第五辑（现代散文）

《香港杂记》(陈镛勋·一八九四)

《献心》(黄天石·一九二八)

《红茶》(侣伦·一九三五)

《沸腾的梦》(杨刚·一九三九)

《麦地谣》(林英强·一九四〇)

《初步集》(陈斯馨·一九四二)

《香港之战》(华嘉·一九四二)

《香港沦陷记》(唐海·一九四二)

《劫后拾遗》(茅盾·一九四二)

《杂感集》(许地山·一九四六)

第六辑（现代诗歌）

《阑夜》(吴其敏·一九三〇)

《不死的荣誉》(刘火子·一九四〇)

《若干人集》(胡明树编·一九四二)

《鸥外诗集》(鸥外鸥·一九四四)

《马凡陀的山歌》(袁水拍·一九四六)

《民主短简》(黄宁婴·一九四六)

《灾难的岁月》(戴望舒·一九四八)

《烧村》(沙鸥·一九四八)

《鸳鸯子》(楼栖·一九四九)

《恶梦备忘录》(邹荻帆·一九四九)

第七辑（现代戏剧）

《中国万岁》(唐纳·一九三八)

《黄花岗》(胡春冰等·一九三九)

《黄花曲》(光未然等·一九三九)

《中国男儿》(胡春冰·一九三九)

《香港牡丹》(陈大悲·一九四一)

《风雨归舟》(原名《再会罢，香港》，田汉、夏衍、洪深·一九四二)

《最后的圣诞夜》(又名《香岛梦》，许幸之·一九四二)

《祖国的呼唤》(宋之的·一九四三)

《碧血丹心》(黄谷柳·一九四五)

《香港暴风雨》(麦大非·一九四七)

第八辑（文艺理论）

《李南桌文艺论文集》(李南桌·一九三九)

《抗战文艺评论集》(林焕平·一九三九)

《许地山语文论集》(许地山·一九四一)

《林黛玉的悲剧》(阿印·一九四八)

《文艺三十年》(中华全国文艺协会香港分会·一九四九)

《论方言文艺》(华嘉·一九四九)

《诗歌杂论》(林林·一九四九)

《论〈虾球传〉及其他》(于逢·一九五〇)

《论走私主义的哲学》(黄药眠·一九四九)

《在激变中》(林默涵·一九四九)

乙编：文学期刊

第一辑

《新小说丛》(一九〇八)

《天荒》(一九一五)

《双声》(一九二一~一九二三)

《文学研究录》(一九二一~一九二二)

《文学研究社社刊》(一九二二~一九二三)

第二辑

《小说星期刊》(一九二四~一九二五)

《伴侣》(一九二八~一九二九)

《字纸篓》(一九二八~一九二九)

《墨花》(一九二八~一九二九)

《铁马》(一九二九)

第三辑

《岛上》(一九三〇~一九三一)

《南华文艺》(一九三一)

《小齿轮》(一九三三)

《红豆》(一九三三~一九三六)

《今日诗歌》(一九三四)

第四辑

《时代风云》(一九三五)

《文艺漫话》(一九三五)

《南风》(一九三五)

《中国诗坛》(一九三九~一九四〇)

《顶点》(一九三九)

第五辑

《文化通讯》(一九三九～一九四四)

《南线文艺丛刊》(一九四〇)

《耕耘》(一九四〇)

《文艺青年》(一九四〇～一九四一)

《时代文学》(一九四一)

第六辑

《野草》(一九四〇～一九四八)

《文坛》(一九四一)

《笔谈》(一九四一)

《文艺通讯》(一九四六～一九四八)

《新诗歌丛刊》(一九四七～一九四八)

第七辑

《文艺生活》(一九四八～一九五〇)

《大众文艺丛刊》(一九四八)

《南方文艺》(一九四八)

《海燕文艺丛刊》(一九四八～一九四九)

《新文化丛刊》(一九四八)

第八辑

《小说》(一九四八～一九五二)

《新畜生颂》(一九四六～一九四七)

《现代作家》(一九四六)

《青年文艺》(一九四九)

《文化岗位》(一九三九～一九四〇)

贺《文采》创刊

月前，曾敏之先生邀约大家在敦煌小叙，告知某基金会有意推动香港的中国语文教育，欲资助出版一种名为《文采》的月刊，希望大家支持。与会者均被邀参加该刊的编委会，不佞亦忝陪末座。

经过大家群策群力，尤其是主事者的辛劳擘划，《文采》创刊号终于出版了。社长曾敏之在《发刊词》中宣示："在二十一世纪将临之际，香港回归两周年之时，一个以致力于宣扬中华传统文化、推动母语教学、提高中文水平、提倡读书风气为宗旨的《文采》语文月刊宣告出版。"我想，凡关心中国语文教育者，将会为之感到欣喜。创刊号的阵容亦颇不弱，当得上异彩

"世界华文文学联会"筹委会在香港召开，内地、港、澳、台暨海外知名作家云集庐峰之下。前排有刘以鬯、曾敏之、严家炎、潘耀明等

纷呈之誉。栏目有"专访""特载""议论纵横""专家的话""字辨词析""教学点滴""古诗词欣赏""好书推荐""鲁迅专辑""冰心专辑""人物春秋""文学评论""写作漫谈""诗""小说""散文""香港风情""师生园地"等,包括了中国语文的方方面面。刊名由国学大师饶宗颐教授题签,卷首还刊发了饶公的近作:《念奴娇·再至金陵用陈同甫韵》,下阕云:"来去学海浮槎,地灵人杰,自作千秋想。形胜山川今迈古,登览未应惆怅。燕子不来,石头无恙,信美生悲壮。六朝风采,更饶盛事还往。"今夏南京大学聘饶公为名誉教授,饶公就在颁授仪式中欣然命笔作此吐属不凡的辞章。专访则为城市大学校长张信刚教授谈香港文化回归,张校长认为文化回归需要一段长时间的过程,勖勉香港青年应培养自己成为"具国际视野,并具有国际交往能力的中国人",而不再是"不知我是谁"的边缘人。其他篇什有议论汉语教学,怎样教学生写作文,如何提高学生的中文水平等;正值鲁迅《呐喊》夺得百年小说冠军,特辟"鲁迅专辑",刊发了《哀其不幸,怒其不争》的《阿Q正传》评论;不佞则作有《拓荒者·耕耘者·收获者》,论述许地山与香港之中文教育,以资借鉴与承继。

汉学新猷
——饶宗颐《符号·初文与字母——汉字树》

饶宗颐教授的新作——《符号·初文与字母——汉字树》问世了，必然在汉学界引起热切的关注与激起隆然的反响。作为第一读者，作为责任编辑，作为私淑弟子，不佞亦感到由衷的喜悦。

半年前在本栏的《创造的欢愉》篇，曾经谈到拜读《汉字树》手稿时的感触：不得不为其中鼎沸的求真精神所震慑，为其中卓异的史识诗心所折服，更为作者矢志为弘扬中国文化而奋斗不息的赤诚所感动，并且认为新作的出版，将重开中国文字乃至中国文化起源研究的新生面，将对整个汉学界产生深巨的影响。如今仍作如是观。

饶宗颐教授在本书中，审视与利用了海内外有关陶符、图形文的考古发现，采撷与融汇了最新的考古学和民族学的若干资料，从世界观点出发，对汉字的成就做了总的考察，探索原始时代汉字的结构和演进的历程，说明文字起源的多元性及地区分布的交互关系。

本书的重要论点之一：指出中国历来统治者施行以文字控制语言的政策——"书同文"，致使语、文分离，文字不随语言而变化；而且汉字结合书、画艺术与文学上的形文、声文的高度美，造成汉字这一枝叶葱茏、风华绝代的大树，卓然屹立于世界文化之林。文字、文学、书法艺术的连锁关系，构成汉文化的最大特色。其次揭示汉字未形成初期，陶器上大量的线形符号多与腓尼基字母相似；类似于西亚早期的线形图文，认为反映了古代闪族人使用字母并尝试采择彩陶上符号，以代替借用楔形文的雏形字母之特殊现象，从而提出了具有原创性的字母出自古陶文的"字母学假说"。作者更指出汉字不走上使用字母的道路，在古代早已做了明智的选择。

全书从多方追溯汉字演化的轨迹，并与腓尼基字母、苏美尔线形文等古文字做比较研究，从全新角度探索汉字起源问题。书析为上、下两编凡十章。第一章"前论"阐释陶符的含义及其研究方法，认为人类创造的文化大都从不同形式的符号开始。第二章论述陶符、图案与初文的因缘递变关系。第三章讨论仓颉造字的传说和鸟迹的关系，揭示各民族造字传说的异同。第四章论陶符的形构、分布与交流。第五章谈越族迁徙与陶符流播的对应关系。第六章论文字的左右行，阐明世界各民族的文字有左行、右行、下行之分。第七章论列符号的宇宙性。第八章作字母学的新探索，指出腓尼基和闪族的字母与半坡系陶符形构相同，前者转为拼音字母，中国却演化为汉字。第九章为比较古符号学，将半坡陶符与苏美尔线形文作初步比较。第十章"后论"则探索汉字图形化持续使用之"谜"，认为祖先不采用字母而创造汉字是一种明智抉择。最权威的评论来自饶公的同辈学者——美国芝加哥大学荣誉教授钱存训，他认为本书"实为史前文字学和字母学在中国学术界开辟先河之作"，此当为不刊之论。

世纪箴言

商务印书馆百年纪念之际，曾举办了主题为"二十一世纪的中国与世界"的学术讲座，邀请了来自不同学术范畴的世界第一流华裔学者——丘成桐、陈原、高锟、何炳棣等教授担任主讲。事后，商务将以上讲稿结集出版了《廿一世纪的中国与世界——数理资讯与语言文化》一书。在出书过程中，不佞有幸拜读了全部讲稿，当时留下了极深刻的印象。

近日又重读一过，仍然为以上智者的箴言所震撼，他们分别从数理、语言、资讯、文化等本身专精的领域出发，纵论古今，融汇中西，侃侃而谈，令人浮想联翩，诱导与启迪我们去思考面临新世纪的许多重大问题。

丘成桐教授在题为《廿一世纪的中国数学发展》讲辞中认为儒家传统对中国基本科学有甚大负面影响，尤其对数学的发展构成困难和干扰，缺乏求真精神。故在新世纪中中国数学家首先必须纠正讲专不讲博的倾向，其次要探寻与开拓自己的路向，培养自己的通才，发展自己的理论，期冀中国数学家在动态数学、三维、四维乃至十维空间研究，以及方程理论方面作出突破性贡献。同时，亦语重心长地针砭道："现在中国数学亦缺乏这种赤子之心，而宁愿全面学习西方数学界剩下的题目。盲目和自大成了今日中国数学界的通病。"进而强调："中国能否成为最先进的科技大国，就要看政府和学者能否接受和重视基本科学的传统。"以上足以使我们深长思之。

陈原教授在《中国语文（汉语）：面对二十一世纪》的讲稿中就所谓"廿一世纪是汉语的世纪""汉字文化圈""汉语会否淘汰"，以及文字改革，汉字的简化与拼音化，方言的消亡，南词北伐，语言的平等，乃至汉语如何面对信息时代的挑战诸问题，发表了十分精辟的意见。其中使我感触甚深的是对于汉语落后论的反驳，认为现代汉语完全能够适应高度信息化的需要，热情赞颂道:"现代汉语是超过十亿炎黄子孙天天使用着的语言文字,它是当今世界,有着生命力的语言;随着时间的推移,它将使自己变得更加丰富,更加周密,更有表现力。"

高锟教授在《从数理科学发展看人类未来生活及全球变迁》的讲稿中揭示了现今人类面对的困境,认为要用广阔的视野做综合处理,运用工程学知识去指示未来。

何炳棣教授在《廿一世纪中国人文传统对世界可能做出的贡献》讲稿中认为,中国人本主义文化的智慧将在廿一世纪中发挥重要的功能,尤其是种族和宗教方面容忍相安的优良传统和"己所不欲,勿施于人"的社会实践,将会与西方科学、世俗传统无形中结盟,并推动人类向理性的方向迈进。何教授还曾告诫道:世界上并不是所有人都希望看到中国强大的,甚至有人千方百计阻遏她。我想这是一位历史学家透辟的论断,我们亦应清醒地看到这一点。

"听君一席话,胜读十年书。"即读是书总的感受。

书梦温馨

亦师亦友的德明兄比不佞年长七八岁,然其勤劬实为我所望尘莫及,每当收到他的新作,常使我竦然惊觉:年华老去而一事无成。日前又接到他空邮惠赠的《书坊归来》,乃山东所出的"书梦重温丛书"之一,于是乎挑灯夜读,先睹为快了。

"书梦重温"这个丛书名起得不赖,我猜想十之八九是老姜的点子。编者在勒口上标示:"书是人类最好的朋友。正像'旧梦重温'是令人向往的美事一样,让我们一起来重温'书梦'吧……"

每个人的书梦大多温馨,然有如德明兄如许灿烂则未必。像阿英、唐弢先生在上海城隍庙的地摊上论斤称《小说月报》的时代,我们当然未赶上;

姜德明先生(左,《人民日报》副刊主编,人民日报出版社社长,著名散文家、书话家)在作者香港寓所做客

可是五六十年代在旧书堆中徜徉的日子，却也招来后辈钦羡的眼光。无论如何，德明与我都是曾在书坊逛过的人，如今那秘本纷呈的书坊只能在梦中重温了。

《书坊归来》的作者在《小引》中言："每从书坊归来，手提几本残书，步履总是那么轻快，急于要赶回家门。每当从书坊归来的那天晚上，总是睡得那么迟。一本本书小心地擦拭修整，摩挲再三，若有所发现，便如获至宝。"个中三昧，不佞亦是深有体味的，从书坊中淘来的每一本旧书上，都负载着往昔求知的惊喜与鉴赏的愉悦。从老姜书痴兮兮的自我写照中，我清晰看到了自己的面影。

全书析为四辑：一曰"书边草"，收《〈野草〉忆往》等二十八篇；二曰"杂志抄"，收《孙师毅与〈讯报〉》等九篇；三曰"域外集"，收《比亚兹莱与〈莎乐美〉》等八篇；四曰"香港篇"，收《余所亚的〈投枪〉》等十五篇。作者如数家珍，娓娓道来，使未有缘亲炙这些新文学珍本秘籍的读者，亦感同身受，领略了就中的风采与涯略，既丰富了知识，又陶冶了性情，更激发了求知探秘的热情，真可谓一举而数得。

卷末的"香港篇"尤引起我浓郁的兴味，其中有拙编《香港近现代文学书目》所未及著录者，如"文艺生活丛刊"第一辑《最初的胜利》即是，颇令人浩叹书海之无涯。

读《我所认识的汉学家》

近日读到《光明日报》上发表的《我所认识的汉学家》，系饶宗颐教授在北京"中国学术讲坛"上的演讲记录稿，文末附有"讲坛"主持人刘东的按语《让我们鼓掌欢迎》。刘文述及前此一日饶教授在接受北京大学颁授客座教授的仪式上，季羡林教授推重饶公云：当今之世，唯此一人堪称国学大师；刘氏则称饶公"乃是华夏学术薪火相传绵绵不绝的象征"。

内地学术权威与整个学术界对饶公学术地位的推崇是实事求是、毫无夸饰的，反观此间，有些文科大学生却不知"饶宗颐"为何许人。传媒摄制的华人佼佼者系列，科学家、商人、作家、画家、舞者……纷纷都播出了，独不见推出"饶宗颐"的专辑，是不在首选之列呢？还是根本不在考虑之内呢？不免使人心存疑窦。

还是回到正题来，《我所认识的汉学家》回顾了自50年代初开始与国际汉学界的交往，实际是当代中外文化交流史一个重要的侧面。饶氏首先谈的是与日本汉学家的交往，介绍了当时日本汉学的两个派别：京都学派与东京学派，前者时任京都大学人文学院院长兼人文研究所经学究室主任的吉川幸次郎教授，他初研宋词，继攻元曲，晚年专研杜诗，同时在经学和敦煌学方面也取得相当的成就；吉川还创办了《中国文学报》，认为文学是一切学问的基础，进行学术研究应从文学入手。讲者早年的几篇重要文章就发表在《中国文学报》上。

讲者与吉川的弟子清水茂教授也有很深的交谊，清水对唐宋八大家深有研究，著作丰饶。他对饶氏的学术成就也颇推崇："涉猎中外，博晓古今。通考贞人，遍录词籍，论敦煌之描画，攻荆楚之缯书"。复对饶氏文艺才华甚为激赏，认为"讽咏可追坡老，写景何啻石湖"。

英国汉学家卜立德教授（左，专攻中国现代文学）

其次谈到了与法国汉学家交往的情况：60年代即已与该国著名汉学家高本汉交换著作，高氏是法国第一代汉学家沙畹的再传弟子，即马伯乐的门生，他的中国音韵学著作产生了很大的影响。

法国法兰西学院汉学院士戴密微更与饶教授为过从甚密的挚友，他们合作撰著了《敦煌曲》研究，戴氏并为饶著《白山集》写题解，将《黑湖集》译成法文。戴氏对中国文化尤其是中国文学十分热爱，认为就世界范围看，无论质与量是其他国家无法相比的。

饶教授谈到与外国汉学家交往中，很欣赏他们"博"与"通"的学风，并举法国的儒莲与日本的神田喜一郎为例。故认为学术风气不能跟风，以时髦为风尚，而须沉潜笃实，融会贯通。讲辞的最后，语重心长地昭示："以戴密微先生的渊博，他对中国文学的推崇，有他的独特的看法与爱好。国人就更不能不自尊。我们一定要先树立学术自尊心，然后才能发扬中国文化的伟大传统。"

这些话足以使我们深长思之。

《古典精华》编竣志庆

《中国文学古典精华》正文编及参考资料编全套六卷终于出齐了，此乃香港中文大学古典精华编辑委员会同仁五载辛劳的结晶，实可喜可贺！

12月4日，香港圆玄学院、香港商务印书馆暨中大《古典精华》编委会假座会展中心举行《古典精华》编竣志庆典礼，主礼嘉宾有中大逸夫书院董事长马临教授、新华社香港分社副社长王凤超先生、圆玄学院会长汤国华先生、商务印书馆总经理兼总编辑陈万雄博士及罗慷烈、冯钟芸、曾志朗等教授。午后，在同处举行"让传统文化进入廿一世纪"交流会，由中文大学教育讲座教授杜祖贻主持，演讲者有香港大学、中文大学荣休教授罗慷烈，台湾阳明大学校长曾志朗教授，北京大学中文系冯钟芸教授，中文大学讲座教授吴宏一，中文大学中国文化研究所顾问刘殿爵教授，四川大学宗教研究所姜生教授等。真可谓人才济济，鸿儒云集。

《中国文学古典精华》的出版，确实是值得庆祝的。计划的倡议人与实行者杜祖贻教授本着"为年青学子学习语文开示奠基途径，也为中国文化略尽兴灭继绝的责任"的宗旨，五易寒暑，孜孜矻矻，他的理念与实践都是值得赞许的。我作为责任编辑与编纂委员，对于《古典精华》主事者、参与者的辛劳与执着是深有体味的，曾在一篇《前言》中写道："在五年的编纂过程中，刘殿爵教授、杜祖贻教授的精心擘划与悉心经营，冯钟芸教授、曾志朗教授和赵毅教授等资深学者的热心鼎助与积极参与，罗慷烈教授、吴宏一教授及各院系学者的指导与咨询，五十多位青年学子厕身斯役，兢兢业业，不敢或怠，更有汤国华先生和赵振东先生所长圆玄学院的慷慨资助研究经费，社会各界人士的鼓励，八方辏集，共襄盛举，方使这一文化工程得以顺利竣工。"以上皆为由衷之言，是我在长达数年的编辑工作中所亲见亲闻并

杜祖贻教授（中,《古典精华》策划者与主事者,香港中文大学讲座教授、教育学院院长）

感触弥深的。

  更值得庆幸的是,《古典精华》由于质量的精湛,体例的谨严,因而获得了不同教育背景、不同学术环境的学人与学生的欢迎,内地与台湾都竞相购买版权出版,内地由教育部所属教育科学出版社出版,台湾则由老资格的商务印书馆付梓。台湾版还增加了三篇新的序文,作者有香港科技大学文学院院长丁邦新教授、香港中文大学中文讲座教授吴宏一博士、新加坡南洋理工大学梁荣基教授。丁教授希望国人"从读书中培养爱国爱人的情操,找到自己安身立命的道路";吴教授认为这套书所选文章皆堪称"百代之典范,不朽之伟作";梁教授则推重是书"在传递中国文化的精华,和推广中国古典文学的任务上,一定有特殊的意义"。这些语重心长的箴言,对于香港读者也不无参考价值。

桃李不言　下自成蹊
——读《马鉴传》

马鉴先生（1883—1959）自1936年经许地山先生推荐来香港大学任教，直至1951年荣休，将下半生都贡献给了香港的中文教育事业。马鉴曾与许地山并肩为推进香港中文教育的改革而竭尽心力，且终生孜孜致力弘扬中国文明，堪称香港新文化的拓荒者之一。然而，前驱的文化人是寂寞的，在此充斥着歌女、影星、毒枭、赌王传记，坊间却找不到一本本港撰写与出版的马鉴或许地山的传记。

幸而传主的故乡宁波出版了《马鉴传》，作者为戴光中教授。卷首有马鉴先生生前的友好雷洁琼女士的《序》，中谓传主"是一位学识渊博、诲人不倦、长者风度的教育家、文史专家，也是一位赤诚的爱国主义者"。30年代初，雷女士执教于燕京大学，时马先生任燕大国文系主任，兼校学生辅导委员会主席，故常有接触，对马先生的爱国热情感触良深。

书中还谈到1937年曾来港，与马鉴、许地山二先生"相聚数次，畅谈甚欢"，亦亲身感受到"他俩通力合作，锐意改革港大中文学院的教学工作，努力扩大民族文化在香港的影响，促进青少年学生了解和认识祖国文化，成效卓著，连香港的文化风气也发生了积极的变化，令人钦佩感奋"。

作为同时代的见证人，雷女士的观感是符合历史事实的，因可从另一位同时代见证人陈君葆的日记中得到证实。《陈君葆日记》中记录了许地山、马鉴共同从事中文改革的史实，如《发展中国文史学系意见书》的提出，《改革中文意见书》的提出，《中文学院发展意见书》的呈递等等皆是。

传记共有《家世与求学》《登上教坛》《燕京岁月》《风雨同舟》《人间晚晴》《卷后语》等章，娓娓叙述了"一个平凡中显出伟大的人"的一生，令

马鉴教授(左)、陈君葆教授,香港大学中文学院院长许地山教授的同事和辅佐

我们读后无限神往与景仰传主的人格与学养。

传主是中国现代文化史上著名的"三沈三马二周"之一,所谓"三沈",即指沈士远、沈尹默、沈兼士兄弟三人;所谓"二周",即指周树人(鲁迅)、周作人昆仲,所谓"三马",即指马裕藻、马衡、马鉴三兄弟。钱玄同曾书赠马鉴一联曰:

文章真处性情见,
谭笑深时风雨来。

从挚友的赠联中,我们大致可以窥见马鉴教授学养深厚、品格诚笃的风采。

感谢马临教授贻我以其尊翁的传记,不仅使我得见先贤跋涉的鳞爪,而且也丰富了关于香港文化史的知识。希望香港人不要忘却前驱者开辟的艰辛,自己写出他们的历史来!

《丽白楼遗集》

平素喜搜罗与香港有文学因缘者之诗文,近日又购存了林庚白的《丽白楼遗集》,该书作为"南社丛书"之一,析为上下两卷,约有百万字之谱,系迄今为止有关林氏的一个较完备的集子。寒斋柘园原藏有林庚白所撰《子楼随笔》(上海晨报社出版部,1934年8月初版),及其夫人林北丽在庚白身后所编的《丽白楼自选诗》(开明书店,1946年7月初版),后者卷首有柳亚子所撰《林庚白大传》,于林氏生平业绩叙述甚详。

林庚白系现代擅作旧体诗词的著名诗人,名学衡,字浚南,又字庚白,别署众难。宣统年间肄业于京师大学堂,与同窗汪国垣、王易、胡先骕等相酬唱,又与姚锡钧合刊《太学二子集》。辛亥革命后,由柳亚子介绍参加南社,编号二百十九。不久参加京津同盟会,谋除袁世凯,未果。后至上海,与陈勒生创黄花碧血社,以暗杀帝制余孽为职志。二次革命后,被举为众议院议员及秘书长。民国六年(1917)护法战争爆发,受孙中山命,尽携众议院中枢密件,间关入粤,鼓吹北伐。后赴上海,闭门治学。继娶女诗人林北丽为妻,颜其室曰"丽白楼"。

抗战全面爆发后奔走逃亡,辗转于道。民国三十年(1941)12月初由渝抵港,住九龙金巴利道月仙楼,仅八日,香港即沦于敌手,十九日在天文台道被日本兽兵无故枪杀。林北丽后作《庚白之死》,记述其殉难经过甚详。庚白诗作颇丰,有《急就集》《舟车集》《藕丝集》《焚余集》《角声集》等十余种,又曾纂《今诗选》,其中自作甚多。其自视甚高,曾云:"余之诗一变而镕经铸史,兼擅魏、晋、唐、宋人之长矣。"甚至认为己诗"涵盖一切","论今古之诗,当推余第一,杜甫第二,孝胥不足道矣"。(《丽白楼诗话》)实在自吹自擂得可爱。不过,林氏在近代诗坛中确也并非等闲之辈,其诗才得到前辈的首肯,如陈三立曾赞其诗"才气充溢行间";文学史家钱仲联亦谓其诗"确有新意境"。晚年更写了"要见中华控百蛮"等爱国诗章,后又丧于敌寇之手,实在值得我们忆念。

十年磨一剑
——《中国现代文学大辞典》

武汉大学中文系陆耀东教授惠寄《中国现代文学大辞典》一巨册，刚由高等教育出版社出版，装帧也颇不俗，绿色大理石纹的书面，镌刻着一溜烫金的书名，气派甚为不凡。

耀东在信中云，对辞典冠以"大"字有些惴然不安，怕被人用作写杂文的材料。不佞倒觉得不必顾虑，因大小从来都是相对而言，以往坊间虽然出版过多种现代文学辞典，但从来未有如此本之"大"也是事实。

《大辞典》共收条目约四千条，字数达一百三十余万字，应该说颇具规模了。内容分为作家、作品、报刊、社团、流派、文学运动、文学思想论争、文学事件及中国现代文学专业词语五部分，并附中国现代文学大事年表。其中作家部分近七百条，作品部分二千五百多条，报刊部分近六百条，社团、流派部分一百三十余条，文学运动、文学思想论争、文学事件及中国现代文学专业词语部分共七十多条。就系统与完备而言，作为一本中国现代文学专业工具书亦差强人意了。

这本列为内地大学参考用书的《大辞典》，原本是由武汉大学中文系承担，耀东主其事。他在80年代初来函约我写该辞典的散文家、散文集的条目，学兄敕命，焉得不从，只得竭尽心力而为之。为了收集资料，不仅将柘园所藏百余种现代散文集倾箧而出，而且到各大图书馆去锐意穷搜；同时四出访问尚健在的散文家，尽可能保存极易随风而逝的口碑。在撰写散文家、散文集约十余万字的条目时，"逼"自己浏览了数百部散文集，其实也是一次极好的学习、求索的机会。至今我还记得：靳以的《人世百图》，萧乾的《人生百味》，李健吾的《切梦刀》，谢六逸的《水沫集》，陆蠡的《囚绿记》，周作人的《自己的园地》,施蛰存的《灯下集》,何其芳的《画梦录》,许地山的《空山灵雨》,梁遇春的《春醪集》,徐訏的《蛇衣集》,丰子恺的《缘缘堂随笔》……真是美不胜收,目不暇接,撰写过程遂成为一次美的历程。

真所谓好事多磨,从撰稿到出版历时十多年,"十年磨一剑"也不足以形容。

皇然巨著

上次书展最大的收获是，购得翘望已久的十八卷本《蔡元培全集》。中国蔡元培研究会编，浙江教育出版社出版。该书列入国家"九五"重点图书出版规划，印制得十分考究，护封内塑面烫金精装，气概颇为不凡。

往昔中华书局出版过高平叔编的《蔡元培全集》七卷，台南王家出版社曾印行过《蔡元培全集》一厚册，台北商务印书馆出版过孙常炜编的《蔡元培先生全集》一大卷，想以上各书皆不及十八卷本《全集》来得完备。这部字数近一千万字的《全集》，还由高平叔、梁柱、萧超然、林被甸、张万仓、王世儒诸教授分卷做了注释。作为读者，不佞十分感谢他们的劳作，以及浙江省政府与浙教社的慷慨。

这套《全集》，对于研究香港文化史亦有甚大的参考价值，故引起不佞分外的珍视。蔡元培自1937年11月29日莅港养疴，至1940年3月5日遽尔病逝，在香港渡过了他生命中的最后岁月。虽然年迈体衰，重病缠身，他却像一支煌煌巨烛，迸发出耀眼的光焰。

作为教育权威，蔡元培在香港继续鼓吹"美育代宗教"说，既依靠美育来"醇化职业，陶养精神"，值此民族解放战争烽火正炽的时刻，更需推广美育来养成宁静而强毅的精神。同时，亦进一步强调教师的主导地位，认为"人类的职业，没有比教师再为重要的"，香港教师由此受到激励。另外，也甚为重视香港的社会教育，对张一麐、许地山、陈君葆、冯裕芳联署的《为实施港侨社会教育意见书》，表示赞赏与支持。

蔡元培作为学术泰斗，居港时一如既往地倡导学术自由，主张"兼容并包"，并对学有专精的人才仍然关怀备至，爱护有加，如对戏剧家焦菊隐提出《中国戏剧史研究计划》，立即予以鼓励与支持；向许地山教授推荐目录

蔡元培诗稿

学家伦哲如，询问冯平山图书馆可否安插……对于本港学者也甚为关注，如对已逝的知名学者汪兆镛的成就表示尊重，对从事考古发掘的陈公哲兴趣浓郁……总之，我们可以从中探寻到香港文化的屐痕履印。

"五四"的回响

近百万字的《陈君葆日记》将于月底"五四"八十周年前夕面世，肯定会受到关心与研究香港史者之欢迎。原因在于它那丰实的文献价值。

《日记》的作者陈君葆（1898—1982），乃知名的香港学者，自30年代起就任职于香港大学，曾任冯平山图书馆馆长，并任中文学院教授。学识丰厚，著述繁富。有《陈君葆诗文集》《水云楼诗草》等行世。即将出版的《陈君葆日记》辑录了陈氏起自1933年，迄于1949年的部分日记，由其婿谢荣滚主编，并由不佞加了数百条注释，更有裨于读者了解人物与事件。

有学者称此《日记》为"大时代的证言"，也有学者赞其为"新文化运动在香港回响与勃兴的实录"，皆系毫无夸饰的剀切评估。从《陈君葆日记》中确乎可以清晰窥见"五四"新文化运动在此所谓"化外之区"所激起的震荡，所引发的冲突，所催化的蜕变，以及新生的香港新文化在危崖下萌蘖，在荆榛中茁壮的不凡历程。

众所周知，1935年胡适莅港接受港大法学名誉博士学位，停留五天，讲演五次，不留情面地批评香港高等学府的文科教育，认为它仍掌握在几位封建遗老手中，"完全与中国大陆的学术思想不发生关系"；在对游离于新文化运动之外的港大中文教学痛加针砭的同时，还提出了"改革文科中国文学教学"的具体建议。《陈君葆日记》详尽记录了接待胡适的全过程，使香港文化史上这件影响深远的大事，来龙去脉更加清楚。

许地山作为香港新文化的奠基人当是不争的事实，诚如柳亚子所言："香港新文化可说是许先生一手开拓出来的。"陈君葆作为许地山的同事、挚友以及襄助者，将许氏如何为香港新文化的拓展与壮大，宵衣旰食，夙兴夜寐，鞠躬尽瘁，死而后已之种种，记述得真切而生动，为许地山乃至香港文

陈君葆诗稿

化史的研究者提供了无可替代的第一手资料。仅此二端,《陈君葆日记》的文献价值已昭然,真可谓香港现代文化史料的渊薮。

怂恿编印《胡适及其友人》

早在十数年前,在东京认识了时任中国社会科学院近代史研究所所长李宗一教授,当时他在早稻田大学访问,我则在东京大学研究与讲学,暇时常在一块逛书店、喝咖啡、侃大山。有一次李教授告诉我:他们所藏有胡适及其亲友的数千帧照片,是胡氏1949年仓皇去国时留下的,颇有资料价值。对于研究近现代文学的我来说,当然于此讯息兴趣浓郁。

然直至大前年方有机会访问近代史所,可惜李宗一教授已经作古,但副所长耿云志教授热情接待了我,并带去档案室看胡适这批照片。略一翻检,实在令人叹为观止。首先是胡适自少年至壮年各阶段的照片都甚齐全,其次友人赠胡的照片亦甚可观;如仅徐志摩及其夫人陆小曼的照片就有七八张之多。我还认出了一张胡适1935年在港接受名誉法学博士学位时与何东爵士的合照,是由罗便臣道的一家照相馆摄的。

返港后竭力向香港商务印书馆老总推荐,经编者耿云志教授与有关同仁的努力,《胡适及其友人》作为"中国近代珍藏图片库"之一终于面世了。照片集析为六辑:一、向西方"取经"的年青学子(一九〇四至一九一七);二、新文化运动的领袖(一九一七至一九二五);三、争取人权的自由主义者(一九二六至一九三〇);四、反战的民族主义者(一九三〇至一九三七);五、学者大使(一九三七至一九四五);六、北大校长(一九四六至一九四八)。编者耿云志是知名的胡适研究专家,著有《胡适研究论稿》《胡适年谱》《胡适新论》等专著,他在《胡适及其友人》的《导言》中说:"本书的意义,不仅为胡适个人的纪念图集,也是中国近代思想、政治、学术文化界的珍贵记录。"事实上也正是如此,20世纪上半叶中国政界人物诸如段祺瑞、阎锡山、蒋介石、宋美龄、戴季陶、宋子文、张君劢等人的丰采在集

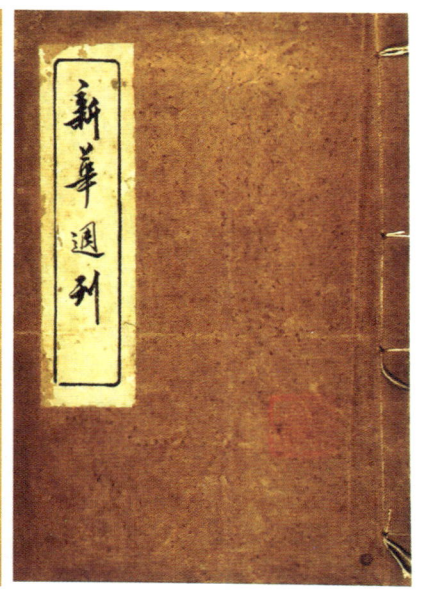

柘园藏王国维旧藏《新华周刊》（1921年）合订本，在重新装订的封面上有自书签条，并钤有"王氏静安藏书"阳文篆体藏书章

中——展示：而文化界的精英风貌更令人目不暇接，如陈独秀、蔡元培、李大钊、蒋梦麟、王国维、钱玄同、刘半农、徐志摩、顾颉刚、丁文江、刘文典、盛成、赵元任、傅斯年……关心中国文化史者不可不读。

诗怪笔下的香港

探究现代作家与香港的文学因缘，是一个饶有兴味的课题。揣此标的游猎群书，常有意外的惊喜。百余年来，香港留下了难以数计的骚人墨客的屐痕，有的来去匆匆，了无踪迹；有的流连徘徊，鸿爪可稽。例如被称为"诗怪"的李金发，系中国诗坛象征派诗风的开创者，文学史家朱自清（第一个在大学讲坛讲授中国现代文学史的学者）推重李氏是把法国波特莱尔、魏尔仑等象征派诗人的手法"介绍到中国诗里"的"第一个人"。早在法国留学期间，李金发受《恶之华》等的影响，开始创作格调怪异的诗歌，以新奇晦涩的意象来表达对人生的感喟，对幻美的追求，结集为《微雨》寄回国内，得到"五四"新文学倡导者周作人等的赏识，将其编入《新潮社文艺丛书》，由北新书局（由北京大学新潮社同人创办，后由李小峰主持）于1925年出版，在新诗坛引起骚动。对于这位在现代文学史上影响弥深的诗人，任何治新文学者均小觑不得。不佞自60年代开始搜集他的著译，寒斋柘园藏有北新初版《微雨》，与另一诗集《食客与凶年》（亦为北新版，1927），还有两本论著《意大利及其艺术概要》（商务版，1928）、《德国文学ABC》（世界书局版，1928），编选的《岭东恋歌》，翻译的《古希腊恋歌》，以及主编的《美育》杂志三期。

李金发少年时代曾在香港待过，一度在此读过书，其晚年所写《浮生总记》（连载于60年代马来西亚《蕉风》月刊）中"负笈香岛　书剑无成"节有生动的记述，在短短的一年时间内先后就读谭卫芝英文学校、伍氏英文学校、圣约瑟中学。初临香港，印象颇佳，其中写道："从船上去看香港景色，十分迷人，白云在山巅徘徊，房屋排列得像码头上的货箱，在初从小城市来的人看来，简直是一幅画图（夜景当然更有画意）。"位于金钟的公园在未来诗人的眼中亦不同凡响:"皇家花园,真是令人流连不忍去,热带植物,天真地吸收紫外光。发荣滋长,红顶鹤在笼里踱着方步,像故意忽视游客的赞美。"以上是诗人1917年冬初来香港时的观感,其中当然亦有关于香港"污秽"一面的描写,恕不赘引。

30年代初,李金发已届中年时重临香江,对这片承负过少年时代欣喜与忧伤的土地仍一往情深,在题为《东方的Naples——香港》的文章中,将香港比拟为意大利西南部美丽的港口城市那不勒斯,开首即引录了英国诗人雪莱吟咏那不勒斯的诗篇《无题》,并将此诗"转赠给美丽的香港",认为她"是东方之Naples"。诗人赞美太平山是香港最好的风景所在,"鸟声隐约,水声淙淙,古木奇树,苍翠欲滴",山前可眺"如湖沼的海湾",山后可望"紫黛色的海洋",再次赞叹"其夜景之美,是罕见的",且反复申述"这些景象,多么令人神往啊!"诗人笔下生花的由衷赞美,有裨我们领略与体味香港之美!

默默耕耘者的劳作

近日从书店中购得《早期香港新文学资料选》《早期香港新文学作品选》，该二书封底广告云："香港早期的文学资料向未认真辑录，本书为首次系统整理的选集。"事实也确乎如此。前者内容有早期香港文学的背景，文学团体组织与活动的情况，包括若干著名作家在香港的文学活动，以及在香港发生的文学论争，诸如文艺思潮、方言文学等问题的资料，也加以辑录。后者为作品的辑集，包括诗、散文、小说、戏剧、评论等。

两书卷首均有编选者以对谈的形式就宗旨、体例、内容等从不同角度予以衡估与评注，实有导读性质。《资料选》书端的三人谈，首篇"编选报告"申述了自觉运用较严肃、谨慎的态度，并强调了是站在香港立场去看香港文学的发展过程。随之阐发对1927—1941年间重大文学史实与论争的评估。正文部分依"背景""鲁迅来港及其影响""中华全国文艺界协会，中国文化协进会""抗战文艺的形式与内容""抗战诗歌论争""反对新式风花雪月""托派和平救国文艺"等专题选辑有关资料，使学习者与研究者都有按图索骥的便利。《作品选》开篇之三人谈则阐述了二三十年代之交时新文学发展状况，30年代中叶内地文人南来之影响，全面抗战前后至香港沦陷前之文学状况，并就早期香港新文学的特点与意义做了小结。

作为资料书，若要求全责备，当然会有可议之处。但在目下香港早期文学史料之整理十分疲弱的情况下，这已是十分难能可贵了。香港学术界中愿意沉潜于第一手资料的挖掘、整理者并不多，学者们也许不愿也不屑于做他们视为琐碎的工作。内地学者在当年政治风云变幻无常的艰困条件下，早在60年代初就致力于新文学史料的抢救与整理，有的甚至以身殉之，如"文革"中被迫害至死的瞿光熙教授。幸好香港学者中有像三位编选者这样的有心人,从而使香港新文学史料的整理与研究不致一片空白。今日再用"默默耕耘者的劳作"此语表示对上书作者暨她的朋友新的奉献的一份尊敬。

读《戴望舒全集》

怀着欣喜的心情,将《戴望舒全集》捧回家。书凡三卷,由中国青年出版社出版。编者为王文彬、金石,他们在《出版说明》中说:"《戴望舒全集》收录了戴望舒生前全部的著述和翻译文字,分为诗歌卷、散文卷和小说卷出版。"

戴望舒是不佞自幼心仪的诗人、学者和翻译家,柘园将戴氏著译搜罗得相当多,故对《全集》辑录的未发表手稿兴趣浓郁,可惜这部分的篇幅不多。"散文卷"中所辑《林泉居日记》即从手稿辑入,而且又是1941年旅居香港时所写,更感弥足珍贵。其时,戴望舒居于港岛薄扶林道,自称寓所为"林泉居"。《日记》仅有7、8、9三个月,内容却甚为丰富,就中展示了因家变而漾起的感情波澜,也显露了在民族危难时刻的坚毅与忠贞。从中还可窥见作者友人叶灵凤、袁水拍、徐迟、张光宇、张正宇、陆志庠、乔冠华、夏衍、丁聪、刘火子等人的身影。

匆匆将《全集》三卷浏览一过,实在是一趟美的巡礼,故甚为感谢王、金二位编者的劳作。三卷中以"诗歌卷"较为完备,创作部分辑入了《我底记忆》《望舒草》《望舒诗稿》《灾难的岁月》等诗集中的全部诗作,也收进了集外的若干佚诗;翻译部分则辑入了《道生诗集》《屋卡珊和尼各莱特》《爱经》《西茉纳集》《洛尔迦诗抄》《西班牙抗战谣曲选》《〈恶之华〉掇英》等译诗,以及数十首散译的各国诗歌。应视作迄今所见望舒诗作与译诗的一个较为完整的本子。再看"小说卷""散文卷"就稍嫌不足,前者翻译部分未收入的作品甚多,戴氏译作曾出过单行本的如《紫恋》《鹅妈妈的故事》《天女玉丽》《一周间》《铁甲车》《青色鸟》《美人和野兽》《弟子》等皆未辑入,再如柘园所藏戴望舒与徐霞村合译的西班牙作家阿左林的短篇小说集《西万提斯的未婚妻》,其中有十五篇是望舒译的,可是未收,甚至连提都未提。卷首言妆录了戴氏生前全部的著译文字,事实却并非如此,冠以《戴望舒全集》之名,有点名不副实。

闲话杨家将

电视台近播《穆桂英挂帅》剧集，女主角的表演颇为落力，然我始终觉得其气质过于柔弱，不够英姿飒爽，与心目中早已定型的穆桂英形象不大吻合。这是因为早在孩提时代就在"杨家将"的故事中浸淫，对就中人物的音容气度凭想象凝聚为某种"定势"，遂据以与电视中的演员来对照了。此处无意对穆桂英的扮演者有所訾议，仅想借此说明传统的故事通过口耳相传，或者楮墨流播，对接受者皆是影响匪浅的。

"杨家将"对今日都市青年来说，可能已甚为陌生，然同一题材的话本、杂剧、传奇、说唱、章回小说等，在两宋以来，千百年来在中国庶民百姓的文学生活中占有重要的地位。

杨家将故事之所以长传不衰，是因为少数民族铁骑数度蹂躏中原，两度入主中国，所谓"以鼓忠义之气，望中国之复强"。杨业祖孙三代抗辽保宋的事迹见于正史，《宋史·杨业传》有载。杨家将故事在北宋当代已在民间流传，并成为艺人讲唱的节目。宋人话本的杨家将故事已经亡佚，据罗烨《醉翁谈录》所载，有《杨令公》《五郎为僧》等，金代则有院本《打王枢密爨》（《辍耕录》载目），亦演其事。元杂剧中尚存有《孟良盗骨殖》等五种，表彰杨业父子保家卫国的勋业，如《谢金吾诈折清风府》剧中云："谢得当今圣明主，不受奸臣误，把清风楼重建一层来，着杨六郎元镇三关去，直把宋江山挟持到万万古。"就中表达了在异族统治下的元代黎民的故国之思。

入明之后，宋谦《杨氏家传》、王世贞《宛委余编》、顾炎武《天下郡国利病书》等，都有杨家将的记载。以杨家将为题材的明代戏曲亦复不少，杂剧中有《八大王开诏救忠臣》《杨六郎调兵破天阵》《焦光赞活拿萧天佑》等（见《脉望馆钞校本古今杂剧》），传奇中有《三关记》《祥麟现》（见《曲海总目提要》)等,可见杨家将的形象在有明一代的舞台上十分活跃。以杨家将为题材的通俗小说,则更在间里间不胫而走,广为流播。不佞所知见的有明万历三十四年(1606)卧松间刊本《杨家府世代忠勇演义》,凡八卷五十八回,署"秦淮墨客校阅,烟波钓叟参订",秦淮墨客即纪振伦,字春华,江宁人,系明季一通俗文学家,编校过通俗小说《续英烈传》,撰述过传奇《葵花记》等。据此本繁衍的版本甚多,题名《杨家将演义》《杨家通俗演义》《杨家将演义》不一。另一种明嘉靖熊大木所编撰的《南北两宋志传》(明建阳余氏三台馆刊本)中的《北宋志传》,其实亦是写杨家将的,故又名《杨家将传》《北宋金枪传》,凡十卷五十回。此书将流传的杨家将故事定型化,塑造了杨家将特别是杨门女将的群像,对后世影响甚大。杨家将故事的主题是爱国,对今天的青少年当有积极的影响,尤其是在数典忘祖者辈讥刺爱国的谎言甚嚣尘上的时刻。

童年恩物

隔篱立川兄畅谈童话的魅力，不佞颇有同感。优秀的童话作品，会给儿童读者留下深刻的印象，以至终生也难以忘怀。每当忆及，心头必会漾起甜蜜而温馨的画面。

近日在友人的书架上见到蔡澜写的随笔集，随手翻翻，见到一篇谈童年所爱之书的杂感，作者追述了这本书的内容，却忘却了它的书名，并引为憾事。

事有凑巧，该书亦是我童年的恩物，如今仍保存在寒斋柘园的插架中。我之所以珍视它，除了十分爱读之外，还因为它是我所尊敬的一位姓何老师的赠品，后来他当了"右派"，死在采掘石墨的矿洞的塌方中。

蔡先生百思不得的书名是《昆虫世界漫游记》，一位俄罗斯女作家扬·拉丽所作的科学幻想童话，译者是黄幼雄，作为"世界少年文学丛刊"之一，由开明书店于1947年出版。我还清楚地记得，封面是画着一个小女孩坐在一匹飞机般大的蜻蜓背上翱翔，内容则是写一个小女孩吃了一种可缩小身体的药，从而在昆虫世界漫游的故事，其惊险趣怪可想而知。最初读它是50年代初，迄今骎骎四五十年过去了，就中若干情节犹可省忆，如小孩子吃蚜虫蜜状排泄物的馋相在脑海中仍了然如画，可见印象之深。另一深烙脑际的童话作品是德国作家步耳革的《闵豪生奇游记》，电影《通天神将》就是据此书改编的。每当电视台播放此片时，我都抽空观赏，除与家人捧腹大笑外，同时尚感分外亲切，因为早在少年时代就读过这本逸趣横生的童话。

《闵豪生奇游记》，早在30年代初就有了中译本，译者魏以新，上海华通书店1930年2月初版，我的这本原是父亲的遗物，扉页上有他"军旅中购于滕王阁下"的题记,如今仍珍藏于柘园。魏氏是从德文原版移译的,并复制了原书中若干帧精美插图,更令人爱不释手。50年代又出现了从俄译本转译的新译本,译者好像是李俍民,上海少年儿童出版社出版,直至"文革"前,一直是该社的畅销书。"文革"中有人揭发出版该书是讽刺"大跃进""吹牛皮,说大话",真是匪夷所思。

闵豪生诚然是吹牛大王(记得其中一个牛皮是,闵豪生去野外打猎忘了带子弹,只得用枪的通条权当子弹;结果射下了一串野鸭,而且个个都被炽热的通条烤熟了!),然而吹牛竟能吹得神乎其技,兴味盎然,不仅得到儿童的喜爱,就是成年人看了也不禁莞尔,自有其异乎寻常的感染力。闵豪生作为一个不朽的文学形象,他吹的牛有的已然落伍(如人骑炮弹飞行与今日航天飞机比已是小巫),然其艺术魅力永存。我的童年是在皖南一座僻远的山城中度过的,荒凉闭塞,无书可读。《昆虫世界漫游记》《闵豪生奇游记》一度是疗慰我精神饥渴的恩物,以至使我终生难忘,由此可知好的童话影响力之深巨。

赤子之心

厚若青砖的《陈君葆诗文集》问世了，作为责任编辑之一，不佞也感到由衷的喜悦。今日知悉陈君葆的人已为数不多，然他在香港近现代文化史上却是举足轻重的角色。陈氏可能是在香港大学执教最久的中国籍学者，自30年代起就任职于香港大学，曾任冯平山图书馆馆长，历任中文学院讲师、高级讲师、教授。早在1934年，胡适来港接受港大荣誉博士学位，陈氏就参与了接待工作。胡适作为五四文化的倡导者之一，对香港当时窒闷闭塞的学术氛围很不满，遂振髯作狮子吼，对港英当局卵翼下的封建文化猛烈排击，此举得到陈氏的由衷赞赏与主动附和。稍后许地山执掌港大中文系，进行破旧立新的革新，也得到陈氏的积极配合与鼎力支持。鲜为人知的是，陈寅恪之所以能在港大任教，也在于陈氏与许地山、马季明等进步教授的竭力争取，抵制了国民党高官推荐的某人，并严正地说："港大需要的是学者，而不是政客！"由此可见，陈君葆与许地山、陈寅恪等一道，对于香港笃实学风的培育，功莫大焉！

作为怀有赤子之心的爱国学人，陈君葆在抗战初期就投身救亡运动，参加由宋庆龄、何香凝等在港主持的"保卫中国同盟"，编辑该同盟《通讯》的中文版，热诚致力于抗日宣传工作。

在香港沦陷时期，陈君葆坚持民族气节，"大节临危能不夺"，虽一度被日寇羁押，却不顾个人安危，竭力保存善本古籍与有关档案，免其沦于敌手，或遭战火燔灭，此举受到港人的赞扬与尊重。

处于国共鏖战的40年代后期，陈君葆不以个人得失为依归，而是以国家民族利益为标尺，从而正确判断曲直、是非、忠奸，随之坚定地站在人民一边，成为香港学术界著名的进步教授，其凤辉台的寓所也成为柳亚子、沈钧儒、翦伯赞等进步文化人聚会的场所，柳亚子曾赠诗云："凤辉台上陈君葆，羝乳海滨苏子卿。大节临危能不夺，斯文未丧慰平生。"

新中国成立以后，陈君葆十分关心祖国的进步，多次率港大师生到内地观光，一再受到周恩来总理的接见。为了促进香港同胞的爱国团结，参与创建华人革新协会并任副主席、主席。晚年受港英当局的歧视、排斥，然不改其志。

不佞有幸编辑陈君葆的诗文集，最近又拜读了他自30年代至80年代的日记（由其女婿谢荣滚先生整理），对这位刚正不阿、孜孜矻矻的学者有了更深切的体认。

已出版的诗文集与将出版的日记集，都可视为数十年香港文化的一个侧面，从中足可窥见一个正直、热忱的爱国知识分子在香港这块土地巍然屹立的英姿，就中所反映的其终生服膺真理、匡扶正义、心系神州、酷爱香港的心路历程，足堪读者体味、咀嚼与反思。

乡情如醉

画家胡永凯贻我一册《永凯画境》，其中辑印了其南来海隅所创作的四十余幅作品。不佞是不谙丹青三昧的画盲，但也不禁为画册中盈漾着的江南风情所陶醉。诚如画坛前辈黄永玉先生在画册引言中所揭示的："永凯的画是南方人、江南人温暖而深情的作品，温和的人情、水乡、幽静的小阁楼、明洁的木窗格子……孕育了这些作品的产生。"

作为生身江南的漂泊的游子，谁的心底不蕴藏着对于故土的深深眷念，不佞并非草木，故而亦不能忘情。永凯的画展现了梦魂萦绕的故里风物：芙蕖飘香的《采莲》，破土而出的《春笋》，巷陌空蒙的《细雨》，熏人欲醉的《晚风》，沁人心脾的《清茶》，甜香诱人的《红果》，似曾相识的《深巷》，水网纵横的《桥镇》，清风匝地的《夏夜》，幽光笼罩的《月升》，童趣盎然的《鸽戏》，万籁俱寂的《泊舟》……裨我神游久别的故乡，仿佛得以亲炙芬芳的土地，清澈的溪流，葱茏的茶园，青翠的竹林，以及充溢在山峦林莽间所特具的馥郁温馨的气息。

我的故乡徽州，地踞皖、浙、赣三省交界之处，黄山、白岳诸峰错落其间，新安、青弋两江蜿蜒而出，风光旖旎，明丽如画。明代大戏曲家汤显祖诗云："一生痴绝处，无梦到徽州。"可证明她曾惹得万千文人骚客的依恋与流连。李白曾吟咏曰："人行明镜中，鸟渡屏风里。借问新安江，见底何如此？"对"水色异诸水"的"清溪"——新安江表示了由衷的赞美。如今水光山色仍如往昔，常常在我的脑海中浮现；唯有山川阻隔，难一亲芗泽了。故我每当瞥见描摹江南风物的画作，总觉到分外的亲切，以至永凯的画遂撩起我袅袅的乡思。永凯也并不讳言其师承张正宇、张光宇昆仲于30年代所作绘画的民间情调与江南色彩，也使我想到了自己早年所购藏的张氏兄弟的有关书物与作品，其中有他们在30年代中期所编辑的《万象》画刊（题名"万象"的近现代文学艺术刊物，至少有五种之多；仅画刊就有两种，除张氏兄弟所编外，尚有稍后胡考编的），仅出三期而止，开本廓大，印制精美，提倡民族传统文化与民间艺术不遗余力，在当时不啻是空谷足音。记得有一期是江南蓝印花布图案专辑，可能是这一手工艺产品第一次作为艺术佳作在印刷物上出现。

张光宇在30年代初还创作了《江南民间情歌集》，为那些脍炙人口的情歌配图，图歌并茂，相得益彰，诚为不可多得的艺术杰作。所选皆江浙间的民间情歌，不乏大胆、热烈之作，绝不比冯梦龙辑《山歌》与华广生辑《白雪遗音》中的篇什逊色；图就当时而言亦多度越常轨的笔致。犹记得有一幅画歹床纱帐中的裸体少女，寥寥数笔就勾勒出一个顾盼生姿、风情万种的尤物，引得当时尚是毛头小伙子的我怦然心动。

素颜可亲

平日喜欢翻翻作家印象记之类的文章，但那些溜须拍马或借以自炫者不在此列。最近读了王映霞女士写的一组有关郁达夫衣食住行的文章，感到饶有兴味。郁达夫是我素所心仪的作家，看到毫无讳饰的有关他心性行为的文字，实在高兴之至。

王氏笔下的郁达夫是一个富有感情，且多怪癖的血肉之躯，不是经过净化、神化处理的偶像。

王映霞是曾与郁达夫长期厮守的伴侣（他们后来的恩恩怨怨，此处不予置评），她笔下的郁达夫就可信性而言是没有问题的。不仅可信，而且可亲。请看：郁达夫不修边幅，从不讲究衣着；常年穿布衣布鞋，头发任其蓬乱，最多用手捋捋，以致王映霞的同学说郁像个"剃头师傅"；郁达夫最讲究的是吃，最喜欢吃鳝丝、鳝糊、甲鱼炖火腿，其胃口忒好，一餐可以吃一斤重的甲鱼或一只童子鸡，并且嗜酒如命，其口头禅是"我们无产者唯一可靠的财产，便是自己的身体"，成为他追求美食的"理论根据"；郁达夫对住也不甚讲究，所谓"风雨茅庐"与杭州民居相比也未必有什么特殊之处；郁达夫在交通上很节约，从不坐出租汽车，只坐三等电车，甚至喜欢坐"第四阶级"的独角龙（独轮车），常常与王映霞从赫德路散步到徐家汇（大约有三公里）。以上的郁达夫，如闻其声，如见其形，栩栩如生，倍感亲切。

亲人的描摹如是，朋友的刻绘亦然。后者为不佞所赞赏的有题为《一知半解》的书，内容是人物剪影十七篇，全是作者相熟的师友、同僚，如吴宓、胡适、徐志摩、周作人、顾维钧、丁文江、辜鸿铭、陈源、梁宗岱、盛成等，大多为中国近代文化史上赫赫有名的角色。相比之下，作者温源宁似乎并不怎么有名，其实不然。温氏系广东陆丰人，20年代中就当上了北京大学英文系的主任；30年代末一度居港，主编英文杂志《天下》，并与许地山、马鉴、陈君葆等一同担任中英文化协会的理事；40年代任驻希腊大使；1985年病逝于台湾。其英文造诣，林语堂、梁实秋都甚为佩服。温氏深谙英国散文之三昧，并娴熟地融会运用在这些人物速写之中，诸如擅于以深邃的智慧来观照万物，使文章富有哲理性；由挚爱人生而来的人情味；寓庄于谐，笔调幽默。

因而《一知半解》中的人物，皆不停留在表面的描绘，而是善于捕捉对象的性格特征，然而以铁划银钩式的笔触勾勒而出，从而使天真如徐志摩、睿智如梁宗岱、怪诞如辜鸿铭、笃实如周作人等皆声态并作，呼之欲出。

当然，在回忆录、印象记之类的文字中，谬托知己，妄自攀附，狗扯羊肠，瞎三话四者比比皆是，但请君不必担忧，时间将会把这些垃圾淘汰殆尽。

《与巴金闲谈》

开年收到的第一本朋友赠书，是远在京华的姜德明兄惠寄的新作《与巴金闲谈》。作为"阁楼文丛"之一，由文汇出版社于本年1月出版。开本小巧，装帧典雅，刚触目即令人喜爱。内容的丰实似乎令这薄薄小册难以承负，实在叫我爱不释手，以工余的两个晚上读完了它。

巴金是20世纪最有影响力的中国作家之一，从20年代至今，他似一支以生命作燃料的烛炬，给一代又一代的读者带来光明与慰藉。不佞自少年时代起就爱读巴金，他创作的童话《海底梦》、翻译的童话《快乐王子》，曾给予身处穷乡僻壤的我以莫大的欢欣。至今双鬓斑白，仍是巴金著作的热诚读者。自己虽然不研究巴金，但朋辈中却不乏卓有成就的巴金研究者，如前《文艺报》副主编陈丹晨先生、日本大学山口守教授等，他们的成果使我获益匪浅。德明兄的新作有裨于自己进一步了解与认识这一伟大的作家，当然要先睹为快了。

《与巴金闲谈》析为上下两辑，上辑为访问记，凡十三篇，起自1978年，迄于1995年。其实老姜认识巴老早在1965年，悠悠数十年间，他们起初是编辑与作者的关系，后来成为朋友。他们友谊的基石是书，诚如德明兄所云："巴金爱书，我也爱书。"故而访问记多有关于书的故实，而这更引起不佞浓郁的兴趣。借用俄国出版家绥青的回忆录之名，巴金也是"为书籍的一生"，这位年逾耄耋的作家，创作了"爱情三部曲"、"激流三部曲"、《火》、《憩园》……编辑了《水星》《文丛》《烽火》《收获》等刊物，以及数以百十计的"文学丛刊"。晚年所作《随想录》，成了时代良心的表征。德明兄所作访问记，从头一篇《第一场春雨》至末一篇《西子湖畔》，几乎没有一篇不谈到写书、编书之事，诸如帮同靳以编《文学季刊》，审读曹禺的处女作《雷

柘园藏巴金著作签名本

雨》，由鲁迅介绍出版萧红的《商市街》，与茅盾合编《烽火》杂志，为丽尼译的屠格涅夫《贵族之家》写广告，假托在美国旧金山出版以逃避文网的《雪》，与胡愈之合作译印俄国盲诗人爱罗先珂的童话集《幸福的船》……从这些貌似零碎的琐事记述中，恰如一滴水可以映现太阳一样，从中足可窥见巴金那颗赤热之心的跃动！

下辑辑入了巴金致作者的书简卅七通，并将信中的警句提挈做了标题，每通书简后还加了简约的注释。其中我最感兴趣的是涉及现代文学书刊编辑与出版的部分，如可从1978年9月8日函得知由巴金主编的"文学丛刊"（共十集，每集十六册）、"文学小丛刊"（共三集，凡十七册）、"文季丛书"（共二十六册）、"烽火小丛书"（共十九册）等丛书的封面居然是主编自己设计的。又如1980年11月15日函云："创办一所现代文学资料馆，您感兴趣吗？"同年同月25日函又云："我们目前就需要创办一个这样的中国现代文学资料馆……我愿意为它的创办出点力。"读到这些我十分感动，如今中国现代文学馆的新馆已在北京矗立，我们不会忘却最早的倡议人巴老，他最早捐献了十五万元的开办费，并陆续捐出了大量手稿和书刊。

感谢德明兄的生花妙笔和慷慨大度，得使我们可以更近地亲炙这位心中长燃不灭的爱火的老作家。作为巴金的一个读者、一个崇拜者，我十分珍惜德明兄以传神的笔触所描摹的长者风采，所传递的嘉言懿行。作者在跋语中说："我们都喜欢巴金，热爱巴金。我们已经真正认识巴金了吗？"而本书正有裨于我们认识巴金。谓予不信，请君一读！

色笼墨染写沧桑

姜德明先生自京华寄来其新编的一本书——《如梦令——名人笔下的旧京》，并命我依样画葫芦，也为北京出版社编一册"名人笔下的香港"。

编者在该书后记中云："北京有无限的魅力，是个永远也说不尽的话题。"不佞对此并无异议，同时立即联想到香港的魅力亦不遑多让，选编一本四五十万字的集子当无大问题。不过德明兄在后记中还申明了其选取作品的标准，即一要历史价值，二要文化价值，三要欣赏价值。三者兼顾，殊非易易。

拜读一过，觉得《如梦令》这个葫芦是画得相当圆的，足可窥见编者所耗费的心血。所辑作品的时限是20世纪上半叶，悠悠五十年中描摹旧京的文字。

首先，从作者阵容来看，皆当得起"名人"二字，诸如钱玄同、陈独秀、周作人、李大钊、鲁迅、胡适、冰心、邵飘萍、俞平伯、朱自清、沈从文、郁达夫、卞之琳、徐訏、老舍、辛笛、张中行、吴祖光、朱光潜、曹禺、齐如山、梁实秋……浩浩荡荡，林林总总，不下百十人，几乎囊括了民初以来各有千秋的文化名人。

不佞断断续续在北京住过一些时日，也曾寻访过往昔繁华的胜迹，追踪过已逝文人的脚踪，故读这些刻绘旧京风貌的散文、小品，倍感亲切。他们所描写的风物，大多随风而逝或面目全非了，更感到这些篇什值得珍视，因作家们以如刀的笔触镌刻了旧都的或一面影，从而使这转瞬即逝的图像成为永恒。周作人的《厂甸》，使我们分享了他在旧书肆猎书的乐趣；陈独秀的《六月三日的北京》，也使我们恍如作者在"五四"狂飙中窥见新时代的曙光；俞平伯的《陶然亭的雪》，则真切表达了江南游子对北国彤云白雪的新奇与眷恋；张中行《北平的庙会》，不啻带领我们亲历了最富有北方民俗风情的场景……由于北京是无可替代的文化城，许多作家围绕着"书"皆颇多感慨，朱自清的《买书》、张恨水的《北京旧书铺》、商鸿逵的《北平旧书肆》、吴晓铃的《读书人的厄运与书的厄运》、邓之诚的《哀焚书》等，个中喜乐哀愁，唯有书呆子方能体味其三昧。

《如梦令》无疑是一本不可多得的好书，却使我又爱又恨，爱的是能使我神游那已成为历史的京华烟云、日下旧观，恨的是给自己编那本"名人笔下的香港"立下了难以逾越的范本。

不过也不必太过担心，"名人笔下的香港"可供遴选的名人名篇也是烟霞满目，略一检视行箧，就有下列"名人"描摹过香港那绰约的风姿：王韬、斌椿、张德彝、郭嵩焘、曾纪泽、郑观应、梁得所、杜重远、倪贻德、胡适、鲁迅、巴金、茅盾、黑婴、邹韬奋、金仲华、戴望舒、施蛰存、夏衍、华嘉、唐海、萨空了、熊佛西……在那些色笼墨染的描绘中，我们可以清晰认取香港的百年沧桑。

学苑英华

顷接到上海文艺出版社惠赠的一大包书，打开一看原来是渴慕已久的"学苑英华"丛书，实在快莫何之，非常感谢曾培、国平、朝华诸兄的盛意，所贻足以疗慰不佞之精神饥渴。

"学苑英华"诚非泛泛，入选者皆为中国（包括港、澳、台），及海外华裔学人中之表表者，堪称第一流学者。试看其已出版之书目：饶宗颐《证心论萃》、李亦园《人类的视野》、金克木《文化卮言》、季羡林《朗润琐言》、杜维明《一阳来复》、庞朴《蓟门散思》、李学勤《失落的文明》、周策纵《弃园文粹》、任继愈《天人之际》、林毓生《热烈与冷静》、许倬云《历史分光镜》、程千帆《俭腹抄》，等等，林林总总，如同繁星闪烁，各赋异彩。

丛书的责编高国平兄乃不佞多年的同事，他出身北大中文系，学养丰实自不待言，为人亦诚笃敦厚，谦谦然有古君子风。曾有专著问世，足见有相当的研究实力，然他沉埋"为他人作嫁衣裳"之编辑生涯数十寒暑而甘之如荠。丛书的出版说明写得不同凡响，想亦出自国平兄之手笔，不妨抄出与读者诸君共赏："当代学苑，繁花似锦；大家风范，光彩照人。本丛书以独特的编纂方式，荟萃海内外华人学者研究成果中的华彩乐段。或以时间为序，或按问题分类，分则独立成章，合则一气呵成。各家学业有专攻，文风呈个性，但都学融哲经文史，识贯中外古今。思如大鹏飞天，水击三千里；心如澄江秋月，不作虚妄语。创见多多，新意比比，各领风骚，自成一格。一卷在握，可含英咀华，探无穷意蕴；一套置案，如群山连绵，尽显学苑无限风光。"看官切勿以寻常广告文字视之，因只要浏览一二，定知此言不虚。

编辑这套丛书的创意与苦心是值得赞赏的，因为想在尽可能节约的空间与时间里，让读者领略大师级学者的学术精蕴，故采用的方式是物色学有专精的中、青年学者，节辑或一大学者的著作，从中既可窥测作者数十载研治学问的轨迹，亦可掌握作者经年攀援所达到的高度、所征服的群峰，让读者在读完丛书中数十册选本后，可以大致了然在整个世界范围中，华人学者在人文科学领域的创造与贡献，这当然是功德无量的事。

更难能可贵的是，每册选本都有作者的自序，就中若干自序还详叙了自己的治学历程，如林毓生教授以散文笔调所写的《试图贯通于热烈与冷静之间——略述我的治学缘起》，洋洋洒洒，长达万言，中含"研读西方文明原始典籍的思想训练""莎士比亚与陀思妥耶夫斯基给予的知性的喜悦""学术自由、心灵秩序与'问题意识'""心灵危机的涌现与'个人关怀'带来的纾解""建立'中国意识的危机'的系列分析的曲折过程"等节，形象地展示了自探索"中国自由主义的发展及其挫折"，进而寻求解决"中国意识的危机"之切入点，再追索"中国传统的创造性转化"这一漫长的"困思"过程。王元化教授评之曰："以散文笔调写思想史治学经历，以林先生之性格，实在是难得。"其他如李学勤教授《〈失落的文明〉序》、许倬云教授《〈历史分光镜〉序》、周策纵教授《〈弃园文粹〉序》，皆或长或短地叙述了自己的治学历程，对学术界将有甚大的启迪。

丛书的幕后策划者想来是王元化教授。元化师虽届耄耋之年仍葆有旺盛的学术青春，一方面不断贡献力作，以丰富中国当代学术；一方面通过编刊物、出丛书、设讲坛诸方式，促进海内外的文化交流，培养新生代的坚实学人。值此世纪之交，谨祝他潇洒而雄健地迈入新世纪！

功德无量

应邀参加《中国思想家评传丛书》第一百部首发式，甫入场即为那浓郁的学术氛围所缭绕。贵宾获赠《〈中国思想家评传丛书〉总目提要》《匡亚明教育文选》《匡亚明纪念文集》等，皆欲先睹为快。

被称为深入揭示中国传统文化底蕴的跨世纪学术工程的《中国思想家评传丛书》，正是匡亚明教授策划与主编的。不佞与匡老仅有一面之缘，80年代初因研究左翼文学，经南京艺术学院院长臧云远先生的介绍拜谒了匡老。匡亚明是左翼文化运动的老战士，1932年8月曾由上海光华书局出版过长篇小说《血祭》（一名《少年狂热者的哀愁》）；同时也发表过《郁达夫印象记》《文学概论》等。又以何畏的笔名出版过《社会之解剖》（上海光华书局1930年5月初版）。以上可见当时仅二十余岁的匡氏在左翼文化战线的活跃，拜访他时主要也是想了解他在左翼文艺运动中的创作与活动。

后来听闻匡老退休之后，以耄耋之年主编《中国思想家评传丛书》，借此对中国传统思想文化进行全面和系统的总结。为此他大声疾呼，四处奔走，先后约请二百余位来自全国的学术权威、知名学者以及崭露头角的中、青年学人承担《丛书》的撰著，并身体力行撰成《孔子评传》。同时，为了保证《丛书》的学术质量，他还邀请了丁光训、安子介、赵朴初、冯友兰、张岱年、任继愈、王朝闻、王元化、程千帆、杜维明等海内外知名学者担任学术顾问。《丛书》从中国历史中遴选出二百七十余位传主，其中包括政治家、军事家、教育家、哲学家、宗教家、史学家、文学家、天文历算学家、医药学家、农学家及工程工艺学家等。主编匡亚明在《丛书》的总序言中揭示了编撰宗旨：以生生不息的思想活力为核心的优秀传统思想文化，是我们民族凝聚力和生命力所在，是历史留给炎黄子孙足以自豪的无价之宝。《丛书》旨在承继与弘扬中国传统思想文化,且已取得丰硕的成果,为此,我们应该感谢与铭记这位已逝的老教育家生命以赴的努力。

《林非散文》

无线电视要拍摄一辑纪念五四运动的片子,请我介绍几位内地学者供其采访录制,于是分别致函前辈施蛰存、王元化教授,侪辈林非、孙玉石教授请予接待。事后,林非托无线的许小姐捎来了新作《林非散文》。记得过去说过,见新书如见故人,展卷披览就像和老朋友谈天一样,快莫何之。人云先睹为快,何况老友新作,故用假日一口气读完了它。

《林非散文》系贾平凹主编的"中国当代散文精品文库"之"袖珍典藏本",装帧确也小巧别致,封底以一组排句来提挈散文的特性:"她是一泓清水,会荡去时间蒙在灵魂原野上的积尘;她是一缕春风,会拂去岁月罩在生

贾平凹接待香港作家代表团(左四为作者,左六为潘耀明,左七为贾平凹)

林非教授（左，《灿烂的中国文明》系列主编之一，曾任中国鲁迅学会副会长、中国散文学会会长）

活之旅上的阴霾；她是一位长者，在深沉的讲述中揭示着世界的奥秘；她是一个哲人，在谆谆的教诲中传达着人生的哲理。"比拟新颖，优秀的散文恐亦庶几近之罢。

林非既是散文的研究者，曾著有《现代六十家散文札记》《中国现代散文史稿》等，又是散文的创作者，曾作有《访美归来》《我的读书生涯》《西游记和东游记》等。其所作当然隶属学者散文之列，然而绝没有故作高深的拿捏，或佯狂撒泼的造作，给人的感觉是真诚与淳厚，犹如不佞故乡陈年的黄酒，浓酽、甘冽、清芬。

林非尝言散文的作者必须是真诚的、朴实的、谦逊的、善良的、向往美的，具有同情心的，具有理想和感情色彩以及哲理思索本领的，如此方可"触动甚或是震撼许多读者的心弦"。《林非散文》的作者正是这样自律的，集中篇什无论俯仰山川，远眺苍穹；抑或寻踪觅迹，叩问历史；再不然怀人念旧，情思袅袅……字里行间皆流溢着一片真情。集内若干篇章还惹起我的共鸣，如《文学史家刘大杰的憾事》读来倍感亲切，因不佞亦同样缅怀这位饱学而温煦的前辈学者；再如《离别》写他与萧凤唯一的儿子，我几乎是看着他长大的，老父的舐犊情深，当然引起我深长的共鸣；《记丸尾常喜》记述了一位诚笃的日本学者，令虽与丸尾教授长期通信却素未谋面的我，亦了然了他的音容笑貌……

喜读《海上学人漫记》

中杰兄新作《海上学人漫记》问世，不免忙里偷闲，先睹为快。该书作为"读书文丛"之一，由北京三联今夏出版。老实说，起初颇诧异中杰会写这本新闻特写式的文字，因与其相知近三十年，印象中他处世有"台州硬汉"之风，"文革"中被诬陷为所谓"胡守钧反革命集团"的黑手，依旧处之泰然；做学问则笃实勤谨，一丝不苟，诸如《论鲁迅的小说创作》《文艺学导论》《中国现代文艺思潮史》等，在在显示这位文艺学博士导师的深湛功力。

无论如何，《海上学人漫记》读后十分受用。书中述及的学者，无论是复旦园中的教授，抑或上海滩头的作家，大多系不佞熟识的前辈与侪辈，诸如陈望道、郭绍虞、刘大杰、王元化、钱谷融、贾植芳、陈从周、赵景深、王道乾等，皆是曾承教的师长，英年早逝的施昌东兄是我联系过的作者，惨遭戕害的戴厚英则是我的同乡与师姊……故而读中杰兄的描述，倍感亲切与感慨。

《散淡襟怀荆棘路》一文尤深得我心，它所写的正是不佞研究现代文学的启蒙导师钱谷融教授，文中云："我所喜爱于钱夫子的，也就是他那风流潇洒的气度。他襟怀散淡，神态飘逸，不热衷，不矜持，待人宽厚，态度随和。他并不执着，但为人作文却一以贯之；他无意标举，而所达境界甚高。"中杰对谷融师风貌的刻绘，可谓正中肯綮。

中杰笔下的赵景深教授亦引起我的共鸣，惹起对这位惠我甚多的忠厚长者的深长忆念，不佞曾以《荒漠甘泉》为题悼念景深师，其中由衷写道："慈和睿智的赵老不仅施我以学问的乳汁，而且在危难中覆我以庇护的羽翼。"后者指的是他老人家在批林批孔运动中竭力保护我之事，至今仍使我感念无已。

《为学不作媚时语》写的是王元化教授,元化师是不佞晋升正教授时的审评推荐人,他的夫人张可教授则是我妻子的老师。对于元化师的人格与学问,不佞惟有高山仰止之感。读了中杰文章后更了解到元化师在危难中的正直与坚贞。

撒旦的礼物

春节期间,同窗常志、观琳伉俪莅敝寓做客,观琳还携来自南京来此探亲的弟弟观懋。观懋老弟虽首次谋面,却早已听观琳说他如何如何了得,可谓如雷贯耳;然百闻不如一见,接谈之下,果然才情不凡。

观懋将其小说集《撒旦的礼物》当作见面礼赠我,不敢怠慢,偷得星期六半日闲读完了它。坦白地说,平时很少读当代小说,因为终日为衣食营营役役,没得空闲读"闲书"耳。

《撒旦的礼物》却真正吸引了我,其中二十多个短篇是一口气读完的。作者谓系十年创作的结集,使我想起了"十年磨一剑"的古话。十年写十七万字并不算多,然而作品并非青菜萝卜,是不可以量来衡估的。不佞并非想说该书字字珠玑,不过却从中谛听到一位同时代人特有的心律。观懋在"后记"中说我们这一代人生于战乱、长于忧患,"人生的痛苦多于欢乐",不佞深有同感。他还昭然宣示创作的动机:"小说是用放大镜、显微镜看人生,要在一个个血肉丰满的人生中找回人的价值。小说拒绝忘却,恰恰相反,它要把一切有价值的存在,用鲜活的文字固定下来,让人们永远记住。我写小说便基于此。"这些话使我想起了巴乌斯托夫斯基所叙述的金蔷薇的故事,一位穷苦的首饰匠从尘埃中搜集、攒积微细的金屑,集腋成裘,聚沙成塔,终于将无以数计的金屑锻成了一朵光灿夺目的金蔷薇。这则美丽的故事,生动地道出了每一个认真的小说家的创作秘辛。

最令我难以释怀的是用作书名的同名短篇《撒旦的礼物》,主人公周元亨是个在大学教书的老知识分子,临退休时因缺乏"硬件"(著作)评不上正教授而耿耿于怀,为此带着手稿跑了一家又一家出版社,软、硬钉子碰了不少,要么借口经济效益婉言拒绝,要么建议作者包销变相退稿,总之出版无门。于是乎周副教授食不甘味、郁郁寡欢、愤世嫉俗、牢骚满腹。甚而对亲人也诸多挑剔,尤其将儿子嘉琏视为"撒旦"。被周副教授斥为"不学无术"的儿子,其实是一个在经济改革大潮中应运而生的弄潮儿。颇具讽刺意味的是,儿子的诸般作为均被父亲贬之为"歪门邪道",但对此"歪门邪道"给家庭带来的实惠与方便却安之若素。改变父亲偏见的契机有点出人意表,即当周元亨欢度六十大寿之际,儿子送给他的生日礼物竟然是他自己的著作——《周元亨史学一稿》,那是他到处求爹爹、拜奶奶也无法实现的一个梦想。儿子笑称:"爸爸,这是撒旦的礼物。"我们的主人公被深深地感动了,作品结尾如此写道:"周元亨捧着书,手微微地颤抖着,他的眼睛不由地湿润了,站在前面的究竟是撒旦,还是天使呢?"作者塑造这个老知识分子形象时,混和着揶揄嘲讽和悲悯同情的复杂感情,从周元亨身上我们或多或少可窥见自己的影子,足以引起自省与反思。其他甚有兴味的篇什尚有:《树桩》犹如一出舞台上的小品,撷取了一个发人深省的生活片断;《断指的故事》亦不感到陌生,那个史无前例的荒谬时代,正造就了不少撒漫天大谎也不会打一个嗝愣的"天才演员";《万户侯》为我们展示了一个不入品的芝麻官的心路历程,使大家领略了人性美好的一面;《天女庙传闻》在对比中即刻妍媸立现,校长与镇长的正邪斗法不正在持续吗?高晓声在该书代序中认为这个"孙观懋工程"很有分量,揭示其明显继承了以"三言二拍"为代表的古代市民传统,并将故土芬芳与现代意识糅合得当。不佞亦甚有同感,期望观懋百尺竿头更进一步。

心泉淙淙
——读《今夜星光灿烂》

由于生活的忙迫，很少寓目时下作家的新作；然而，卢玮銮（小思）的作品以其特具的清灵逸秀吸引着我，每以先睹为快。

《今夜星光灿烂》是她的散文新集，由台湾汉艺文化公司于1990年末出版，装帧甚美，豆绿色的背景中，点缀着名瓷"雨过天青"般的晕斑，状似繁星，颇引人遐想。全书析为四卷，依次题为"彤云笺""衣钵""不再""京都短歌"。它是小思散文的一个精选本，自《路上谈》《日影行》《承教小记》《不迁》等集子中选出，并增加了集外的新作，凡75篇，写作时间的跨度为16年（1973—1989）。

凤夜读完，掩卷冥思，恰如在炽热的夏午俯饮一泓甘冽的清泉，分外沁人。默默寻思，其中大多篇什早已读过，为什么仍然感到震撼与感动呢？深长思之，无他，不过是卷帙中充溢的一片赤子之心的炙热吧。台湾学者李瑞腾在《序》中写道："认识她的人都可以感觉得出，她是从爱出发"，"爱中国、爱香港、爱文学"，诚哉斯言，正由于这种深挚的爱浸淫笔端，如同清泉从她心间汩汩流出，绝不矫情，毫无雕饰，好似"云无心而出岫"般的舒卷自然。

试看那些泛溢着故国土香的篇什，其中有对中华古国悠长传统的浩叹与遐思，有对绵亘不绝万里河山的缅怀与流连，有对饱经忧患历尽屈辱的民族历史的检讨与反思，有对承受重负默默耕耘的劳动者的由衷钦敬，有对寻常街陌中江南仕女奉赠的和煦如春的笑容，有对辛亥先烈血洒通衢的追思与痛楚，有对勤苦一生默然奉献的"中国的牛"的讴歌与礼赞……总之，作者对于故国山川、风土民情，无论悠悠岁月的历史过客，抑或萍水相逢的草野细

在上海举办的首届"中华文学史科学研讨会",左起依次为作者、丁景唐、卢玮銮(小思)、姜德明、秦贤次

民,都有一缕割切不断的"永恒的缠绵"!

作者不仅对故国饱蕴"爱土的情怀",对于土生土长的香港更是一往情深,如此眷恋"土的芬芳",遂下定了"安土不迁"的决心!

作为一个作家兼学者,她对于那些鞠躬尽瘁,死而后已,"燃烧自己,照亮别人"的前辈,怀有宗教般的虔诚之情,巴金、丰子恺、老舍……都是她倾心歌赞的对象。《彤云笺》篇更集中凝聚地表达了她的追求,那种对事业生命以赴的执着。她骗我们说,已将此笺深藏,其实她早已将彤云笺的精魂汇注于字里行间,我们甚至可以窥见那呕心沥血的殷殷之色,可以洞察那充塞胸臆的满腔赤诚。

《五四新文化的源流》
——近代思想文化研究的新收获

旷古大波
——五四巨潮的拍击
中华古国迈出了阴暗的中世纪
探溯其渊源肇始
辨认先行者的足迹
廓扬长青的五四精神
新的时代大涛必将排天而立

陈万雄博士（左）

以上系我为"三联精选"之一的《五四新文化的源流》的封面题词，颇为剀切地道出了该书的精要。

作者陈万雄博士自70年代即致力于近代思想文化史研究，1979年出版有《新文化运动前的陈独秀》（香港中文大学出版社），尔后孜孜矻矻于斯，所作有关论著颇多。这本新著的问世，显示了作者锲而不舍的新登攀与新努力。

关于五四运动的起源，一直

是史学界交相汇注的焦点课题。作者在《序言》中开宗明义地揭示:"何以在百多年的各种历史运动中,唯有五四时期知识分子能起如此巨大的历史作用?"读者如果关心这一问题,读完本书必然会了然于胸。

作者覃思冥悟,勤奋精敏,不墨守陈言,不囿于旧说,擅于另辟蹊径,故多所创获。秉承其所接受的严格学术训练,既有周详缜密的资料积累,又有别出机杼的研究门径,娴熟地运用实证研究与综合研究相辅的方法,围绕着探究"五四"渊源肇始的命题,展开驳难与论析。

全书共七章,作者雄辩地阐发了以下论点:首先,以《新青年》杂志和北京大学为中心以至安徽结集起来的新文化运动的倡导力量,其原先乃属辛亥革命运动的继续和发展;其次,清末民初有着一代表革命派的文化革新思潮和活动,它们才真正是"五四"新文化运动的源头;再次,清末比较注重文化教育革新的革命知识分子,不少正是十年后的"五四"新文化运动的倡导者;第四,新文化运动所倡导的思想观念,基本上在清末民初已经提出,两者有不容否认的一脉相承的关系。因为有坚实的学养作基石,立论精当,论据翔实,既有高瞻的宏观鸟瞰,又有致密的微观剖视,从而雄辩地昭示了无论从人物谱系还是在文化思想层面,"五四"新文化运动与辛亥革命都有着内在的联系与承袭的渊源。

毫无疑问,本书的出版将有裨益于关于"五四运动"的总体研究;同时,对于近代思想文化史方面的若干课题,也将有推进与启迪的作用,例如晚清的白话文运动,迄今尚未有有关这一影响弥深的文化运动的专著出现。而本书约有六分之一的篇幅论及"清末的白话文运动",作者认为"白话文运动是五四新文学运动的重要环节,更直接地说,是点燃了五四新文学运动的火炬",然有关这一运动的源流却莫衷一是,甚至有人自认为即是这一运动的发明者与首倡者。为了探溯"五四"白话文运动的真正源流,作者做了大量的资料搜集,仅清末白话报刊就搜集有140种之多,从而以铁铸的事实,证明了"晚清确存在一个白话文运动,且直接开五四白话文学的先声"。

尝鼎一脔,我们足可窥见《五四新文化的源流》一书作者学风的严谨,而这在弥漫着虚华与浮嚣的商业社会中是十分难能可贵的。谨向读者诸君郑重推荐这一本值得一读的力作。

揭开雍正的面纱

作为结束编辑生涯的最后一部书,不免有点舐犊情深之感。杨启樵《揭开雍正皇帝隐秘的面纱》的出版,将会在中国历史尤其是清代历史研究方面激起一些震荡。

笔者在该书的封底写道:"雍正乃中国君主独裁政权趋向顶峰时期的帝王,既是励精图治的英主,又是杀人如麻的屠夫。官书粉饰太过,野史则多不经之谈,难作盖棺定论;特别是继统出于遗诏或篡夺,学术界聚讼纷纭,莫衷一是。作者为权威的清史专家,对这一问题提出崭新、独创的看法,其说鞭辟入里,说服力甚强。本书另一特点是利用故宫秘档,揭开雍正的私生活,他并非节俭财用,而是讲究物质享受。总之,作者或发掘出尘沙淹没中的新史料,或于习见史料中抒发新意,通过思辨与论证,廓清不少有关雍正的悬案,从而还历史人物以本来面貌。关心中国历史,特别是雍正王朝者,不可不读。"虽然不脱广告口吻,却也如实抉发了这本历史著作的特点。

作者在《前言》中说:"本书收集近作二十一篇,主题集中在雍正其人其事;尽量利用新材料,提出新见解,期望有新鲜感。"全书析为五辑,其内容依次为继位、私生活、红学与雍正史、小说与雍正史及原始档案等。

首先,"继位"抑或"篡位"长期成为史学界雍正研究的焦点问题,若干重量级的史学家都持篡位说,如孟森《世宗入承大统考实》、王锺翰《清圣祖遗诏考辨》等皆持此说,然杨氏不迷信权威,不囿于陈言,在占有多项有力论据后对各家篡位论提出异议。

其次,历代史学无不赞雍正的俭朴与勤勉,杨氏则从为人所忽略的史料"活计档"等,揭露雍正罕为人知的奢华与淫靡的私生活。

再次,"历史与红楼梦",主要批评《红楼解梦》一书的曲解与妄测,认为其既违背历史探求的路向，亦有乖文学研究的原则，其所反复阐扬的曹雪芹毒杀雍正帝的所谓"重大发现"，完全是主观臆造而非科学论证的产物。

第四，论述历史与小说的关系，主要以二月河的历史小说《雍正皇帝》为例，"以历史研究者的立场来评骘历史小说，不免会推本溯源，看看作者有多少真实性"，遂发现该书有甚多"异想天开、荒谬绝顶之处"，表示"难以苟同"。杨氏认为将名列青史的大僚，爵秩、年谊及事迹等皆信笔为之，"读起来甚不顺眼"，如小说作者将李卫写成是卖身雍亲王府的佣仆，就与史实大相径庭，其实历史上的李卫出身豪族，捐纳为官，历任显职，《清史稿》《清史列传》《碑传集》中皆历历可稽，绝非流浪儿出身的"狗儿"。其他人物亦有乖背重大史实的问题。

第五，论故宫秘档，并做比较研究。

杨氏为香港学人，早年毕业于新亚书院、新亚研究所，60年代中获哈佛燕京学社资助赴日留学，得京都大学文学博士学位。现任教于日本姬路独协大学。前著有《明清史抉奥》《雍正帝及其密折制度研究》，在清史学界有一定影响。

一位爱国船王的心路历程
——读《董浩云日记》有感

摩挲《董浩云日记》，令我心潮起伏，浮想联翩。《日记》忠实地记录董浩云先生的心路历程、生活屐痕和事业轨迹，诚如他自己所说的，记日记在于写"我的希望，还是说我要说的，写我愿做的"（《日记》1968年1月1日条）。董浩云先生数十年如一日地保持记日记的习惯，我想是与他受中国文化的熏陶分不开的。

在中国文化史上，日记作为一种文体发轫甚早，从现存的文献考证，唐宪宗元和三年（808）李翱撰《来南录》，排日记载来岭南的行止，被公认为日记的嚆矢，清代薛福成在《出使英法义比日记·凡例》中就说过："日记及纪程诸书，权舆于李习之《来南录》、欧阳修《于役志》，厥体本极简要。"宋代日记作者更为繁众，南宋学者周辉在《清波杂志》中写道："元祐诸公，皆有日记，……书之惟详。"可见士大夫以及士子撰写日记已蔚然成风。其中如王安石的《安石日录》，黄庭坚的《宜州乙酉家乘》，周必大的《亲征录》，陆游的《入蜀记》，范成大的《吴船录》等，都是宋代日记影响深远的名作，可惜有的已经佚亡。元代统治者施行酷烈的专制，故日记亦十分凋落。迨至明代，日渐勃兴，作者辈出，佳作如林，可谓摇曳多姿，各赋异彩：写身历战事的，有张煌言等；记游历山川的，有徐霞客等；述朝政典故的，有张煌言等；志读书生活的，有高攀龙等；叙园林掌故的，有潘允端等；谈书画评骘的，有李日华等；评时人著述的，有袁中道等；记晚明史实的，有祁彪佳等……。清代日记更为宏富，刻本、抄本传世达千余种之多，其中皇然巨帙者有王士禛、林则徐、翁同龢、杨恩寿、王闿运、叶昌炽、王韬、皮锡瑞、张謇等。

现代由于资讯与出版的日趋发达,日记更呈云蒸霞蔚的态势,如已问世的《蔡元培日记》《鲁迅日记》《柳亚子日记》《周作人日记》《郁达夫日记》《阿英日记》等,其文学与史料价值之巨大自不待言。鲁迅曾说过:"我本来每天写日记,是写给自己看的;大约天地间写着这样日记的人们很不少。假使写的人成了名人,死了之后便也全都印出;看的人也格外有趣味,因为他写的时候不像做《内感篇》外冒篇似的须摆空架子,所以反而可以看出真的面目来。我想,这是日记的正宗嫡派。"(《华盖集续编·马上日记》)同系浙籍作家的郁达夫则在评价传世的中外日记(如吴毂人的《有正味斋日记》、瑞士亚米爱儿的日记等)时,认为其所以成为日记中的"不朽之作",在于它们的作者力戒"骄矜虚饰",坦白地"备遗忘,录时事,志感想",方为"日记的正宗"。(《再谈日记》)可见正直的作家都反对日记流于"做作"(例如李慈铭在日记中"钞上谕"希蒙"御览")和"装腔"(譬如某无聊文人生造杜撰《林黛玉日记》以鬻钱)之类的矫饰与虚伪,鄙弃那种"自夸而诼人"的伪日记倾向。

董浩云先生的日记与两位同乡前辈作家是相通的,似可归属于日记的正宗嫡派。因为他的《日记》不仅真实地记述了一位企望国家富强、民族复兴的爱国者的心路历程,而且也翔实地呈示了一名胸怀大志、勇扑商机的实业家的拼搏实录,同时也从侧面反映了那个波诡云谲、瞬息万变的时代剪影。

展读《日记》,掩卷冥思,董浩云先生对事业的专注与投入,对家国的眷恋与挚爱,对教育的关切与奉献,对艺术的热衷与扶植,对人才的呵护与期许,对友朋的体恤与关照,对长辈的尊重与孝顺,对幼者的垂爱与勖勉……在在都可以作为后人立身行事的楷模与圭臬。

洞察力·事业心·使命感

董浩云先生作为世界七大船王之一,他的成功绝不是偶然的。

首先，董浩云先生将振兴中国海运事业作为他终生奋斗的目标，自上一世纪30年代开始即投身航运事业，自此虽屡遭挫折而百折不挠。《日记》铭刻了他"献身海运事业"（《日记》1955年1月1日条）的艰辛历程，当然也显现了"素愿得遂"的欢欣与自豪。

董浩云先生善于学习，勤于实践，不断磨砺与提升自己的洞察力。他密切关注时局的变化与商潮的起落，准确地捕捉稍纵即逝的商机，及时调整与校正经营方向，从而在短短数年内跻身群雄争霸的海运航列，足与他人争一日之长短。他的船队在吨位上迅猛增长，而且船舶的种类也日趋齐全。1956年11月20日，"东方之星"轮在法国下水，《日记》中写道："'东方之星'为中国最大之货轮，一万三千三百吨，亦为第一艘国人在欧洲所建造之货轮"，自豪之情，溢于言表。1959年8月31日，"东亚巨人"号在日本佐世保下水，《日记》中写道："今日为'东亚人'所造所设计之最大商船'东亚巨人'号下水纪念日，'东亚巨人'至目前为止，是世界最大吨位之巨型船只大艘中之一艘，是诚值得自傲和纪念者！"成功的喜悦更成为董浩云先生继续攀援的动力，此后，"东亚巨龙""东方皇后""如云""东方丽华""维运""维动"等逐年次第下水，终于奠定了董浩云先生作为世界船王的地位。

董浩云先生善于审时度势、洞悉先机，因应世界潮流而作出重大决策，如当时国际货柜运输刚冒头时，他即预见此乃必然的发展趋势，随即调拨重金建造货柜船，"迎接大时代，建立货柜船队"（《日记》1969年5月13日条）。他亦密切注视科学技术的发展，勇于采用新的创造发明，当美籍华裔科学家卞保奇设计的"半潜式船型"尚处于实验阶段时，他当即在1965年新建的"东方皇后"号客轮采用卞博士的新设计，结果大大增快了航速。1966年起，他更在六艘二十余万吨的大油轮上装备MST114型重热式蒸汽透平机，达到提高效率、节省能源的目的。直至晚年，他仍雄心勃勃，计划与部署建造超级油轮，如《日记》1977年5月16日条就记有："希望造世界最大的油轮。"

董浩云先生除了终生拼搏希望摘取世界船王的桂冠外，还有一个更崇高的目标,那就是为国争光!当他拟造的世界第三大油轮"东方巨人"号(7万吨)签约时,就在《日记》中兴奋地写道:"一旦落成,国人之光,我亦以自豪矣!"(1958年8月6日条)而当"东方巨人"翌年8月下水,他更欣然写道:"眼见他诞生,为世界航业史添上一页,为中国人争了多少光荣,眼看这巨人乘风破浪,能不喜极下泪!"(1959年8月31日条)稍后仍就此盛事写道:"年来为此事精力尽疲,目的仅为中国人之航海能力之培植与表现,并发扬光大之。"(《日记》1959年9月28日条)

"为国争光"之夙愿是董浩云先生一生从事海运事业的使命,诸如"愿为国人航运史开一新元"(《日记》1967年1月1日条),"我是替中华民族作扬眉吐气事"(1969年1月17日条),等等,屡见于《日记》。而这一神圣的使命感,正是驱使他在事业上永不言败的原动力。

浓酽的家国情怀

董浩云先生以做一名中国人而自豪,屡屡在《日记》中强调自己"中国人立场""中国人心情"(《日记》1972年1月19日条)。虽因事业而四海漂泊,但即使在天涯海角,亦"爱国思家"之念不减。

中国近现代饱受列强侵凌压榨之害,他是感受深切的,其自己创立的事业就分别在上海和香港先后两度落入侵华日军之手而全军覆没。惨烈的国耻,深深烙印在他的心头,使他没世难忘。每当触景生情,便常常在《日记》中宣泄出来,如在观看《清朝末代皇帝》后,不禁浩叹:"是中国现代史一部分,感慨万千"(《日记》1981年11月15日条);见到外国博物馆珍藏无数中国稀世文物,亦扼腕写道:"国宝流入外人之手,不知何日方可收回也"(《日记》1966年8月27日条);当参观汉城(今首尔)前日本之朝鲜总督府时亦感慨系之:"不幸这大清老大帝国亦不济事,甚愧羞人"(《日记》1968年7月18日条);1967年7月,董氏集团"如云"号首航英伦,他激动地在《日记》中写道:"'如云'首航确为中英(不)平等条约以来百年大事"(《日记》1967年7月18日条),稍后又写道:"中英不平等条约取消后,'如云'是第一艘中国船以定期航线姿态驶入泰晤士河畔,是诚值得大书特书"(《日记》1967年9月18日条)……以实绩来湔洗百年国耻,一直成为横亘他心间的重大取向。

毋庸讳言,董浩云先生对新中国开始是采取观望态度的,然而毕竟血浓于水,对于国家综合国力的日益强大,国际地位的日趋提高,中华民族巍然屹立于世界民族之林的壮观,已愈来愈成为不争的现实,他发出了作为一个中国人的由衷喜悦。50年代初,对于中国政权的易手,他尚存疑虑,在《日记》中写道:"我国正在邅递变迁中",因而颇感"坐立不安"(《日记》1950年1月5日条),甚至发出"反顾我国现势,能不抚(怃)然"的哀叹(《日记》1950年3月23日条)。然而到了50年代中,他已欣然发现"国家新局面已豁呈眼前"(《日记》1955年1月1日条);同时,对于挚友的"每以祖国为念"亦深表同情与共鸣(《日记》1955年1月25日条)。

董浩云先生是个念旧的性情中人,故土与故人常系念心中,闻之友人"谈大陆事,为之神往"(《日记》1962年12月1日条),表示"心向往之久矣"(《日记》1972年7月16日条),乃至发出"几时得重睹大陆新貌"的慨叹(《日记》1972年8月21日条)。每当友人自内地归来,"大谈新中国盛况"(《日记》1973年7月1日条),均悠然神往,在在显现了他眷恋故土、心系神州的赤子之心。

密切关注国家的现况、前途与命运,在他《日记》中贯串始终。在国际关系方面,尤为重视与中国有关的事态发展,如在朝鲜战争爆发的当天,就忧心忡忡地指出:"岂远东又作世界大战之导火线耶!"(《日记》1950年6月25日条)

1958年秋台海两岸关系紧张时,美国国务卿杜勒新发表有关台湾海峡情势的政策性演讲词,《日记》表示了对中国内政由外人居高临下干预的不安与愤懑："以民族自尊立场，我颇为不安、忧愤也。"(《日记》1958年9月25日条）当1962年秋中印发生边境冲突时，他明确地表达了："英国态度不对，印度尤其不对，遗袭英人旧例，横占吾人土地，尚欲寻事，令人愤慨也！"(《日记》1962年10月31日条）

70年代初，中美关系解冻，国际局势随之发生巨大变化，他热望中国在国际舞台上发挥更大的作用，因为此亦有裨于提高海外华人在国际上的地位。当美国尼克松总统和中国周恩来总理在北京机场握手时，他即认为："这是历史性大事，影响中美两国人民大事，对海外华侨与航运贸易更具影响力。"(《日记》1972年2月21日条）1972年10月，中日建交消息发布，他欣喜地写道："无线电视中报告北京已与日本建交，西德亦将与之建交，苏联将退还东北滨海失地，真是全世界均成好友，今年国庆好不热闹呵！"(《日记》1972年10月1日条）他期冀中国国际地位的提升有助于自己事业的发展，同时也希望自己能对国家有所贡献，这种报效祖国的思想在《日记》中也时有表露："将来中美关系改善，必能使我起作用。"(《日记》1973年6月3日条）

作为一个执着的爱国者，他不能不对中国的前途倍加关注，三五知己聚会，不时论及于此："午请吴健雄、程及、曼尔三对在'蓬莱'，谈中国前途。"(《日记》1977年12月25日条）他热望国家的强大，为国威日弘而欣喜，如在《日记》中记下了"中国长距离越洲飞弹发射成功"(《日记》1980年5月20日条），期待世人听到"中国人怒吼"(《日记》1974年11月24日条），并以自己在海运事业上的成功来增进与推广国家民族的对外影响，如董氏集团第一艘客货轮"如云"号首航，他就祈祝她能将"汉家声誉载到天边处"(《日记》1971年4月13日条）。

渴望国家统一成为董浩云先生晚年关注的焦点，他时常探询"北京、台北解决歧见的可能性"(《日记》1973年4月28日条），两岸何时得见"言归于好"(《日记》1974年8月18日条），认为促进国家统一是国人的责任，为

"中国前途计,至感任重道远"(《日记》1977年6月20日条),直至逝世前不久还为此而奔走呼号。

热爱与弘扬中国文化

因为长期受中国文化的浸润与陶冶,董浩云先生赋有深湛的文化素养,并葆有甚高的鉴赏能力。青年时代参加过孤岛时期上海的戏剧运动,直至晚年还有撰写电影剧本的创作冲动。对于中国现代文学中若干作家也颇为欣赏,例如他很喜欢徐志摩的诗,如在《日记》中写有:"康城风景优美,细嚼徐志摩诗描写康城,不禁悠然神往。"(《日记》1960年6月12日条)后来读《徐志摩全集》《新月诗选》等也记在《日记》中(《日记》1975年11月15日)。不仅读,有时也执笔写诗,如读了徐訏的《笑之歌》《泪之歌》等诗作后,竟然"不能入睡,诗兴大发"(《日记》1975年1月20日条)。

其实,早在青年时代,董浩云先生就参加了30年代上海进步社团"蚁社"及其附属"蚂蚁剧团"的活动,创办刊物,演出话剧,宣传抗日救亡。剧团会演出《走私》《号角》《毒药》等剧目,影响深广。吴服之、李伯龙、顾也鲁、张庚等皆是她的成员。文化泰斗王元化教授及其夫人张可教授也是剧团的活跃分子,他们至今仍记得董浩云先生积极参与救亡活动的情形,并保存有他结婚时的照片。在此后的生涯中,董浩云先生与许多知名的作家、艺术家都保持着频密的联系与交往,而这些在《日记》中都有真切的记录,学者、作家朋友有赵元任、杨步伟伉俪、陈源、凌叔华伉俪、顾毓琇、姚克、徐訏、马彬、崔万秋、郭良蕙、陈香梅、唐德刚等,艺术家朋友有张大千、赵无极、溥儒、马思聪、李翰祥、王丹凤等,年轻一代的艺术家朋友更多,其中有傅聪、邓昌国、费曼尔、卢燕、李丽华、郭美贞、藤田梓、江青、周文珊、萧芳芳、关南施、林青霞等。他与上述作家、艺术家均交情匪浅,其中有些还成为生死与共的终生知己。

京剧是中国传统艺术中的翘楚，董浩云先生也非常喜爱，如在听了顾正秋、谭培鑫等京剧表演艺术家演唱后，盛赞其"多姿多彩"（《日记》1967年7月18日条）。甚至在宴客时，也请嘉宾"听顾正秋唱《四郎探母》录音"（《日记》1968年4月7日条），皆可见他对这一中国艺术瑰宝的激赏与挚爱。

他对几乎所有艺术门类都有很高的鉴赏力，在《日记》常言简意赅地对某一作品作出评价，大多正中肯綮。例如在1971年夏看了两部港产片后写道："《龙门客栈》为胡金铨导演，的是不凡。"（《日记》1971年6月8日条）又如在看了唐书璇编导的影片《董夫人》后也赞道："今晚观片，Lisa演技甚好，摄影尤佳，或成功也。"（《日记》1967年3月19日条）稍后此片在国际影坛引起轰动，好评如潮，证明他的评骘是正确的。

受过新潮洗礼的董浩云对中国传统道德观念也并非照单全收的，他是经过甄别厘剔择优而从之。譬如"尊老爱幼"是中国人的传统美德，孔子曰"弟子入则孝，出则弟[悌]"（《论语·学而》），他笃信并实行之：侍奉长辈，无微不至；爱惜幼者，呵护有加。对照《日记》的记录，可以深切体味到，他舐犊情深的垂爱和望子成龙的期冀。早在董建华先生的少年时代，其就在《日记》赞许其长子学业优异："知建华得跳升一级，且得奖学金，至慰。"（《日记》1953年7月28日条）当长子赴英留学，又在《日记》中写道："建华儿初次出门，远涉重洋，前往求学，希望勿如一般'少爷出洋'（《大公报》讽刺一班出洋学生），而不求上进也。"当年他将所著《中国远洋航业与中国航运公司》和《二十五年来中国航运业之回顾》寄给董建华，并书上题署曰："从父亲旧的回忆里能给你多少新的启示。"勉励其"好自为之"。在《日记》中还回顾了董建华出生时写下的祝辞："回忆建华出生时，在我天津所写之日记簿中曾云'上帝赐予这一新生命，希望他发扬光大'，不觉对他寄予无限希望。"（《日记》1955年1月5日条）在此后的《日记》中他也一再重申对长子的这一祝愿与期冀，如《日记》1960年7月7日条、1961年3月18日条、同年12月16日条等，在在说明一位父亲对子女期望的殷切。

对待朋友讲究诚信是董浩云先生终生服膺的信条，孔子曰："朋友信之。"（《论语·公冶长》）孟子也道："朋友有信。"（《孟子·滕文公上》）程颐说："相比之道，以诚信为本。"（《程氏易传·比卦》）强调的都是诚信。他之所以与许多不同教养、不同职业的友人保持终生不渝的友谊，就在于以诚信待友。而对那些不讲诚信者则鄙视之，如在《日记》中写道："此人真忘恩负义，无东方人做人道理也。"（《日记》1974年1月14日条）而他自己即使朋友逝去也不忘慰藉其遗属，如《日记》中曾记有："饭后陪Mrs. Foster参观文颖作品展览会，她甚高兴。安慰朋友遗孀，中国人美德也。"（《日记》1972年10月3日条）可见其对中国人传统美德的重视，以上不过是信手拈来的一例而已。

对于有助弘扬中国文化的活动和事业，董浩云先生皆积极参与，乐于赞助。例如他曾是台湾"中华文化复兴会"的成员，从事若干承继与发扬中国文化的工作。凡旨在弘扬中国文化的事情，他都慷慨解囊，乐见其成。例如英国学者李约瑟著作了多卷本的《中华文化与文明》，他就捐了五万美金请人翻成中文版（参见《日记》1971年3月27日条）。

扶植教育不遗余力

中国儒学宗师孔子强调："君子学以致其道。"（《论语·子张》）不学习就无以达到与实现自己的人生目标，董浩云先生是深明其中道理的。由于自幼家境清寒，他年轻时没有条件接受良好教育，年仅十六岁便投身社会，所有知识（包括有关航运方面的专业知识）皆靠刻苦自学得来。在创业与拓展事业的实践中，他深切感悟到"知识就是力量"这一真理，痛切体味到教育对事业发展、社会进步和国家富强的重要性。于是，董浩云先生决定利用自己掌控的船只来兴办教育，在一篇文章中写道："我认识到轮船与教育之间是有关联的，轮船不但可以运送石油，满足能源的需求，而且还可以成为学习中心，促进国际间的了解。"早在1969年5月，他就在《日记》中写道："举办海上大学是我夙愿，望实现之。"(《日记》1969年5月27日条）同时准备购买全世界最大最豪华的邮轮"伊丽莎白皇后"号，将她改成一所"海上学府"。海上大学旨在资助清贫学生有机会接受优良教育，拟聘知名教授在船上授课，让学生乘船环绕地球一周，边上课，边考察，亲临世界各地，丰富实践知识，从而培养出同时具有理性知识与感性知识的全面人才。翌年9月，他以320万美金的巨资购得"伊丽莎白皇后"号。"哄（轰）动全世界，浩云又做了一件大事。"(《日记》1970年9月9日条）翌日又不无激动地写道："浩云又做了一件惊天动地大事！……我希望我能将海上大学办成，于愿足矣。"(《日记》1970年9月10日条）然而，正当该船在香港葵涌海面进行装修时，一场巨测的大火将其焚毁。他时正在外国，得悉这一噩耗时，他"欲哭无泪"，伤心欲绝，在《日记》写下了："吾之教育计划因而受挫，世界失此人类唯一巨轮，损失实无可弥补，为之痛心疾首。"(《日记》1972年1月10日条）。

　　灾难与挫折并未能打击与泯灭董浩云先生举办海上教育的雄心，就在焚船事件不久，他又与联合国教科文组织成员洽谈"合作在'宇宙大学'办教育事"(《日记》1972年3月15日条）。所谓"宇宙大学"是选用吨位较小的原"大西洋"号改建而成。后来，又为创办"联合国大学"奔忙，积极参与物色该大学董事会里的中国人代表乃至校长人选等。

　　对于中国内地教育，他晚年也十分关心，例如《日记》中记有："下午函Paul Mason Posvar校长，为请Pittsburg大学在中国设立奖学金事。"(《日记》1981年6月19日条）直至逝世前不久，仍念念不忘"中国奖学金事"(《日记》1981年11月2日条）。

　　董浩云先生将教育视为立身、立家、立国之本，所以终生倡导、扶植教育不遗余力，尤其是致力与自己航运事业有关的海上教育，可谓孜孜矻矻，锲而不舍，其目标在他于"宇宙大学"首航时致辞中揭示得非常明白："在这所海上大学的海上课程内,整个世界便是学生和校园;借此可以透视国际问题及国际矛盾的前因后果,让学生可以放开眼界,看看先进国家与后进国家的历史背景及其现状,使学生能将自己国家的文化与别国文化互相交流沟通。如果这个目标能予达成而裨益于学生,我总算不负自己一番苦心。"兹以1980年春季学期为例,"宇宙大学"航程历经夏威夷、韩国、中国台湾、中国香港、新加坡、斯里兰卡、埃及、希腊、西班牙和摩纳哥等地,而这一学期所开设的课程,许多内容都和所考察国家或地区有关。这样,学生除了接受传统的课堂教学之外,而且可以在世界各地考察的同时,与当地的各类人士接触,不仅拓宽了视野,也丰富了阅历,以及增添了知识。诚如中国古语所云"读万卷书不如行万里路",这也许是他热心海上教育并乐此不疲的原因吧。

终生热衷艺术

对艺术的热衷与喜爱,贯串于董浩云先生的一生。从青年时代的投身剧运,到垂暮之年的资助艺术,皆一以贯之地显现了他对艺术的深挚的爱。

他对"五四"后方兴起的话剧艺术一往情深,除了青年时代曾经粉墨登场而外,此后亦时常关注这一艺术形式。如在《日记》中曾记有:"晚在'华仁'观吴雯之《钗头凤》话剧,改动历史太多,但能如此勇敢发扬话剧,殊可贵也。"(《日记》1960年11月8日条)看到较好的作品,也不禁击节赞赏:"今晚看曹禺所作《王昭君》,颇有浪漫新型作风。"(《日记》1980年9月10日条)甚至在与著名剧作家曹禺晤面时,也大"谈剧运"(《日记》1980年4月2日条)。以上可见,他确与话剧结下了不解之缘。

同时,对于本港的话剧运动,更给予关切与资助。剧作家姚克是他的朋友,姚的剧作《清宫怨》向为他所欣赏,故在70年代初为之张罗搬上舞台。《日记》中记有:"锡琳驾车,偕Lisa接姚克兄,即在我旅馆与沈敏通话,谈出演《清宫怨》舞台剧"(《日记》1972年5月6日条);翌日又与戏院主人Doolittle洽"谈演出《清宫怨》事";第三日再讨论《清宫怨》事(参见1972年5月7、8日《日记》);稍后,又与萧芳芳"谈演《清宫怨》事"(《日记》1972年7月15日条);不日又请李明觉夫妇及其母唐瑛,亦"为《清宫怨》铺路"(《日记》1972年7月17日条)……从中我们足可窥见他对话剧艺术的关心与吹拂。

电影作为一门综合艺术,同样为他所热爱。他不仅是优秀电影的热心观众,而且自己还屡屡跃跃欲试想投身斯役。例如15世纪中国大航海家郑和,一直是他崇拜的偶像,幼年时就立志要做当代的郑和,在纽约的办公室里还摆设着一艘三宝太监郑和下西洋时乘坐的旗舰模型。早在50年代,《日记》就记有有关"'三宝太监',摄制电影事"(《日记》1954年12月31日条),1955年元旦亦记有:"'三宝太监下西洋',摄电影事亦能实现,是皆为我一九五五年计划";直至60年代中期仍念念不忘,旧事重提,与友人周榆瑞等续谈《三宝太监下西洋》电影摄制事,直至翌年5月,"昨夜好莱坞友人告我《三宝》故事,不宜于此时摄制美国式电影,至感失望"(《日记》1968年5月19日条)。此议方告一段落。

另外,他还拟创作、摄制一部"描一中华儿女轮廓"的故事片,原题名为《三十年来梦一场》,后改名为《中华儿女》。从《日记》中得知,他已写出影片故事的"大纲",拟由周榆瑞据"大纲"执笔写成电影剧本。1967年10月1日《日记》记周榆瑞来访,洽谈《中华儿女》等电影摄制事,"《中华儿女》将由他照我写'大纲'执笔,希望将剧情大概写好。我在Vancourer Hotel 4月所写之剧情轮廓,他将用之,以一家在北平之兄弟姊妹,七月六日于卢沟桥前夕为剧情开始,我建议多一长工儿子与女儿作插曲。英雄所见略同,付(拊)掌大笑。"可惜这一试图反映时代风云的影片似未摄制完成,然从《日记》中我们仍可大致窥见它的轮廓。

香港导演白景瑞拟以海上学府"伊丽莎白皇后"号作背景的故事片《蜜

月航行》，也得到他的首肯与支持，可惜因为邮轮焚毁而胎殒。

董浩云先生出于人道立场，非常同情中国知识分子在"文革"中的不幸遭遇，在听闻老舍自杀的噩耗后，曾发出"文化界知识分子竟如此遭劫？"的浩叹（《日记》1967年5月18日条）。事隔多年之后仍念念不忘，拟为老舍拍一部电影作纪念："希望1973年为老舍拍一套电影，以纪念此一代艺人。"（《日记》1972年12月30日条）此事因故并未实现，甚为可惜。

对于唐书璇编导的影片《董夫人》，因为其演员"演技甚好，摄影尤佳"，受到他的赞赏与支持，并热情地为之宣传："忙甚，并为《董夫人》电影宣传忙。"（《日记》1972年3月30日条）

他还亲自策划有关纪录片的摄制，如《东方巨龙》《一艘超级邮轮的传奇》等，反应皆不俗，后者甚至在影展中获奖。

爱惜人才几乎成了董浩云天性，他曾经亲自采访二位在餐厅工作的有潜质的音乐才俊，并在当日日记中写道："希望一代声乐家，有天才、有天赋，勿轻易糟丢也，不禁馨香祷之。"（《日记》1967年10月9日条）他曾经慷慨资助过数位有天赋的艺术家，如来自澳大利亚的指挥家郭美贞，来自康城的歌唱家费曼尔，来自加州的钢琴家藤田梓，帮助她们登上艺术的巅峰。

董浩云先生分享她们成功的喜悦，更为她们替国人争光而雀跃。当"世界闻名、亚洲第一女性指挥者Helen Quach郭美贞"在东京演出成功，他在《日记》中兴奋地写道："今日'上野文化大会堂'中国人郭美贞以一女性指挥百余人'读卖日本交响乐团'，真是动人一幕，衣黑色长旗袍，二只小手，指挥全乐团，抑扬顿挫，一曲既终，掌声不绝，中外人士、日本人都叹观止焉，殊为国人争荣誉。"（《日记》1967年8月16日条）此后，他又为郭美贞赴欧美演奏"铺路"，例如1975年底安排郭氏在美国旧金山演出，《日记》记有"今日San Francisco Symphony六十五年来第一次由中国女性指挥，听众二千余人，盛况空前。我此番出力出钱，能为中国人争脸，亦一值得骄傲事也。"（《日记》1975年12月14日条）他这种希望才俊出于中国之心，是非常难能可贵的。

舞蹈艺术同样也为他所关注，例如他曾为舞蹈家江青张罗在纽约演出事（参见1973年3月4日《日记》），为舞蹈教育家王仁曼等筹募请外国专家来港指导芭蕾舞的费用（参见1973年7月24日《日记》）。

总之，董浩云先生不愧为一名艺苑中的园丁，由于他的栽培与滋润，为人间增添了几许春光与彩色。

纸短情长，浏览《董浩云日记》所激发的感受与体会，确非一时半刻能阐发殆尽。最后，我想强调的只有一点，即我们应谨记他"为香港人士谋福利"（《日记》1965年11月2日条）的箴言，义无反顾地爱香港、爱祖国。

童年珠玑

黟　城

我的童年是在一座小小的山城中度过的,她已历经二千二百多年的沧桑,秦时已置县,汉代成为广汉王国的封邑。无论城墙上斑驳的青苔,抑或巷陌里飘袅的炊烟,都泛溢着一股沉实的、浓酽的、挥之不去的历史感。

小城处于四面环山的盆地中央,新安江、青弋江即源于其周遭的峰峦深处,作为她们上游的率水、漳水、横江等沿山城身畔蜿蜒流淌。黄山耸立在她的北面,从城内高处可以清晰眺望她那嵯峨的群峰,宛如一道黛绿色的屏障。

作为一名远离故乡的游子,每当我闭目遐思,我的故园——黟城,她都依然如此秀丽、如此端庄地矗立在我的眼前。

不佞漂泊一生,足迹遍布全国全球,叩问过数百座城池的大门,有的令我惊叹,有的使我流连,但从未有一个地方让我如此痴迷,如此挂念,如此梦魂萦绕。

山城由一圈石砌的城墙围绕,周长七华里,四周设有临漳门(北门)、朝阳门(大东门)、桃源门(小东门)、迎霭门(廊门)、明昌门(南门)、环碧门(西门),每座城门都有重阁飞檐的城楼,登楼远眺,山光水色,无不佳妙。

城中纵横数华里长的街道,全用本地特产的大理石——"黟县青"和花岗石(俗称麻石)铺成,每当骤雨初停,长街如洗,不消半个时辰就全干了。黟城还具有特异的风采,小小城垣中有青葱的石山,其上满是参天的银杏和合抱的古枫;有清澈的溪流,它从北街每一户的地板下流过,在北街口又从暗流变成明渠，横贯整座古城；有百亩大的月塘，千年的古井，甚至有阡陌相连的水田、茶园、菜地……喧嚣的市声和静谧的田园共处相容，构成一幅融湖光山色、热闹市廛于一城的绝妙风情画。

我家坐落在古城的正中心——名贤里，从北街的"街心头"（地名）西行十数步即是。名贤里的入口是三座递进的石牌坊，高达十几米的牌坊对小时候的我而言，特别显得威严陡峭，高不可攀。

名贤里的布局与规格也不同凡响，其中有余、程、舒三家轩敞的祠堂，每家祠堂均为五门三进式，气派堂皇，神情肃穆。厅堂里挂满了各种颜色、各种字体、各种材质镌刻的匾额，记录着氏族先人往昔显赫的勋业或辉煌的政绩；有的甚至为皇帝所赏赐，我所见到的年份最早的皇帝赐匾是余家祠堂的"平播先锋"，系明代万历皇帝所赐，珠红色的背景衬托出灿烂的金字，老人告诉我："那是真的金粉烫上去的，所以几百年都不褪色！"当年不解"平播"所指何事何功，遍询老人也不得要领，直至到上海念大学了，方了解到指的是明万历二十九年（1601）平定播州杨应龙反叛事。每个宗祠的前面都辟有用于祭祀、婚庆等大典的广场，广场两侧各列有一排硕大的旗杆石，每石呈八角柱形，高约5尺，径约2尺，中有一径为六七寸圆形洞孔，作插旗杆之用。吾生也晚，已不及见宗族鼎盛时期的盛况，可以想象当年数十座旗杆石上插满几丈高的杉木旗杆，顶端挂满各色旌旗，随风翻滚，流金溢彩，场景想必十分壮观。

作为一个县城里的坊巷，名贤里自有不凡的风姿，无论是上海的里弄，抑或北京的胡同，从未见有如此宽广的空间和祥和的氛围。我家就坐落在祠堂群中一幢典型的徽派建筑中，青瓦白墙，错落有致。楼檐上那悠扬的风铃声，至今仍在我的灵魂深处鸣响。

前院为一座小小的花园，左右各有一个长五丈、宽三丈、高四尺的花台，左花台上有一株百年的四季桂，右花台上有一颗橘子树，树下则全是牡丹。每当金桂飘香的时节，抑或橘子挂红的日子，则是我孩提生活最快乐的

徽州童年：右起父亲、大哥、母亲、作者、舅母

黟城故园：母亲与我

母亲、弟弟与我（弟弟长乐早夭，惜哉！）

时刻。大年初一的清早，当我虽被邻舍的鞭炮声惊醒却还赖在床上的时候，母亲就将一枚冰凉的橘瓣塞进我的嘴里，连说："有福、有福!"如今双鬓斑白的我，母亲的祝福犹在耳畔，那甘甜的橘子汁也常留在齿颊间。世事沧桑，故园的老树不知仍健在否?! 但在我心中，她们永远都那么葱茏，那么芬芳，那么盎然!

英 子

屋后不远就是城隍山，系城西龙尾山的余脉，是一座不大不高的石骨土皮的小山，然而却是我童年的乐园。山上原有一座城隍庙，早在太平天国运动时被焚毁了。从残存的废墟看，规模还相当大。我常在它的瓦砾中抓蟋蟀，有一次抓到一只"铜头"，把小朋友们的蟋蟀都斗败了，当它振翅高鸣的时刻，别提我有多自豪了! 城隍山上四季都很好玩，跟我上山次数最多的小朋友叫英子，她是北街棉线店老板的独女，长得很好看，黟县话还遗有汉唐古风，称漂亮为"精致"，故听到邻里们常夸她："伲个囡真精致!"（这个小女孩真漂亮），她上学、玩耍都跟我在一起，自称是我甩不掉的小尾巴。她有一双睫毛长得打弯的忽闪忽闪的大眼睛，乌黑的瞳仁在清晨的微光或薄暮的昏暗中都会闪闪发亮；鼻子小巧高耸得如白瓷塑就，嘴角有一对小小的酒靥，还有一对洁白的小虎牙，当她笑时也会在幽暗中闪亮。有次母亲跟她开玩笑："英子，你跟我家安子这么要好，长大了嫁给他作新娘吧!"她涨红了脸，紧抿着嘴唇沉吟半晌，然后咬着牙说："好的!"她娇憨的模样惹得母亲和邻居们都笑起来。

春天的城隍山，开着满山遍谷的不知名的野花，我和英子将细嫩的竹枝折断，然后将丫杈上未展开的竹叶抽去，在那留下的空洞中再插上各种不同品种的五颜六色的花朵，最终使它变成了一株现实世界所无的开满不同种、不同色花朵的花树。不过最大、最美的那朵花还是留给英子，我把它插在英子扎着羊角辫的发际，她会歪着头问我："我真的精致吗？"答案当然是肯定的，然后她怯怯地、小声地问："你妈说的事当真吗？"我只得结结巴巴地回答："当真吧。"最后我们各扛着一株花树兴高采烈地下山了。

夏天的城隍山，是多种浆果成熟的季节，红彤彤，蓝晶晶，惹人馋涎欲滴。最好吃的浆果像一颗用粒粒红玻璃珠缀成的小球，黟县话称之为"飘"，长大后方知就是覆盆子。另有一种蓝色浆果叫"乌结"，后来才知就是蓝莓。还有一种酸甜的浆果叫"荆钩"，尔后跑遍全国也未再遇见过，始终不知它的学名叫什么。英子同我将各式浆果采满一小竹篮，就会坐在树荫下慢慢品尝，虽然手臂上满是被荆棘划破的血痕，却也不感到痛，因为全被采摘的欢乐和收获的喜悦所掩盖了。

秋天的城隍山，被火红的枫叶点染成一座火焰山，好吃的野果也俯拾可得。英子最喜欢的是野栗子，与板栗不同的是，它就长在小孩手够得着的灌木上，剥开带刺的包囊就会滚出来，个子小得只有板栗的十分之一，但栗肉的香糯却远超它的大哥。我们采满一布袋，就会捧回家请英子的妈妈炒熟。街上人戏称她妈妈为"棉线西施"，确实也长得精致，而且生性开朗热情，见到我就喊："我家小女婿来了！"虽然我感到很难为情，却敌不过熟野栗子香味的诱惑。英子每次都自己先不吃，而是用小手剥出细如玉米粒的栗肉，堆满一个小碟子递给我。岁月倥偬，半个世纪过去了，我仍能清晰回味起那罕有的甘甜，那份两小无猜的情谊。

冬日的城隍山，失去了往日的青葱，唯见荒草枯枝，芦花飞舞。有时会被皑皑的白雪覆盖，顿成银装素裹的白色世界，同时也成为我们嬉笑蹦跳的欢乐天地。男孩子们忙于打雪仗，英子则忙于堆垒她的雪人，雪人的头上戴着一顶破毡帽，龙眼核嵌成眼珠，红辣椒变成鼻子，两片皂荚就代表嘴巴……乘英子不注意，我藏起雪人头上的毡帽，插了两根高粱穗子比拟英子头上的羊叉辫，还在雪人肚子上用炭粒嵌成"英子"字样，结果弄得她哭笑不得。

我十四岁负笈外地念书，然后又去上海读大学，与英子睽别多年，只听说她被芜湖文工团招去当演员了，详情也不清楚，但这位美丽纯真的十岁时的小玩伴，却时常出现在我的梦中。

工作后有一年我去芜湖出差，约她在江边见面，迎面相向还有五十米之距时就彼此认出来了，阔别十几年的她依然风姿绰约，比儿时更添了几分妩媚。虽然未必"绿叶成荫子满枝"，但毕竟已嫁为他人妇。相对无言久之，她掏出一件绣满花的"暖肚"（夹层塞着香屑药材的肚兜）送给我，说明是少女时代绣就的，但因不知我的准确地址，故而无法投寄，如今正好当面交付了。距我们互道珍重而别又数十年过去了，我不知道英子的境况如何，但心中想起的多是她童年的笑靥。我默默地祝福她平安、幸福！

思　珏

作为小男孩我其实是不大愿意与女孩子玩的，因为她们小气、爱哭，但英子是个另外。男孩中最好的朋友是思珏，这种手足情谊持续了大半生，肯定还会延续下去。他是孤儿，先依其舅公、舅婆生活，两位老人已十分年迈，逐渐无力照顾他了。初中时他改依堂叔李冬九过活，其堂婶是一个满脸横肉的恶婆娘，对思珏非常不好，常常施以肉体的虐待，甚至饭都不给吃饱。我每天早上去邀思珏一同上学，她从来不给我好脸色看，有时还恶言相向。思珏中午带的饭基本上没有什么菜，常常是三五根萝卜干，或十数粒盐煮豆，我们就将带去的饭菜匀着吃。堂婶对思珏精神与肉体的虐待越演越烈，到了实在忍无可忍的地步。我们几个就怂恿他离开这个"魔窟"，同时又到他舅公处游说，俩老心地善良，听闻思珏的遭遇也为之心酸，同意他再住回去。我们都去为思珏"搬家"，说起来真可怜，被子竟是一床没有被套的旧棉絮，已残破得一块一块往下掉。沉默无言的堂叔，怒目而视的堂婶监视我们的一举一动；更为恶劣的是，当我们刚迈出门槛，恶婶就拿起扫帚往外扫灰,这是一种表示蔑视的举动,意思是送瘟神出门。

我们决心为思珏"复仇",当晚由我带头爬到他堂叔屋顶上,用稻草和泥巴把他家烟囱给堵上了。后果是严重的,这对夫妇联袂到学校来告状了,接待他们的是我们的班主任李肇泰老师。李老师是明白人,我们不清楚他是如何应付这对恶夫妇,只见他们悻悻从李老师的办公室出来,追随他们的是李老师一句掷地有声的话:"虐待儿童是犯法的!"随即李老师把我叫去,严厉地追问我:"是不是你出的鬼点子?"我点头默认。"还有谁?"我缄默。"你们这种行为是违反校规的,理应记过处分。你回去好好反省,然后在班会上检讨。"我惴惴地等候记过处分的降临,真是所谓"食不甘味,寝不安席"。一个月过去了,"过"还没有被记上,真等得有点性急,我的调皮劲儿又犯了,竟问李老师何时记过?他正色道:"为朋友仗义是好的,但一定要注意方式方法。"后来"过"当然没有记,但老师的箴言足堪我终生铭记。

在苦难中成长的孩子,非常珍惜难得的学习机会。思珏学习用功之勤、悟性之高是班上的佼佼者,常与我争夺第一名的宝座。我们都喜爱文学,但思珏的兴趣远比我广泛,英文也学得很好,当时教英文的黄小牧老师常抚摸着他的头说:"Very good!"黄老师是学校中唯一西服革履的人,西装背心上还揣着一只金链的挂表,常常在课堂上掏出来"啪"的一声打开,因我坐在第一排,曾瞥见表壳内侧嵌有一金发少女的头像,引起我强烈的好奇心。有一次课后禁不住问黄老师表中的外国美女是谁,他递给我索性让我看个仔细,然后不无自豪地说,那是他在英国留学时房东的女儿,他的初恋情人。黄老师的尊人就是晚清大名鼎鼎的篆刻家黄士陵(牧甫),我至今还珍藏着一方他镌刻的闲章:"黟水绕廊清我心"。

再说回思珏,他的文章也写得不错,常得教语文的胡铭萱老师的好评。当年的初中生鲜有关心时事者,全校唯有他是校图书馆报刊室的常客,课余则与我们几个老友记大谈什么"东风压倒西风"的国际形势,常使我自愧不如。因为我也是老友记中的话王,但我所侃侃而谈的不过《天方夜谭》(即

《一千零一夜》)、《牛虻》(意大利传奇小说)、《十二个月》(俄作家马尔夏克作童话)之类,终究距现实生活缥缈些。

从小学到初中,我与思珏都是朝夕相处的好朋友,从来没有吵过架,连小孩子之间常闹的别扭也没有。小的龃龉当然也是有的,有次县文化馆搞会演,我们年级参演的剧目是《鸿鸾禧》,具体剧情已忘记了,我演唇红齿白的小生,思珏扮的是鼻上涂白的丑角,花旦则是由班上最漂亮的女生胡元春饰演。思珏对分配当丑角有些不高兴,认为班主任有点不公,加上元春无论戏中、戏外都与我比较亲近,他也有点醋意。回忆起这些少年时代的趣事,实在令人不禁哑然失笑。

初中毕业后都各自外出求学(当年的黟县只有一所名为"黟县中学"的初级中学),思珏考上了位于歙县的徽州师范学校,我则考上了位于休宁万安的休宁中学(前身为安徽省第二师范学校,徽州中学),但寒暑假回家仍在一起玩。高师毕业后,思珏到合肥上合肥师范学院中文系,我则去上海读华东师范大学中文系,足见我们的志趣十分相近。此后他当了多年的中学语文教师,我虽然始终没有听过他讲课,但相信以他的才情与热诚,一定会深受学生的欢迎。至此又想起他的一段颇为伤心的往事,他爱上一位叫淑宜的姑娘,也是我们童年玩伴中的一员,长得白净娟秀,但体质羸弱,有些多愁善感,同学们都戏称她为"小黛玉"。可惜天妒红颜,二十多岁就因病夭逝了,思珏甚为悲痛,怅然久之,多年才平复。后来他娶了云霞为妻,是一位非常贤惠的好伴侣。

两岸解冻之后,思珏的一位远亲从台湾来找到他。这位远亲幼时曾受过思珏父亲的恩德,故对思珏疼惜有加,花八万人民币(在80年代这是一笔不小的款子)为思珏在歙县城里买了一幢带有庭院的房子。我曾到思珏的新居小住,为他们全家其乐融融的氛围所陶醉。

年华老去,青丝蜕为白发,但童年纯真的友情长青,将伴随我们走完生命的旅程。

梦　来

黟城内有三所小学：蔚文、碧阳和环山，均各有所长，难分轩轾。我读的是蔚文小学，系民初本地教育家范蔚文先生所创办。

高小时与我同桌的女孩叫梦来，她是一个寡于言笑的人，精致的瓜子脸上常挂着一丝冷傲。开学第一天上课前，她用粉笔在课桌中央划了一道白线，直呼其名地（同学间一般叫名字和小名，很少连名带姓一同称呼）警告我不要越过"三八线"，心里想这包子铺老板的女儿可不好对付。

梦来的家在临漳门（北门）城楼下北街开首朝西第一间街面房子，前店后家，临街开一家包子铺，老板与伙计全由梦来他爹汤老板一人担当。他做的包子远近闻名，不仅县城内趋之若鹜，甚至十几二十里外的乡镇渔亭、奇墅、宏村、古筑、西递的人都间或来尝鲜。据故老传言，汤家几代都是开酒楼的，他家的徽菜闻名遐迩，师傅们是从几百里远的绩溪特地请来的，年节时从各地返乡省亲的徽商们都喜欢在这里聚餐会友。到了嘉庆年间，太平军与左宗棠麾下的清军在徽州鏖战。殷实的汤家老店当然也在劫难逃，故而急剧地衰落了，到了梦来爹这一代，硕大的店面就变成了一家包子铺，只有店外高悬的匾额还记忆着往昔的辉煌。匾上"紫云楼"三字系嘉道间大学者俞正燮所书，他就是黟城人，其故居就在汤家铺子屋后不远的城墙根。

梦来生性孤傲，与同学也不大往来。学习成绩平平，特别不喜欢作文。开学不久学校组织到淋沥山远足，让同学们凭吊一下这一两千年前的古战场，三国时代陈仆、祖山曾率山越二万户于此抗击东吴，山壁上至今还嵌有当年的箭镞，虽已锈蚀得斑驳陆离，仍在诉说当年战斗的惨烈。返校后老师命题作《淋沥山游记》，限三日交卷。我第二天就做完交给老师了，当天晚上梦来突然到我家来，对这位与我划线对峙的同桌有些不理不睬，母亲用眼神告诫我必须对同学热情点。为了缓和气氛，我学着戏台上的腔调说："汤小姐光临寒舍有何贵干？"把这位素来不苟言笑的小女孩也惹笑了，我才发现梦来笑起来特别好看,也不见往日叫人讨厌的矜持。原来是来让我教她如何作文,这对于年年作文比赛全校第一的我来说,当然是轻而易举的事。

从此两个人的关系有了改善,我认为做好作文要多读书,于是把我珍藏的《昆虫世界历险记》《稻草人》等书借给她看。她则从楼上尘封的网篮中翻出一套十册木刻本的《今古奇观》送给我,开本盈尺,每本厚达一寸,首卷还有八十幅圆形插图。这套书我珍藏多年,终于在岁月的洗汰中流失了,根据我后来有关中国小说版本的经验,这套书很可能是明刊本,如今也不知是化作纸浆,或者早成鼠粮,真是可惜得很。

当年山城居民的生活十分清苦,我幼年丧父全靠母亲含辛茹苦地抚养我们兄妹二人,日子过得清贫艰辛。母亲和妹妹早上喝粥,却给我五分钱上街吃早餐。五分钱正好可买一个包子,于是在上学的路上就到汤家铺子买个包子边走边吃。大约过了两三天吧,我买的包子蒂头上多了个红点,个儿大了,肉馅也多了许多。当时也并不在意,心想可能汤老板发善心将包子做大了吧。有一个礼拜天我将捡白果卖给中药店赚到的两毛钱,准备买四个包子拿回家与妈妈、妹妹分享。结果我买到的包子还是与从前一般大小,也没有红点。梦来妈看到我诧异的表情,就笑着对我说:"有红点的大包子是梦来瞒着他爸特地为你做的。"我方恍然,但这有违母亲不许白占别人便宜的教诲,从此我就不去买包子了。

隔了几天,我早晨上学时在课桌抽屉里发现了一个用油纸密密包裹的小包,打开一看原来是一只尚冒着热气的包子,包蒂上红点依然。因为不敢违背母训,我将它塞回了梦来的抽屉。殊不知从此梦来对我不理不睬,恢复了旧日凛然的面孔。我很惶然,回家跟母亲谈了此事,母亲开导我说,不要拂了同学的好意,你每日仍交她五分钱好了。第二天下课时,我主动找梦来谈了,她默然地点了头,并立即摒除那一抹傲然的神色。

三月初三,是"老老爷"(张巡、许远)出巡的日子,全城老少都参加这一盛典。最前面是从庙里请出的两位老老爷的神像,中间是僧尼、道士及信众的旗幡、锣鼓队，殿后的十座"抬阁"（"抬阁"是黟城百姓娱神、自娱的重头节目，每座抬阁每边长约一丈，有尺余护栏，俨如一个小小的戏台；下面由八个成年人抬着起，就像一个活动舞台。抬阁上由二至三位儿童扮饰戏文中的角色，但并不演唱，只要摆个姿势就行），则成为山城民众观赏的重点。那年我在第一座抬阁扮吕布，手执长戟，好不威风；英子扮貂蝉，浓妆艳抹，的是精致。出巡的队伍需绕城一周，在石板铺成的大街上浩浩荡荡地前进，旌旗蔽日，锣鼓喧天，真乃"烟花鞭炮震屋瓴，欢声笑语满城垣"。居民们从店铺的台阶，或是临街的二楼，纷纷往抬阁上投掷鲜花与果饵，向孩子们表示爱怜与奖赏。与往年一样，我们的抬阁上被投掷的花果最多，因为英子与我被全城公认是一对金童玉女。抬阁经过汤家铺子的时候，梦来从二楼的阳台投下了一包用洒金红纸包着的果品（拆封后才知道是我爱吃的"寸金糖"），但当我向她望去时却见她侧过脸去，闪过一丝不快的神色。英子随即悄悄说："哈哈，你的同桌吃醋了。"岁月骎骎，回忆起当年这种小儿女间的"爱恨情仇"，别有一番滋味在心头。

五年级的那年夏天，城中流行脑膜炎。噩运也降到了体质孱弱的梦来身上。我赶到东街上县医院的病房中看望时，人已完全脱了形，本就清癯的面孔就更显得小了，唯一双大眼睛因高烧闪烁着异样的光芒。她用滚烫的手抓住我的胳膊问："年级作文比赛的结果出来了吗？"我告诉她："程雪老师说你写得很好，得了第三名。"她嘴角掠过一丝微笑，然后疲乏地闭上了眼睛。第二天一早我再去探访，不料一进病房就见老眼纵横的汤老板正在安慰号啕痛哭的妻子，梦来的脸上已盖上了一块白布。经我再三要求，汤老板掀起梦来脸上的布让我见她最后一面，只见她脸白得像一张纸，微翘的鼻尖似乎透明，紧攒的双眉似乎在诘问：我如此幼嫩无辜，为什么要夺走我含苞待放的生命？！幼小的我第一次直面死亡，同桌的好友竟如此匆匆离去，心中的酸楚难以言喻，也想不出用什么言辞来安慰二老，仅用手绢轻轻揩去梦来眼角凝结的泪珠，然后默默地离去了。

如果有轮回的话，梦来恐怕早已投胎转世了，每当我在人海中瞥见酷肖她的女孩，总希望这是梦来的来生，并默祝她幸福安康。梦来的死，使年甫十龄的我首次体味生命的脆弱与人生的无常，在我幼小的心灵上烙下了深深的印痕。

小龙·小凤

黟城的周遭为群山环绕，嵯峨奇丽的黄山群峰将他环抱。出城几里路就是黄山的余脉，郁郁丛林，淙淙流泉，空气间充溢着馥郁温馨的气息。但对孩子们而言，兴趣倒不在秀美的景色与清新的氛围，而在于山野间丰盈的野果和阡陌上自由的嬉戏。我们经常在假日结伴出游，到河中摸鱼捉虾，到山上采花摘果。特别喜欢夏秋之交，山野间缀满成熟的浆果、坚果，除大快朵颐外，更享受那份收获的喜悦。大地母亲惠赐给我们的浆果有："飘"（即覆盆子），它分两种，一种小型的比豌豆稍大些，另一种称"牛奶飘"，大小如同今日市面的草莓，但味道不知好多少倍；"油樱"，一种管状头部开裂如石榴的果子，味酸甜；"水楂"，状如北方的山楂，个头较小，味道也不同："杨桃"，即中华猕猴桃，一种蔓生的野果；"荆钩"，生在树上，果实管状曲折相连，香甜美味，终生难忘；"乌结"，即蓝莓，会吃得满嘴乌黑，我们不大喜欢；还有一种"蛇莓"，样子也长得鲜红欲滴，十分诱人，但是不能吃的；"铜萝"，一种长生在石壁藤蔓上莲蓬般的果实，不能吃，但可拿回家做凉粉；此外还有杨梅、樱桃……不胜枚举。坚果类的品种也不少，诸如"香榧"，外壳状如橄榄核，其中黄色果肉上裹有一层黑衣，需耐心剥去方可食；"山核桃"；"白果"，即银杏果实的核，果实成熟后会自动落在地上，红色果肉很快腐烂，气味奇臭，将果核掏出洗净即洁白的白果，因白果有微毒，吃多了不好，大人只准我们几岁吃几颗；"毛栗"，长在灌木上野栗子，体积只有蚕豆的二分之一，极香糯可口；"榛子"，比北方产的略小，坦白说也没有北方的好吃。

故乡的山野美丽而丰饶，从来不吝啬惠赐我们欢欣与满足。

有一次我们又结伴而行，到距城不远的五里牌去采野果。正当我们兴高采烈地享受大自然奉献的时刻，思珏不幸被野蜂蜇了一口，额头隆起核桃大的包，而且肯定非常疼痛，向来坚强的他也迸出了连串的泪珠。小朋友们都慌了神，手足无措围着他转，面善心慈的菊芬，也陪思珏哭了起来；倒是看似柔弱却心细如发的淑宜，提议向附近的农户求救。我们沿着蔓草丛生的小径前行，希冀早点找到有人烟所在，为转移注意力以减轻思珏的痛苦，搀扶着他的英子使尽了浑身招数，讲笑话、唱山歌，还模仿黔中校长汪文甫先生不断眨眼训话的模样与腔调，终于把"老夫子"（思珏的绰号）也逗笑了。我则扛了一根大树杈殿后，不时驱赶尾随的野狗。走了个把小时太阳西斜时方见到道旁有一幢独立的茅屋，屋顶烟囱上正升起一缕缕炊烟。敲门进去才发现屋中只有与我们年龄相仿的一对小姐妹，姐姐叫小龙，妹妹叫小凤。小龙以老练的眼光瞥了一眼思珏问："马蜂咬的吧！"坦白地说我们只知道被一只大个子野蜂蜇了，根本分辨不出什么蜂种，农村孩子的动、植物知识比我们丰富得多。小凤则打开一个柜子，只见其中排列了十多个大小不一的瓶瓶罐罐，每个上面用红纸写着诸如"蛇""蜈蚣""蚂蟥""马蜂"等，原来是他父亲调制的专治蛇虫百脚咬伤的膏药，她从中找出标有"马蜂"字样的小罐递给姐姐。小龙从罐中挑出些许赭黄色的膏药，涂在思珏额头的"犄角"上，说也奇怪，不消半个时辰，本来痛得龇牙咧嘴、满头大汗的思珏竟渐渐平复了。疼痛稍停，思珏立即显现了他的滑稽本性，对俩姐妹双手作揖打着京腔道："小生感谢姐姐救命之恩。"弄得两姐妹脸上飞红，调皮的小龙索性说："不如跪下吧！"思珏真的扑通一声跪了下去，惹得我们哄堂大笑。

此时太阳已经下山，顿感饥肠辘辘，准备感谢后启程回家。小龙拦住了我们，一定要吃了晚饭再走；小凤则跑去闩了门，用背顶着门非不让走，一副"一夫当关，万人莫过"的气概。拗不过她俩的盛情，我们吃了一顿终生难忘的晚餐：泛着油光的腊肉，新鲜松茸炒鸡蛋，酥炸泥鳅干，大蒜叶煨"柞子豆腐"（用橡子肉磨粉做成的，美味极了），即使白米饭也格外香甜。正狼吞虎咽得不亦乐乎的时候，小龙她俩的父母上山砍柴归家了，看到满屋子小朋友乐呵呵地连声说："城里娃是稀客，多吃点，多吃点！"古灵精怪的元春见二位大人和霭可亲，竟顺杆子就上地说："把两个男生留在你们家做上门女婿吧！"我和思珏立即反击，要把她留下来当丫头。

小龙、小凤打着松明火把送我们到大路上，彼此依依不舍而别，女生们都哭得稀里哗啦，我则强忍着眼泪，目送远去的火把，直至它为林木所遮蔽。直至多年后，我仍不时想想这对乡村姐妹的纯朴，热诚，她们金子般善良的心。

童年已经远逝，但却化成数不清的珠玑，成为回味终生的精神宝库。山城没有璀璨的霓虹灯，没有香甜的巧克力，更何况宝马香车、灯红酒绿。但我们丝毫不感到匮乏与失落，举世闻名的新安山水，熏陶我们亲近自然，远避尘俗；淳厚质朴的徽州民风，滋润我们发奋图强，自力更生；丰厚深沃的文化积淀，浸淫我们不惮艰险，勇于攀登；坚执不懈的先贤学风，激励我们不克厥敌，战则不止……回首一生，既未成就轰轰烈烈的伟业，也未做成足堪传世的学问，实在有愧于心，但无论如何，胸中总有一股为社会做点好事的热情，它就来自故乡山川的孕育，来自父老乡亲的诲导，来自师长学友的鞭策。

感谢你，我亲爱的故乡！

感谢你，我终生难忘的童年伴侣！

几代文化人的夙愿

承谢荣滚先生惠借，不佞有幸得读陈君葆教授的日记。君葆先生的日记起自1932年，讫于1982年，五十年的风云尽摄于笔底，不啻是有关香港文化史的真切实录。

在《陈君葆日记》中，我们可以清晰地窥见，负有使命感的先行者们，如何在榛莽中开路，在不毛上播种，在平畴上垒筑，在危岩下抗争，始终锲而不舍地从事张扬民族意识、弘扬中国文化的事业。

不久前在本报拜读香港公开大学张伟国博士题为《人文社会学科具战略价值》的宏论，文章历数了一百五十多年来，"香港在港英政府统治之下，中国文化受到贬抑"的种种事实，认为回归后的香港"以中国文化为香港文化的本位，是理所当然的"，强调"任何有远见，对人民尽责的政府，都会重视人文学科和社会学科"，进而呼吁香港特区政府"应投资于社会文化道德建设，成立人文及社会科学的研究机构，大力弘扬中国文化，这是一项急需的不可或缺的举措，对国民的团结、国家的统一、民族的繁盛具有深远的战略性价值"。之所以不惮冗繁大段抄引伟国先生的文章，是因为不佞深以其意见为然，因其道出了众多服膺中国文化的知识者的心声。

要求在香港成立中国文化研究机构的呼声，其实是由来已久的，香港新文化的拓荒者之一许地山教授早在六十多年前就已提议，据《陈君葆日记》1937年2月16日条记云："下午文学院会议，……许先生之建议开设中文研究科，卒不得通过。"许氏时任香港大学中文学院院长，可是倡议开设一个小小的中文研究科也遭否决，其心中的悒郁与愤慨可以想见。在香港历史上，倒也存在过标榜研究中国文化的机构，一是日据时期，由日酋矶谷总督下令成立东亚研究所，有多名日本汉学家司其事，并网罗香港学者参与，一度还拟将研究所与港大的冯平山图书馆合并，因日本战败投降而中止；一是英国学者林仰山倡立的东方文化研究院，于五六十年代在推进中国文化研究方面颇有建树。无论统治当局出于什么动机，这些机构的建立，在客观上对在香港维持与延续中国文化的传统还是聊胜于无的。以此为鉴，回归后中国人自己的政府不是更应该真诚地、急迫地催生一个中国文化研究机构嘛！

据闻以汉学大师饶宗颐教授为首的一群香港学人，在特区政府甫成立时就提出了成立中国文化研究院的倡议，他们认为：香港回归标志着一个新的历史时代的迈步伊始，以往中国传统文化与现代文化备受漠视的情况必须改变；同时，作为中西文化交汇点的香港，有必要对独特的香港文化作出新的定位，衡估其特色和价值，以作探讨中国文化现代化的借鉴。故而，建立一座以研究中国文化为职志的中国文化研究院确系当务之急。此一倡议已得到特区政府的积极回应与众多有识之士的关注支持，希望能早日成为现实。

东京鲁迅学术会议一瞥

深冬的东京大学校园泛溢着一片耀目的金色,园内林荫道上布满大可合围的银杏,阳光照射下的银杏叶宛如闪烁的金箔,沙沙作响,摇曳反光;地上也铺满银杏的落叶,同样是一派金黄……

举行"东京鲁迅学术会议"的东大山上会馆正处此金色丛中,与会者八方汇集,十分熙攘。会议的东道主是东京大学"东亚鲁迅学术会议"执行委员会,委员长为藤井省三(东京大学文学部教授),副委员长为山口守(日本大学教授),委员长堀祐造(庆应义塾大学教授)、宫尾正树(御茶之水女子大学教授)、尾崎文昭(东京大学东洋文化研究所教授)、小川利康(早稻田大学教授),顾问为丸山昇、丸尾常喜、尾上兼英(以上皆为东京大学荣誉教授)、伊藤虎丸(东京女子大学荣誉教授)。以上实际汇集了日本汉学界研究中国文学的精英。

与会者包括韩国、新加坡、澳大利亚、中国内地、中国台湾、中国香港以及日本各地的学者。韩国学者的阵营最为强大,共十二名,包括汉城大学、高丽大学、延世大学、东国大学、永同大学、忠北大学等校的教授,汉城大学的金时俊教授、外国语大学的朴宰雨教授分别为韩国中国现代文学学会的正、副会长,以往在促进中韩文学交流方面做了不少工作;新加坡的代表为王润华(新加坡国立大学教授);澳大利亚的代表为张钊贻(昆士兰大学教授);中国台湾代表为陈芳明(台湾暨南大学教授)、梅家琳(台湾大学教授)、张季琳("中研院"文哲所);香港代表为梁秉钧、孙立川、陈国球、黄淑娴等;内地代表为陈平原、夏晓虹(以上为北京大学教授)、陈福康(上海外国语大学教授)等;日本代表为佐治俊彦、芦田肇、清水贤一郎、代田智明、松浦恒雄、阿部兼也、工藤贵正、饭塚容、岸阳子、佐藤普美子等

在东京大学校园钟楼前。"东京鲁迅学会会议"与会者：左起张钊贻（澳大利亚昆士兰大学教授）、王润华（新加坡国立大学教授）、陈国球（香港浸会大学教授）、梅家琳（台湾大学教授）、作者

在东京大学校园朱舜水纪念碑旁前。左立者为长崛祐造教授（庆应义塾大学），右为作者

教授。

会议共分九个单元进行，依次为：一、战前日本的鲁迅经验；二、日本对韩国的鲁迅经验；三、战前流亡中国的韩国人士的鲁迅经验；四、战前香港的鲁迅经验；五、香港与新加坡的鲁迅经验；六、鲁迅在台湾；七、鲁迅在战后日本；八、鲁迅在战后香港；九、鲁迅在战后韩国。共宣读十八篇论文，香港学者四篇，估约四分之一。

学术会议中最令我震撼与感动的是中国台湾学者和韩国学者的论文，它们为我展现了自己以往从未了解的世界，亦使我深切体味鲁迅思想已经成为东亚人民共同的精神财富。台湾学者的论文为我们揭示了：台湾前辈作家杨逵等在日本占领时期，如何艰难曲折地追求与接受鲁迅思想的动人历程；有的学者为了在台湾弘扬鲁迅精神，甚至付出了生命的代价（如许寿裳、黄荣灿等）。凡此都使我震动与感动。韩国学者的论文也告诉我们，自30年代以降，韩国进步作家一直以鲁迅为旗帜、奉鲁迅为圭臬，朴宰雨教授在论文中说："我们相信鲁迅精神的社会实践在全球化的资本主义的种种矛盾可能更复杂化更深入化的二十一世纪的世界也应该更需要。"这可能也是会议大多数参与者的结论。

与秋雨一夕谈

余秋雨教授应邀为香港书展举办的"国际知名作家座谈会"的嘉宾,来此做一周的盘桓。因已久违,遂于其抵港翌日邀赴山光道马会俱乐部一叙,同座尚有两位陈先生。

秋雨不仅文思敏捷,谈锋亦甚健。话题涉及香港的文化前途,秋雨对董建华先生提出的要将香港建设为亚洲文化教育中心的蓝图颇为赞赏,认为是具战略眼光的决策。

至于香港有无资格成为亚洲文化中心,秋雨做了精辟的论析:世界公认的文化中心不外是巴黎、纽约、伦敦,或者法兰克福,亚洲则欠奉。如果要

余秋雨教授(左)

在亚洲找一个文化主体，该是历史上在周边地区发挥着主导作用的中华文化。承负中华文化中心的候选城市有北京、上海、香港等，然逐一审视，上海则在二三十年代有机会成为候选者，作为中西文化撞击与融会的所在吸引了大批的文化人。甚至或一文化机构，都能起到开风气之先的作用，譬如商务印书馆，其出版的教科书就占据了全国绝大多数市场，张元济若决定下学年的语文课本全用白话文，还比学术界相对空泛的文白之争，在舆论导向方面要有力得多。但上海当年的优势，今天已不复存在。

秋雨认为香港赋有自身的特质：她相对宽松的环境，带给研究者焕发才智的必不可少的学术自由氛围；她虽被认为"文化沙漠"，却不乏高层次的文化，像饶宗颐这般的大学者，正是香港这样的城市所孕育的；她具有地缘、资讯等优势，汇聚海峡两岸暨香港的历史文化资料，给研究者提供了最优良的条件；她拥有强大的传播网络，浓厚的大众文化根基，以及善于汲取外来文化的开放性，有裨于承担须不断接触与发放资讯的文化中心的功能；她作为维系海峡两岸暨香港乃至国际华人社会文化交流的桥梁与纽带，便于吸纳优秀的人才。

最后则谈到有必要设立一个研究中华文化的机构，除协调本地的研究力量之外，还应：利用各种形式吸纳人才；除了操作之外，须在华人文化圈发挥裁决作用；进行大型的弘扬中华文化举措。

不灭的历史铭篆

今年岁暮,脱离中华母体四百年的澳门将要回归了,每一个炎黄子孙都企盼这一庄严时刻的到来。闻一多于20年代痛感国土的沦丧作《七子之歌》,其小引云:"先后丧失之土地,失养于祖国,受虐于异类,臆其悲哀之情,盖有甚于《凯风》之七子。"并诚挚地祈祝:"中华'七子'之归来其在旦夕乎!"在20世纪最后一年,闻一多的夙愿终于完全实现了。当然,这并非什么人的恩赐,而是一代复一代中华儿女不屈不挠、前仆后继奋斗的结果!

当港英政府的旗帜终将降落之际,必须将历史的真相告诉未谙世事的年轻人,不要为某些说客似是而非的论调所蒙蔽。有人就是不承认葡萄牙侵占澳门的史实,事实果真如此吗?仅从香港地方史志中聊举一例即可窥一斑而见全豹。

清嘉庆舒懋官、王崇熙纂《新安县志·艺文志》中辑录了明代汪鋐所作《驻节南头喜乡耆吴溋郑志锐划攻屯门彝之策赋之》七律一首,中谓:"辚辚车马出城东,揽辔欣逢二老同。万里奔驰筋力在,一生精洁鬼神通。灶田拨卤当秋日,渔艇牵篷向晚风。回首长歌无尽兴,天高海阔月明中。"作者汪鋐,字宣之,徽州婺源人。明弘治十五年(1502)壬戌科进士,授南京户部主事,嘉靖初擢右都御史,提督南赣军务,巡抚汀、漳诸府。正德间,一度驻节岭南。累官至吏部尚书,兼兵部尚书。后被劾引疾归,嘉靖十五年(1536)卒,谥荣和。有诗文集数十卷,已佚。其事迹散见于《王具茨文集》卷四《拟送太宰汪公致政南还序》《国朝献征录》及《明史》。

上述诗作于明正德十六年(1522)。时正当西方殖民主义崛起之际,古老的中国随即成为它们虎视鹰眈的对象,地处东南边陲的香港地区(至迟在明代已有"香港"之名,据明万历间郭棐撰《粤大记》,其图中岛屿已经有"香港",其他尚有"九龙山""长洲""屯门""葵涌""尖沙嘴""沥源村"等地名——从经按)首先为其觊觎与窥伺。最早入侵的正是葡萄牙人,明正德十二年(1517),葡将比利·安剌德(Perez Andrade)率舰队擅闯屯门;翌年,其弟西门·安剌德又率舰队进犯屯门、葵涌一带,强行占据,"招诱亡命,略卖子女,出没纵横,民受其害",并树碑立石,安营扎寨,妄图长期霸占。其后,葡萄牙特使米儿丁(Martins)及军官别都卢(Pedro)又率领一支由五艘战舰、千余士兵组成的侵略军进犯屯门,杀人越货,无恶不作。正德十六年(1522)御史邱道隆等奏请驱逐葡人。广东巡海道副使汪鋐奉命驻节南头,率军出击,于大屿山北岸茜草湾大破葡军,焚毁葡舰多艘,复再覆葡军于稍州。嘉靖元年(1522),在汪鋐率师追击下,葡军败逃浪白滘,从此绝迹于香港地区。有关是役,史乘与方志均有记载,明《武宗实录》卷一五八曾载:"不数年间,遂启佛郎机之衅,副使汪鋐尽力剿捕,仅能胜之。"清康熙郭文炳纂《东莞县志》卷十四(外志)亦记有:"武宗正德十一年佛郎机彝人始入广州,彝人谋据南头,汪鋐逐之。"嘉庆舒懋官、王崇熙纂《新安县志》卷四(山水略)亦记有:"九逕山,下临屯门澳。明海道汪鋐帅土人歼佛郎机于此。"从汪氏诗中暨有关史乘中足可窥见,胜利是在本地区父老乡亲的支援、献策下方获得的。汪鋐副使这首诗正是他统率明军击溃入侵葡军的屯门之战的形象实录,而距今480年的16世纪20年代爆发的是次战役,是中国历史上第一次反击西方殖民者挑衅与侵略的战役,明军大获全胜。而这一里程碑式的大捷是在香港地区取得的,更值得香港人自豪并永志不忘。

文化沙龙

据闻城市大学举办"城市文化沙龙"已有好几次了,近日承蒙张信刚校长的盛意,不佞亦获邀赴其府上"城庐"参加议题为"古国文明的省思"之活动。

主讲嘉宾系台湾"中研院"历史语言研究所所长杜教授,杜氏为著名的秦汉史专家,并任台湾大学、台湾清华大学的兼职教授,其讲演的题目是台湾少数民族被汉族文化同化的问题,以及历史上受儒家传统思想浸淫的知识分子,在异质文化环境中的感受与表现。杜教授旁征博引,从清代派驻台湾官吏的诗文集中辑佚钩玄、评骘衡估,罗列众多的例证,有裨听众对问题的了解与思考。

在中国历史上,许多强悍的民族与汉族融合的史实不胜枚举,吕思勉教授《中国民族史》中多有论述。不佞是史学的门外汉,本来在讨论中不敢置喙,但有一疑问横亘胸中多时,遂不揣冒昧提出求教于在座的方家。我百思不得其解的问题是:或一民族在历史上消失得无影无踪,其灭亡的原因何在?是一种劣势文化对另一种劣势文化所推行的种族灭绝,抑或一种强势文化对一种劣势文化同化的结果?具体例证是活跃在中世纪的党项民族,创建西夏帝国,雄踞西北二百年,先后与北宋、辽及南宋、金成鼎立之势,自李元昊于11世纪初立国,传十帝,国祚近二百年,才被蒙元所灭。一代枭雄成吉思汗入侵西夏时遇到剧烈的抵抗,最后自己也死在西夏的土地上。蒙古人对西夏皇室与臣民进行了疯狂的报复与摧折,历代西夏王陵中至今没有一块完整的碑碣保存下来,可以想见当时蒙古军的愤怒与暴虐。但是,即使蒙元统治者对西夏军民施行种族灭绝的政策,也不可能从肉体上将整个党项民族屠戮殆尽,例如曾发现明永乐年间的西夏文碑,证明西夏王朝灭亡约二百年后的明初，仍然有党项人生存与繁衍。可是至今，党项民族已完全不复存在，被历史的尘沙所掩蔽，甚至文字也失传了（虽然"西夏学"成为20世纪的显学，但能辨认与解读西夏文的学人仍属凤毛麟角）。基于以上种种，党项民族在中国历史上的销声匿迹，是被"武化"灭绝，抑或文化同化，一直成为我心中的疑惑。结果张校长解答了我的问题，他认为还是被汉文化这一强势文化所同化的结果。

与会者不乏学术、文化界的先进，诸如陈学霖、吴宏一、费振刚、郑培凯、马家辉、谭国根、吴征、杨澜、冯象等，皆一时俊彦；会上宏论滔滔，使谫陋如不佞获益匪浅，如曾议论中国姓氏的起源与流变，台湾少数民族与南亚土著语言的关系，民族问题的回顾与前瞻等等，皆引起大家浓郁的兴味。

"城市文化沙龙"据说还将请裴艳玲谈艺术经验，朱维铮讲晚清思潮……这些都使我感到很兴奋，因为在这块刚刚回归中国的土地上，民族文化相对呈弱势态势，"学术殖民"（刘述先教授、杜祖贻教授语）的现象甚为可观的情况下，有高等院校的主事者出而提倡中国本位文化，这当然是难能可贵的好事。我还听闻城大为加强对学生的中国文化教育，专门开设了"中国文化科目"课程，利用网络等先进方式，为全校四千名学生提供学习祖国历史、民族文化的机会。

倡导与弘扬中国文化，乃每一个中国知识分子的责任，不过在香港更任重而道远罢了。但我相信，将会有更多的有识之士，探寻不同的途径，采取不同的形式，厕身这一兴灭继绝的事业，从而使中华文化之花在这南疆一隅灿然怒放！

叹为观止的"东洋文库"

我对被目为东方学资料中心的"东洋文库"心仪日久，在东京大学访问研究时终于一偿夙愿，经丸山昇教授荐引，文库长渡边兼庸先生热情地接待了我，带领我在一座座书库巡弋。那一排排琳琅满目的图书典籍，犹如应接不暇的山阴道，真使我大饱眼福，为这丰富珍异的庋藏而惊叹不已。

"东洋文库"位于僻静幽雅的东京"拉丁区"——文京区，创立于八十年前，它是岩崎久弥（1865—1955）于1917年在购取了当时担任中华民国总统府顾问的莫利逊的藏书而设立的东方学专业图书馆。此后经过几十年的不断扩充，如今藏书已达七十多万册，成为闻名世界的东方学资料宝库。

凡是研究东方学的各国学人，几乎没有不问津"东洋文库"的。它之所以赋有如此大的吸引力，是因为庋藏的丰饶与完备。其所保存的原私人藏书，或是富可敌国的藏书家的经年旧蓄，或是学富五车的专家终生积累的学术资料，大多是不可再得的珍品。

例如作为文库基础的"莫利逊文库"旧藏，系莫氏居留北京二十年间苦心搜集的有关中国的西文图书二万余册，其中仅中国方言辞典一项就有五百种，其搜罗之广可见一斑。

创办人岩崎久弥的"岩崎文库"中拥有三万七千多册日文图籍，其中古刊本、抄本甚多，都是研究江户时代文化的绝佳资料。

汉学资料的博洽丰厚是"东洋文库"的特色，例如记载有元代中国大量史实的马可·波罗所著《东方闻见录》（中译本题为《马可孛罗游记》），该文库收藏有自15世纪至20世纪数百年间的七十多种不同文字的版本，仅此一例亦可推想其庋藏的广博。

不仅有关中国的外文书物汗牛充栋，而且中国历代文献的珍藏亦不胜枚

在东京大学山上会馆作"我的中国近现代文学研究历程"的讲演,日译者为东京大学中文系藤井省三教授

举,像明、清两代修缮的地方志多达三千部,族谱、家谱多达八百多种,藏文经典多达万余件,真可谓洋洋大观。

若就中国俗文学而言,其中亦颇有珍罕之本,例如孙楷第《中国通俗小说书目》未曾著录的《出像杨文广征蛮传》,系十分罕见的明代彩色抄本,惜已残。其他如明万历二十五年刊《新刻全像三宝太监西洋记通俗演义》、明天启三年金陵九如堂刊本《新镌批评出相韩湘子》、明崇祯四年人瑞堂刊本《新镌全像通俗演义隋炀帝艳史》等,皆为甚不经见的小说史资料。

"东洋文库"不仅以收藏丰富著称,而且竭诚为读者服务,借阅与拷贝都非常方便。该文库宣称:"为全日本,以至全世界的研究者提供研究上的方便,乃为吾辈的崇高使命。"这是毫无虚夸与矫饰的宣言,是每一个到文库看书与研究的不同国籍的人都切身体会到的。我至今仍怀念着在里所度过的多少个汲取知识与智慧的晨昏,亦祈愿有更多的中国学者去那里吮吸东方文化的乳与蜜。

四十华诞

日前，我的"娘家"——上海社会科学院举行了成立四十周年的庆祝活动，据朋友来函称，气氛颇为热烈。江泽民题词云："发扬理论联系实际的优良传统，推动两个文明建设健康发展。"市委书记黄菊、市长徐匡迪分别发来贺信与祝词。以上足见中央与地方对社科院的重视。市委副书记龚学平谓上海市领导层一直把社科院作为可以信赖的智囊团和思想库。事实上也正是如此，仅以经济规划为例，上海社科院的三个经济研究所（世界经济研究所、部门经济研究所、经济研究所）为浦东新区乃至整个上海的经济规划，可谓贡献良多。

不佞作为上海社科院的一名研究人员，在她的怀抱里度过了十个春秋，对此一度安身立命之所，怀有难遣的萦念与深长的眷恋。70年代末，姜彬（天鹰）教授受命筹建文学研究所，即调我入所，俾我有一个安定的环境从事研究，为此深为感激。十年寒窗，夙兴夜寐，焚膏继晷，未敢稍怠，成果亦颇不弱。80年代中，由王瑶、王元化、许杰、钱谷融、贾植芳等五位资深教授评审推荐，复经上海市高级职称评审委员会审核通过，不佞侥幸破格晋升为研究员。作为上海社科院一千余名研究人员中最年轻的研究员，甚感压力沉重。诚如乡前辈胡适所言："做了过河卒子，只得拼命向前。"别的不敢说，怠惰偷懒是不会的。至今我仍甚为怀念那十年闭户读书的日子，以单位时间计，恐亦是我大半生中读书最多的时日，当时局处号称"柘园"的小书斋中，凭窗可眺龙华的塔影，阳台爬满五彩斑斓的牵牛，四壁图书，一方书桌，晨读夜耕，优哉游哉！

文学所的人事关系亦甚为融洽，首任所长姜彬是位谦谦长者，学养丰厚，体恤下属；继任的徐俊西、陈伯海皆为学有专精的学人，思想都很开

在上海社会科学院研究生院教授任内所教日本高级进修先佐治俊彦先生（右，后任东京和光大学文学院长）

放，将文学所办得有声有色。近年，文学所连续推出《上海近代文学史》《上海现代文学史》《中国近四百年文学思想史》等力作，在学术界影响匪浅。上海社科院所在地的前身，系成立于20年代的震旦女子文理学院，建筑优雅，环境秀美，建筑物前面有一座硕大的花园，园中有两株年逾百龄的玉兰树，绿荫如盖，花香浓郁，常令人流连不已。每当到院里去给研究生上课，课后我总要在玉兰树下伫立良久，呼吸它那清芬的气息，当作一种休憩与享受。如今一别经年，颇思念那两株美丽的玉兰，祝它们别来无恙。

值此社科院四十华诞之际，遥寄去迟到的祝福，衷心祈祝社科院如日方中，日逐壮大；祈祝文学所枝繁叶茂，硕果累累；祈祝那些曾与我寒窗共读、闭户论辩的昔日同事们，在学术棘途的进击中有创获。就我而言，往昔社科院那样的研究环境、研究条件已经不再，现今要为稻粱谋而营营役役，然而我不会忘却上海社科院所给予的学术训练与鼓励，故任何时候都不会放弃自己的专业。

私书不私

多年来留心搜集近代学人的墨迹，所获亦颇不菲，诸如洪亮吉、章太炎、吴芝瑛、林长民、徐谦、沈曾植、汪大燮、柳亚子、张一麐、吴道镕等，皆有一件或数件不等，其中颇为珍视的尚有瞿启甲手书对联："权衡此心坐堂奥，领略古法生新奇。"现正悬于壁端，夜读无聊之际，舒目仰视一遭，默诵于口，融会于心，也算一种调剂。

瞿启甲（1878—1938），字良士，别号铁琴道人，江苏常熟人。民国元年（1912）任江苏民政署主计科科长，公债募集委员。翌年当选为众议院议员，旋以拒曹锟贿选，退居里门，搜罗地方文献，维护祖传铁琴铜剑楼藏书，并筹创常熟县立图书馆。热心社会公益，支持抢救文献，编印有《铁琴铜剑楼书影》《藏书续目》《藏书题跋》等。民国二十七年（1938）年病逝于上海，终年六十岁。

常熟亦称海虞，虽为滨江小邑，却堪称文化名城，历代藏书，绵绵不绝。自明末清初以来，钱谦益绛云楼、毛氏汲古阁、钱曾述古堂、瞿氏铁琴铜剑楼，皆为名扬全国的藏书家。然除瞿氏而外，或燔于天火，或散于战乱，或子孙不能守其业，惟铁琴铜剑楼历瞿绍基、瞿镛、瞿秉清、瞿启甲、瞿济苍等五世，最后将绝大部分藏书贡献给了国家。

铁琴铜剑楼位于常熟市东郊古里镇，自乾隆末年至今，已近二百年历史。创始人瞿绍基取"引养引恬，垂裕后昆"之意，称其藏书室为恬裕斋，同治间因避光绪帝载湉之讳而改称敦裕堂。绍基及其子镛因藏有铁琴一张、铜剑一柄，题其词集为《铁琴铜剑楼词草》、诗集为《铁琴铜剑楼诗草》，故亦称其藏书楼为铁琴铜剑楼。与山东聊城"海源阁"、归安陆氏"皕宋楼"、钱塘丁氏"八千卷楼"齐名，合称清季全国四大藏书楼。

在私人藏书家中，瞿氏藏书楼第四代传人启甲先生的嘉言懿行实在值得称道。前已述及，启甲作为中华民国首届国会众议员，拒绝曹锟贿选，毅然南下返里，并署名声讨曹锟，名重一时。归里后又倡筑十二乡圩堤渠田，乡人咸颂之。尤其难得的是，启甲将家藏图籍供社会共享，成为常熟公共图书馆首任馆长；同时持之以恒地购置图籍文献，搜罗珍本秘册，使散佚的文化遗产得以保存与流传。瞿氏还读书、校勘、著述不辍，与叶昌炽等学者合纂了《铁琴铜剑楼藏书目录》等；精印《宋元善本书影》，收宋本一百六十一种，金本三种，元本一百零五种，实蔚为大观；商务印书馆《四部丛刊》《续古逸丛书》之编刊，瞿氏与张元济等同为发起人，且提供所藏善本多多。故钱仲联教授赞之云："铁琴铜剑楼者，私家藏书，而不为私者也。"新中国成立之后，启甲后人济苍、旭初、凤起，秉承遗志，将藏书捐献国家，为数代珍藏找到了最好的归宿。其中宋、元、明善本归北京图书馆（现改称国家图书馆），普通本则入常熟市图书馆。

在浙江南浔嘉业堂藏书楼

月是故乡明

读了杜明端先生《梦远江南乌夜村》，惹起不佞袅袅不绝的乡愁。作为一名浪迹天涯的江南游子，何时能忘却梦魂萦绕的故乡。

日前应中国社会科学出版社老总王俊义教授之约，编就了一本新集。集名"练川"，并无深意，只不过是乡思乡愁的流露。她是我故乡的一条河，源自黟山之阳，注于东海之渊，正名新安江，又名清溪，复名练川，与青弋江同出黟县万山丛中。两水乃故里徽州的一双彩练，两岸景色之美，曾令古今无数骚人墨客颠倒、流连。

里人孙茂宽曾作有《新安大好山水歌》，中谓"练江水色潇湘胜，无冬无春皎镜凝"，彼意认为练川远胜荆楚三湘之地的潇、湘二水，不佞则觉孙君过于谦逊，而直认新安山水之美冠绝天下，别人承认不承认无所谓，至少在我自己心目中是如此。

君不见李白曾经由衷地惊叹："清溪清我心，水色异诸水。借问新安江，见底何如此？人行明镜中，鸟度屏风里。"早生李白两三百年的南朝梁诗人沈约就已赞赏新安江的非凡美景，其诗《新安江水至清浅深见底贻京邑游好》云："洞澈随深浅，皎镜无冬春。千仞写乔林，百丈见游鳞。沧浪有时浊，清济涸无津。"唐诗人孟浩然有句云："湖经洞庭阔，江入新安清。"宋诗人张九成有句云："万仞巍然叠嶂中，泻来峻落几千重。"元诗人郑玉有句云："几千百涧流苍玉，三十六峰生白云。"明画家唐寅有句云："霜林着色皆成画，雁字排空半草书。"清画家石涛有句云："海风吹白练，百里涌青莲。"……讴歌赞誉新安江的历代诗人何止百千，较知名的有谢灵运、崔颢、刘长卿、顾况、杜牧、罗隐、范仲淹、梅尧臣、陆游、方岳、祝允明、查慎行、纪昀等，直到现当代，文人屐痕至此，无不咏叹狂吟，名作家郁达夫30年代作有："新安江水碧悠悠，两岸人家散若舟。几夜屯溪桥下梦，断肠春色似扬州。"老舍60年代来此亦作有："热爱江南鱼米乡，屯溪古镇更情长。小华山下桃花水，况有茶香与墨香。"不必再抄，新安江的绝色，非身临其境者不能想象。

青弋江乃新安江的姊妹行，源出黟县西北黄山北麓，东北流至芜湖入长江。两岸风光绮丽，与新安相较，难分轩轾。唐诗人顾况《青弋江》诗云："凄清回泊夜，沦波激石响。村边草市桥，月下罟师网。"此外，尚有"轻浅浮沙色，空澄漾午晴""岚光挟水气，欲浸遥天烂"，以及"客行舟楫如天上，人鉴形容似镜中。最喜澄泓清见底，尘缨欲濯有谁同"等皆为古代诗人吟咏青弋江的诗句，其澄澈绮丽从中亦可见一斑。

不佞曾在一本书的跋语中这样写道："我的故乡在徽州，地踞皖、浙、赣三省交界之处，黄山、白岳诸峰错落其间，新安、青弋两江蜿蜒而出，风光旖旎，人文荟萃，令我终生梦魂萦绕。"故乡在我心目中永远是一方长青的绿洲，她那山峦林莽间所特具的馥郁温馨的气息，一直缠绕着我，陪伴着我走南闯北、过海跨江……

明代大戏曲家汤显祖有句云："一生痴绝处，无梦到徽州。"足见新安山水、徽州里闾超凡的魅力，更遑论闻名遐迩的黄山与白岳了。

被称为"程朱阙里，东南邹鲁"的徽州，是中国传统文化积淀、保存得最深厚、最完备的地区，其卓荦不群的文化特质，在那以千百计的文化景观中顽强地表露出来；而她那瑰丽奇绝、无与伦比的自然景观，亦使人叹为观止。

手的遐思

一位研究中国岩画的友人，邮赠我一帧他在西北贺兰山所摄得的照片，并在信中说："兄嗜书如命，好古成癖，当系蠹鱼转世者；兹奉呈近摄得之照片，此足供君发思古之幽情耳。"谛视一过，颇感惊讶，因此照所摄并非岩画，而是贺兰山口石壁上一个女性手掌印，据友人信中云：这是史前先民按真人掌印，以粗粝的工具（如石凿之类）镌刻成的阴浮雕式艺术品。细观照片，掌印确系女性，手指纤长，掌沿圆润，五指微张，造型优美，不得不惊叹数千年前无名艺术家的高超技艺。

作为被镌之手原型的主人是谁呢？是顾影自怜的自我写照，抑或追慕爱羡的感情表白？皆已成为无可破解的千古之谜。要知当时尚处茹毛饮血的石器时代，手的主人必定要承担繁重的劳动，然而夙兴夜寐、胼手胝足也未能减退其女性的魅力，这只美手经原始艺术家的精心劳作而永存天穹之下了。

不佞孤陋寡闻已甚，未能断定此手阴浮雕是否中国艺术史上最早描摹手的艺术品，但我想即使不是唯一最早，最早之一是不成问题的。手是人体非常重要的部分，就表情达意而言，其功能仅次于五官与面容。人们常说的身体语言，手于其中充当的角色当未可轻视。

由于历史癖与考据癖的作祟，因这一先民关于手的造型艺术引发我去故纸堆中探究，搜集有关手的艺术描写，即便是零篇断句亦喜不自胜。

《诗经·卫风·硕人》篇形容美女庄姜"手如柔荑，肤如凝脂"，以柔嫩洁白的茅草幼芽来比拟美人之手，贴切而形象，此恐为中国文学中最早对于手的艺术描写，甫出手即别出机杼，绝非想象力贫乏者所能达致。汉魏六朝诗歌中写手的章句并不多见，间或有之却有天然之致，如《青青河畔草》中"娥娥红粉妆，纤纤出素手"，《孔雀东南飞》中"指如削葱根，口如含朱丹"

等，皆不事雕琢，却使人印象深刻。被清代诗论家叶燮称作"可为汉魏压卷"的曹植《美女篇》，就中有"攘袖见素手，皓腕约金环"之句，即方寸之间手的描写，亦可推及想见美女的夺人神采与卓荦风姿。

唐诗是中国诗歌的黄金时代，至此方有专门写手的篇什出现，韩偓所作《手》云："暖日肤红玉笋芽，调琴抽线露尖斜。背人细捻垂烟鬓，向镜轻匀衬脸霞。"除了以上养尊处优的纤纤素手而外，唐代诗人也将目光与笔锋投向质朴无华的劳动者之手，如秦韬玉在《织锦妇》中写道："只恐轻梭难作匹，岂辞纤手遍生胝"，唐参谦在《采桑女》中写道"侵晨采桑谁家女，手挽长条泪如雨"等，两相对照，各有不同的美点。

宋代大诗人苏轼作有"六忆"诗，其中《忆手》篇云："纤玉参差象管轻，蜀笺小砚碧窗明。袖纱密映嗔郎看，学写鸳鸯字未成。"以"纤玉参差"来描绘长短不齐的手指，可谓别出心裁。

元明散曲中咏人肢体的篇什颇多，其中不乏写手的佳作，如明人陈大声《北商调醋葫芦·美人十咏》中《咏手》云："数归期屈指尖。似柔荑偏细腻。凤仙花染的玉纤齐。若还是慢理着冰弦在星月底，把瑶琴相对。见了些露春葱舒玉笋拂金徽。"若与同代诗人钱福《手》诗相比，后者所云"笑折樱桃力不禁，时攀杨柳弄清阴。管弦声里传声慢，星月楼前敛拜深"则显得板滞、老套，从而逊色多多。

手，愿有更多的不凡笔触描摹她的神奇与美丽！

笑傲江湖

我在一套大型文学丛书的编纂缘起中写道:"香港开埠一百六十年来,作为中外文化交流要冲,因常得风气之先,催发与孕育了兼得中西文化之长的文风,故其文学传统悠长而丰厚,人才辈出,佳作联翩……"随之举其荦荦者而言即有王韬、黄世仲、黄天石、许地山、戴望舒、黄谷柳、饶固庵等,最后述及"其魅力远超'有井水处无不唱柳词'的柳三变,从而风靡了整个华人世界的金庸"。

金庸小说在香港文学乃至中国文学中的地位是毋庸置疑的,基于其所向披靡的魅力,影艺界多年来一直努力把它搬上银幕与荧屏。所谓"搬"仅是习用俗语,其实大多须经过艰辛的再创造过程,方能不失原作的精髓与韵味。

无线电视于今日(17日)中午假座尖沙咀美丽华酒店为新片《笑傲江湖》作宣传,宴开三席,十分熙攘。据翁灵文先生介绍,该剧由台湾杨佩佩工作室制作,导演为李惠民、赖水清,武术导演为程小东,造型设计为张叔平、戴美玲。从3月20日起,翡翠台每逢周一至周五晚七时三十分播映。

也许并不是每一个观众都读过原著,不妨作一次文抄公,将故事大纲抄引如下:日月魔教势力日盛,五岳剑派决定组成正义联盟,与之抗衡。魔教教主东方不败为了要得到众信徒的信任而恭迎圣女任盈盈。盈盈在曲洋的悉心教导下,武术、音律无一不精。华山派大弟子令狐冲在奉命祝贺衡山掌门金盆洗手时,认识了小尼姑仪琳及采花大贼田伯光。嵩山派掌门左冷禅暗中作奸,诬毁令狐冲与魔教护法曲洋有不可告人的亲密关系,加上令狐冲得知江湖皆垂涎的辟邪剑谱的所在地,遂成为众人的公敌。令狐冲在思过涯受罚时,无意中学得绝世武学,却失去小师妹岳灵珊的芳心。后来令狐冲因缘际会下与魔女任盈盈相识相恋，又目睹五岳各派的伪善，连师傅岳不群也是伪君子而大为感慨。冲与盈为救魔教前教主任我行而与东方不败展开激斗。令狐冲不愿为魔教效力，致使盈盈夹在爱郎与生父之间左右为难。任我行权欲熏天，竟不念亲情，要令狐冲和女儿同归于尽……

演员的阵营颇不弱，来自海峡两岸暨香港，可谓人才济济。袁咏仪饰任盈盈，陈德容饰岳灵珊，任贤齐饰令狐冲，孙兴饰田伯光，姜大卫饰曲洋，刘雪华饰东方不败，启冠忠饰左冷禅，岳跃利饰岳不群，潘虹饰余沧海。席间，袁咏仪与陈德容二位女主角成为记者追访的对象。导演赖水清、程小东则与我们席上几位谈得甚欢。

从样片中可以看出，《笑》片对以往同类片有所超越，尤其是糅和了电脑特技，在画面上造成极富震撼性的效果。例如在一次群雄斗法中，竟然将乐山大佛数以百吨的佛首震落江中，不能不使你吓了一大跳！

师恩湛湛

拙著《中国小说史学史长编》的简体字本近由上海文艺出版社出版了，繁体字本将由香港中华书局印行。"长编"者，即编史者先辑各书所载与本书关系之事，依次排列，以作史之材料，谓之长编。昔司马光撰《资治通鉴》，先命其属为丛目，既成，乃修长编，然后删而成书。如唐代长编有六百卷，今《通鉴》仅八十卷。其后李焘本司马光意，撰成《续资治通鉴长编》五百二十卷。谦言不敢当续通鉴之名，故以长编为题。不佞非敢比肩大家，只想援引故实，说明敝作仅是拟想中的《中国小说史学史》的资料长编而已，且并非谦词，而是事实。现代学术著作中亦有以长编为题的，如周贻白的《中国戏剧史长编》即是。

俗话说"敝帚自珍"，对一本经三十年积累而撰就的小书未免舐犊情深，沪谚云"癞痢头儿子自己的好"，亦是同样的意思。顷见上海外国语大学教授陈福康博士所撰《采铜于山　稗学有史》的书评，对拙著颇多溢美，甚感汗颜。陈氏引明清之际的大儒顾亭林言云："尝谓今人纂辑之书，正如今人之铸钱：古人采铜于山；今人则买旧钱，名之曰废铜，以充铸而已。"以之评拙著曰："本书则实有古风，当称采山之著"，甚至认为"绝对是呕心沥血之著"。"采山之著"不敢当，"呕心沥血"则庶几近之，但有哪一位将学术研究当作生死以赴事业的学者，其著述不是呕心沥血之作呢?!

任何一本书，其实都是学术承传中的一个环节，其中凝聚了前人的智慧与师长的心血。铭记师恩是中国读书人的传统，不佞因资质愚鲁，常赖师长点拨方能开窍，故更感受深切。

首先感念引起不佞研治小说史兴趣的启蒙老师，即在大学课堂上讲授魏晋小说的徐震堮教授，讲授明清小说的施蛰存教授，以及讲授现代小说的许

业师徐中玉教授（左，华东师范大学中文系主任，中国古典文学理论学会会长，权威的古典文论学家）

在香港大学开研讨会。左二美国李田意教授，左三澳大利亚刘渭元教授，左四澳大利亚柳存仁教授，左一作者。他们三位是国际知名的研究中国古典小说权威学者

杰教授和钱谷融教授。他们在大学中的启蒙及尔后的诲导,决定了我这个蹩脚学生一生的学术取向。

其次感谢在研治小说史道路所私淑的师长。赵景深教授、阿英先生、谭正璧教授、杨荫深先生、刘大杰教授、陆澹安先生、陈汝衡教授等,都程度不同地指导过我,我绝对不会忘记在那思想禁锢、文化灭绝的时代,他们所施予我的知识的雨露与人间的真情,当在三次遭受批判,最后一次在所谓"批林批孔"运动中被定为走白专道路的典型,我被"四人帮"派驻上海新闻出版系统的爪牙贺某(此人在"四人帮"垮台后因向张春桥密告任上海农委主任的亲家一事曝光而羞愧自杀)宣布为最先清理出编辑队伍的对象。师长们虽自身皆岌岌可危,可从未舍弃我这个"倒霉"的学生。历史常常是嘲弄人的,那个要清理别人的"四人帮"亲信,自己先被历史清理了。

到香港大学深造之后,更有幸得到柳存仁、李田意、刘渭元教授等蜚声国际的中国小说史权威学者的指导,深铭毋忘。

最后我想借此感谢赵令扬教授,赵教授不是我的导师,却对刚来乍到的我施以援手,帮助解决了住宿、奖学金等迫切问题,甚至妻子的工作、女儿的转学皆赖他的帮助,远胜一饭之恩,岂能忘却。

无　题

由于生性疏懒，直至近日方到三联书店去将过去责编的一套《中国近代学术名著丛书》取回。因为其中也凝聚了一些昔日的劳作，故不免摩挲再三，不忍释手。书也印得不错，开本廓大，制作精美，气度颇为不凡。且非金玉其外，内里皆为经得起岁月考验与风涛洗汰的货色，试观以下人物与名目：康有为《新学伪经考》，刘申叔《刘师培辛亥前文选》，江藩等《汉学师承记》（外二种），陈澧《东塾读书记》（外一种），章太炎《訄书》，张之洞等《书目答问二种》，王韬《弢园文新编》，康南海《康有为大同论二种》，郭嵩焘、刘锡鸿、薛福成、宋育仁《使西记六种》，《〈万国公报〉文选》等十种，丰林茂草，蔚为大观，就中作者或为近代启蒙思想史上振髻狂吼、掀波拍涛的先觉，或为近代学术史上卓然兀立、引领学风的硕儒，凡问津近代思想史、文化史、学术史者，不涉猎上述著作是不可想象的事。

不佞才疏学浅，未敢佛头着粪，故在给以上各书写内容提要时踌躇再三，甚难下笔，老实说为了写一二百字的提要，常常要浏览十万字计的资料。不是王婆卖瓜，态度确乎是虔诚认真的，试举《刘师培辛亥前文选》提要为例，中谓："刘师培……早年参加反清革命活动，一度改名'光汉'，以示'攘除清廷，光复汉族'之志。一九〇四年任《警钟日报》主笔。一九〇七年赴日，加入同盟会，成为该会机关报《民报》与论敌纵横捭阖的骁将。后又举办'社会主义讲习会'，与其妻何震创办《天义报》《衡报》，宣传无政府主义。一九〇九年为两江总督端方收买，遂堕落成为被鲁迅讥刺为'侦心探龙'的清廷走卒。然刘家学渊源，世传经学，对经学、小学及汉魏诗文均有深邃研究，撰述丰赡，且常有精湛独卓的创见……从中或可窥见在中国近代政治史、学术史上均有甚大影响的刘师培，这一复杂而奇诡的学人在历

朱维铮教授（右，《中国近代学术名著丛书》执行主编）

史巨变时期思想递变的轨迹，以及在当时中国思想界、学术界所激发的剧烈共振与轩然大波。"寥寥数言，写它时却出了一身大汗。至为可惜的是，这是一个夭折了的计划。由主编钱锺书审定的选目原有百种（"晚清篇""民国篇"各为五十种），该丛书的编辑意图是：期使海内外学者和广大读者，得以通过所选作品，了解或研究自鸦片战争前夕至辛亥革命前夕这一时期中国学术文化蜕变的历史面貌。故而所选论著侧重于继承与超越中世纪学术文化传统的代表性作品，尤其是从不同层面、不同角度对于中国学术文化的承前启后曾产生重要影响的作品，系统地编印此类作品，有裨于了解那个历史转型期文化气候的概况。入选而未出版的作者有龚自珍、魏源、辜鸿铭、马建忠、阮元、洪仁玕、冯桂芬、俞樾、俞正燮、曾国藩、郑观应、容闳、黄遵宪、严复、梁启超等，希望今后有赓续的机会。诧异偌大丛书仅只十种的读者亦怀有同样期冀吧。

说"国语"

本文不想探究清季学部何时将"官话"(后谓"国语",亦即普通话)引入中小学堂必读课程,倒想追溯一下作为"化外之地"的港澳,从事教育的先行者是如何倡导以利国人交流的民族共同语的。

顷读冼玉清教授编印的《陈子褒先生教育遗议》(1952年印本),其中有《国语》一文,作于民国十一年(1922),文甚短,不妨抄引如次:"我校往者延直隶胡寿臣生授国语,忽忽十四年矣。崔元恺游学日本,十三年乃归,语余曰:'日本游学生为官费问题,公举恺为代表,谒见公使;斯时以受教于胡先生之国语,脱颖而出。今而后知国语学之受用云。'锺荣光主持岭南教务,以国语为唯一学科,余表同情。崔伯樾先生幼年侍养京师,故国语特长,加以教授有法,今肯主任斯席,为诸生幸,为学界幸。"据冼玉清在文本所加的按语,得悉陈子褒早在光绪三十二年(1906)就在其主持的蒙学书塾开设国语科,后在港岛坚道三十一号创设之子褒学塾、在般咸道二十五号创设的同名女校,亦皆设国语科。文中述及的教授国语的崔百樾,亦非等闲人物,原系前清翰林,曾在子褒学校教授专修班经学、诗词、篆字及国语,后又在香港大学中文学院任讲师,擅诗词,著有《北村类稿》(包括《砚田集》《白月词》《丹霞游草》等)。

30年代中,胡适来港接受香港大学名誉法学博士学位时,参与迎接的人士中有一位香港国语研究社社长徐某,惜该社的活动与业绩不详。

柳亚子曾称许:"香港的新文化可说是许先生一手开拓出来的。"许先生即曾任香港大学中文学院院长的许地山,他在居港六年期间从各种方面、从各个层次推行中文教育改革,其中就包括国语的提倡,如《陈君葆日记》1936年10月份录了许地山建议在港大医、工科地开设国语课,结果有四十

与所教的香港岭南大学中文系的学生在一起

多个学生报名,"人数真的不少了,全出乎许先生意料之外"。

简略回顾香港教育史几个先行者在倡导国语方面的拓荒之功,可能对我们甚有启示与激励。

"两文三语"必须坚持

一种语文政策的颁布与实施,既是国家主权的体现,亦是现实需要使然。特区政府明令要求公务员须掌握"两文三语"(中、英文与普通话、粤语、英语),乃顺乎时代潮流的明智举措。

香港为中华人民共和国的一个特别行政区,华人占香港社会人口构成的绝大多数,故无论与中央及内地的交流,或与本地庶民百姓的沟通,中文的重要性、必要性自不待言。中文既已成为官方语言,要求公务员在读、写、说诸方面娴熟地掌握中文与使用普通话,乃天经地义之事,来不得半点犹豫与含糊。

仅就最低限度而言,一个中国人,一个中国特区政府的雇员,精通中文,会讲国语,当是责无旁贷,绝非过分要求。不然,如何应付日逐频密的与内地的交往,如何为占市民绝大多数的华人尽责服务呢?!

作为民族共同语的普通话,早在世纪初就受到先觉者的重视,蔡元培、王照、吴稚晖、赵元任、刘复等皆参与过"国语"的倡导。可以追溯得更早的是,宋、明王朝就已将"官音"(或称"官话")引为庠序、书院的必修课,不然操闽、粤方言的士子如何到北方去做地方官?八方云集的京官如各操方言岂不真成了"鸡同鸭讲"、无法沟通?迫切需要公务员提高中文修养与国语能力,是大势所趋,是潮流所激,并非某方或某人别出心裁的主观意图。

不得不承认,社会上轻视与忽略中文与普通话的现象并不个别,这固然是长期殖民式统治的后遗症,但正面宣扬不力也是原因。众所周知,任何鄙弃本民族语言文字者都被认为是数典忘祖之辈,更何况中国语言文字作为中国文明的主要载体,值得每一个炎黄子孙珍视与尊重。中国文明是世界四大古文明之一,而且是唯一源远流长,一脉相承,至今仍饱孕蓬勃生机的文化。其所以臻此，原因多端，然汉字的使用，无疑是其中重要的原因。汉语，或称中文或华语，亦是现今世界上阅读与使用人口最多的语言，我们每个中国人应引以为傲。

"两文三语"政策常常被人有意无意地忽视与冷落，甚至蒙受"不白之冤"。每每见到所谓"英语救亡"的触目标题，有人甚至扬言正因为提倡中文才导致英语水平的下降，这种将中、英文对立起来的妄言，无论其出于无知，抑或囿于偏见，都是不足为训的。

当然，我们也清醒地认识到，由于历史的原因，中国文化在此间呈弱势态势欲得转变，将是一个艰巨的过程。作为文化回归标志之一的中文水平的提高，须得到政府旗帜鲜明、坚定不移的倡导，全社会群策群力、恒久不懈的努力方可达到。

鲁迅曾说路是人走出来的，走的人多了便成了路。何况，中文并非无源之水、无本之木，她是我们祖先千百年来不断使用、不断完善的交际工具，每一个中国人都有权利使用她，有义务发展她。我们坚信，香港的公务员乃至学生、市民，在学习与使用中文、普通话的过程中，定会熟能生巧、运用自如，甚至会在不断完善与发展中文的事业中做出贡献！

有朋自远方来

时值金秋，窗外岭巅杜鹃似火，远眺海上波光如碧，"有朋自远方来，不亦乐乎！"阔别经年的江曾培兄翩然莅临，给蜗居平添了若干喜色。来港参加两年一度"沪港出版会议"的他，忙里偷闲于离港前夕来舍下做客，山妻下厨做了几样拿手菜给我们佐酒，剧谈竟夕，快莫何之！

与曾培兄订交凡三十年，不佞在题为《书之因缘》的文章中曾萦念几位莫逆之交，其中写道："江曾培、郝铭鉴：此两位皆是以写书、编书为终生职业的朋友，我们认识已垂三十年。在那'臭老九'如过街老鼠的艰困岁月中，同在奉贤海滨'上海新闻出版干校'接受'再教育'，三人同居一芦苇编成的陋室，户外是寒冷砭骨的海风的呼啸，室内却谈天说地、其乐融

上海文艺出版社社长、上海出版家协会主席江曾培先生（右）

融。两位老兄皆口若悬河、笔如刀圭，老江学识渊博、乐观幽默，小郝博闻强记、机敏过人，爱书则是共性。我从他们身上学到不少东西，'受益匪浅'也不足以形容。"至今我仍怀念在五七干校所度过的日子，当然不是欣赏那种对知识分子的歧视与摧折，而是感念在那严酷冷峻环境中朋友间的真情。

曾培兄长上海文艺出版社多年，该社作为中国文学出版的重镇，在文化积累与繁荣创作两方面皆功不可没，这当然与他的擘划与辛劳分不开。如今已成立上海文艺出版总社，下隶上海文艺出版社、上海文化出版社、上海音乐出版社等；曾培兄作为总社社长，担子更重了，但在繁忙的工作之余，他始终紧握作为评论家的笔，近年来出版著作多种，诸如《艺术鉴赏漫笔》《艺林散步》《小说虚实录》《缪斯的眼睛》《海上乱弹》《一个总编辑的手记》《海外游思》《乱花迷眼》《抬轿人语》等。

古语说"秀才人情纸半张"，如今随着时代的进步有所扩展与充实，似可改为"秀才人情书一本"，著作的互赠交流，在知识者之间大概是最有兴味的事。曾培兄携来新作《微型小说的特性与技巧》（明窗版）相赠，当然先睹为快。

作为中国微型小说学会的会长，曾培自80年代即对这一古已有之、于今为烈的文学样式表示了深切的关注，十数年来发表了一系列有关论著，被学者认为替"当代微型小说的研究奠定了理论基础"。

新作则被称誉为"微型小说的小'百科全书'"，全书分为上下两辑：上辑"写作十二讲"，皆为长期揣摩的门径之谈，诸如何用最小的面积集中最大的思想，在"不全"的情节中求"全"；如何选取最佳的切入角度，切忌"目中无人"，力求在单一的情节中表现丰富的内容；语言精练简洁，要求一以当十，寓丰于简；重视开头与结尾的别出机杼，注意环境的渲染与标题的设计；最重要的是要形成自己的独特风格。每讲在言简意赅的论述之余，还附以中外作家的微型小说"范文"，既有外国经典作家的精品，也有中国当代作家的佳作。

下辑"论述十章",即试图从理论上探讨微型小说的渊源流别与发展路向,其以顺乎文情,应运而长;古已有之,今有发展;从小见大,以少胜多;纸短情长,言不尽意等来概括微型小说的基本特点,并检视中外微型小说创作,总结出优秀的微型小说必须赋有新颖的想象,完整的结构,意外的结尾,精练的语言等,皆为殚精竭虑所得。

读朋友书如促膝对谈,不亦乐乎!

在山西平遥民间中医发展研讨会上的讲话

尊敬的各位领导、各位嘉宾：

大家上午好！

我谨代表中国文化研究院热烈祝贺本次大会成功召开，祝与会代表吉祥如意！

中医药学是绵亘五千年从未中断的中国文明的重要组成部分，是从神农氏肇始的中华民族先民数千年智慧的积淀与结晶，诚如习主席所说"是中国古代科学的瑰宝，也是打开中华文明宝库的钥匙"。她凝聚着中华民族累积数千年的健康养生理念与实践经验，是中国乃至世界人民健康的希望所在。国内外有识之士愈来愈认识到，许多中医药技艺的传承在民间，真正的中医药高手也在民间，所以我们认为召开这次以民间中医为特色的大会非常有意义。研究与弘扬中医药学是关系到国家、民族复兴的大事，我们在此对投身这一伟大事业的专家学者、名医硕儒、行家里手以及企业家表示崇高的敬意与诚挚的祝福。

中国文化研究院的宗旨是弘扬中国文化、激励民族精神。她由饶宗颐教授、李业广律师、方心让教授等发起，于1999年在香港注册成立。首任名誉院长汪道涵先生亲笔题写院名。现任名誉院长为许嘉璐教授。中国文化研究院北京代表处获中央政府批准于2008年成立。

董建华先生自创院以来一直担任本院的督导委员会主席。梁振英先生自创院以来一直担任特别顾问，自2012年9月起，亦担任本院督导委员会主席。许嘉璐教授还兼任本院学术委员会主席，副主席有冯其庸、袁行霈、潘吉星、金维诺、张岂之等知名学者。

本院企图通过各种形式、各种手段、各种渠道，利用香港的地缘优势和文化身份，服膺于国家总的战略目标，为民族复兴大业贡献我们微薄的力量。例如我院与香港大学合办了敦煌学国际研讨会，有全球一百多位敦煌学家与会，盛况空前；今年6月还在香港主办了"亚洲禅学研讨会"，有50多个国家的专家学者、高僧大德、政府政要参加，影响巨大。

本院还创办了耗资一亿多港元的大型文化类网站《灿烂的中国文明》，含有18个系列300个专题，涵盖了中国传统文化的所有领域。目前覆盖面已遍及全球130多个国家，荣获了联合国颁授的"世界最佳文化网站"大奖。本网站曾多次荣获香港、内地、海外多种奖项，并被中央十二部委主办的"寻找美丽的中华"社会教育活动（2007—2009）确定为推广中国文化知识的电子平台，还为中央文明办的官方网站《中国文明网》全面移植、推广。

中国文化研究院弘扬中国文化的业绩受到党和国家领导人李长春、刘延东、陈至立、许嘉璐、董建华、孙家正等的赞赏与表彰。

中国文化研究院的事业得到海内外权威学者的参与和支持，几乎所有学术领军人物都参加了本院有关文化工程的建设，学界泰斗季羡林教授以"功德无量"、许嘉璐教授以"厥功钜哉"来高度评价本院的业绩。

在社会各界的关切与支持下，本院发展前景令人鼓舞。《灿烂的中国文明》网站正在不断拓展与充实，本院努力将其打造为面向海外的中国文化门户网站。在中央有关领导的关注、督促下，网站英文版亦已启动，由国家外文局承负全部翻译任务，以保证译文的质量。并在中央有关领导人的指示下，积极筹建旨在反映当代中国文化风貌的《文明中国》网。同时，本院正组织专家学者开展中国文化专题研究，筹办"大美中华"网络视频电视，筹办期刊，办好属下的两家出版社，创办文化品牌活动。

在上述所有的文化活动中，我们都诚挚地希望与在座的专家学者、名医里手紧密合作，共同努力为中医药事业的振兴与推广做贡献，齐心协力地把中国民间中医药的历史遗产和创新成果推向全国、推向世界，丰富全人类的文化宝库。

我们祝愿这次民间中医的盛会圆满成功!
谢谢大家!

2013年10月26日

旭日砚考

砚体为端石，重达二十余斤。正方形，长、宽各为33厘米，高8厘米。砚面上端镌有"旭日"二篆体字，砚池即为一轮喷薄而出的朝日，下方为湍流激烈的海水。砚池上方有据手写字摹刻的"义门何焯记"五阴刻字。墨池两旁为篆体、楷体二印章，右侧篆体为名章"邦述"，左侧楷体为室名章"群碧楼"。砚石前侧为篆体"百嘉室"，右侧为篆体"好问则裕"，左侧为"学古有获"。"旭日""百嘉室""好问则裕""学古有获"四组字字体相同，当为同一砚主人所为。

从砚石上三种不同形制、字体的铭文看，这块端砚至少经历了三位不同时代的主人。

第一位主人当为何焯。何焯（1661—1722），清初大学者，江苏长洲（今苏州）人，居桃花西坞。初字润千，更字屺瞻，号茶仙，别署无勇、义门、憩闲老人、香案小吏等。先世曾以"义门"旌，学者因称义门先生。生于顺治十八年（1661），卒于康熙六十一年（1722），年六十二。康熙四十一年（1722）因李光地荐，召直南书房，次年赐举人，复赐进士，改翰林院庶吉士，兼武英殿纂修官。焯读书数行并下，为文才思横溢，蓄书数万卷，凡经传、子史、诗文集、杂说、小学，多参稽互证，以得指归。并购宋元旧椠及故家善本，细雠正之，一一记其异同，"于其真伪是非，密疏隐显，工拙源流，皆各有题识，如别黑白，及刊本之讹缺同异，字体之正俗，亦分辨而补正之"（沈彤：《翰林院编修何先生焯行状》），"是时诸王皆右文，所聚册府，多资焯校之，世宗在潜藩，亦以《困学纪闻》嘱焯笺疏"（《清史列传》本传）。所校书以两《汉书》《三国志》尤精。乾隆五年（1740），方苞奏取其书付国子监，为新刊本所取正。其所校书，当时之学者即"兼金以购其所阅经史诸本，吴下估人多冒其迹以求售，于是有何氏伪书而人莫之疑"（全祖望：《鲒埼亭集·长洲何公墓志铭》）。主要著述有《困学纪闻笺》、《义门读书记》五十八卷、《语古斋识小录》十余卷、《何义门集》十二卷等。焯亦精于书法，真行俱能入品。当时与姜宸英、汪士鋐、陈奕禧等并称"四大书家"。其极爱晋唐法帖，书宗欧、褚，爱作蝇头小楷。楷书工整，粲然盈帙，秀蕴不俗，韵味悠然，为时人与后人所重。砚额上"义门何焯记"数字为其手书上石，风神潇洒，卓荦不凡。

作为书家的何焯，酷爱砚。因喜获文征明砚而颜其书房为"赍砚斋"，则可见一斑。"旭日砚"想为得石后自行设计请匠人镌刻，以浑圆的朝日作墨池，可见其匠心之巧。吾阅古砚不啻千百，但如此硕大的实用砚确实鲜见，且设计简约自然，并无繁复的镂饰，也无花哨的堆砌，仅以海水中冉冉上升的旭日为构图，既显现了此砚的大气磅礴，也凸显了此砚的切合实用。圆形的墨池已中凹如釜，见证了三百余年来几代文人白首穷经的艰辛与欢愉。砚若能言，她将道出多少令人感动的求真、求善、求精的故事啊！

我们无从揣测此砚在何焯殁后的命运如何，也许她长期沉埋于何氏在苏州的故家也未可知。从砚上遗留的铭文考究，此砚的第二个主人应是近代学者吴梅，理由如次：

吴梅，字瞿安，一字灵鹣，号霜崖，江苏长洲人（民国以后长洲并入吴县，隶苏州）。生于清光绪十年（1884），卒于民国二十八年（1939），年五十六。梅出身于世家，其高祖吴颐，嘉庆间进士，曾主讲正谊书院；曾祖吴钟俊，道光十二年（1832）壬辰科状元，历任侍郎、学政，著有《禹贡举要》等；祖父吴清彦，父亲吴国榛，亦为举人。梅出身于诗书传承的世家，当然也是读书种子。早年参加南社，并执教于南北学校。自民国六年（1917）起，历任北京大学、东南大学、中山大学、光华大学、中央大学、金陵大学教授。30年代末，还与藏书家邓邦述等在故里苏州组织"六一词社"。

吴梅是一代曲学宗师，对中国辞曲研究做了开创性贡献，著有《曲学通论》《词学通论》《中国戏曲概论》《元剧研究ABC》《辽金元文学史》《南北词简谱》等。

每一位旨在创获的学者都喜爱藏书，吴梅当然也不例外。他的书室颜为"奢摩他室"，藏书多达二万多卷，其中多古典戏曲珍本。除矢志搜藏戏曲资料而外，他还发愿要搜罗一百部明代嘉靖朝刊本，遂将江苏故居楼上的室名称为"百嘉室"。从民国以来，同时有三位立意要收藏百部嘉靖本的藏书家，其中以陶湘的成绩最好，他的"百嘉斋"竟获得两百部以上；另一学人邓邦述的"百靖斋"，也庋藏了百部以上；只有吴梅的"百嘉室"似乎未及如愿就辞世了。这当然与个人的经济能力有关，吴梅经常嗟叹"架上日丰，箧中日啬，饔飧不继，室人交谪"，可见他望书兴叹的窘迫之况。

再说回"旭日砚"，我猜测是吴梅在苏州故里收得，也许就是从何焯后裔的手中购取的，因为同是苏州人，这种可能性是有的。吴梅在原本素净的砚面及其两侧，分别请匠人镌刻了"旭日""好问则裕""学古有获"等铭文，以及"百嘉室"的室名。

砚的第三个主人是邓邦述，这是不用考证的，他自己就在砚面上刻上了自己的名字"邦述"，以及室名"群碧楼"。

邓邦述，字孝先，号正闇，江苏江宁人，生于清同治七年（1868），卒于民国二十八年（1939），年七十二。其家世更加显赫，曾祖父邓廷桢，道光中任两广总督，与林则徐一同执行禁烟政策，中英战争期间调闽浙总督，战败后两人获罪同戍伊犁，数年后赦还又擢升至陕甘总督。祖父邓尔咸，安徽候补知县。父亲邓嘉缜，光绪初年乡试举人，历任贵州贵筑、台湾嘉义等县知县，后又历任襄阳、锦州、奉天等地知府，后擢升署巡警道。

邦述是光绪十七年（1891）乡试举人，二十四年（1898）戊戌科进士，与傅增湘同年，均选庶吉士，授职翰林院编修。二十七年（1905）端方奉派为考察宪政大臣，邦述也随往周历欧美各国。其干才深得当道赏识，时任东三省总督徐世昌称其为"品学纯粹，才识优良，于中西法政诸学洞见本原，实属经世之才"。民国后，历任奉天监运使、海关九江关监督等，后被聘为清史馆纂修。民国十年（1921）以后居家吴县，抗战初避祸于吴县近郊邓尉山中，不久就谢世了。

邦述酷爱藏书，光绪三十年（1904）年起，在其寄寓的吴县开始大量收藏金石图籍。三十二年（1906）他刚从欧美返国，路经上海获得宋刊本《李群玉集》《碧云集》两部唐人诗集，原为黄丕烈"士礼居"旧藏，故此大为欣喜，颜其书室为"群碧楼"。此后在其锐意穷搜十数年之后，藏书之规模已大为可观，据其宣统三年（1911）所编《群碧楼书目初编》，已收宋本八百一十六卷，元本二千七百四十三卷，抄本五千三百三十八卷，明本一万五千八十八卷，批校本八百四十八卷，合计约为二万五千卷。

群碧楼汇集古籍有两大重点，即宋元古本和嘉靖刊本。嘉靖刊本之所以受到藏书家的青睐，原因在于明代刻书往往不忠于原著，惟嘉靖间的刻书还算中规中矩，不失法度，因此颇为藏书家所重。邦述在自己书目中辟有嘉靖刊本书卷，多达一百五十余部。

邓邦述、吴梅同居于苏州，合组"六一词社"，酬酢唱和，时相过从，而且志趣相投，酷爱藏书；甚至同样对嘉靖刊本深感兴趣，邓氏的"百靖斋"与吴氏的"百嘉室"如出一辙。虽然无法详知吴梅的"旭日砚"如何成为邓邦述的案上珍品，但挚友之间的馈赠、交换、转让都是有可能的，所以"旭日砚"可知的最后持有者是邓邦述。至于邓氏身后七十余年的流传轨迹则无可探寻了，因砚石未留下其他可供考究的信息。

综上所述，"旭日砚"至少曾为两位大学者和一位著名藏书家所拥有，她那饱经沧桑的墨池凹荡中，倾注与消磨了她的主人多少睿智的才思与求知的意志，仅从这一点看，也足堪珍视了。

"青溪道人"砚考

寒斋藏有古砚数方，有何焯的"旭日砚"、纪昀的"香菇砚"、屠倬的葫芦小砚等，以上均为清代砚，明砚只有一方，即现在要说的"青溪道人"砚。

砚为端石，紫光盎然，滑腻如脂。砚体分为上下两部，上盖稍小，正方形，正好覆盖住砚池。在复线构成的方框中镌有手写摹石双钩留白的诗句："门外晚晴秋色老，葛条寒玉一溪烟。"行书俊秀，的非凡笔。砚的主体为长方形，砚池上端以浅浮雕镌刻有一倚山而坐、长髯飘拂的老人，身执一卷，意态恬然，发际束巾，宽袍大袖，显系一明式装束的士人样貌，窃疑即砚主人的自画像。像旁阴刻有"静坐半日读书乐"字样，也是手写摹石。

墨池水槽呈门字形，因磨砺日久，墨池中凹，抚之滑不留手，想必是三四百年前出自老坑之石。

砚底中部镌有隶体的"青溪道人玩"数字，查明、清两代号"青溪道人"的唯有程正揆，他还自署"青溪老人""青溪达子""青溪旧史""青溪"等。

程正揆，初名葵，字端伯，号鞠陵，又号青溪道人、青溪老人、青溪旧史、惜香居士、青溪冰雪翁等。湖北孝感人。明万历三十三年（1605）生，崇祯四年（1631）进士。官尚宝寺卿。入清，授光禄寺卿，累迁工部右侍郎。顺治十四年（1657）挂冠归家，以诗画自娱。因卜居于江宁之青溪，故自号"青溪道人"等。卒于康熙十六年（1677），年七十四。善属文，工书画，书法李邕，而丰韵萧然，不为所缚。山水初师董其昌，得其指授，后则自出机杼，多用秃笔，枯劲苍简，设色浓湛，自成一家。尝作《溪山卧游者》五百卷，及《山水图》《山居图》《明月仙寰图》等，分藏于故宫博物院、上海博物馆、南京博物院、美国克里夫兰美术馆、瑞典东方博物馆等处。

著有《青溪遗稿》二十八卷（康熙间天咫阁刻本），首严正矩、高骞、吴瑞序。诗作中伤时感世，语多讥刺，诸如"赤羽膏民血，青原哭鬼燐"，"十年高杀气，尚有未称臣"，不免有故国之思。

砚上小像俨然明人服饰，可能表示了一种隐晦的家国情怀。砚面上"门外晚晴秋色老，万条寒玉一溪烟"的诗句，也表露了一个远离尘嚣的艺术家的恬淡心情，想必是正揆自作诗句，但因未检《青溪遗稿》，未敢贸然肯定。

作为一件三百多年前大画家的遗物，似乎可谛听出一位甘居淡泊、献身事业的老艺术家的心声。

延寿寺遗址感怀

延寿寺乃辽金巨刹，徽宗北狩囚禁于此。绝代风雅君主，一旦沦为异族阶下囚，其悲苦郁结可以想见。书生借宿于此，夜雨敲窗，骤听摧折之响；朔风怒号，时闻嗟叹之声。夜不能寐，为这位史上的不凡画家和昏庸君王同声一哭。谨作长歌，聊以抒怀。

古刹空留纸上名，殿庑碑碣俱已泯。
女真将士喧腾日，汴京君臣匍伏尽。
谁谓岁月似流萤，靖康国耻恨难平。
道君千载空遗恨，中夜嗟叹亦可悯。
东厢夜读时闻磬，知君耿耿欠安宁。
书生敬酹三杯酒，劝君不羡鸟升平。
丹青足可传千古，万年犹须学瘦金。
旷世才情足不朽，静观乾坤日月明。

为"推动中华文化走向世界"奉献心力
——《灿烂的中国文明》网站编辑札记

香港地处中西文化交流的要冲,百余年来无论在外来文化的汲取,抑或中华文化的播扬,都起了无可取代的作用与影响。早在20世纪30年代,在香港大学执掌中文学院的许地山教授就提出了设立中国文化研究机构的倡议,目的就在于中国文化的研究与弘扬。近一个世纪以来,许地山、马鉴、陈君葆、钱穆、罗香林、牟宗三、唐君毅、郑德坤、饶宗颐、刘殿爵等学人,均为此作出了不懈的努力。他们以创造性的思维阐明了中国文化的精义,讲坛发微,论著刊布,在香港、海峡两岸、亚洲乃至世界,都产生了振聋发聩的效应。

在香港礼宾府,由联合国首届国际信息峰会主席Peter Bruck教授颁授"世界最佳文化网站"大奖。后右一为董建华先生,前左一为李业广先生

日前，国家昭示了"推动中华文化走向世界"的战略目标，强调必须"增强中华文化在世界上的感召力和影响力"；我想，凭着香港学人的爱国情热与聪明才智，在这一建设中华民族共同精神家园，进而增强国家文化软实力的事业中，必定可伸展抱负、大有可为的。

香港具有卓异的地缘优势，丰饶的教育资源，宽松的学术氛围，睿智的人才团队，给"推动中华文化走向世界"提供了绝佳的平台。香港学人在这方面也贡献突出、硕果累累，而且不甘人后，佳景可期。

回顾历史，我们可以清晰地窥见，负有使命感的先行者们，如何在榛莽中开路，在不毛上播种，在平畴上垒筑，在危岩下抗争，在这块异邦霸占的土地上始终锲而不舍地从事张扬民族意识、弘扬中国文化的事业。

香港前辈学人的努力与业绩，足堪成为后来者效法的圭臬，值得我们踪迹之，赓续之，光大之。作为一名普通的香港学者，仰慕先贤，悠然神往，十数年来服膺弘扬中国文化的鹄的，也参与了若干举措，兹谈一二心得：

香港回归伊始，香港若干有识之士，为了赓续许地山教授等的未竟事业，实现几代文化人的夙愿，倡议成立中国文化研究院。此一倡议有幸得到了香港特区政府与行政长官的关注与支持，于是以弘扬中国文化、彰显民族精神为帜志的中国文化研究院，遂于1999年3月在香港正式注册成立。首任行政长官董建华先生担任督导委员会主席，汪道涵先生任名誉院长（汪老逝世后，由许嘉璐教授继任），李业广律师、方心让教授（已故）担任理事会正、副主席，梁振英先生任特别顾问。

中国文化研究院以"弘扬中国文化，彰显民族精神"为宗旨，诚如理事会主席李业广先生所揭示的："正是基于以上的使命感，我与本院理事会同仁认为中国文化乃民族精神的结晶，吹拂扬厉她乃国人的天职。"研究院的全体同仁都为贯彻这一宗旨而殚精竭虑，因为此系一间并无经济后盾的民间机构，她无力擘划重大的研究计划或学术活动，但并不能排除她仰仗政府与社会的支持，也能在"推动中华文化走向世界"的事业中伸展抱负，有所

与香港代表团赴日内瓦接受联合国颁授"世界最佳文化网站"大奖

中国文化研究院"全家福",中立浅色装者为院长方心让教授(方振武将军哲嗣),其右侧为作者

作为。

　　选取与确定好的课题，是事情成功的关键。在这块经历了一个半世纪殖民式统治的土地上，重要的是伴随领土回归的文化回归，展示、重温、彰显、阐发作为"国家之脉""民族之根"的中国传统文化，就成为当务之急。于是，在内，集思广益，反复探讨弘扬中国文化的最佳方式；在外，海纳百川，广泛征求、咨询海内外专家意见，多方寻求生动活泼、摇曳多姿的传播方式。最后确定建立一座采用新兴资讯科技手段来全面介绍中国传统文化的大型知识网站——《灿烂的中国文明》（www.chiculture.net）。

　　《灿烂的中国文明》网站是中国文化研究院所创建的第一项大型文化工程。她是一个全方位的中国文化知识供应站，以跨学科、跨领域的编制模式，将中国文化精华编纂成十八个系列凡三百个专题，覆盖了中国哲学、文学、语言、历史、地理、教育、科学、艺术、法律、经济、宗教、民族、图博、卫生、游艺及文化交流等范畴，试图勾勒中国文化基本轮廓与发展轨迹，以博大渊深、广袤多彩的丰富内容，缤纷多姿、新颖绚丽的艺术形式，再伴之以多媒体互动的资讯科技手段，力求受众能愉快地了解、认知、认同源远流长的中国文化。

　　网站的编纂制作过程布满艰难，可谓辛苦备尝，好在有中央政府、特区政府的关注与扶植，有数以千百计的海内外专家学者的参与与奉献，方得以圆满地完成。

　　作为一家地处海隅而又羽毛未丰的小小民间学术机构，如何建成这一硕大的目今世界范围内最大的中文知识网站，并在"推动中华文化走向世界"的事业中发挥了积极作用的呢？

香港是基地　　祖国为后盾

　　回归伊始，首任行政长官董建华先生强调指出"我深信有必要重新确立和认同一些世代相传的中国人的价值观",进而认为必须加强、推进市民与学生"对中国文化及历史的认识"。正是基于这样的文化理念,特区政府与行政长官对新生的中国文化研究院给予了热情的关注与悉心的扶植,对旨在弘扬中国文化的《灿烂的中国文明》网站的创建也鼎力支持与资助,特区政府新设立的"优质教育基金"前后拨款数千万元资助网站的建设;董建华先生还亲自担任了督导委员会主席,邀聘了多名特区政府乃至中央政府有关部委负责人担任督导委员,在思想导向与编纂方针方面时予指导与匡正。任督导委员的中央部委领导人诸如教育部部长陈至立,文化部部长孙家正,国家文物局局长张文彬,中宣部副部长龚心瀚,全国侨联主席林兆枢,国家语言文字委员会主任陈原,中国国情研究中心主任、国务院稽查特派员刘吉等,他们对网站的编纂提供了有力的支援与可靠的咨询,例如饬令属下的科研单位、研究机构、高等院校的参与和合作,属下的图书馆、博物馆给予资料、

《灿烂的中国文明》网站荣膺"世界最佳文化网站"大奖,作为督导委员会主席的董建华先生喜笑颜开

图像，以及有关专家的参与审评与撰述，以上为网站学术质量、知识含量均增益匪浅。

正因为立足香港、背靠祖国，方有可能在较短的时间内建成一座熔五千年文化精华于一炉的大型知识网站。

凝聚专家智慧　传承民族遗产

为了确保《灿烂的中国文明》网站的内容的学术性、知识性与可读性，本院成功地将全国范围最优秀的智力资源转化为网上的教育资源，动员与组织了海峡两岸暨香港、澳门乃至海外的近千名学者参与了网站的编纂与审订。由汪道涵先生、许嘉璐教授先后担任网站的首席学术顾问，基于他们的道德文章与人格魅力，吸引与感召了许多饱学硕儒参与了学术顾问的行列，诸如季羡林、王元化、陈原、张岂之、冯其庸、李学勤、查良镛（金庸）、王蒙、金维诺、章培恒、徐中玉、钱谷融、汤一介、龚鹏程、余秋雨等，形成了学术把关的森严壁垒。每一系列的主编，尽可能聘请或一领域的领军人物或权威，例如文学精华系列的主编为北京大学国学研究院院长袁行霈教授，人文地理系列的主编为复旦大学历史地理研究所所长葛剑雄教授，艺术瑰宝系列主编为中国艺术研究院院长王文章教授，语言文字系列的主编为中国社会科学院副院长江蓝生教授，图籍文博系列主编为北京大学中国古文献研究中心主任安平秋教授，科学技术系列主编为国际科学史研究院通讯院士潘吉星教授，名胜古迹系列主编为国家文物局古建筑专家组组长罗哲文教授，文化交流系列主编为北京大学季羡林教授……每一个专题的作者也邀聘相关专业的专家撰述，有相当一部分是任系列主编的权威学者亲自操刀，如袁行霈、安平秋、张磊、金维诺、罗哲文、潘吉星、王树村、王克芬、朱诚如、江蓝生、林非、俞启定、耿云志、杨伯达、叶佩兰、张希清、葛荣晋、严家炎、史金波、孔祥星、毕克宫、陈思和、陈大康、李福顺、王晓秋、张新鹰、邓绍基、路秉杰等各学科的知名学者都亲自撰写一至数个专题不定。

尽一切可能将有卓著成就的宿儒与新秀都吸纳其中，组成一支宏大的专家队伍，保证了网站学术的权威性与知识的准确性。千百专家怀着使命感投身斯役，故可以毫不夸张地说：《灿烂的中国文明》网站凝聚了当代中国学术精英的智慧结晶。

在访问、组稿、编辑过程中，我们不得不为众多学者的热情与诚挚所感动。作者中大多是闻名遐迩的杰出学者，其中有的身负重任，承载繁重的教学与科研任务；有的年届耄耋，身体欠安；有的还担任着行政或学术职务，劳碌终日，无暇抽身……但几乎所有作者对我们的约稿均一口应承并按时交稿，我想他们皆因为秉承使命感投身斯役，认识到，领土回归必须伴随着文化回归，有必要让学生与市民认知、认同民族的根本，精神的源泉；同时也认识到，将中国文化推向世界的重要性，中华民族的复兴需要世界更多人的

与中国文化研究院的督导委员在一起。左起曹建明、龚心瀚、刘吉夫人、刘吉、乔林、李君如、作者

认同与亲善。学者们正是出于浓酽的爱国情热，并不视为网站专题撰文系戋戋小事，而是严肃认真地将毕生研究成果浓缩在一个个专题中，例如八十多岁高龄的中国当代最杰出的古建筑专家罗哲文教授撰写《万里长城》专题就数易其稿、精益求精；同样八十多岁的中国当代最优秀的科技史专家潘吉星教授连续撰写了《中国古代的火药与火器》《造纸术》《印刷术》等专题，悉心结构，无一不精；还有八十多岁中国当代最权威的美术史家金维诺教授不仅参与擘划、主编艺术瑰宝系列，并亲自撰写了其中的多个专题；九十多岁的东方学大师季羡林教授主编文化交流系列，从确定选题到邀约作者都事必躬亲，在病榻上还在审阅稿件……没有数以千百计的学者专家的鼎力支持与热诚参与，网站的顺利建成是不可想象的。

另外，在组织动员作者队伍的时候，我们也深切体会到香港的地缘优势，因为没有学派、地域等因素造成的畛域与隔阂，全国范围的学者不分南北西东都乐于为网站贡献心力。

中外饮誉　全球夺魁

《灿烂的中国文明》网站建成后不久，迅即在海内外产生了广泛而巨大的影响。在联合国首届世界信息峰会（在日内瓦举行，有60多个国家或政府首脑与会）上，于136个国家25000个优秀网站中脱颖而出，以最高票数荣膺"世界最佳文化网站"大奖。联合国"世界信息峰会大奖"评审委员会评价《灿烂的中国文明》网站"是一个富启发性、有深度、多媒体互动、内容全面的网站"，认为她是"本世纪有关中国历史和文化的一个强有力的线上档案馆"。联合国电台在专题报道中则推重《灿烂的中国文明》网站是"运用现代资讯通信技术，把中国文化各个层面的历史与发展介绍给全世界人民的一个成功典范"。联合国"世界信息峰会大奖"董事会主席PETER BRUCK教授在颁奖礼上更热情地强调：世界信息峰会大奖的大评审团对

《灿烂的中国文明》特别的嘉许，就是因为她内涵的丰富，以及内容与形式的多元化，故而被推选为最能利用资讯科技推广文化的世界最好的一个网站。

有关国家领导人对《灿烂的中国文明》网站也给予奖掖与推重。第八、九届全国人大常委会副委员长许嘉璐教授题词道："文化者，国家之脉，民族之根，载诸网络，以享万民，厥功钜哉！"他在团中央书记肯德江主持的一次集会上指出："《灿烂的中国文明》网站是中国文化研究院创办的，据我所知以文化为内容的专业网站，这在中华大地上是第一家。"他在另一次讲话中又说："《灿烂的中国文明》开办以来，赢得了中国和世界的广大受众，做了一件功德无量的事情……我们弘扬灿烂的中国文明，不仅仅是可以满足人们对于文化的需求，形成中华文化的巨大凝聚力。而且该说是对世界、对人类的巨大贡献，所以我说是功德无量。"

在日内瓦联合国首届世界信息峰会会场。左为"世界信息峰会大奖"董事会主席 Peter Bruck 教授

全国政协董建华副主席始终对本院工作倍加关注，奖掖有加，他在"世界信息峰会大奖"颁奖礼上热情致辞道："香港中国文化研究院《灿烂的中国文明》网站获得网络文化类别大奖，且为WAS所有大奖中得票最高者……说明她得到国际信息社会的认同、赞赏和推崇。作为《灿烂的中国文明》网站的督导委员会主席，我有理由感到非常骄傲。"同时他认为《灿烂的中国文明》在国际上获得殊荣，"不仅证明源远流长、经久弥新的中国文明正得到愈来愈多的世界人民的喜爱，而且也显示了我们以新兴资讯手段表现古老传统文化的成功尝试，也得到了国际社会的欣赏"。他还希望本院同仁"再接再厉，将事业推向新的高峰"。他更具体地提出三项目标：一、继续充实与拓展网站的内容，使其真正成为中国文明的宝库；二、开创英文版，使其成为数以千万计的外国朋友和华侨子弟了解中国文化的绝佳视窗；三、制作简体字版，让内地数以亿计的同胞得以分享我们的成果。迄今为止，以上目标有的已经完成，有的正在进行，有的正在擘划。

全国人大常委会副委员长陈至立女士十数年来也一直关注着本院的发展与网站的建设，她在历任教育部长、国务委员时始终垂注殷殷。早在2001年10月当《灿烂的中国文明》网站启用时，她就热情致函祝贺，并祝愿"网站的启用将有助于香港的青少年进一步地了解和认同祖国辉煌灿烂的文化，也将有益于内地学生文化素质的全面提高"。继而在2005年为网站题词道："传播华夏文明，提高人民素质。"同年底还为网站简体字版的启用发出贺信，表扬本院"为弘扬中国文化作出了可贵的贡献"，网站的"意义非凡，影响深远"，并且寄予殷切的期望："祝《灿烂的中国文明》网站在弘扬中国文化的事业中百尺竿头更进一步，成为中国乃至世界人民认知、认同中华优秀文化的最佳窗口，在激发民族精神、实现民族复兴的大业中发挥更大的作用。祝网站'利在当代，功在千秋'的事业蒸蒸日上！"2006年8月，她又接见了本院理事会主席李业广太平绅士、常务副院长胡从经教授一行，指出弘扬中国文化、振奋民族精神乃关系到中华民族复兴的大事，必须通过多种方式，让博大精深、源远流长的中国文化在青少年心中生根开花，发扬光大，表彰中国文化研究院在这方面做了许多有益的工作，值得肯定，并希望再接再厉。

2010年9月及2011年1月，中央政治局常委李长春先生就我院工作做了两次批示，肯定与赞赏本院弘扬中国文化的执着与热情，支持拓展与完善《灿烂的中国文明》网站（中国传统文化）和创建《文明中国》网站（中国当代文化）的方案，将其建设为弘扬中国文化，推动中国文化走向世界，展示中国软实力的窗口，饬令有关部门关注与支持方案的实施。

学术界、文化界、教育界对《灿烂的中国文明》网站交相赞誉，溢彩流芳。文化泰斗季羡林教授评骘道："我们建网站，弘扬中华民族的优秀文化不仅是为了我们本国，同时是为了世界，是为了世界的和平。建立这个网站是件了不起的工作。功德无量！"文学大师金庸博士推崇她是"了解中国灿烂文明如何缔造"的最好教材。王元化教授也称道："《灿烂的中国文明》网站工程必将有助于提高香港乃至全国青少年的中国文化素养，这是一件彪炳千秋、足堪传世的好事。"潘吉星教授认为网站"不仅惠及香港观众，亦使整个中国观众、全球华人和外国友人得益"，进而指出："定将成为传世之作，亦为如何以最新资讯技术介绍古老文明探索出一条成功之路。"

情系中华　迈向世界

《灿烂的中国文明》网站启动之后，经联合国的表彰与推荐，立即获得国际范围数以千万计的网民的欢迎，其覆盖面已遍及全球130多个国家，累积浏览人次已超5000万，累积点击率已超过38亿。同时，网站得到了世界各地华侨、华人暨华裔子弟的喜爱，据全国侨联前主席林兆枢先生告知，他在任时得到世界各地华侨的回馈信息，都认为网站有助于他们的子弟认知与追怀自己的"根"。

《灿烂的中国文明》在海外获取殊荣并产生深巨的影响，更促使我们急于以此回馈祖国，以报答中央政府的关爱与内地学者的支持，从而让全国尽可能多的学生与民众共享这一文化盛宴。首先，耗资数百万港元编纂制作了《灿烂的中国文明》简体字版，以便于内地学生与民众阅读；同时在北京设立了新的服务器中心。

其次，鉴于全国尚有不少老少边贫地区未及铺设宽带，我们将网站全部内容凡208个专题编制成系列多媒体光碟，印制成一套四碟的光碟馈赠全国城乡学生与民众，以疗慰那些无条件上网地区人们的知识渴求。

与此同时，《灿烂的中国文明》网站也得到了中央有关部门的欣赏，从而使其发挥了更大的作用：

2008年4月，中央十二部委共同举办"寻找美丽的中华"社会教育活动，该活动组委会认为我院《灿烂的中国文明》网站"展示中国文化的基本轮廓、发展规律和多姿多彩的神奇魅力，为广大青少年了解中华文化、培养民族感情搭建了一个互动交流多媒体平台"，责令将其向全国青少年推广。

2009年9月，中央文明办来函，赞赏我院《灿烂的中国文明》网站，希望与我院合作，即将该网站内容全部移植到中央文明办的官网《中国文明网》，并向全国推广。尔后，中央文明办专职副主任王世明先生会见了我院理事会主席李业广律师、常务副院长胡从经教授一行，双方相谈甚欢，就进一步长期合作达成了共识。王副主任再次肯定了中国文化研究院在弘扬中国文化方面的积极贡献和《灿烂的中国文明》网的深巨影响。《中国文明网》现已将《灿烂的中国文明》全部移植，并自2010年5月起以"每日一专题"的方式向全国推介，历时半年多之久。

为了响应国家"推动中华文化走向世界"，"增强中华文化在世界上的感召力和影响力"的号召，以及落实李长春先生期冀我院将弘扬中国文化的事业做好、做大、做强的两次批示，我院将一如既往继续争取特区政府乃至中央政府的指导与支持，努力推进与完成以下任务：

一、拓展与充实《灿烂的中国文明》网站

《灿烂的中国文明》网站原计划编纂、制作300个专题，以期反映中国文化的基本概况与演进轨迹。第一期工程得到香港特区政府"优质教育基金"暨若干香港社会贤达的慷慨资助，完成了220个专题；尚余80个专题，目下正争取有关人士的财政支持，从而组织力量及早完成之。

二、创建《文明中国》新网站

《灿烂的中国文明》网站是从"纵"的方面，系统地介绍了绵亘五千年从未间断的中国传统文化。但要全面了解中国文化，还必须从"横"的方面，致力于反映当代中国的全息图景，向世界展示当代中国斑斓多彩的现实状况与文化风貌，以满足人们希望了解一个正在迅速崛起的东方古国的渴求，同时亦可配合香港的国情教育与国民认同。于是，创办一个旨在全面反映当代中国暨中国文化的网站就显得必要与迫切。

可以想见，将来《灿烂的中国文明》与《文明中国》的并立与交汇，必将成为相辅相成、相得益彰的双璧，共同构筑成熔中国传统文化、当代文化于一炉的完整中国形象，从中既可窥见中国源远流长、博大渊深的文化传统，领略我们祖先如何以"四大发明"等创造性贡献，有力推进了世界文明的进程；更可惊叹于今日中国振鬐作虎啸龙吟，以奇迹般的奋进震撼了整个世界。此计划较前计划更为恢宏，架构与篇幅更加硕大，本院当积极创造条件以实现之。

三、编译制作《灿烂的中国文明》网站英文版

本院督导委员会主席董建华先生曾经要求："开创英文版，使其成为数以千万计的外国朋友和华侨子弟了解中国文化的绝佳视窗。"网站英文版的开创必将有裨于"推动中华文化走向世界"的伟业，本院亦将竭诚努力令其早日实现。

中华大地一片盎然生机，让我们携手为大力弘扬中国文化，竭力推动中华文化走向世界，进而为营造中华民族共同精神家园，促进中华民族同赴复兴愿景而共同奋斗！

中国文化研究院理事会成员：前排左起谭尚渭、李业广、葛珮帆、区永熙，后排左起作者、孙大伦、马绍良

金维诺教授（右，中国文化研究院学术委员，《灿烂中国文明》系列主编、作者，中央美术学院美术史系创系系主任）

许嘉璐教授(右,中国文化研究院名誉院长、院学术委员会主席)

文化者国家之脉民族之根载诸网络以享万民厥功钜哉

为灿烂的中国文明题　许嘉璐

许嘉璐教授为作者主编的《灿烂的中国文明》网站题词

袁行霈教授（右）接受担任《灿烂的中国文明》之"中国文学精华系列"主编的聘书，时任北京大学国学院院长，现任中央文史馆馆长，权威的古典文学研究家

袁行霈教授书赠作者楹联

孙家正先生（中，中国文化研究院督导委员，曾任文化部部长、中国文联主席）

王文章教授（左，《灿烂的中国文明》系列主编之一，曾任文化部副部长、中国艺术研究院院长，著名文艺评论家）

冯其庸教授（左，中国文化研究院学术委员会副主席，曾任中国艺术研究院副院长，权威文化史家）

龚鹏程教授（右，中国文化研究院学术委员，台湾著名学者，权威的中国文化史家，文学史家）

《灿烂的中国文明》大型文化网站简介

《灿烂的中国文明》www.chiculture.net网站简介

《灿烂的中国文明》网站是中国文化研究院所完成的第一项大型文化工程。她是一个全方位的中国文化知识供应站，以跨学科、跨领域的编制模式，将中国文化精华编纂成十八个系列凡三百多专题，覆盖了中国哲学、文学、语言、历史、教育、民族、科学、艺术、经济、法律、宗教、地理、图博、卫生、游艺及文化交流等范畴，企图勾勒中国文化的基本轮廓与发展规律，以深入浅出、生动活泼的丰富内容，缤纷多姿、新颖多变的艺术形式再伴之以先进的资讯科技手段，从而使受众愉快地了解、认知、领悟、认同博大精深的中国文化。

作者在中国文化研究院

凝聚专家智慧　传承民族遗产

为了确保《灿烂的中国文明》网站内容的学术性、知识性与可读性，本院成功地将全国范围最优秀的智力资源转化为网上的教育资源，动员与组织了海峡两岸暨香港、澳门乃至海外的近千名学者参与了网站的编纂与审订，学术顾问、系列主编和专题作者大多是或一学科的领袖与权威。原先担任首席学术顾问的是汪道涵先生，继任的是许嘉璐教授，其他学术顾问尚有季羡林、王元化、陈原、李学勤、张岂之、冯其庸、查良镛（金庸）、徐中玉、钱谷融、王蒙、章培恒、龚鹏程、余秋雨等教授；系列主编有袁行霈、金维诺、罗哲文、汤一介、安平秋、张磊、林非、江蓝生、潘吉星、葛剑雄、王文章、姜彬（天鹰）、葛荣晋等。专题作者也有很多由权威专家亲自操刀，如袁行霈、安平秋、张磊、金维诺、罗哲文、潘吉星、王树村、王克芬、朱诚如、江蓝生、李福顺、吕必松、祁庆富、周振鹤、吴宗国、俞启定、耿云志、陈大康、陈思和、陈廷汉、郭因、叶佩兰、杨伯达、张传玺、张希清、葛荣晋、杨圣敏、陈支平、刘祯、严家炎、路秉杰、史金波、孔祥星、周秋光、韩金科、毕克官等知名学者均亲自撰写专题一个至数个不等。

本院尽一切可能将有卓著成就的宿儒与新秀都吸纳其中，组成一支宏大的专家队伍，保证了网站学术的权威性与知识的准确性。千百专家怀着使命感投身斯役，故可以毫不夸张地说《灿烂的中国文明》网站凝聚了当代中国学术精英的智慧结晶。

无数专家学者以自己的智慧与心血倾洒其中，而这也是《灿烂的中国文明》能摘取"世界最佳文化网站"桂冠的最主要因素。

饮誉中外　全球夺魁

《灿烂的中国文明》网站刚建成，迅即在海内外产生了广泛而巨大的影响。在联合国首届世界信息峰会（日内瓦）上，于136个国家25000多个优秀网站中脱颖而出，以最高票数荣膺"世界最佳文化网站"大奖。联合国"世界信息峰会大奖"评审委员会评价《灿烂的中国文明》"是一个富启发性、有深度、多媒体互动、内容全面的网站"，认为她是"本世纪有关中国历史和文化的一个强有力的线上档案馆"。联合国电台在专题报道中则推重《灿烂的中国文明》网站是"运用现代资讯通信技术，把中国文化各个层面的历史与发展介绍给全世界人民的一个成功典范"。联合国"世界信息峰会大奖"董事会主席PETER BRUCK教授在颁奖礼上更热情地强调：世界信息峰会大奖的大评审团对《灿烂的中国文明》特别的嘉许，就是因为她内涵的丰富，以及内容与形式的多元化，故而被推选为最能利用资讯科技推广文化的世界最好的一个网站。目下，《灿烂的中国文明》网站的覆盖面已遍及100多个国家，累计浏览人数已超过5000万，点击率已超过38亿。

有关国家领导人也对《灿烂的中国文明》网站给予奖掖与推重。许嘉璐副委员长题词道："文化者，国家之脉，民族之根，载诸网络，以享万民，厥功钜哉！"并在讲话中指出："《灿烂的中国文明》开办以来，赢得了中国和世界的广大受众，做了一件功德无量的事情……我们弘扬灿烂的中国文明，不仅仅是可以满足人们对于文化的需求，形成中华文化的巨大凝聚力。而且该说是对世界、对人类的巨大贡献，所以我说是功德无量。"

全国政协董建华副主席始终对本院工作倍加关注，奖掖有加，他在"世界信息峰会大奖"颁奖礼上热情致辞道："香港中国文化研究院《灿烂的中国文明》网站获得网络文化类别大奖，且为WAS所有大奖中得票最高者……说明她得到国际信息社会的认同、赞赏和推崇。作为《灿烂的中国文明》网站的督导委员会主席，我有理由感到非常骄傲。"同时他认为《灿烂的中国文明》在国际上获得殊荣，"不仅证明源远流长、经久弥新的中国文明正得到愈来愈多的世界人民的喜爱，而且也显示了我们以新兴资讯手段表现古老传统文化的成功尝试，也得到了国际社会的欣赏"。他还希望本院同仁"再接再厉，将事业推向新的高峰"。他更具体地提出三项目标：一、继续充实与拓展网站的内容，使其真正成为中国文明的宝库；二、开创英文版，使其成为数以千万计的外国朋友和华侨子弟了解中国文化的绝佳视窗；三、制作简体字版，让内地数以亿计的同胞得以分享我们的成果。迄今为止，以上目标有的业已完成，有的正在进行，有的正在擘划。

全国人大常委会副委员长陈至立女士十数年来也一直关注着本院的发展与网站的建设，她在历任教育部长、国务委员时始终垂注殷殷。早在2001年10月当《灿烂的中国文明》网站启用时，她就热情致函祝贺，并祝愿"网站的启用将有助于香港的青少年进一步地了解和认同祖国辉煌灿烂的文化，也将有益于内地学生文化素质的全面提高"。继而在2005年为网站题词道："传播华夏文明，提高人民素质。"同年底还为网站简体字版的启用发来贺信，表扬本院"为弘扬中国文化作出了可贵的贡献"，网站的"意义非凡，影响深远"，并且寄予殷切的期望："祝《灿烂的中国文明》网站在弘扬中国文化的事业中百尺竿头更进一步，成为中国乃至世界人民认知、认同中华优秀文化的最佳窗口，在激发民族精神、实现民族复兴的大业中发挥更大的作用。祝网站'利在当代，功在千秋'的事业蒸蒸日上！"2006年8月，她又接见了本院理事会主席李业广太平绅士、常务副院长胡从经教授一行，指出弘扬中国文化、振奋民族精神乃关系到中华民族复兴的大事，必须通过多种方式，让博大精深、源远流长的中国文化在青少年心中生根开花，发扬光大，表彰中国文化研究院在这方面做了许多有益的工作，值得肯定，并希望再接再厉。

学术界、文化界、教育界对《灿烂的中国文明》网站也交相赞誉，溢彩流芳。文化泰斗季羡林教授评骘道："功德无量！"文学大师金庸博士推崇她是"了解中国灿烂文明如何缔造"的最好教材。

胸怀世界　情系中华

《灿烂的中国文明》开通之后，经联合国的表彰与推荐，立刻获得了国际范围数以千万计的网民的欢迎，也得到了世界各地华侨、华人暨华裔子弟的喜爱。目下，网站的覆盖面已遍及全球130多个国家，累积浏览人次已逾5000万，点击次数已超38亿。

《灿烂的中国文明》在海外获取殊荣并产生深巨的影响，更促使我们急于以此回馈祖国，以报答中央政府的关爱与内地学者的支持，从而让全国尽可能多的学生与民众共享这一文化盛宴。

首先，耗资数百万港元编纂制作了《灿烂的中国文明》简体字版，以便于内地学生与民众阅读；同时在北京设立了新的服务器中心。

其次，鉴于全国尚有不少老少边贫地区未及铺设宽带，我们将网站全部内容凡208个专题编制成系列多媒体光碟，印制100万套光碟馈赠全国城乡学生与民众，以疗慰那些无条件上网地区人们的知识渴求。

本院这一弘扬中国文化的新举措，得到香港"李兆基基金"正副主席李兆基博士、林高演先生的关注、支持，决定由"李兆基基金"全资资助这一盛举。中央政府对这一举措也予赞赏和扶植，国务委员陈至立在中南海接见了本院理事会主席李业广太平绅士、常务副院长胡从经教授一行，赞许此举措为"大好事"，并表彰中国文化研究院在弘扬中国文化方面做了许多有益的工作。

时值中央十二部委主办"寻找美丽的中华"青少年社会教育活动(2007—2009)，在该活动组委会办公室领导的关注下，《灿烂的中国文明》网站有幸成为开展该活动的一个硕大的平台。本院为拥戴与服膺这一关系国家命运与民族前途的旷代盛举，拟陆续推出配合教育活动的几大举措：

一、深化与拓展《灿烂的中国文明》网站，使其无愧为学习与了解中国文化、精神、人物、风光的绝佳视窗。同时，配合教育活动举办相关的征文与摄影比赛，乃至中国文化知识大奖赛；

二、编制《灿烂的中国文明》系列多媒体光碟，配合教育活动馈赠全国青少年与民众；

三、编辑与出版《灿烂的中国文明》丛书，配合教育活动推向全国，让亿万青少年共享当代中国学术的智慧结晶；

四、摄制与发行《灿烂的中国文明》有关专题的短片，提供中央与地方电视台演播，将中国文化的影响力与感召力扩展到祖国的每一角落。

中华大地一片盎然生机，让我们携手为大力弘扬中国文化，进而为营造中华民族共同精神家园、促进中华民族同赴复兴愿景而共同奋斗！

《灿烂的中国文明》网站启用典礼，全体工作人员合影

中国文化研究院院长方心让教授（右二）和执行院长胡从经教授（右一）与香港特区政府教育署长张建宗先生（左二）签署接受"优质教育基金"资助创建《灿烂的中国文明》网站的协议

王元化师（右）

王元化教授为作者主编的《灿烂的中国文明》网站题额

龚心瀚先生（中，中宣部原副部长，中国文化研究院督导委员）

朱凤瀚教授（右，《灿烂的中国文明》学术委员，中国历史博物馆馆长，著名的秦汉史专家）

朱诚如教授（右，故宫博物院副院长，《灿烂的中国文明》专题作者）

王树村教授（右,《灿烂的中国文明》专题作者之一,著名的中国美术史家）

葛荣晋教授（右二,中国人民大学东方文化研究所所长,著名哲学史家,《灿烂的中国文明》专题作者）

黄鸣奋教授（右,《灿烂的中国文明》学术委员，厦门大学海外教育学院院长）

周秋光教授（左,《灿烂的中国文明》专题作者之一，著名的湘湖文化学者，中国慈善学史专家）

联合国电台采访的专题报道

中国文化博大精深历史悠久,在全世界弘扬中国文明是许多仁人志士毕生的愿望。2000年夏天在香港开始动工筹建的《灿烂的中国文明》网站是运用现代资讯通信技术,把中国文化各个层面的历史与发展介绍给全世界人民的一个成功典范,这个网站在日内瓦举行的信息社会世界峰会上获得了电子文化大奖,本台记者易朦从那里发回了以下报道。

易朦:这里是信息社会世界峰会各类电子大奖颁奖仪式,正在表演的是一出反映电子时代残疾人获取信息的短剧。仅仅通过肢体行为,在场者很容易理解这种文化形式所要传递的信息。在此之前,大会刚刚颁发了电子文化大奖,来自香港的《灿烂的中国文明》网站有幸成为这个奖项的其中一个获奖者。该网站总监兼总编辑胡从经博士在会场向我畅谈了他的感想:

胡从经:我们感到非常高兴也非常荣幸。这说明悠久的中国文化绵亘了

作者在中国文化研究院

五千年，而且是没有中断的文化，得到了全世界越来越多人的喜爱。作为一个游子我们想尽可能地为弘扬中华文化做自己的一点事情。因为在香港这个地方经过比较长时间的殖民式统治，青年学生对中国、对中国文化的认知是非常浅薄的。我们的立意是这样的，依靠的是把全中国的智力资源，把最优秀的学者的研究成果化为香港的教育资源，所以我们组织了差不多五百多位学者参与了网站的建设，一共分18个系列200个专题，每一个系列的主编都是中国第一流的学者。我举例来说，文学系列我们请的是北京大学国学院院长袁行霈教授，中外文化交流系列我们请的是季羡林教授，北京大学前副校长，东方学专家，堪称文化泰斗，是我们的顾问也是我们的主编。可以说是把中国范围包括港澳台所有第一流学者都动员和组织起来进行网站的建设。

易朦：那么这个网站的读者人数怎么样？你们有没有记录每天点击的人数？

胡从经：有记录。这个网站是2001年10月27日开始启动，到现在累计的浏览总人数是三千多万，总点击率是三个多亿，在香港范围每天有五六十万。作为一个教育网站这是一个不错的成绩，因为香港只有六百万人，学生也只有几十万，我们在这方面还没做宣传，这个将来可能会成倍上升。

易朦：你们这次来参加信息社会世界峰会有什么感受？其他国家和地区或非政府组织的一些其他的专案对你们今后进一步改善和发展自己的网络，你觉得有帮助吗？

胡从经：有非常大的帮助。中国文化本身就不是封闭的，我们希望有更多国家的朋友能通过我们的网站能认知认同中国文化。另一方面我们也从这个峰会知道，信息社会越来越通过资讯的手段加强各国人民之间的了解和合作。对怎么改善我们的网站也是有很大帮助，有很多新的表现手段等等，我们都能从中得到学习。

易朦：最后能不能展望一下你们网站今后的发展方向？

在日内瓦接受联合国电台记者的采访

胡从经：我们准备在三个方面。因为虽然我们做了18个系列200个专题，可是对悠久的中国文化来讲只是万乎其一，我们准备继续起码再做200个专题，这样能比较全面系统地勾勒中国文化发展的规律和轮廓。第二个方面我们准备发展英文版，因为在全世界有很多华侨，华侨的子弟很多都不识中文，我们希望他们能通过这个网站认识自己祖国的文化，自己的根。另外全世界有80多个国家的三千万人正在学中文，我们想这个网站是全世界人民学习中文的一个很好的平台。第三是做简体字版，因为内地学生大多都不认识繁体字，我们希望国内数以亿计的青年学生分享我们的成果。这三个计划大概会用三年的时间完成。

易朦：好，再一次祝贺你们的网站获得此次峰会电子文化大奖，并预祝它越来越成功。感兴趣的听众朋友可以登录这个名为《灿烂的中国文明网站，网址是www.chiculture.net。这是华语广播记者易朦发自日内瓦的报道。

答TVB电视记者问

1. 当初为什么会成立一系列的文化网站?

答：简单地说，中国文化研究院的性质是香港的一家民间的公益性的文化机构，他的宗旨是弘扬传播中国文化，传播手段是互联网，主要的工作平台是大型文化网站《灿烂的中国文明》。

中国文化研究院创建于1999年，当时香港已经回归。不过，在香港回归之前已在酝酿创办中国文化研究院。

为什么会有这个想法？这是因为当时我们就已认识到香港回归之后，两地文化走向融合会有一个过程，迫切需要在香港传播中华文化，以加速两地

参加TVB台庆

文化的融合，减少冲突。

大家知道，不久前香港发生因内地年轻妇女让小孩在街头便溺而引起文化冲突的事件，这就是两地文化冲突的一个例子。在内地人看来，在内地发生这种事很平常，路过的人也不会进行干预。可在香港就不一样，不只是现场的几位年轻人看不惯，广大香港市民都认为这位内地的年轻妇女做得很不对。在互联网上，内地和香港网民的反应大家都看到了，内地年轻人是站在内地年轻旅客一边的。这个例子很说明一些问题。

内地人、香港人都是中国人，内地和香港的文化都是中国文化，但两地的文化存在明显差异无须争辩。香港经历150年殖民式统治，后来成为全球重要的、最自由的经济体，成为中西文化交汇之地，香港是世界上著名的"东方之珠"，西方文化在香港的影响无所不在。香港与内地相比，文化无优劣之分，但要承认文化有差异。香港回归之后，两地民众要像一家人一样生活在一起，文化冲突不可避免，两地文化走向融合也是大势所趋。对这些问题，我想大家不会存在争议。在香港回归之前，我们对回归之后香港如何与内地相处有所忧虑。因为我们是香港人，我们爱香港，我们应该为香港的稳定发展出一份力，这就产生了创办中国文化研究院的想法。我们对香港社会有一份责任心，但我们能力有限，我们只能从帮助香港年青一代了解中国文化作为切入点，让香港人更多了解中国的过去，更多了解中国的现在，共同创造中国的未来。

2. 这系列的文化网站准备了多少年？其中的筹备经过是怎样？

答：筹备创办研究院有几年时间，当时的发起人有汪道涵先生，有方心让先生、饶宗颐先生，有李业广律师、孙大伦博士、区永熙先生、谭尚渭校长，还有胡从经教授。在讨论创办中国文化研究院的宗旨方面，大家尽管专业背景不同，但意见是一致的，即志同道合。在使用什么手段弘扬文化方面，大家也有共识，因为当时互联网已经兴起，年轻人都通过互联网接受资讯，我们就决定利用互联网技术介绍中国文化。中国文化可谓博大精深，而在现代社会看卡通长大的新一代，不喜欢枯燥的、冗长的文字，所以网站内容一定要把复杂的知识变得浅显化、故事化、视觉化，甚至娱乐化，并可以互动，让读者与网站内容互动起来，这样才能达到传播的效果。否则再好的内容年轻人不爱看，也就没有效果。

以上的准备工作，按照商业社会的语言表达叫作"创意"。完成创意之后就要开始实施，整个实施过程又经历了一年多时间。全部筹备工作包括筹集社会资金，确定执行班子，招聘工作人员等。到2000年，《灿烂的中国文明》网站正式上线，以后不断充实内容，不断完善，很快成为全球规模最大的公益性文化网站。2003年即获得联合国信息峰会颁给"全球最佳文化网站"的荣誉。根据我们得到的一些信息反馈，海外许多大学从网站内容下载直接可以成为教材。

3. 在筹备的过程中，有遇过什么困难吗？

答：遇到的困难一是资金，二是人才。

做事首先要请人。请人则需要资金。研究院是个公益性的文化机构，资金只有投入，不会有产出。这就需要香港社会资金的支持。研究院首先得到香港优质教育基金会的大力支持，后来又得到李兆基先生、李兆基基金会的支持。香港知名企业家、慈善家邵逸夫先生也捐助了资金。后来又得到澳门基金会的支持。

二是人才。所谓人才是要找到最适合做这项工作的人。做好网站内容，需要聘请优秀的撰稿人员和编辑人员。聚集这些人才可以说费尽周折。我们首先对中国文化知识进行梳理，确定做300多个文化专题，每个专题都要找到这个研究领域最权威的专家来撰稿，既要呈现这个领域在这个时期最新的研究水平，又要做到我们传播的知识的权威性和稳定性，不能今天这么说，过些日子又改成那么说。有的专家研究的东西很深奥，而我们的读者对象是现代的年轻人，这中间有个深入浅出的问题，这又需要聘请一批了解香港社会的编辑与每位专家进行沟通，请专家按照网站的要求撰稿。此外还要有一批人员专门寻找各种配图，又有一批网络人才制作各种与内容贴近的动漫等。所以说，这个网站是一种集合多方面人才共同创造的合成艺术。

网站创办过程中遇到的许多困难，一一得到化解，这主要得益于各位先贤和社会贤达的关心与支持。比如已经逝世的汪道涵先生生前很关心这个网站，他亲自题写中国文化研究院的院名，并出任首任名誉院长，在得知网站获得联合国峰会大奖时，十分欣慰。汪老先生是很有智慧的文化老人，他在中国知识界有很高的声望和号召力，许多教授听说是汪老创办的研究院，都愿意参加研究院工作，且热情很高。董建华先生也很关心这个网站，在资金筹措方面贡献很多，在内容设计方面也有许多真知灼见。他现在要求我们尽快创办网站英文版，英文版的翻译工作已经启动，董先生亲自过问翻译工作的质量和进展，要求十分严格。

4. 我知道刚开始的时候，你们想出了300多个主题，最后在其中精挑了200个。你们的挑选准则是什么？

答：中国文化博大精深，内容广泛，如何向现代年轻人介绍是个难题。在总体框架设计方面主要由时任总编辑胡从经先生完成。胡先生是个文学家，也是个大藏书家，收藏之富在内地也很少有。他首先提出300个文化专题，后采经反复论证，从中精选200个专题。选择的标准无非是根据专题内容的重要性，也要考虑到现代香港年轻人的阅读兴趣和需求。

5. 你可以简单介绍其中二至三个主题给各位观众认识一下吗？

答：好。先介绍"长城"专题。

"长城"专题共有百余个网页，约3万字。由古建筑学专家罗哲文先生撰稿，罗先生一生都在研究古建筑，是当代长城研究最权威的专家。他已经在2012年故逝。（画面：罗哲文先生的照片，网页照片）

首先，长城的照片很美，从各个角度看长城都很壮观。（画面：网页的长城照片）

长城的历史沿革、历史故事都有详尽的介绍。（画面：长城的网页）

大家都知道孟家女哭倒长城的故事。这个故事是后人编的，文中也有介绍。(画面：长城专题网页)

　　为了引起读者了解长城的兴趣，网站还有关于长城知识的小问答。(画面：网页)

2014年5月18日

罗哲文先生（国务院文物局古建筑专家组组长，《灿烂的中国文明》网站学术委员、系列主编、专题作者）在长城

刘长乐太平绅士（右,《灿烂的中国文明》督导委员，凤凰卫视董事会主席）

接受凤凰卫视采访

中国文化研究院建院十五周年感言

中国文化研究院由饶宗颐教授、李业广律师、方心让教授、胡从经教授等发起，于1999年在香港注册成立。首任名誉院长汪道涵先生亲笔题写院名。现任名誉院长为许嘉璐教授。中国文化研究院北京代表处获中央政府批准于2008年成立。创办本院旨在弘扬中国文化，增进香港市民与学生对中国文化的认识，增进全球华人和世界各地人士对中国文化的了解。

董建华先生从创院以来一直担任本院的督导委员会主席。梁振英先生自创院以来一直担任特别顾问，自2012年9月起，亦担任本院督导委员会主席。许嘉璐教授担任本院学术委员会主席，副主席有冯其庸、金维诺、李前宽、袁行霈、张岂之等。本院的领导机构为理事会。李业广先生任理事会主席，李兆基博士任理事会副主席。理事会成员有谭尚渭教授、葛珮帆博士、区永熙先生、孙大伦博士等。汪道涵先生、许嘉璐教授先后担任名誉院长。饶宗颐、方心让教授先后担任院长。执行院长胡从经教授，副院长乔林、郭招金教授。本院创办的大型文化类网站《灿烂的中国文明》自2000年开通以来，覆盖面遍及全球130多个国家和地区，曾荣获联合国颁予的"世界最佳文化网站"大奖。（网站第一期工程由香港特区政府优质教育基金资助，第二期工程由澳门特区政府澳门基金会资助。）现正全面改版并制作英文版本中。本网站多次荣获香港、内地、海外各种奖项，并被中央十二部委主办的"寻找美丽的中华"社会教育活动（2007—2009）确定为推广中国文化知识的电子平台，还为中央文明办的官方网站《中国文明网》全面移植、推广。中国文化研究院弘扬中国文化的业绩受到党与国家领导人李长春、刘延东、陈至立、许嘉璐、董建华、梁振英、孙家正等的赞赏与表彰。中国文化研究院的事业得到海内外权威学者的参与和支持，几乎所有学术领域的领军人物都参加了本院有关文化工程的建设,学界泰斗季羡林教授以"功德无量"来高度评价本院的业绩。

在社会各界的关怀与支援下,本院发展前景令人鼓舞。《灿烂的中国文明》网站的中文简体字版和繁体字版内容正在不断拓展与丰富,并与时俱进地对网站进行改造、擘划和充实,努力将其打造为面向海外的中国文化入口网站。网站英文版亦已启动由国家外文局承负全部翻译任务,以保证译文的品质。并在国家有关领导人的指示下,积极筹建旨在反映当代中国文化风貌的《文明中国》网。本院正组织专家学者开展中国文化专题研究,积极筹办大型中国文化图片库,筹办"大美中华"网络视频电视,筹办期刊,办好出版社,创办文化品牌活动。

在中国文化研究院执行院长任内接待台湾台南文化代表团

在中国文化研究院
(2000—2015)

乔林教授(左,中国文化研究院副院长,海峡两岸学术文化交流协会副会长)

郭招金教授(左二,中国文化研究院副院长,中国新闻社原社长兼总编辑)

读书·藏书·教书·编书·写书
——我的读书生活，兼谈猎书与治学的关系

新世纪初，在京举办了一个我的藏书的展览会，京、沪媒体做了报道，中央电视台、北京电视台还拍了专访短片，也算产生了一些效应。中间还发生了一个小插曲，展览期间，沈从文先生的公子沈虎雏来访，言及正在编三十六卷本的《沈从文全集》，其中独缺其父亲1930年代在武汉大学的《新文学研究》讲义，不意在我的书展上看到了，希望提供辑入全集并询问需要什么代价。我当即表示：从文先生是我素所尊崇的前辈，当然无偿支持。想到我的藏书还能为文化积累略效绵力，感到十分欣慰。

藏书界有"南胡北姜"之说，被称为全国两大藏书家之一实在有些不敢当。藏书家必须赋有学问功底、鉴别能力，其于文化积累功莫大焉。姜德明先生当然受之无愧，而我觉得自己其实并非什么"藏书家"，仅仅是一个围绕自己的研究计划而搜集书籍的爱书人而已。

我确实非常爱书，过去在书里写过这样一段话："自己大半生也确乎与书结下了不解之缘，读书，藏书，教书，编书，写书，一个'书'字足以道尽我人生旅途的跋涉、苦辛与追求。"事实也确乎如此，故一个相稔的评论家也曾写道："爱书成癖，猎书类痴，藏书似狂，赏书如醉，庶几可以形容胡氏于书之痴迷狂谵，恰如宋代诗人尤袤所云：'饥读之以当肉，寒读之以当裘，孤寂而读之以当友朋，幽忧而读之以当金石琴瑟也。'"我是真的将这段

话当作读书的座右铭的,终其一生都会保持对书深挚的爱:饥寒(包括精神饥渴)时当作疗饥的美食和御寒的皮裘,孤独寂寥时当作可以促膝谈心的挚友,郁闷愤懑时当作可以解忧的天籁之音。

上海有位知名篆刻家茅子良(前上海书画社社长)曾为我刻过一方"书海衔微"的藏书章,窃以为颇能表达我的志趣。我很欣赏《山海经》中那动人的神话:炎帝少女女娃溺亡于东海,为了复仇她化身为白喙赤足的小鸟精卫衔木石以填东海。神往精卫这种锲而不舍、矢志不渝的精神,很想学这位不屈少女精灵化为的不死鸟的坚韧和执着,所以就以"精卫衔微木,将以填沧海"(陶渊明诗)之旨以自励,时时鞭策自己去书海中凫游、求索。

徽州文化的浸染和熏陶

不佞并非出身书香世家,父亲是个出身黄埔的军人,但他在戎马倥偬中仍未能忘情于文学;他颇为丰厚的旧学根底与新学修养,陶冶与诱发了我醉心文学的苞芽。

爱书的癖好也受到我故乡的文化氛围的熏陶和影响。我的故乡徽州地处皖、浙、赣三省交界之处,黄山、白岳诸峰错落其间,新安、青弋两江蜿蜒而出,风光旖旎,人文荟萃,令我终生梦魂萦绕。明代大戏曲家汤显祖曾说:"一生痴绝处,无梦到徽州。"可见徽州对中国文人的感召力与吸引力。我感到比汤显祖幸运,我在徽州的怀抱中度过了童年与少年时代,直至16岁负笈到上海念大学。徽州自12世纪宋室南渡之后,旋即成为全国文化中心之一,读书风气非常兴盛。宋明理学奠基人"二程"(程颢、程颐)与集大成

者朱熹，都是祖籍徽州的。作为"程朱桑梓之邦"，文化教育十分发达，书院星罗棋布，紫阳、白鹿、碧阳等书院即其中较著名者。各种学派借书院的讲坛激发与推动了地方上的学术空气与读书风尚，培育与催生了一代又一代的学者，著名理学家有程大昌、赵汸、朱升、李希士等；杰出的朴学家有黄生、江永、程瑶田、俞正燮、戴东原等；近代学者有胡适、吴承仕、陶行知、苏雪林、洪范五、杨仁山等；知名作家有吴组缃、汪静之、周而复、章衣萍、胡思永等。浓郁的读书氛围，深厚的文化积淀，熏陶浸染，潜移默化，皆对我幼小的心灵产生深刻的感应，所以常笑称自幼即感染有乡先贤胡适先生的历史癖和考据癖。

拥抱上海的七彩文化

上海是中国近现代文化中心，曾经有多少文化俊彦云集于此，出演了如许威武雄壮的活剧。自幼心仪的章太炎、黄人、鲁迅、茅盾、巴金、郁达夫、沈从文、徐志摩……他们曾经或者正在生活在这里，所以少年时代就非常向往去上海求学。

有幸到华东师范大学中文系念书，课堂上名师云集（由于院系调整，除复旦外所有上海文科教授都集中到华师大，光中文系就有十六名正教授），如许杰、徐中玉、施蛰存、程俊英、徐震锷、郝昺衡、罗玉君、史存直、钱谷融、王西彦等师长皆学养丰厚、海人不倦，引领我这个来自山野的孩子去叩击文学殿堂的门环。校图书馆的藏书也非常丰富，我每天下课后就到书库中流连。当时我曾立下一个可笑的誓愿，即在大学时代要读完2000本书，因为郁达夫在东京帝国大学四年读了1000本，我想超过他一倍。现在回想起来，虽然少年轻狂却也痴态可掬。

毕业后工作不久，就被借调到中国作家协会上海分会的文学研究所。上海作协书记处的以群、罗荪、姜彬分管文研所工作，同事有王元化（因胡风

钱谷融教授（左）代表学校授予我"华东师范大学顾问教授"聘书

案牵连囚禁多年，当时刚出图圄不久）、陈鸣树、戴厚英、吴圣昔、吴立昌、邢庆祥、邓牛顿、高彰彩、陈冀德、皮作玖等。上海作协地处巨鹿路679号，环境十分优雅，拥有一座硕大的花园，喷泉池中原有一座裸女立像，"文革"中换成了鲁迅座像（与鲁迅墓前的像同一模塑）。在文研所期间我同时读两种书："活书"与"死书"。所谓活书，就是在作协有机会向自己心仪日久的老作家冒昧求教，如巴金、于伶、刘大杰、师陀、柯灵、魏金枝、王辛笛、郭绍虞、韩侍桁、罗稷南、傅雷、草婴、石凌鹤、任钧、苏苏（钟望阳）、李青崖、杜宣、芦芒、肖岱、陈从周、陈子展、郑逸梅、赵家璧、赵清阁、夏征农、蒯斯曛……当时一方面拜访、晤谈、请益，一方面在旧书店搜罗他们的作品，故自诩在读一部大而活的中国现代文学史。

特别值得一提的是，上海作协资料室简直是庋藏中国近现代文学书籍、期刊的大宝库，据说1950年代初创时唐弢先生曾司其事，难怪如此丰沛、

在上海作协花园鲁迅塑像前

齐备。该室管理者魏绍昌先生是中国近现代文学的行家里手，人也非常和蔼可亲。我有两年时间浸淫其间，真所谓"老鼠掉进了米缸里"，其乐可知。

在上海期间，除了母校华东师大图书馆、上海作协资料室，当然还有号称为中国近现代文化渊薮的上海图书馆。承蒙馆长顾廷龙先生的关照，给予若干方便，无论在南京路本部善本室，抑或徐家汇藏书楼，都让我在知识的海洋中泅泳，所获多多。

负笈东瀛　浸淫稗海

其间一度浮海赴日本东京大学讲学和研究，又为我展现了一个汲取知识的新天地。东京大学图书馆汉籍部藏书宏富，我凭"外国人研究员"的身份可入书库，那可真是目不暇接。东洋文化研究所在东大是一个独立的研究机

在东京大学红门前（时作者在东大文学部任外国人研究员）

构，它的藏书也是以汉籍为主，对我研究中国小说史有甚大帮助的是，两位已故的汉学家遗存的文库：仓石武四郎的"仓石文库"、长泽规矩也的"双红堂文库"。以上两文库都藏有大量珍贵汉籍暨中土散佚的古典小说戏曲。

还有叹为观止的"东洋文库"，其文库长渡边兼庸先生毕业于东京大学，是我朋友丸山昇教授的学生，所以也特别关照，给予出入各书库和拷贝的方便。在其中度过多少埋首卷帙的晨昏，现在回忆起来仍满觉温馨。因写有专文介绍，兹不赘。

皇家图书馆——宫内省图书寮的阅书手续比较麻烦，即使日本学者也要开列书目申请，经过月余时间审核方得持证入内阅览。我因时间紧迫耗不得，幸得与丸山昇教授同时申请聘请我赴日研究的东洋文化研究所所长尾上兼英教授亲自致函介绍，使得我去该寮阅书方便多多。尾上兼英教授的令尊尾上八郎先生，是日本大正、昭和时代著名的俳句诗人，得到皇室的尊敬和照拂，享有若干"特权"。尾上八郎先生逝世已久，但尾上教授住宅的门口，一直设置岗亭，长年有警察驻守，以示尊崇和保护。尾上教授的介绍信很管用，享受贵宾待遇，可以自由出入书库，节省了许多时间，得见了渴慕已久的中土佚本文献多种。

汲取香港中西兼备的文化乳汁

在香港大学攻读博士期间，冯平山图书馆是我日夜消磨的开心地。其中的孔安道图书馆则集中搜藏香港地方文献，也是我流连忘返之处。沙田的香港中文大学图书馆和中国文化研究所图书室，庋藏皆非常丰富，也是我常去的地方。

1987年晋升教授时的五位推荐评审人之一的王元化教授（右，其他为王瑶、许杰、钱谷融、贾植芳四位先生）

学人藏书　荒漠甘泉

学者的私人藏书比较专精，上海的赵景深、谭正璧、陈汝衡、陆澹安、杨荫琛诸先生均搜集中国俗文学资料甚夥，他们在那文化禁锢的年代慷慨地为我敞开书斋的大门，不仅疗救我精神的饥渴，而且丰实了我问学的根基，我尝以"荒漠甘泉"来比拟以上前辈学者恩惠，诚乃肺腑之言。阿英、唐弢师则是庋藏中国近现代文学的大家，每次赴京拜谒皆钻在他们的藏书堆中狂览；上海的瞿光熙先生所藏中国左翼文学运动的书刊很多，且多珍本，我们还从他那儿借了不少文学期刊来影印出版。南来海隅之后，地处跑马地凤辉台的饶公寓所，也是我常去拜谒的地方，请安、请益之外，大师的藏书室也常令我流连忘返。同在香港的黄俊东、翁灵文先生均是藏书大家，他们都是照拂我的好友，故他们的藏书也常被我翻得乱七八糟。

近日，我正编纂《笺素情殷——胡从经师友鱼雁录》，从数千封师友书简中甄选了几百封，它们有茅盾、叶圣陶、周建人、巴金、阿英、唐弢、许杰、冯至、施蛰存、田仲济、王瑶、戈宝权、李何林、李霁野、王西彦、钱君匋、许钦文、饶宗颐、冯其庸、谭正璧、赵家璧、周扬、王冶秋、徐中玉、钱谷融、赖少其、新波、曹靖华、石凌鹤等前辈学者的赐函，也有林非、刘再复、孙玉石、叶子铭、陆耀东、范伯群、陈鸣树、冯天瑜、李君如、郭豫适、江曾培、吴中杰、陈丹晨、陆谷苏、叶永烈、叶辛、陈大康、曲润海、王文章、苏士澍、马良春、朱正、余秋雨、蒋述卓等侪辈学人的飞鸿。每人数通，略加注释，缀以回忆和感想，记录师友施予的温煦，传授的学问，以及浓酽如酒的师恩或友情。

十年攜手共艱危 以沫相濡亦可哀 聊借畫圖怡倦眼 此中甘苦兩心知

魯迅先生詩一首書為从經學芳同志屬 戊午于申顆其

学习鲁迅
锲而不舍
从绎同志嘱 建人
七七年春

望崦嵫而勿迫 恐鹈鴂之先鳴
魯迅先生集楚辭離騷句
魯迅誕辰百周年于北京顆少其書

願乞畫家新意匠 只研朱墨作春山
录鲁迅先生诗
鲁迅诞辰百年纪念于北京
王瑤

橫眉俯首
敌我分明
与胡仏陞同志共勉
周扬

猎书与治学

日本东京大学中文系主任教授藤井省三在一篇评介我的文章中称我为"精力充沛、勇猛精进的近代文学研究家"和"国际知名、屈指可数的近代文学藏书家",这些溢美之词我是受之有愧的,然而聚书较为丰饶也是事实。

我的猎书、藏书、读书都是为我的研究计划服务的。一般而言,或一阶段围绕着某一研究课题进行。研究方法比较传统,比较偏重实证研究,切忌观点先行、"六经注我"的方式,因为若干大家反复强调史料是史之研究的基石。章学诚云:"独断之学,非是不为取裁;考索之功,非是不为按据;如旨酒之不离乎糟粕,嘉禾之不离乎粪土。"梁启超说:"治科学者——无论其为自然科学为社会科学,罔不待客观所能得之资料以为其研究对象。"强调:"史料为史之组织细胞,史料不具或不解,则无复史可言。"已将史料的重要性推向极致,然仍符合史料与史学关系之实际。

胡适在《〈中古文学概论〉序》中也同样执着地认为:"做文学史和一切历史一样,有一个大困难,就是选择可以代表时代的史料。"他自己在哲学史、文学史研究的实践中,始终将史料的发掘、整理置于重要的位置。

傅斯年亦屡屡申述史料的不可或缺,如在《史料略论》中说"史学的对象是史料",进而认为"史学的工作就是整理史料",甚至说"史学便是史料学"。

并非只有中国学者重视史料,外国学人同样也极为关注。例如德国历史语文考证学派的祭酒利奥波德·冯·兰克(1795—1885),就非常强调原始资料的重要性,他认为研究历史最要紧莫过于掌握第一手资料,只有根据可靠的资料才能写成真实的历史,其名言为"要让亲临其境者说话",其基本原则是"满足于用文字流传下来的东西,或者是能够从这种文字传达中有一定把握地推断出来的东西",进而申明其"最高原则"必须是"严格陈述事实真理,不管这些事实多么缺乏条件、缺乏美感"。以兰克为代表的德国历史语文考证学派的学风，强烈影响了19世纪当时的欧洲汉学。近代知名的汉学家，诸如高本汉、伯希和、马伯乐、卫礼贤、沙畹等，都是经语文考证入手来研究中原、蒙古、西藏、新疆、中亚等地的历史、民俗、文学、艺术等。

中国近代学者直接或间接都受过以上汉学家的熏染与影响。大者如研究机构，如中央研究院属下的历史语言研究所，其《工作之旨趣》云："近代的历史学是史料学……我们只是要材料整理好，则事实自然显明了。"就中所透露的史学观与方法论，有着兰克学派的鲜明印记。小者如具体学人，从王国维的"二重证据法"，陈寅恪的"从史实中求史识"，傅斯年的"史料即史学"，一直到饶宗颐的"三重证据法"，皆是从中国传统治学方法的承继与外域新进方法的汲取中提炼出来的，皆无不强调史料之重要。

正是从先贤与师长的研究轨迹中揣摩、辨析得知，自己必须遵循"辨章学术，考镜源流"以"问途"，重视实证研究；而且文学史研究与其他理论性研究不同，不去占有丰富的第一手资料是很难入门的。

为此，我花了大量的时间和精力搜集第一手资料，锐意穷搜，涓滴不弃，积书三万册；利用一切机会泡图书馆；登门求教并请求得觇专家的藏书……总之，尽一切可能力求将研究对象的有关资料搜罗齐备。

兹就自己所涉及的研究课题分述如下：

一、鲁迅研究方面

与侪辈学人刘再复、林非、孙玉石诸位相比，我的鲁迅研究成果是异常瘠薄的。但既以鲁迅研究为职志，要想突破前人研究的樊篱，还是必须先从广泛地占有资料入手。穷十数年之力，将鲁迅著译的初版本搜集齐全，再旁及他所编辑、校阅、序跋的所有书刊，以及20世纪20年代以降的有关鲁迅评论、研究的专著也网罗殆尽。以个人庋藏鲁迅著作暨研究资料之丰赡，就全国范围而言名无可匹者。例如《呐喊》新潮社（1921年）的初版本十分难得，寻访多年方得。又如晚清初版的周氏昆仲合译的《红星佚史》甚不经见，寻觅日久方得如愿。另外鲁迅编辑、校阅、序跋的书刊，大多为当时的禁书，因而传世甚渺，耗时多年而一一搜罗完备，就中辛苦点滴在心头。鲁迅序跋的《何典》（刘半农校点）、《游仙窟》（川岛校点）、《苏俄的文艺论战》（任国桢译）、《十二个》（胡斅译）、《尘影》（黎锦明著）、《小小十年》（叶永蓁著）、《二月》（柔石著）、《淑姿的信》（金淑姿著）、《总退却》（葛琴著）、《丰收》（叶紫著）、《八月的乡村》（萧军著）、《生死场》（萧红著）、《打杂集》（徐懋庸著）、《木刻创作法》（白危编译）、《铁流》（曹靖华译）、《陶元庆的出品》（陶元庆著）、《劲草》（周作人译）、《浮士德与城》（柔石译）、《勇敢的约翰》（孙用译）、《萧伯纳在上海》（瞿秋白编译）、《解放了的堂·吉诃德》（瞿秋白译）、《无名木刻集》（刘岘、新波等作）、《海上述林》（瞿秋白译）等等，都是甚不经见的珍本，悉数入藏寒斋柘园。鲁迅主编的丛书"新潮社文艺丛书""乌合丛书""未名丛刊""未名新集""朝华小集""现代文艺丛书""文艺连丛""奴隶丛书"等，鲁迅主编的文学期刊《国民新报副刊》《莽原周刊》《莽原半日刊》《语丝》《未名》《奔流》《朝华周刊》《朝华旬刊》《萌芽月刊》《文艺研究》《木屑文丛》等，经过长年持续努力，亦搜集得大致齐备。倡导木刻运动也是鲁迅业绩的重要一翼，故长期以来关注搜觅有关资料，尤其是手拓的画册与期刊十分难得，如刘岘的《〈阿Q正传〉画集》1930年代仅手拓100本，经当局禁毁、岁月洗汰，保存至今至可珍惜；还有一本刘岘在东京印制的《〈子夜〉之图》，连作者自己都没有保存，其中还发现了茅盾先生的一篇佚文：《〈子夜〉木刻叙说》；1930年代的手拓木刻刊物《现代版画》（赖少其、新波主编）还是新波先生所惠赠，更是难得。

　　正是基于对于鲁迅有关史料的较全面把握，从实证研究的角度切入，以长期搜集的鲁迅著译、编辑、校阅、评骘、序跋乃至扶持的书刊为依傍，在考察众多个案实例中，阐发鲁迅在理论导引、创作实践、文化交流、队伍培养、战术指导等方面，于小说、诗歌、戏剧、杂文、译文、儿童文学以及版画艺术诸领域，殚精竭虑地从事中国新文化阵地的垒筑与廓大工作，旨在"选出大群的新的战士"。以上就是我第一本有关鲁迅研究的书——《柘园草》（湖南人民出版社，1982年初版）的立意和内容。

从文献与实证出发论证鲁迅对培育中国文化新军的贡献，正是过往鲁迅研究领域阙如之处，窃以为《柘园草》足以填补这方面的忽略与不足，补苴了或一空白。

《子夜之图》

不佞进一步试图从理论上探究鲁迅在开创与垒筑中国新文化的贡献，并阐发与演绎鲁迅是中国新文化旗手的论断：鲁迅在学术研究上最主要的成就，即在中国小说史学的缔造方面，阐明其筚路蓝缕的开山之功；论述鲁迅如何创造性承继古典优秀传统与吸纳外来先进文化，从而创立了杂文这一新文体、锻冶、示范、倡导、推动、扶植，形成云蒸霞蔚的杂文运动；其他则论及鲁迅与中国新诗运动、中国现代儿童文学，以及创作论，爱国主义主旋律，乃至香港新文化运动诸方面的启蒙、催化、护持的拓荒与培育的劳绩。在在论证鲁迅以思想导引、以实绩示范、以血乳饲育中国新文化和中国文化新军的不

南方各省鲁迅研究协会议——九八一年四月长沙州

此次会议是为同年在北京召开的鲁迅诞辰100周年学术讨论会做准备，云集了南方各省的鲁迅学者。二排左一潘旭澜，左二陆耀东，左五林非，左六黄源，左八丁景唐，左九邵伯周，左十陈鸣树；三排左一作者，左二朱正，左三曾华鹏，左四吴中杰，左六范伯群，左九徐怀中，左十五甘竟存

1983年夏在烟台召开的鲁迅研究座谈会。前排左起依次为胡莹、陈梦熊、李福田、田仲济、×××、甘竞存、孙昌熙,后排左起依次为王骏骥、吴中杰、刘再复、卫俊秀、韩××、作者、×××、林兴宅、×××。(×××者,非为不敬,实在是姓名忘记了,歉甚)

朽业绩。

  其中若干篇什,譬如论述鲁迅杂文的渊源及与杂文运动的关系,论述鲁迅缔造中国小说史学的功绩,均获前辈学者的谬奖;茅盾先生在病中亲自题署书名;王瑶教授称评"多发人所未发";唐弢、刘再复先生赐函奖掖;日本鲁迅研究权威丸山昇教授(东京大学中文系主任)和林非教授(中国鲁迅学会副会长)为新书作序。

  鲁迅遗产字字珠玑,在鲁迅佚文的发掘方面也出力尤多,所获亦颇不菲。其中最重要的是鲁迅主编《全国儿童艺术展览会纪要》的发见,该书系鲁迅在教育部社会教育司任职时所擘划和编辑,出版于民国四年(1915)3月,乃鲁学界数十年遍觅无着的孤本。当时与唐弢师鱼雁往返,快莫何之,彼此认为不仅其上三万言的《儿童观念界之研究》为见之于《鲁迅日记》的佚文，而且我们还判定该刊《旨趣书》也为鲁迅所作。唐弢师在1965年1月5日复函云："书中第一张照片后排第三人确是鲁迅，《旨趣书》确是鲁迅手笔，要不然，也是经过他修改润色的，因为思想、口气、文笔都是他的。"在鲁迅佚文发掘史上，这是很值得高兴的一件事。

年前从近百万字的鲁迅研究习作中厘剔、甄选出约五十万言，稍加修葺，仍用茅公题签"鲁迅与中国新文化"，交由人民出版社问梓，大约2019年中可出版，以就教于方家。

二、学术史研究方面

鲁迅曾言：中国小说自古无史。中国第一部具有独立学术品格的小说史著作即出于鲁迅的手笔，1923—1924年问世的《中国小说史略》，遂成了一座标志性的丰碑。

中国小说史学与敦煌学、甲骨学鼎足而成为中国20世纪学术界的显学，鲁迅、胡适奠定了基石，几乎中国学界的翘楚和一大批饱学之士都为这一新兴学科的拓殖与耕耘贡献过心力，其中包括章太炎、梁启超、王国维、罗振玉、黄摩西、刘师培、缪荃孙、叶德辉、解弢、林纾、蔡元培、谢无量、陈独秀、钱玄同、刘半农、周作人、马廉、孟森、董康、黎锦熙、吴宓、陈寅恪、董作宾、沈雁冰、郑振铎、郁达夫、俞平伯、顾颉刚、林语堂、闻一多、孙楷第、傅惜华、王古鲁、刘修业、沈从文、王利器、王昆仑、方豪、方诗铭、戴望舒、朱自清、许地山、吴晗、吴晓铃、赵景深、谭正璧、李长之、李辰东、李家瑞、杨荫琛、汪辟疆、汪馥泉、余嘉锡、周越然、周贻白、容肇祖、祝秀侠、柳存仁、陈汝衡、叶德均、贺昌群、刘大杰、施蛰存、卫聚贤、阿英、钱基博、钱钟书、谢国桢、齐如山、萨孟武、聂绀弩、黎烈文、姚灵犀、路大荒……

以上涉猎中国小说史的学人名单，足可窥见其中有不少各领风骚的第一流学者，甚至不乏开一代新风的巨擘；更多是学有专长、著有创获的或一学科的专家，其中包括文学史、史学家、哲学家、美学家、语言学家、文字学家、版本学家、目录学家、敦煌学家、宗教学家、艺术史家、社会学家、外国文学家、比较文学家、作家、诗人、戏曲史家以及众多的小说史家。中国近现代社会科学领域的知名学者，几乎都曾厕身于中国小说史学史的建设，这一熙攘繁盛的学术现象，是任何其他学科所未曾有过的。

然而，作为现代中国显学之一的中国小说史学，尽管她的缔造者、垒筑者中，有那么多的光华熠熠、声闻遐迩的姓氏；尽管她的丰茂累然的果实中，有不少足堪传世、傲视古今的硕果；尽管她的研究的对象早已从鄙野的山乡、喧嚣的市井进入了文学的殿堂；尽管她的承继者何止千百，探索的触须延伸得更长更深，研究的领域也拓展得更广更阔，累积的成果焕发骄人的光焰……然而与中国文化史中其他学科矗然耸立的学术史相较，诸如敦煌学史、甲骨学史、史学史、小学史、校雠学史、训诂学史、目录学史、诗学史、曲学史等早已陆续问世，有的学科还不止一种，唯独中国小说史的学科发展史竟付阙如，这不能不算一大憾事。

中国小说史学的建设，也许正因为中国小说史有绵亘千百年的研究内容需要甄别、衡估，有数以百十计的硕儒耆宿的研究轨迹需要梳理、评价，有累计数千万言的妍媸互见的研究成果需要厘剔、判研，综而言之，若要问鼎，殊非易事。更何况由于岁月洗汰、人事毁弃，有关资料的散佚流失非常严重，例如如今访求一本"五四"时期出版的汪原放标点的亚东图书馆的章回小说名著也渺不可得，怎得见陈独秀、刘半农、钱玄同等为之所写的序文，更遑论那些散见于成千累万的各地报刊上的有关文章了，因而研究资料的收集，也不是一件容易的事。

不佞虽然鲁愚，然早年就曾为中国小说史学拓荒者、垦殖者们的劳绩所震撼、所感动，遂立志要为这一20世纪新兴学科树碑立传。拜师学艺，以

与中国小说史学前辈学者李田意（右二，美国）、柳存仁（左二，澳大利亚）、刘渭元（左一，澳大利亚）诸教授合影

求真传，前后拜谒求教的小说史家有谭正璧、赵景深、阿英、吴晓铃、陈汝衡、陆澹安、杨荫琛、孙楷第、郭绍虞、方诗铭、胡士莹、施蛰存、章廷谦等，以及域外的华裔学者柳存仁、刘渭元（澳大利亚）、李田意（美国），乃至日本的波多野太郎、尾上兼英等，企图从中国第一代小说史学者的口述及著作中，辨析和认取中国小说史学行进的轨迹。同时，广泛勘求、寻觅一切有关资料，内地图书馆自不必言，港、台各图书馆亦游猎多番，另外还跑了日本二十余家公私图书馆，以及韩国的首尔图书馆及奎章阁藏书楼等。积二十余年的搜集，坦白说积累了凡一般学者所难掌握的相当全面的有关中国小说史学的研究资料。说句吹牛皮的话，就个人言，其完备无出其右者，光从日本就拷贝回来三万页资料。随便举例说罢，从黄摩西厚达三十多册《中国文学史》（东吴大学讲义，1906年出版，中国人自己写的文学史，第一次将小说、戏曲列入文学史正宗派系）到钱钟书学生时代在《清华周

刊》上发表的几百字的小说札记;从豪华的金碧辉煌东京赛棱社版《支那小说史》(鲁迅著,增田涉译)到窘陋粗糙抗战时期重庆土纸本《中国小说论集》(卫聚贤编);从珍罕的北京大学新潮社版《中国小说史略》(鲁迅著,上下册)到1930年代上海暨南大学的讲义《中国小说史讲义》(沈从文著,已成为硕果仅存的孤本)……这里再附带说一个小故事,史料的发掘有助于学术史进程的改写与纠正。关于比较文学这一新方法在中国学术界的肇始,有学者认为:"比较文学作为一种理论概念也在五四初期开始被介绍到中国来。1920年章锡琛译日本学者本间久雄的《新文学概论》,发表于《新中国》杂志,以此在我国首次出现'比较文学'这个名词。"(林秀清编《现代意识与民族文化——比较文学研究文集》,页15,贾植芳文,复旦大学出版社1987年11月初版)此说其实是不确的,可以上溯到20世纪之初,早在1906年,黄人(摩西)在所著《中国文学史》中就文学的定义写道:"立读书之标准,当为一般的而非特殊的,薄士纳所著《比较文学》有云:'文学者,与其呈特别之智识,毋宁呈普通之智识。'"薄士纳即英国学者波斯奈特(H. M. Posnett),于1866年写成并出版的《比较文学》被称为"划出了一个时代"的力作。黄人在《中国文学史》中援引波氏的著作用以阐释文学定义,说明我国学人早在"五四"十多年前,就已经了解了比较文学研究这一簇新的研究方法。1980年代中,正值两位德国学者向王元化教授请教比较文学方法在中国汲引、使用的起源,元化师令我应答,上述新史料的发现完满地解答这一问题。

拙著《中国小说史学史长篇》凡40万字,有饶宗颐、陈炳良(香港岭南大学中文系主任)二教授作序,由香港中华书局和上海文艺出版社分别出版繁简体字版。这是一本填补学术空白之作,权威学者评鹭为"诚足以导人入德之门"的"开山之作"。日前,获北京某大出版机构主事者青睐,嘱予以增订再版,目下正倾力而为之,并蒙前辈学者程毅中先生赐序,至为感激。

三、中国现代文学研究方面

中国现代文学研究是我专业的主攻方向。1979年在厦门鼓浪屿参与首届中国现代文学研讨会，在会上我做了现代文学教学与研究必须正本清源、拨乱反正，应该清算"四人帮"鼓吹"批判三十年代文艺黑线"的谰言和流毒的发言，随即发表于同年《新华月报》。后曾任中国现代文学学会理事，并主持中国社会科学国家重点资助项目"中国三十年代文学研究"课题，主编了《中国三十年代文学研究》丛刊（李一氓题签）和中国文学史料学会会刊《中华文学史料》（钱钟书题签），以及主编了《中国三十年代作家论》论文集上、下卷（上海社会科学院出版社）。

在中国现代文学领域，我侧重于以鲁迅为盟主的中国左翼文学研究。青年时代对此即怀有浓烈的兴趣，曾得到阿英、唐弢、叶以群、孔罗荪、钟望阳、丁景唐、任钧等左翼文学参与者或研究者的指导。成果散见于《人民日报》《光明日报》《文艺报》《文学评论》等，因"文革"而中辍。"文革"中

因"鼓吹三十年代文艺黑线"罪名遭受冲击与批判,"批林批孔"运动中被定为上海文化宣传系统走白专道路的典型,受到全市性批斗。1979年调入上海社会科学院文学研究所,重操旧业,全身心投入中国左翼文学研究。作为学科带头人,除竭力擘划与完成国家交付的研究项目之外,亦利用一切业余时间笔耕。左翼文学史料因民国时期施行"文化围剿"佚失严重,而且复由"文革"否定左翼文学,定性为"文化黑线"更受摧残燔灭,为此我做了大量的搜遗辑佚工作。强烈的使命感驱使我要替那些为中国左翼文学奉献心血乃至捐弃生命的左翼作家立传。多篇作家论都是在搜集累积的丰盈史料堆中爬梳剔抉、斫榱觅桷,然后归纳辨析,熔铸而成。例如我曾编纂迄今最完备的《叶紫文集》(两卷本,湖南人民出版社,1983年初版,茅盾题签),其中一半篇幅是我新发现的叶紫佚文,正是在充分占有研究对象相对完备资料基础上,然后写出了三万言的《叶紫论》,其能超越同类论述自不待言。其他作家论皆类此,其中如洪灵菲、东平、彭家煌、天虚、冯铿、李伟森、冯宪章等烈士作家,皆因史料的阙如使人无从措手,以致无人敢于问鼎,都由

不佞为他们首次作出了完整的传论;至于别人论述较多的柔石、殷夫、蒋光慈等,因对他们生平与创作的资料掌握得比较丰沛,自忖应有不同的丰神;而我论及的罗黑芷、殷仲起、刘一梦、韩起、胡洛、温流、征军等牺牲或早夭的左翼作家,均很少有人述及,但我不想他们为历史所忘却、为尘埃所掩埋,竭尽心力为之立传。以上左翼作家,或为信仰牺牲,或因贫病夭逝,但他们的英名或业绩不应随风而逝,必须铭记他们不灭的战绩,因之撰著数十万字的论文、评述,作为敬献中国左翼文学前驱者的一束小花。上世纪80年代末,曾结集出版有《榛莽集——中国现代文学管窥录》(茅盾题签),凡40余万言,反应亦颇不俗。

同时,也涉猎现代文学史或一门类(如历史小说、儿童文学),或一地域(如香港),或一事件(如反"文化围剿")做纵深的论述,以及有关罕见文学史料的发掘(如左联东京分盟文献)。

为了纪念中国左翼作家联盟成立九十周年(1930—2020),我将有关探究左翼文学的研究成果整理结册,采用赖少其先生以前的题署——"爝火集——中国左翼文学论丛",约70万字,将由上海某大出版机构印行,以作对"左联"成立九十周年的献礼。

另外一个长期筹措、蕴酿的课题是《中国文学期刊史》。文学期刊于19世纪末在中国出现,成为文学一种新型载体,发挥了无可替代的作用。历年来搜集中国近现代文学期刊逾千种,约百余种为《全国中文期刊联合目录》所不载,如李叔同主编的《音乐小杂志》(1906)、《白阳》(1914,石印)皆得之于东京神田町,均堪称孤本。新月派刊物《声色》也不见著录,其上不仅有徐志摩最后的绝笔佚文,而且还解决了一桩张冠李戴的历史公案。柘园藏刊中网罗了近现代许多文学期刊珍罕之本,当然为期刊史的撰述做了充分的资料准备。

应武汉大学陆耀东教授之邀,为他主编的《中国现代文学大辞典》撰写散文作家、作品部分,约20万字,该书已由高等教育出版社出版。

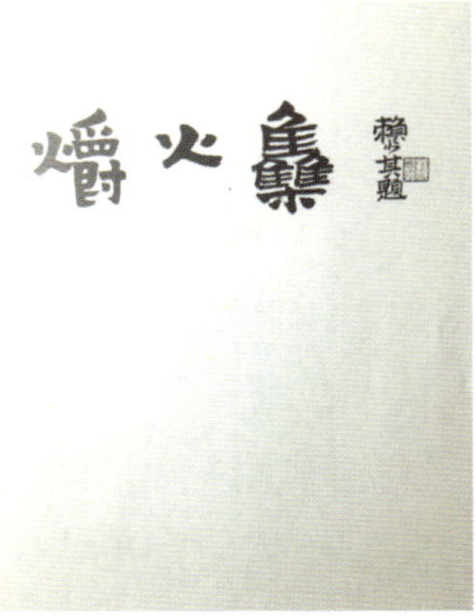

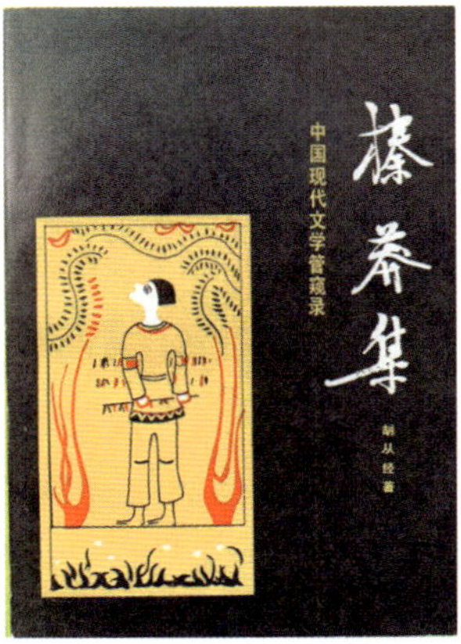

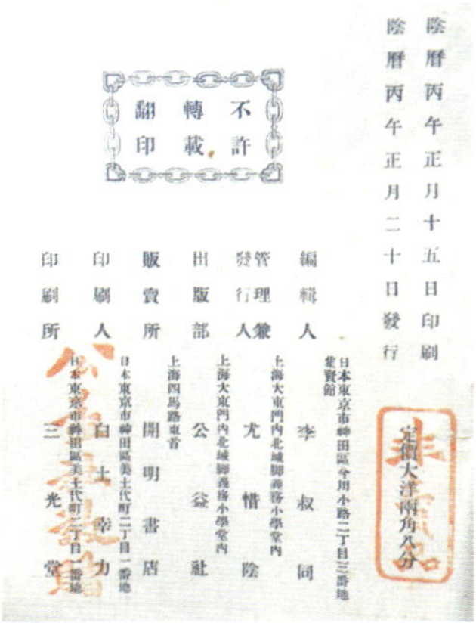
陰曆丙午正月十五日印刷
陰曆丙午正月二十日發行

定價大洋兩角八分

不許轉載翻印

編輯人 李叔同 日本東京市神田區今川小路二丁目三番地集賢館
管理兼發行人 尤惜陰 上海大東門內北城腳義務小學堂內
出版部 公益社 上海大東門內北城腳義務小學堂內
販賣所 開明書店 上海四馬路東首
印刷人 白土幸力 日本東京市神田區美土代町二丁目一番地
印刷所 三光堂 日本東京市神田區美土代町二丁目一番地

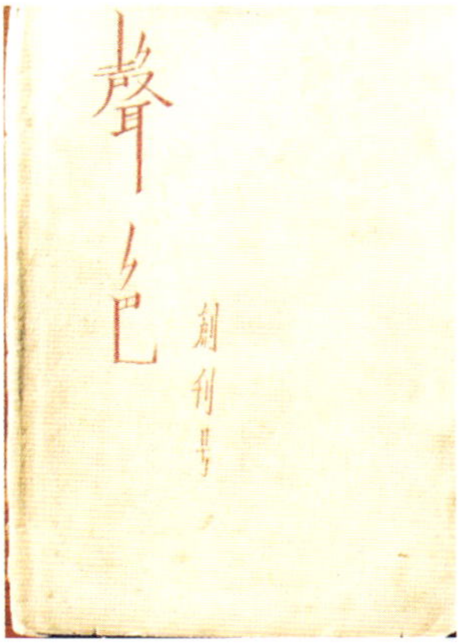

四、香港文学研究方面

香港文学是中国文学的一个分支,南下香岛之后,香港文学研究即作为我的中国近现代文学研究的延伸和继续。由于长期殖民式文化的禁锢和排斥,香港文学资料更形零落,必须着力搜集和积累,有大量的钩玄辑佚工作要做。

订立了撰著《香港近现代文学史》的课题计划,有幸得到饶宗颐教授的诲导与关注,并亲笔为之题耑。在探索过程中还出版了若干阶段性成果:

(1)《香港近现代文学书目》(香港朝花出版社,1998年5月初版,饶宗颐题签),该书辑录1840—1950年间出版的文学书目(含小说、童话、散文、诗歌、戏剧、理论、译文、合集、旧体诗文诸类,附录有文学期刊简目、文学副刊简目)。

(2)《历史的跫音——历代诗人咏香港》(香港朝花出版社,1997年6月初版,周南、饶宗颐题签),此诗集编纂历时十年,浏览了千余种历代诗文集的刻本、稿本、钞本,选辑了自唐代至当今一百三十余家有关香港的诗词六百余首。启自生于公元768年的韩愈,迄于生于1927年的周南。辛苦备尝的编纂目的在扉页题词中昭示得很了然:"谨献给香港回归这一彪炳千秋的民族盛典,暨在这片国土上为维护民族尊严、捍卫国家主权、争取人民民主而前仆后继的志士仁人。"作为中国历史上这一历史伟业的重要见证人周南先生,在来函中勉励:"此书如能于七月一日前出版,将为回归又添一盛事。"

(3)《拓荒者·垦殖者·刈获者——许地山与香港新文化的萌蘖与勃兴》(香港中华书局,2018年8月初版)。许地山是"五四"新文学的骁将,也是香港新文化的开山。他经胡适介绍来港长香港大学中文学院,于此蕞尔小岛度过了生命最后的六年岁月,对香港新文化的开荒与拓展,真做到了夙兴夜

瘵、鞠躬尽瘁。我对这位先贤充满了由衷的敬意,为他立传始终横亘胸间。该书从新发掘的史料出发,论述了许地山在香港文化史上的不朽业绩。

(4)《香港文化散札》,已编讫,待问梓。皆为有关香港文学史、文化史的论述与笔记。

五、中国儿童文学史方面

大学毕业后的第一份职业是在上海一家出版社当儿童文学编辑,大四时曾参与市里组织的《儿童文学概论》编写组,我负责儿童文学史部分,遂于儿童文学史研究产生浓郁的兴趣。

当时关于中国儿童文学发轫于何时,还是一个有争议的问题,比较流行的说法是:"在我们中国,大家公认有儿童文学这件东西是起源于西洋儿童读物的翻译。"这一认为中国儿童文学萌蘖于外国童话移植的看法沿习很久,人们大都将孙毓修编译的童话《无猫国》(商务印书馆,1909年10月初版)视作中国儿童文学诞生的标志。以上两说均可商榷,从我对中国近代文学的涉猎与考察中,发现了一个令人惊异的世界——晚清时期的儿童文学如同繁星璀璨的夜空,呈现了一片绚烂多姿的景象。不仅其上限年代远远超越了《无猫国》问世时间,而且更值得欣喜的是,中国近代众多著名的启蒙思想家都曾倾心着意于儿童文学事业,为中国儿童文学史写下了光彩夺目的第一章。

中国近代知名思想家、文学家、艺术家、翻译家,诸如梁启超、黄遵宪、吴趼人、周桂笙、曾志忞、沈心工、林纾、李叔同、郑贯公、周瘦鹃等,都为儿童文学事业的草创与拓展起了筚路蓝缕之功;为推翻封建帝制奔走呼号的革命家们,也创办了儿童报刊,编印了儿童读物,并使儿童文学也反映了民族民主革命的波光浪影,从而开辟了近代儿童文学的新生面;中国新文学的奠基人鲁迅暨著名作家茅盾、叶圣陶、周作人、刘半农等,在他们文学生涯迈步伊始之时,都曾致力于儿童文学的垦殖,有的甚至是从儿童文学创作起步的……凡此种种,促成了晚清一代儿童文学创作与翻译十分繁盛的局面,为"五四"之后勃兴的现代儿童文学做了充分的氤氲与准备。

为了使中国近代儿童文学事业先行者们艰辛跋涉的轨迹,不致因岁月的洗汰、文献的湮灭而泯灭无存,我在锐意穷搜的同时,亦略加厘剔,敷衍成篇。以二十万言的《晚清儿童文学钩沉》（少年儿童出版社，1982年初版）驳诘了以往"外洋移植论"等妄言，雄辩地论述了中国儿童文学的起源问题，为中国儿童文学史写了序篇。

现代儿童文学亦引起我的兴趣和关注，为之耗费不少心力。我的第一篇万字论文《中国革命儿童文学发展述略（1921—1937）》，经阿英、唐弢二位前辈师长推荐，发表于当时国内权威的文学类学术刊物《文学评论》1963年第2期。另就鲁迅、茅盾、叶圣陶等"五四"老作家，以及叶刚、冯铿、应修人、蒋光赤、冯宪章等新进作家，在儿童文学领域的耕耘做了论述。还在翻译文学史方面也有涉猎，阐述了《伊索寓言》、安徒生、儒勒·凡尔纳、至尔·妙伦等作品在中国的流播和影响。

有关中国儿童文学史方面的成果亦已编辑成册，题名《芄草集——中国儿童文学史漫笔》（赖少其题署），凡30万言，拟出版。

六、目录学、谱牒学方面

目录学向被称为读书治学的门径之学，清代大学者王鸣盛（1722—1798）云："目录之学，学中第一紧要事，必从此问途，方能得其门而入。"古代乃至近代学者，都十分重视目录学，从郑樵（1104—1162）至章学诚（1738—1802）莫不皆然，他们认为它是一种"辩章学术，考镜源流"的学问，足以考究"古今学术之隆替，作者之得失"。不佞虽冥顽鲁钝，然不敢不谨记先贤之遗训，于此未敢稍怠。历年据公私图书馆及柘园藏书，曾编纂

有以下目录学方向的书籍与单篇:

《儿童文学论文著作目录(1911—1949)》,上海少年儿童出版社,1962年初版;

《1919—1937中国民间文学论文索引》,作家出版社上海编辑所,1964年初版(内部发行);

《中国现代诗刊目录》,刊《中华文学史料》创刊号,百家出版社,1981年出版;

《叶紫著作系年目录》,载胡从经编《叶紫文集》卷末,湖南人民出版社,1983年初版;

《香港近现代文学书目(1840—1950)》,香港朝花出版社,1998年5月初版;

《香港近现代文学期刊简目》《香港近现代文学副刊简目》,附于《香港近现代文学书目》卷后。

谱牒学方面有一种:

《叶紫年谱》,载胡从经编《叶紫文集》卷后,湖南人民出版社,1983年初版。

七、书话、学术随笔方面

"书话"这一文体,应是古已有之的,历代学者所作藏书题跋、书录题解、读书札记之中,不乏清隽可喜、简约波俏之作,均可视为书话的渊源与雏形。

近代藏书家叶德辉(1864—1927)的《书林清话》,似可视作"书话"这一专名的滥觞。现代作家中,最早并最勤写作书话的阿英、唐弢二位,他们在三四十年代所作,就已脍炙人口。

不佞大约是在上世纪60年代初开始书话习作的,给予发表光荣的是姜德明先生主编的《人民日报》副刊。当时追慕前贤之风，就是以钱、唐二公之作作为效法的圭臬。上世纪70年代中，《读者》创刊伊始，其负责人倪子明先生邀我为该刊辟"禁书经眼录"专栏，为民国时代横遭禁毁的书刊文献留下若干值得铭印的面影。

早年在一本书话集的《小引》中曾这样写道：年轻时很为阿英、唐弢等前辈作家风流跌宕的书话所吸引，"因为其中既有学术性的论辩，又有絮语式的抒情，亲切如叙家常，于涵养知识、陶冶性情之外，也可获取美的享受"。自忖我写的书话与别人有些不同，并非"癫痢儿子自己的好"，而是我始终恪守与追求"既有学术性的论辩，又有絮语式的抒情"式的风格。早年所写书话，主要结集在上世纪所出版的两本书中：《柘园草》（湖南人民出版社，1982年初版）、《胡从经书话》（北京出版社，1998年初版）。

南来海隅之后又陆续写了不少书话，大多发表于港、台报刊上，如《明报月刊》（董桥、黄俊东主编）、《文苑》（曾敏之主编）、《香港文学》（刘以鬯

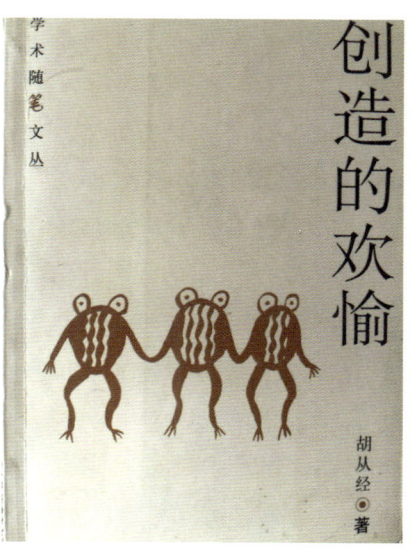

主编)、《开卷》(杜渐主编)、《读书人》(冯伟才主编)、《开卷有益》(王锴主编)、《书海》(陈万雄主编)等,以及《大公报》副刊(马文通主编)、《文汇报》副刊、《新晚报》副刊《书话》(冯伟才主编)等,报刊副刊皆为每日一篇的专栏文字,栏名有"书鱼絮语""柘园书话""香港诗话""书海一芥"等。

历年所作书话累计有百余万字,今承老友提携、老总青睐,拟将书话出一合集,遂于戊戌之夏将全部新旧作通览一遍,甄选厘剔,析为八辑,以《柘园书话》为名,就教于方家与读者。

至于学术随笔也曾尝试。其体自古已存,清代朴学家于学术随笔尤为看重,视其为研究所必经的阶段性成果。梁启超在论及清代学术史时指出:"札记实为治此学者所必要;而欲知清儒治学次第及其得力处,固当于此求之。"吾亦在研究之余常写点学术随笔,发表于上述报刊,结集有《创造的欢愉》,列为中国社会科学出版社"学术随笔文丛"第一种,于2000年出版。

回顾大半辈子的读书生活,梳理读书、猎书与自己治学的关系,非敢自诩，只是想反映一个在20世纪下半期与21世纪初叶的普通读书人的摸索和追求，不敢或忘师长的教诲，王元化师的"除非有新观点，或者新史料，不然就是扯淡"，查良镛师的"做学问，一定要竭尽全力地拿点新东西出来，不然就浪费了纸墨"，饶宗颐师的"不要炒冷饭，加上开洋和干贝也还是冷饭"，无非都是要我老老实实做学问。故而立志不因袭陈言，不依傍旧说，期冀通过自己的不懈努力，争取填补或一学术空白。自忖还是很勤奋的，因为我命运多舛，专业从事学术研究的时间非常短，早期为连续的政治运动及其他莫名其妙的杂事耽搁而无暇问学。后来正当意气风发准备大干一番的时候，又衔命南下从事文化回归工作，不得不放弃方兴未艾的学术生涯。但我并不后悔，国家培养了我，就该义无反顾，我在香港倡议创立了中国文化研究院，以弘扬中国文化、激励民族精神为帜志；擘划创建了旨在系统阐扬中国传统文化的大型文化网站《灿烂的中国文明》，荣膺联合国颁授的"世界最佳文化网站"大奖。谨记恩师汪道涵先生"为国家做点有益的事"之叮咛，不敢懈怠，倾力而为，总算完满完成任务，也了却了自己的家国情怀。近年稍事闲暇，不禁技痒，在比较艰困的条件下重操旧业，剪辑旧稿，撰著新书成为我的日课，以期在有生之年再奉献些菲薄而不掺水的成果，以不负时代，不负师长、亲人、挚友、学生们的期盼。

在香港商务印书馆编辑部
（1996—2000）

在母校获颁授"华东师范大学顾问教授"证书。左二钱谷融教授、左三徐中玉教授、右一陈大康教授（文学院院长）

陈佐洱教授（左，中国文化研究院督导委员，国务院港澳办副主任），在翻看奉赠的拙作

偕刘再复教授接待匈牙利汉学家高恩德教授。右三刘再复，左二作者

刘再复教授（右）

叶辛先生（右，自上世纪70年代就开始交往的老朋友）

在政协会议中。中为汪洋先生，左二为作者

在澳门主持妈祖研讨会，右为邱树森教授

尉天聪教授（右，台湾著名学者，乡土文学的倡导者与研究者）

吴福辉教授（左，中国现代文学馆副馆长）

张磊教授（中，广东社会科学院院长，中国史学会副会长，著名近代史家），黄汉强教授（左，澳门大学教授，澳门研究中心主任）

偕韦力（左三）等在北京联合举办藏书展

丑丑（左一，集导演、编剧、演员于一身的电影艺术家，北京电影学院表演系第一位少数民族毕业生）和妹妹（中）

郑逸梅先生（左一），吴茂生教授（中，香港学者，香港中文大学翻译系主任）

在日本东京鲁迅旧居前。右为香港著名学者、诗人梁秉钧（也斯）

在厦门大学芙蓉湖畔（被厦大文学院聘为客座教授于此讲学）

在故宫红墙前

在东京大学讲学期间招待随中国电影代表团访日的孙道临老师，中坐者为日本华侨吴立群先生，原为国民党元老张群的秘书，曾参与日本投降受降仪式

林安梧教授（中，台湾学者，著名哲学史家）

丸山昇教授（左，日本东京大学中文系主任，日本中国卅年代文学研究会会长，日本权威汉学家）

尾上兼英教授（左，日本东京大学东洋文化研究所所长，日本著名汉学家）

井口守教授（右，日本日本大学中文系主任，巴金研究专家）

在日本东京都立大学。松井博光教授（前左一，都立大学），立间祥介教授（前左二，庆应义塾大学），阿部幸夫教授（前右二，爱知大学），作者（前左三）

在我驻日使馆集会中。姜义华教授（左一，复旦大学）、李宗一教授（右一，中国社科院近代史所所长），作者（左二）

在鲁迅墓前。匈牙利汉学家高恩德（左三）、刘再复教授（左二）、作者（左一）

卜少夫先生（左，中国新闻界元老）

陈汉元先生（右，同级同学，央视副台长，《长江》《黄河》等大型文化纪录片编创者，中国电视艺术家协会会长）

龚心瀚先生（右，中央宣传部原副部长，中国文化研究院督导委员）

在政协会议中。右为郭金龙先生

郭因教授（右一，著名美学家，安徽省艺术研究所所长）

黄俊东先生（左，香港著名作家、藏书家）。此为水禾田在我上海寓所拍摄

黄源先生（前左二）、许杰教授（前中），作者（前右二）

贾植芳教授（右二）、贾师母（右一）、胡莹（左一）、作者（左二）

卢嘉锡教授（左，著名科学家，曾任全国人大常委会副委员长）

陆谷孙先生（左，复旦大学终身教授，《英汉大词典》《汉英大词典》主编）

汤志钧教授（右，著名近代史学者，上海社科院历史研究所所长）

吴宏聪教授（左，中山大学中文系主任，著名中国现代文学学者）

香港学者、作家代表团在西安。潘耀明先生（左四），黄继持教授（右二，中文大学），作者（右四）

张浚生教授（左，中国文化研究院督导委员，时任香港中央联络办公室副主任，后任浙江大学党委书记）

孙玉石教授（左一，北京大学教授，中文系主任），作者（中）

杨圣敏教授（右，《灿烂的中国文明》作者，中央民族大学民族学研究所所长）

童向荣教授（右，中国文化研究院督导委员，时任广播电视电影部副部长）

吕必松教授（右，《灿烂的中国文明》作者，中国语言大学原校长，作者的同级同学）

左起：朴宰雨教授（韩国外国语大学）、范伯群教授（苏州大学）、曾华鹏教授（扬州大学）、作者

潘吉星教授（左二，中国文化研究院学术委员，中国科学院教授，权威的中国科技史专家）

休中同窗：孙璞方将军（左），叶桂生教授（中），作者

曹建明教授（右）

在长沙岳麓山爱晚亭

中国文化研究院"全家福"（于启德政府大楼中国文化研究院院部门前）

在韩国首尔王陵前

在中国文化研究院

在北京鲁迅故居"老虎尾巴"先生书桌前

跋

感谢模范书局老板姜寻先生的盛意，将拙作《柘园文录》辑入他主编的"煮雨文丛"。同样感谢广西师范大学出版社的领导和责编虞劲松先生的青睐和热忱，他们认真负责、精益求精的专业精神在在令我感动；与广西师大还是有因缘的，已故的林焕平教授是素所尊敬的前辈和朋友，我的同班同学毛毓松也在该校任教多年，自己在独秀峰下曾度过若干难忘的时日。自从南迁海隅，与内地读者真是久违了。20世纪八九十年代我写了大约十本书，最后一本是中国社会科学出版社于2000年出的《创造的欢愉》，于今也已近20年之久。这本集子中的文字，大多是在香港写的，有机会与之违阔的内地读者欢叙，感到由衷的喜悦。

编集过程正值北京入冬，朔风凛冽，子夜伏案感到彻骨寒冷，但有幸蒙诸好友的关注与安慰，心中时有暖流回盈，还有远方的亲人、挚友的嘘寒问暖，故也温煦常在。于此表示由衷的感激，恕不一一。

胡从经
2018年12月1日
莹儿生日，于灯下